W0029515

10|18
12, avenue d'Italie — Paris XIIIe

L'ÉLU

PAR

CHAÏM POTOK

Traduit de l'américain
par Jean BLOCH-MICHEL

10|18

« Domaine étranger »
dirigé par Jean-Claude Zylberstein

CALMANN-LÉVY

Titre original :
The Chosen

© Chaïm Potok 1967
© Calmann-Lévy 1969
pour la traduction française
ISBN 2-264-02488-7

A Adena

Je remercie le Dr Israël Charny, Mrs Jonas Greenfield, le rabbin Raphaël Posner et le Dr Aaron Rosen, qui m'ont aidé dans mes recherches.

C. P.

« Quand une truite qui veut happer une mouche se trouve prise à l'hameçon et s'aperçoit qu'elle ne peut plus nager, elle se met à lutter, et, dans des soubresauts et des tourbillons, il arrive parfois qu'elle parvienne à s'échapper. Souvent, bien entendu, c'est trop difficile et elle n'y parvient pas.

« De la même manière, l'être humain entre en lutte avec son milieu et contre l'hameçon qui l'a saisi. Parfois il se rend maître des difficultés qu'il affronte ; parfois elles sont trop fortes pour lui. Le monde ne voit que le combat qu'il mène et, tout naturellement, se méprend sur cette lutte. Il est dur pour un poisson en liberté de comprendre ce qui arrive à celui qui a mordu à l'hameçon. »

KARL A. MENNINGER.

« Le vrai bonheur n'est pas dans la foule des amis, mais dans leur valeur et leur choix. »

BEN JONSON.

LIVRE PREMIER

Quand j'étais encore tendre fils de
[mon père...
Il m'encourageait et me disait :
« Que ton cœur retienne mes paroles... »

Proverbes.

Pendant les quinze premières années de notre vie, nous habitâmes, Danny et moi, à cinq blocs de distance, sans que ni lui ni moi soupçonnions l'existence de l'autre.

Le bloc de Danny était habité par une foule d'adeptes de son père, des Juifs russes hassidiques habillés de noir, dont les coutumes comme les idées étaient nées sur le sol même du pays qu'ils avaient abandonné. Ils buvaient le thé de leurs samovars, le dégustant lentement en le faisant passer par les morceaux de sucre qu'ils tenaient entre leurs dents ; ils mangeaient des plats de leur pays, parlaient fort, parfois en russe, le plus souvent dans un yiddish teinté de russe, et ils étaient farouchement fidèles au père de Danny.

Un bloc plus loin, les habitants appartenaient à une autre secte hassidique, des Juifs venus du sud de la Pologne, qui marchaient comme des spectres dans les rues de Brooklyn, avec leurs chapeaux noirs, leurs longs manteaux noirs, leurs barbes noires et leurs papillotes. Ces Juifs avaient leur propre rabbin, leur chef dynastique, qui pouvait retrouver la trace de sa famille dans cette magistrature rabbinique depuis Baal Shem Tov, fondateur, au XVIIIe siècle, du hassidisme, et tous le regardaient comme un personnage investi par Dieu de son autorité.

Trois ou quatre sectes hassidiques de ce genre peuplaient le quartier dans lequel Danny et moi grandissions, chacune avec son rabbi, sa petite synagogue, ses habitudes et sa farouche fidélité. Le jour du Sabbat, ou les matins de fêtes, on pouvait voir les membres de chaque secte se diriger vers leurs synagogues respectives, habillés de *leurs* costumes, pressés d'aller prier avec *leur* rabbi et d'oublier l'agitation de la semaine et les efforts qu'ils avaient dû accomplir pour gagner l'argent qui leur permettait de nourrir leurs familles, aussi nombreuses qu'affamées, au cours de ces temps de la Dépression, qui paraissait ne jamais devoir finir.

Les trottoirs de Williamsburg étaient faits de carrés de ciment craquelé, les rues étaient recouvertes d'un asphalte qui se ramollissait sous la chaleur des étés étouffants et qui se creusait de flaques profondes sous le froid aigre de l'hiver. La plupart des maisons étaient en grès, pressées les unes contre les autres, et il n'y en avait aucune qui eût plus de deux ou trois étages. Dans ces maisons habitaient des Juifs, des Irlandais, des Allemands, et quelques familles de réfugiés de la guerre d'Espagne qui avaient fui le régime de Franco avant qu'éclatât la Deuxième Guerre mondiale. La plupart des commerçants étaient des Gentils, mais on trouvait aussi parmi eux quelques Juifs orthodoxes, membres de l'une des sectes hassidiques du quartier. On pouvait les voir derrière leur comptoir, avec leur calotte noire, leur barbe et leurs longues papillotes, occupés à gagner tant bien que mal le peu d'argent qu'il leur fallait pour vivre, rêvant au Sabbat et aux jours de fêtes où ils pourraient fermer leur magasin et ne plus être attentifs qu'à leurs prières, à leur rabbi, à leur Dieu.

Chaque Juif orthodoxe envoyait ses enfants mâles à

une yeshiva, une école juive, où les élèves travaillaient depuis huit ou neuf heures du matin, jusqu'à quatre ou cinq heures du soir. Le vendredi, les écoliers étaient libres à partir d'une heure de l'après-midi, pour se préparer au Sabbat. L'enseignement juif était obligatoire pour les orthodoxes, et comme ils ne se trouvaient plus en Europe mais en Amérique, l'enseignement en anglais n'était pas moins obligatoire. Si bien que chaque élève devait supporter un double fardeau : celui des études hébraïques le matin, et celui des études anglaises l'après-midi. Le critère de la perfection intellectuelle, tant par tradition que par un accord unanime, ne dépendait toutefois que d'une seule discipline : l'étude du Talmud. La virtuosité dans le commentaire du Talmud était la réussite la plus recherchée par tous les élèves d'une yeshiva, car elle procurait, de façon automatique, une réputation de brillante intelligence.

Danny allait à la petite yeshiva que dirigeait son père, au-delà du quartier de Williamsburg, à Crown Heights ; moi je fréquentais celle où enseignait mon père. Cette dernière était tant soit peu méprisée par les élèves des autres écoles juives de Brooklyn : on y traitait en anglais plus de questions que le minimum exigé, et on y enseignait les matières juives en hébreu plutôt qu'en yiddish. La plupart des élèves étaient des enfants d'immigrants qui préféraient se considérer comme délivrés de la mentalité de ghetto, qui était restée celle des autres écoles juives de Brooklyn.

Danny et moi, nous ne nous serions probablement jamais rencontrés — ou bien nous nous serions rencontrés dans des circonstances tout à fait différentes — si l'Amérique n'était pas entrée en guerre, et si cet événement n'avait pas fait naître, dans l'esprit d'un certain nombre de professeurs d'anglais des écoles juives, le désir de prouver aux Gentils que les élèves des yeshivas se trouvaient dans une aussi bonne forme physique — en dépit de leurs longues heures d'étude — que n'importe quel autre écolier américain. Ils entreprirent de prouver cela en organisant entre nos écoles juives, aussi bien celles de notre quartier que celles des environs, des compétitions sportives : une fois tous les quinze jours les diverses écoles luttaient les unes contre les autres, dans différents sports. En ce qui me concerne, je devins membre de l'équipe de base-ball de mon école.

Un samedi après-midi, au début de juin, les quinze membres de mon équipe se retrouvèrent avec notre professeur de gymnastique sur le terrain de jeu de l'école. Il faisait chaud, et le soleil brillait sur le sol asphalté de la cour. Le professeur de gymnastique était un homme de petite taille, large, d'une trentaine d'années qui, le matin, enseignait dans un collège des alentours et allongeait ses revenus en travaillant l'après-midi dans notre yeshiva. Il portait une chemise de polo blanche, des culottes blanches, un sweater blanc et sa petite calotte noire était perchée drôlement sur l'arrière de sa tête ronde, qui commençait à devenir chauve ; il était évident qu'il n'avait pas l'habitude de la porter souvent. En parlant, il frappait du poing droit dans sa main gauche, quand il voulait insister sur ce qu'il disait. Il marchait sur la pointe des pieds, en imitant presque l'attitude d'un boxeur sur le ring, et il avait une passion fanatique pour le base-ball professionnel. C'est lui qui avait entraîné notre équipe depuis deux ans, et, grâce à un mélange de patience, de chance, de manœuvres adroites à certains moments difficiles d'une partie, grâce aussi à ses discours violents soulignés de coups de poing dans sa paume gauche, discours destinés à nous convaincre de l'importance patriotique qu'avaient les qualités athlétiques et la forme physique pour l'effort de guerre du

16

pays, il était peut-être capable de faire, avec cette équipe de quinze joueurs maladroits que nous avions constituée, la meilleure de toutes celles des écoles de notre association sportive. Il s'appelait M. Galanter, et nous nous demandions tous pourquoi il n'était pas quelque part, au loin, en train de se battre.

Au cours de mes deux années d'entraînement avec l'équipe, j'étais devenu un bon gardien de deuxième base et j'avais également acquis un bon lancer en sous-main, susceptible d'inspirer au batteur la tentation de la recevoir par un coup de côté, mais ma balle tombait en courbe et, au dernier moment, glissait juste derrière la crosse balancée pour frapper son coup. M. Galanter, au commencement d'une partie, me plaçait toujours à la deuxième base et ne m'utilisait comme lanceur que dans les moments difficiles parce que, comme il l'avait dit une fois, « ma philosophie du base-ball est fondée sur la solidarité défensive à l'intérieur du terrain ».

Cet après-midi-là, nous devions rencontrer l'équipe gagnante d'une association voisine, une équipe qui avait la réputation de frapper fort et d'aller de l'avant, mais d'être assez médiocre pour la défense du terrain. M. Galanter nous dit qu'il comptait sur notre équipe pour construire un front défensif solide. Pendant que nous nous entraînions, notre équipe se trouvant encore seule sur le terrain, il n'arrêtait pas de frapper du poing droit dans sa main gauche en criant qu'il fallait que nous présentions un front défensif solide.

— Pas de trous ! criait-il, du but où il se trouvait. Pas de trous, vous entendez ? Goldberg, qu'est-ce que c'est que cette défensive ? Serrez ! Un cuirassé pourrait passer entre vous et Malter. Voilà. Schwartz, qu'est-ce que vous faites ? Vous attendez les paras ? Ici, on joue avec une balle. L'ennemi est par terre. Trop mou, votre lancer, Goldberg. Lancez avec un peu plus de malice. Redonnez-lui la balle. Lancez-la. Bien. Comme un filou. Très bien. Gardez solidement le terrain. Pas de trous dans la défensive dans cette guerre-là.

Nous frappions la balle et la lancions tout autour du terrain, il faisait chaud et le soleil brillait ; à cela s'ajoutait le bonheur de sentir l'été qui venait, l'excitation et la tension du jeu. Nous avions très envie de gagner, pour nous-mêmes bien sûr, mais aussi pour M. Galanter, parce que nous avions tous fini par aimer sa franchise et ses coups de poing dans la paume. Pour les rabbins qui enseignaient dans les écoles juives, le base-ball n'était qu'une malheureuse perte de temps, un germe d'assimilation possible déposé dans l'esprit des élèves des yeshivas par la portion anglaise de leur éducation. Mais pour les élèves de la plupart des écoles juives, une victoire interassociations en base-ball en était venue à prendre une importance à peine moins grande qu'un diplôme supérieur en Talmud, du fait qu'elle était un signe indiscutable d'américanisme, et qu'être considéré comme un Américain loyal était de la plus grande importance pour nous, au cours de ces dernières années de la guerre.

Ainsi, M. Galanter se tenait près du but, criant ses instructions et des paroles d'encouragement, et nous frappions et lancions la balle. Je sortis du terrain un instant pour arranger mes lunettes avant la partie. Je portais des lunettes à monture d'écaille et, avant de jouer, je courbais les branches de manière que les lunettes tiennent fermement et ne glissent pas sur mon nez au moment où je commençais à transpirer. J'attendais toujours le dernier moment avant la partie pour courber les branches de mes lunettes parce que, à partir de ce moment, elles me coupaient la peau autour des oreilles, et je n'avais pas envie de souffrir plus qu'il ne fallait. Pendant des jours, après une partie, j'avais les oreilles écorchées, mais je pensais que cela valait mieux, plutôt que d'avoir à remonter mes lunettes sur mon nez sans arrêt, ou même de les perdre tout à coup, à un moment important de la partie.

Davey Cantor, un des garçons de l'équipe, qui jouait comme remplaçant, au cas où l'un des joueurs aurait dû quitter le terrain, se tenait debout près du filet de protection, derrière le but. C'était un garçon petit, avec un visage rond, des cheveux noirs, des lunettes qui lui donnaient l'air d'un hibou et un nez juif prononcé. Il me regarda arranger mes lunettes.

— Tu as l'air en forme, Reuven, me dit-il.

— Merci, répondis-je.

— Tout le monde a l'air en forme.

— Ça va être une belle partie.

Il me regarda à travers ses lunettes.

— Tu crois ? demanda-t-il.

— Sûrement, pourquoi pas ?

— Tu les as déjà vus jouer, Reuven ?

— Non.

— Ce sont des assassins.

— Je sais.

— Des vrais. Ce sont des sauvages.

— Tu les as vus jouer ?

— Deux fois. Des assassins.

— Tout le monde joue pour gagner, Davey.

— Ils ne jouent pas seulement pour gagner. Ils jouent comme s'il s'agissait du premier des Dix Commandements.

Je me mis à rire.

— Cette yeshiva ? dis-je. Oh ! ça va, Davey.

— C'est la vérité.

— Bon, dis-je.

— Reb Saunders leur a donné l'ordre de ne jamais perdre parce que cela ferait honte à leur yeshiva, ou quelque chose comme ça. Je ne sais pas. Tu verras.

— Hé, Malter ! cria M. Galanter. Qu'est-ce que vous fabriquez, assis là-bas ?

— Tu verras, dit Davey Cantor.

— Bon, dis-je en lui souriant. C'est la guerre sainte.

Il me regarda.

— Est-ce que tu joues ? lui demandai-je.

— M. Galanter dit qu'il faudra que je prenne la deuxième base si c'est toi qui lances.

— Bon, alors bonne chance !

— Hé, Malter, cria M. Galanter. C'est la guerre, ne l'oubliez pas.

— Oui, monsieur, dis-je et je courus prendre position à la deuxième base.

Nous nous passâmes la balle pendant quelques minutes, puis je m'en allai au but pour travailler un peu à la batte. Je frappai un coup qui envoya la balle à un joueur à la gauche du terrain, il la rattrapa et me la renvoya. J'avais ma batte prête pour frapper, quand quelqu'un dit « Les voici », et je reposai la batte sur mon épaule. Je vis l'équipe contre laquelle nous allions jouer tourner le coin de la rue et entrer sur le terrain. Je vis Davey Cantor donner nerveusement des coups de pied dans le filet derrière le but, puis mettre les mains dans les poches de son pantalon de toile. Derrière ses lunettes de hibou, ses yeux paraissaient vides et mélancoliques.

Je les regardai entrer sur le terrain.

Ils étaient quinze, tous habillés de la même manière, chemises blanches, pantalons noirs, chandails blancs et petites calottes noires. À la manière des vrais orthodoxes, leurs cheveux étaient coupés court, excepté autour des oreilles, là où poussaient les cheveux qu'on ne touchait jamais et qui tombaient de chaque côté de la tête en longues boucles. Certains d'entre eux commençaient à avoir de la barbe, des touffes de poils éparses qui avaient poussé comme des sortes de bouquets isolés les uns des autres sur leur menton, leurs joues et leur lèvre supérieure. Tous portaient, sous leur chemise, le sous-vêtement traditionnel, et le *tzitzit*, dont les longues franges pendaient aux quatre coins du vêtement, apparaissait sous leurs ceintures et se balançait sur leur pantalon quand ils marchaient. C'étaient de vrais orthodoxes, et ils obéissaient à la lettre au commandement biblique *Et vous les conserverez*, qui se rapporte à ces franges.

Par contraste, notre équipe n'avait aucun uniforme spécial et chacun de nous portait les vêtements qu'il voulait : pantalons de toile, shorts, polos, chandails et même maillots de corps. Quelques-uns portaient le sous-vêtement, d'autres non. Aucun de nous n'avait de franges par-dessus son pantalon. Le seul élément uniforme que nous eussions en commun était la petite calotte noire que nous portions aussi.

Ils arrivèrent jusqu'à la première base, à côté du filet derrière le but et s'arrêtèrent là en une masse silencieuse, blanche et noire, tenant dans leurs mains leurs battes, leurs balles et leurs gants. Je les regardai. Ils ne me paraissaient présenter aucun signe de sauvagerie. Je vis Davey Cantor jeter encore une fois sa balle contre le filet, puis s'éloigner d'eux et se diriger vers la ligne de la deuxième base en remuant nerveusement ses mains le long de son pantalon de toile.

M. Galanter les regardait en souriant, marchant rapidement sur la pointe des pieds, sa calotte en équilibre précaire sur le haut de sa tête chauve.

Un homme se détacha de la masse noire et blanche des joueurs et fit un pas en avant. Il paraissait approcher de la trentaine, portait des vêtements noirs, des souliers noirs et un chapeau noir. Il avait une barbe noire et portait un livre sous le bras. Manifestement, c'était un rabbin, et je m'émerveillai de voir que la yeshiva avait choisi un rabbin plutôt qu'un athlète pour tenir le rôle de capitaine de son équipe.

M. Galanter s'approcha de lui et tendit la main.

— Nous sommes prêts pour le jeu, dit le rabbin en yiddish, secouant la main de M. Galanter avec un manque d'intérêt évident.

— Bien, dit M. Galanter en anglais, avec un sourire.

Le rabbin regarda le terrain.

— Vous avez déjà joué ? demanda-t-il.

— Qu'est-ce que vous dites ?

— Vous vous êtes exercé ?

— Évidemment.

— Nous désirons nous entraîner.

— Comment ça ? dit M. Galanter, surpris.

— Vous vous êtes entraînés, alors nous allons nous entraîner aussi.

— Vous ne vous êtes pas entraînés sur votre terrain ?

— Nous nous sommes entraînés.

— Bien, mais alors...

— Nous n'avons encore jamais joué sur votre terrain. Nous avons besoin de quelques minutes.

— Bon, dit M. Galanter, mais nous n'avons pas beaucoup de temps. La règle est que chaque équipe s'entraîne sur son propre terrain.

— Nous avons besoin de cinq minutes.

— Bien..., dit M. Galanter.

Il ne souriait plus. Il préférait toujours commencer sur-le-champ la partie quand nous jouions sur notre propre terrain. Cela nous empêchait de nous refroidir, disait-il.

— Cinq minutes, dit le rabbin. Dites à vos garçons de quitter le terrain.

— Comment ça ? demanda M. Galanter.

— Nous ne pouvons pas nous entraîner si vos garçons sont sur le terrain. Dites-leur de nous le laisser.

— Écoutez..., dit M. Galanter.

Mais il s'arrêta. Il réfléchit pendant un bout de temps. Derrière le rabbin, la masse noire et blanche des joueurs se tenait immobile, en attente. Davey Cantor donnait des coups de pied sur l'asphalte du terrain.

— Bon, d'accord. Cinq minutes. Cinq minutes seulement.

— Dites à vos garçons de quitter le terrain, dit le rabbin.

M. Galanter jeta un regard triste sur le terrain, il avait l'air un peu abattu. « Tout le monde dehors ! cria-t-il pas très fort. Ils veulent s'entraîner cinq minutes. Vite, vite. Bougez les bras. Ne vous refroidissez pas. Lancez quelques balles derrière le but. Allons ! »

Les joueurs se retirèrent du terrain.

La masse blanche et noire derrière les buts restait intacte. Le jeune rabbin se tourna vers l'équipe.

Il leur parla en yiddish. « Nous avons le terrain pour cinq minutes, dit-il. Rappelez-vous pour quoi et pour qui vous jouez. »

Puis il recula, et la masse noire et blanche se sépara en quinze joueurs qui prirent rapidement possession du terrain. L'un d'eux, un grand garçon avec des cheveux couleur de sable, de longs bras et de longues jambes qui paraissaient toutes en os et en angles, vint se placer devant le but et commença à frapper les balles que lui lançaient les joueurs, qui se criaient les uns aux autres des encouragements en yiddish. Ils se comportaient de façon bizarre, lançant des balles faciles, renvoyant n'importe où, jetant maladroitement les balles en l'air. Je regardai le jeune rabbin. Il s'était assis sur un banc, près du filet, et lisait son livre.

Derrière les buts, il y avait un espace vide, et M. Galanter nous occupait à lancer des balles.

— Continuez à vous exercer ! nous disait son poing qui tapait dans sa paume. Tout le monde dans la bataille ! Il ne faut jamais sous-estimer l'ennemi !

Mais il y avait un large sourire sur son visage. Maintenant qu'il voyait pour de bon comment se comportait l'autre équipe, il ne paraissait plus du tout inquiet sur le sort de la partie. Entre le moment où je lançai une balle et où elle me revint je me dis à moi-même que j'aimais bien M. Galanter, et je me demandai à quoi rimaient ces expressions militaires qu'il employait sans cesse, et pourquoi il n'était pas mobilisé.

Davey Cantor passa à côté de moi, courant après une balle qui lui était passée entre les jambes.

— Des assassins, lui dis-je avec un sourire.

— Tu verras, dit-il en se penchant pour attraper la balle.

— Pour sûr, dis-je.

— Surtout celui qui tient la batte. Tu verras.

La balle revenait vers moi, je la rattrapai adroitement et la renvoyai.

— Qui est-ce, celui qui tient la batte ? demandai-je.

— Danny Saunders.

— Excuse mon ignorance, mais qui est Danny Saunders ?

— Le fils de Reb Saunders, dit Davey Cantor, en clignant de l'œil.

— Tu m'impressionnes.

— Tu verras, dit Davey Cantor, et il partit en courant avec sa balle.

Mon père, qui n'éprouvait aucune amitié pour les communautés hassidiques et les rabbins qui régnaient sur elles, m'avait parlé du rabbin Isaac Saunders et du fanatisme avec lequel il régnait sur son peuple et réglait les problèmes relevant de la Loi juive.

Je vis M. Galanter regarder son bracelet-montre,

puis jeter un coup d'œil sur l'équipe qui occupait le terrain. Les cinq minutes, apparemment, étaient écoulées mais les joueurs ne manifestaient aucune intention de quitter le terrain. Danny Saunders était maintenant à la première base et je remarquai qu'il se servait bien de ses longs bras et de ses longues jambes car, en sautant et en s'étirant en longueur, il arrivait à rattraper la plupart des méchantes balles qui arrivaient à sa portée.

M. Galanter s'approcha du jeune rabbin qui était resté assis sur le banc et qui n'avait pas interrompu sa lecture.

— Les cinq minutes sont passées, dit-il.

Le rabbin leva les yeux de son livre.

— Ah ? dit-il.

— Les cinq minutes sont passées, dit M. Galanter.

Le rabbin regarda vers le terrain.

— Assez ! cria-t-il en yiddish. Il est temps de jouer !

Puis il regarda son livre et reprit sa lecture.

Les joueurs continuèrent à lancer la balle dans tous les sens pendant encore une minute ou deux, puis sortirent lentement du terrain. Danny Saunders passa devant moi, ayant encore à la main son gant de première base. Il était pas mal plus grand que moi, et, contrastant avec mes traits assez ordinaires mais convenablement équilibrés et avec mes cheveux noirs, son visage semblait sculpté dans la pierre. Son menton, ses mâchoires étaient tout en lignes saillantes et dures, son nez, droit et pointu, ses lèvres pleines, dessinant un angle aigu à leur centre, sous le nez, puis redescendant obliquement pour former une bouche trop large. Ses yeux étaient d'un bleu profond et les quelques touffes de poils qui recouvraient ses joues, son menton et sa lèvre supérieure, ainsi que ses cheveux coupés court et les boucles qui tombaient le long de ses oreil-

les, étaient couleur de sable. Il marchait de façon
dégingandée, tout ébouriffé, tout bras et jambes, parlant en yiddish à l'un de ses coéquipiers et m'ignorant
complètement en passant à côté de moi. Je me dis que
je n'aimais pas son air de supériorité hassidique et que
ce serait vraiment un grand plaisir que de le battre, lui
et son équipe, dans la partie qu'on allait jouer cet
après-midi.

L'arbitre, un professeur de gymnastique d'une des
écoles juives voisines, appela les équipes pour décider
qui aurait la batte la première. Je le vis lancer la balle
en l'air. Ce fut un membre de l'autre équipe qui la
rattrapa et la laissa presque échapper.

Pendant le choix main sur main, Davey Cantor
revint et s'arrêta à côté de moi.

— Qu'est-ce que tu en penses ? me demanda-t-il.

— Un tas de poseurs, lui dis-je.

— Qu'est-ce que tu penses de leur jeu ?

— Ils sont moches.

— Ce sont des assassins.

— Oh, ça va, Davey.

— Tu verras, dit Davey Cantor en me regardant
mélancoliquement.

— J'ai déjà vu.

— Tu n'as rien vu.

— D'accord, dis-je. Le prophète Élie vient lancer
la balle à leur place quand ça va mal pour eux.

— Je ne plaisante pas, dit-il, vexé.

— Des assassins, lui dis-je, et je me mis à rire.

Les équipes commençaient à se disperser. Nous
avions perdu le choix, et ils avaient décidé de battre
les premiers. Nous détalions à travers le terrain. Je pris
ma position à la deuxième base. Je voyais le jeune
rabbin assis à côté du filet sur son banc et qui continuait à lire. Nous nous lançâmes la balle, de-ci de-là,
pendant quelques instants. M. Galanter se tenait à côté

de la troisième base, hurlant des paroles d'encouragement. Il faisait chaud, je transpirais un peu et je me
sentais très bien. À ce moment, l'arbitre qui s'était
placé à côté du lanceur demanda la balle et quelqu'un
la lui lança. Il la tendit au lanceur et cria : « Allons-y.
Jouez ! » Nous prîmes nos positions.

M. Galanter cria : « Goldberg, avancez ! » et Sidney
Goldberg, qui était en position entre la deuxième et la
troisième base, avança de deux pas et s'approcha un
peu de la troisième base. « Okay, ça va, dit M. Galanter. Gardez solidement le terrain. »

Un jeune garçon, de petite taille, se plaça devant le
but et se tint là, les pieds joints, tenant sa batte de
façon étrange, au-dessus de sa tête. Il portait des lunettes à monture d'acier qui donnaient à son visage un
air vieux et pincé. Il frappa violemment en réponse au
premier lancer et la force de son coup le fit tourner
complètement sur lui-même. Ses papillotes s'élevèrent
au-dessus de sa tête et le suivirent dans son mouvement, tournant presque à l'horizontale. Puis il reprit
son équilibre et retourna à sa place, près de l'aire de
lancer, petit, maigre, les pieds joints, tenant sa batte
au-dessus de sa tête dans une prise bizarre.

L'arbitre annonça le coup d'une voix forte et claire,
et je vis Sidney Goldberg qui me regardait avec un
large sourire.

— S'il étudie le Talmud comme ça, il est foutu, dit
Goldberg.

Et je lui souris moi aussi.

— Gardez solidement le terrain ! cria M. Galanter
depuis la troisième base. Malter, un peu plus à gauche ! Bien !

Le lancer suivant était trop haut et le garçon frappa,
perdit sa batte et tomba en avant sur les mains. Sidney
Goldberg et moi échangeâmes un nouveau regard. Sidney était dans ma classe. Nous étions bâtis un peu sur

le même modèle, petits et minces, avec les bras et les jambes un peu trop maigres. Il n'était pas très bon élève, mais c'était un excellent joueur de base-ball. Nous habitions le même bloc et nous étions bons amis, sinon intimes. Il était habillé d'un tricot de corps et de pantalons de toile et ne portait pas le sous-vêtement à quatre pointes. Pour moi, je portais une légère chemise bleue et des pantalons de travail noirs, et, sous ma chemise, le sous-vêtement à quatre pointes.

Le petit garçon mince était revenu sur l'aire de lancer, il était debout, les pieds joints, tenant toujours sa batte à sa manière étrange. Il laissa passer le lancer suivant et l'arbitre le compta pour un coup. Je vis que le jeune rabbin levait un instant les yeux de son livre, puis reprenait sa lecture.

— Encore deux comme ça ! criai-je pour encourager le lanceur. Encore deux comme ça, Schwartzie !

Et je pensai : « Des assassins ! »

Je vis Danny Saunders s'approcher du garçon qui venait de mettre la balle dehors et lui parler. Le garçon avait les yeux baissés et semblait se ratatiner de douleur. Il secoua la tête et s'en fut derrière le filet. Un autre garçon, de petite taille, maigre, prit sa place. Je jetai les yeux autour de moi pour apercevoir Davey Cantor, mais je ne le vis pas.

Le garçon qui avait la batte frappa de toutes ses forces aux deux premiers lancers et les rata tous les deux. Il frappa de nouveau au troisième ; j'entendis le *fouac* de la batte au moment où elle entrait en contact avec la balle, et je vis la balle partir rapidement, en ligne droite vers Sidney Goldberg, qui l'attrapa, cafouilla un moment et finalement la reçut dans son gant. Il me lança la balle et nous nous la relançâmes, les uns les autres. Je le vis qui retirait son gant et secouait la main.

— Ça fait mal, dit-il en grimaçant un sourire.

— Bien rattrapé, lui dis-je.

— Ça fait drôlement mal, dit-il et il remit son gant.

Le batteur qui se tenait maintenant sur l'aire était large d'épaules et bâti comme un ours. Il frappa au premier lancer, manqua la balle, frappa de nouveau au second lancer et envoya la balle tout droit par-dessus la tête du gardien de la troisième base, vers la gauche du terrain. Je courus à la deuxième base, m'y arrêtai et criai pour qu'on m'envoie la balle. Je vis le joueur de gauche la ramasser au deuxième rebond et me la lancer. Elle arrivait un peu haut et je levai mon gant pour la prendre. Je sentis plus que je ne vis le batteur charger en direction de la seconde base et, au moment où je prenais la balle dans mon gant, il m'écrasa comme un camion. La balle passa par-dessus ma tête et je tombai lourdement en avant sur le sol asphalté de la cour tandis qu'il me dépassait, courant vers la troisième base, ses franges flottant derrière lui, retenant sa calotte sur sa tête de sa main droite pour éviter de la perdre. Abe Goldstein, notre joueur de première base, rattrapa la balle et la renvoya à son équipier, et le batteur se prépara au troisième lancer, un large sourire éclairant son visage.

L'équipe de la yeshiva adverse éclata en acclamations violentes et hurla en yiddish des félicitations au batteur.

Sidney Goldberg m'aida à me relever.

— Ce *momzer*[1], dit-il. Tu n'étais pas sur son chemin.

— Ouh là ! dis-je en reprenant ma respiration.

Je m'étais éraflé la paume de la main droite.

— Quel *momzer* ! répéta Sidney Goldberg.

Je vis M. Galanter qui se précipitait sur le terrain pour parler à l'arbitre.

---

1. Mot hébreu signifiant « bâtard ».

— Qu'est-ce que c'est que ce jeu-là ? demanda-t-il d'une voix coléreuse. Comment allez-vous régler ça ?

— Arrivé à la troisième base, dit l'arbitre. Votre joueur était dans le chemin.

M. Galanter ouvrit grand la bouche.

— Qu'est-ce que vous dites ?

— Arrivé à la troisième base, répéta l'arbitre.

M. Galanter paraissait disposé à discuter, puis il réfléchit, et ensuite me regarda.

— Ça va, Malter ?

— Ça va, dis-je en prenant une profonde inspiration.

— En jeu ! cria l'arbitre.

L'équipe de la yeshiva se calma. Je m'aperçus que le jeune rabbin ne regardait plus son livre et souriait faiblement.

Un joueur, grand et mince, se plaça sur l'aire, prit une position de pieds correcte, balança une ou deux fois sa batte, puis s'accroupit en attente. Je vis que c'était Danny Saunders. J'ouvris et refermai ma main droite et je reculai de deux pas.

— En arrière ! en arrière ! criait M. Galanter qui se trouvait à côté de la troisième base, et je reculai encore de deux pas.

Je m'accroupis en attente.

Le premier lancer fut raté, et toute l'équipe de la yeshiva éclata de rire. Le jeune rabbin était toujours assis sur son banc, regardant intensément Danny Saunders.

— T'en fais pas, Schwartzie ! criai-je pour encourager le lanceur. Tu n'as plus qu'un coup à jouer !

Le lancer suivant passa à cinquante centimètres au-dessus de la tête de Saunders, et toute la yeshiva éclata de rire. Sidney Goldberg et moi, nous nous regardâmes. Je vis M. Galanter qui se tenait, très tranquille, près de la troisième base, regardant le lanceur. Le rabbin, de son côté, surveillait Danny Saunders.

Le lancer suivant conduisit la main de Schwartzie le long d'une ligne étendue et lente et, avant même que la balle eût franchi la moitié du chemin, je savais que Danny Saunders allait essayer de la reprendre. Je le savais rien qu'en le voyant avancer son pied gauche et envoyer la batte derrière lui, et en voyant aussi son long corps mince commencer à pivoter rapidement sur lui-même. Je tendis tout mon corps, attendant le bruit de la batte contre la balle et, quand vint celui-ci, il résonna comme un coup de fusil. Pendant une fraction de seconde, je perdis la balle de vue. Puis je vis Schwartzie plonger vers le sol, et la balle passa en l'air exactement à l'endroit où s'était trouvée sa tête, et j'essayai de la reprendre mais elle allait trop vite, et j'eus à peine le temps de lever mon gant avant qu'elle se trouve au centre du terrain. Elle fut attrapée au rebond et renvoyée à Sidney Goldberg, mais pendant ce temps Danny Saunders était arrivé jusqu'à ma base et la yeshiva hurlait de joie.

M. Galanter demanda une interruption et s'avança vers Schwartzie. Goldberg me fit un signe de tête et nous allâmes tous les deux les rejoindre.

— Cette balle aurait pu me tuer ! disait Schwartzie.

Schwartzie était un garçon de taille moyenne, avec une longue figure couverte d'une mauvaise acné.

Il essuyait la sueur qui coulait le long de ses joues.

— Bon Dieu, vous avez vu cette balle ?

— Je l'ai vue, dit M. Galanter d'un air lugubre.

— Elle allait trop vite pour que je puisse l'arrêter, monsieur Galanter, dis-je en prenant la défense de Schwartzie.

— J'ai entendu parler de ce Danny Saunders, dit Sidney Goldberg. Il vise toujours le lanceur.

— Tu aurais pu me le dire, dit Schwartzie d'un ton de lamentation. J'aurais pu m'y préparer.

— J'ai simplement entendu dire ça, dit Sidney Goldberg. Est-ce que tu crois tout ce qu'on raconte ?

— Bon Dieu, cette balle aurait pu me tuer, dit à nouveau Schwartzie.

— Est-ce que vous voulez continuer à lancer ? demanda M. Galanter.

Son front était recouvert d'une fine couche de sueur, et il avait l'air très lugubre.

— Sûrement, monsieur Galanter, dit Schwartzie. Ça va tout à fait bien.

— Vous êtes sûr ?

— Pour sûr que je suis sûr.

— Je ne veux pas de héros dàns cette guerre-ci, dit M. Galanter. Je veux des soldats vivants, pas des héros morts.

— Je ne suis pas un héros, murmura tant bien que mal Schwartzie. Je peux continuer, monsieur Galanter. C'est seulement le premier tour.

— D'accord, soldat, dit M. Galanter, sans beaucoup d'enthousiasme. Continuez seulement à faire en sorte qu'on se batte aussi, de notre côté, dans cette guerre.

— Je fais de mon mieux, monsieur Galanter, dit Schwartzie.

M. Galanter hocha la tête, il avait toujours l'air aussi lugubre, et il quitta le terrain. Je le vis prendre un mouchoir dans sa poche et s'essuyer le front.

— Jésus-Christ ! dit Schwartzie, maintenant que M. Galanter était parti. J'ai bien cru que ce salaud visait en plein ma tête.

— Oh, ça va, Schwartzie, dis-je. C'est tout de même pas Babe Ruth [1].

— Tu as entendu ce que disait Sidney ?

---

1. George Herman Ruth, surnommé Babe Ruth, célèbre joueur de base-ball.

— Si tu ne le leur servais pas sur un plateau d'argent, ils ne frapperaient pas comme ça.

— Qui est-ce qui le leur sert sur un plateau d'argent ? se lamenta Schwartzie. C'était un lancer formidable.

— Tu parles, dis-je.

L'arbitre vint vers nous.

— Est-ce que vous avez l'intention de bavarder ici tout l'après-midi ? demanda-t-il.

C'était un homme court d'environ cinquante ans et il avait l'air de s'impatienter.

— Non, monsieur, dis-je très poliment, et Sidney et moi courûmes à nos bases.

Danny Saunders était sur ma base. Sa chemise blanche lui collait aux bras et au dos tant il était en sueur.

— Joli coup, lui dis-je gentiment.

Il me regarda avec curiosité sans rien répondre.

— Tu vises toujours le lanceur comme ça ? demandai-je.

Il sourit faiblement.

— Tu es Reuven Malter, dit-il dans un anglais parfait.

Il avait une voix un peu nasale.

— C'est ça, dis-je, en me demandant où il avait entendu prononcer mon nom.

— Tu es le fils de David Malter qui écrit des articles sur le Talmud ?

— Oui.

— J'ai prévenu l'équipe que nous allions vous tuer, vous autres *apikorsim*[1], cet après-midi.

Je le regardai en espérant que le frisson glacé qui me traversait soudain ne se voyait pas sur mon visage.

---

1. Adepte de la doctrine d'Épicure. Signifie couramment « sceptique », « agnostique ».

— Pour sûr, dis-je. Frottez-vous avec votre *tzitzit* pour que ça vous porte chance.

Je m'éloignai de lui et pris ma position près de la base. Je regardai vers le filet de protection et je vis Davey Cantor qui se tenait là, regardant le terrain, les mains dans les poches. Je m'accroupis rapidement parce que Schwartzie commençait à lancer.

Le batteur balança sa batte aux deux premiers lancers et les manqua tous les deux. Le coup suivant fut bas, et il le laissa passer, puis il reprit une balle au sol et l'envoya au joueur de la première base, qui la laissa tomber, puis la rattrapa à temps pour voir Danny Saunders gagner la base suivante. L'homme de la première base resta un moment immobile, comme rempli de confusion, puis lança la balle à Schwartzie. Je vis M. Galanter, près de la troisième base, qui s'essuyait le front. La yeshiva éclata de nouveau en hurlements de joie et tous essayaient de rejoindre Danny Saunders et de lui serrer la main. Je vis le rabbin qui souriait largement, puis il baissa les yeux sur son livre et reprit sa lecture.

Sidney Goldberg s'approcha de moi.

— Qu'est-ce que Saunders t'a dit ? demanda-t-il.

— Il a dit que, cet après-midi, ils allaient nous tuer tous, nous autres *apikorsim*.

Il me regarda.

— Gentils garçons, ces types de la yeshiva, dit-il, et il retourna lentement prendre position.

Le batteur suivant envoya un long coup sur la droite, qui fut rattrapé sans difficulté.

— Hourrah pour nous, dit Sidney Goldberg en souriant tandis que nous nous écartions du terrain. Encore un peu, et ils vont nous demander de nous joindre à eux pour l'office de Mincha.

— Pas nous, dis-je. Nous ne sommes pas assez saints.

— Où est-ce qu'ils ont appris à taper comme ça ?

— Comment savoir ? dis-je.

Nous étions près du filet, formant un cercle resserré autour de M. Galanter.

— Deux tours seulement, dit M. Galanter en écrasant son poing droit dans sa main gauche. Et ils ont sorti contre nous leurs plus gros moyens. Maintenant, nous allons donner notre artillerie lourde à nous. Maintenant, nous allons faire le barrage contre eux.

Il avait l'air soulagé, mais il continuait à transpirer. Sa calotte paraissait collée à sa tête par la sueur. « Okay ! dit-il. Feu ! »

Le cercle se rompit et Sidney Goldberg s'avança vers l'aire de lancer, portant une batte. Je vis que le rabbin était toujours assis, en train de lire, sur son banc. J'allais passer derrière lui pour voir quel livre c'était, quand Davey Cantor me rattrapa, les mains dans les poches, le regard toujours aussi triste.

— Eh bien ? demanda-t-il.

— Eh bien quoi ? dis-je.

— Je t'avais dit qu'ils savaient taper.

— Bon, tu me l'avais dit. Alors ?

Je n'étais pas d'humeur à m'occuper de mes sentiments et le ton que j'employai pour lui parler était destiné à le lui montrer.

Il sentit mon irritation.

— Je ne voulais pas me vanter, dit-il, et il avait l'air vexé, je voulais seulement savoir ce que tu en pensais.

— Ils savent taper, dis-je.

— Ce sont des assassins, dit-il.

Je regardai Sidney Goldberg qui laissait passer une balle et je ne répondis rien.

— Comment va ta main ? demanda Davey Cantor.

— Je me suis écorché.

— Il t'est rentré dedans rudement fort.

— Qui c'est ?

— Dov [1] Shlomovitz, dit Davey Cantor. Il ressemble à son nom, ajouta-t-il en hébreu.

— Est-ce que je le gênais ?

Davey Cantor haussa les épaules.

— Tu le gênais et tu ne le gênais pas. L'arbitre aurait pu juger dans un sens ou dans l'autre.

— Il est arrivé comme un camion, dis-je, surveillant Sidney Goldberg qui reculait devant une balle courte.

— Tu devrais voir son père. C'est un des *shamashim* de Reb Saunders. Un de ses gardes du corps.

— Reb Saunders a des gardes du corps ?

— Et comment il en a ! dit Davey Cantor. Ils le protègent de sa propre popularité. Où donc étais-tu ces dernières années ?

— Je n'ai rien à faire avec eux.

— Tu ne perds rien, Reuven.

— Comment se fait-il que tu en saches tant sur Reb Saunders ?

— Mon père lui donne de l'argent.

— Tant mieux pour ton père.

— Il ne va pas prier là-bas ou faire quoi que ce soit. Il lui donne seulement de l'argent.

— Tu es dans la mauvaise équipe, dis-je.

— Non, Reuven, ça n'est pas vrai. Ne sois pas comme ça.

Il avait l'air très frappé.

— Mon père n'est pas un hassid. Il leur donne seulement un peu d'argent une ou deux fois par an.

— Je plaisantais, Davey.

Je lui souris.

— Ne sois pas toujours si sérieux.

Je vis un large sourire éclairer son visage et, juste

---

1. *Dov*, en hébreu, signifie ours.

à ce moment, Sidney Goldberg frappa une longue balle, à ras du sol, et se mit à courir. La balle arriva dans les jambes du joueur de la troisième base, dans la partie gauche du terrain.

— Gardez la première base ! lui cria M. Galanter, et Sidney s'arrêta à la première base.

La balle avait été rapidement lancée à la deuxième base. Le joueur de la deuxième base regarda autour de lui, puis passa la balle au lanceur. Le rabbin leva un instant les yeux au-dessus de son livre, puis reprit sa lecture.

— Malter, à la deuxième base ! cria Mr Galanter, et je courus jusqu'à la ligne de la base.

— Ils savent taper, mais ils ne savent pas utiliser le terrain, dit Sidney Goldberg en me souriant au moment où je m'arrêtais à la base.

— Davey Cantor dit que ce sont des assassins, dis-je.

— Davey est un vieux pessimiste, dit Sidney Goldberg en souriant.

Le batteur suivant envoya une balle haute au joueur de la deuxième base, marquant ainsi un point sans s'occuper de nous deux.

— Avancez tous ! cria l'arbitre, et notre équipe poussa des hurlements de joie.

M. Galanter souriait. Le rabbin continuait sa lecture, et je vis que, maintenant, il se balançait lentement d'avant en arrière.

— Ouvre l'œil, Sidney ! criai-je de la première base.

Je vis que Danny Saunders me regardait, puis il détourna les yeux. « Des assassins », me dis-je.

— Si c'est une balle basse, cours de toutes tes forces, dis-je au batteur qui était venu à la première base et il me fit un signe de tête.

C'était notre joueur de troisième base et il était à peu près de ma taille.

— S'ils continuent à jouer comme ça, nous serons encore ici demain, dit-il, et je lui souris.

Je vis que M. Galanter parlait avec le batteur suivant, qui hochait vigoureusement la tête. Il se plaça sur l'aire de départ, frappa vigoureusement une balle basse qui cafouilla un peu, puis la passa à la première base. Je vis Danny Saunders se tendre pour la rattraper et la prendre.

— Out ! cria l'arbitre. Avancez à la seconde et troisième base !

Je courus à la plaque pour prendre la batte, riant presque tout haut de la bêtise du lanceur. Il avait lancé à la première base, au lieu de la troisième et maintenant nous avions Sidney Goldberg sur la troisième base et un de nos joueurs sur la seconde. Je frappai une balle basse pour le bloqueur et au lieu de la lancer à l'homme de la seconde base, il la lança à la première, n'importe comment, et de nouveau Danny Saunders arrêta la balle. Mais je frappai de nouveau la balle qu'on me lança et j'entendis l'arbitre qui criait : « Arrêtez partout. Un point ! » Et tous les joueurs de notre équipe se mirent à donner des tapes dans le dos à Sidney Goldberg. M. Galanter avait un large sourire.

— Hello, dis-je à Danny Saunders, qui se tenait près de moi, gardant sa base. Tu as pris la précaution de toucher ton *tzitzit* ?

Il jeta les yeux sur moi, puis détourna son regard lentement, le visage sans expression.

Schwartzie était à la plaque et balançait sa batte. Il laissa passer deux balles et un coup, puis je le vis qui commençait à pivoter au quatrième lancer. Le coureur de la troisième base partit pour rejoindre son point de départ. Il était presque à moitié du chemin le long de la ligne, quand la batte envoya la balle droit sur le gardien de la troisième base, le garçon petit et maigre avec des lunettes et une figure de vieillard, qui se tenait contre les sacs et qui, maintenant, rattrapait la balle plus avec son estomac qu'avec son gant ; il s'arrangea pour la garder et demeura immobile, l'air complètement stupéfait.

Je revins à la première base et je vis celui de nos équipiers qui avait été à la troisième base et qui était maintenant à moitié chemin en direction de la plaque de but faire demi-tour brutalement et se mettre à courir de toutes ses forces pour revenir en arrière.

— Garde la base ! cria Danny Saunders en yiddish à travers le terrain et, plus par obéissance qu'en se rendant compte de ce qu'il faisait, l'homme de la troisième base mit le pied sur la base.

L'équipe de la yeshiva éclata en cris de joie et se mit à courir pour sortir du terrain. Danny Saunders me regarda, commença à me dire quelque chose, s'arrêta, puis s'éloigna rapidement.

Je vis M. Galanter qui retournait à la ligne de la troisième base, le visage lugubre. Le rabbin avait levé les yeux de son livre et souriait.

Je pris position près de la deuxième base, et Sidney Goldberg vint vers moi.

— Pourquoi est-ce qu'il est parti comme ça ? demanda-t-il.

Je regardai notre homme de la troisième base qui se tenait à côté de M. Galanter et paraissait très abattu.

— Il était pressé de gagner la guerre, dis-je amèrement.

— Quel ballot ! dit Sidney Goldberg.

— Goldberg, allez à votre place ! cria M. Galanter.

Il y avait une sorte de colère dans sa voix.

— Gardez solidement le terrain.

Sidney Goldberg rejoignit rapidement sa place. Je ne bougeai pas et attendis.

Il faisait chaud et je transpirais. Je sentais les branches de mes lunettes qui m'entraient dans la peau, au-dessus des oreilles ; je les enlevai pendant quelques instants, puis les remis rapidement parce que Schwartzie allait jouer la balle de fin de manche. Je m'accroupis, en attente, me souvenant de la promesse que Danny Saunders avait faite à son équipe : qu'ils nous tueraient tous, nous autres *apikorsim.* À l'origine, ce mot désignait un Juif qui, élevé dans le judaïsme, reniait les dogmes fondamentaux de sa foi, tels que l'existence de Dieu, la révélation, la résurrection des morts. Pour des gens comme Reb Saunders, le même mot désignait aussi bien n'importe quel Juif élevé dans sa religion qui lisait, par exemple, Darwin et qui ne portait pas ses cheveux en papillotes, ou les franges de son sous-vêtement par-dessus son pantalon. Pour Danny Saunders, j'étais un *apikoros*, en dépit de ma croyance en Dieu et dans la Torah, parce que je ne portais pas mes cheveux en papillotes, parce que j'allais dans une école où on étudiait trop de matières en anglais et où les sujets d'études juifs étaient enseignés en hébreu et non en yiddish : toutes ces choses représentaient des péchés inouïs, l'une parce que ces études en anglais prenaient le temps qui aurait dû être consacré à l'étude de la Torah, l'autre parce que l'hébreu était la Langue Sacrée et que de s'en servir pour des cours ordinaires, en classe, était un sacrilège contre le Nom de Dieu. Personnellement, je n'avais jamais eu de contact avec ce genre de Juifs auparavant. Mon père m'avait dit qu'il ne s'inquiétait pas de ce qu'ils pensaient. Ce qui l'irritait, c'était leur conviction fanatique de détenir la vérité, leur certitude absolue qu'eux, et eux seuls, étaient écoutés de Dieu, et que tout autre Juif était dans le mal, un pécheur, un hypocrite, un *apikoros*, et condamné, par conséquent, à brûler en enfer. Mais je me demandais en même temps comment ils avaient appris à frapper comme cela sur une balle, si le temps consacré à l'étude de la Torah était si précieux pour eux et je me demandais aussi pourquoi ils avaient envoyé un rabbin perdre son temps sur un banc pendant une partie de base-ball.

Là, sur le terrain, alors que je regardais le joueur qui, sur la plaque, balançait sa batte et ratait une balle haute, je me sentis tout à coup plein de colère, au point que le jeu cessa pour moi d'être simplement un jeu pour devenir une guerre. Je n'y trouvai plus aucun plaisir, aucune excitation. D'une certaine manière, l'équipe de la yeshiva avait transformé la partie de base-ball de cet après-midi en un conflit entre ce qu'ils considéraient comme leur vertu et nos péchés. Je sentis la colère qui grandissait en moi, et je sentis en même temps que cette colère se concentrait sur Danny Saunders et, tout à coup, je n'éprouvai plus aucun mal à le haïr.

Schwartzie eut devant lui successivement cinq hommes de leur équipe pendant la moitié de cette manche et un seul de ces cinq marqua un point. Pendant la moitié de cette manche, les joueurs de la yeshiva nous avaient crié quelquefois en yiddish : « Que l'enfer vous brûle, *apikorsim* ! » et à la pause, tandis que nous nous tenions autour de M. Galanter, près du filet, nous avions tous compris qu'il ne s'agissait plus d'une partie de base-ball comme les autres.

M. Galanter transpirait abondamment et son visage était sombre. Tout ce qu'il nous dit fut : « À partir de maintenant, nous nous battons en prenant des précautions. Plus une faute. » Il avait parlé très calmement, et nous étions tous calmes, au moment où le batteur alla s'installer sur la plaque de but.

Nous nous mîmes à jouer un jeu lent et précautionneux, obéissant ainsi aux instructions de M. Galanter. Quelle que fût la place où se trouvaient les coureurs sur les bases, je remarquai que l'équipe de la yeshiva lançait toujours à Danny Saunders et je m'aperçus qu'ils jouaient ainsi parce qu'il était le seul joueur d'intrachamp en qui ils pouvaient avoir confiance pour arrêter les lancers qui manquaient de précision. À un moment donné, au cours de cette manche, je passai derrière le rabbin et, par-dessus son épaule, je jetai un coup d'œil sur le livre qu'il était en train de lire. Il était écrit en yiddish. Je retournai vers le filet. Davey Cantor vint me rejoindre et se tint près de moi, mais sans rien dire.

Nous ne marquâmes qu'un seul circuit complet au cours de cette manche, et nous allâmes sur le terrain pour la première moitié de la troisième manche avec l'impression que nous avions perdu.

Dov Shlomovitz vint prendre sa place sur le but. Il était là, comme un ours, tenant la batte dans ses mains rougeaudes comme si elle avait été une allumette. Schwartzie lança la balle, et il la frappa, l'envoyant par-dessus la tête de l'homme de la troisième base, puis courut à la première base. L'équipe de la yeshiva l'acclama et, de nouveau, l'un d'eux nous cria en yiddish : « Brûlez tous, sales *apikorsim* ! » Sidney Goldberg et moi, nous nous regardâmes sans rien dire.

M. Galanter se tenait près de la troisième base, et il s'essuyait le front. Le rabbin était assis, tranquillement, et il lisait.

Je retirai mes lunettes et me frottai les oreilles. J'eus soudain une impression d'irréalité, comme si le terrain de jeu, avec son sol d'asphalte noir et les lignes blanches des bases, était maintenant tout mon univers, comme si toutes les années que j'avais vécues jusque-là m'avaient, en quelque sorte, seulement conduit à vivre cette partie, et comme si toutes les années qu'il me restait à vivre allaient dépendre de son résultat. Je restai là quelques instants, tenant mes lunettes à la main et pénétré de peur. Puis je pris une profonde inspiration, et la peur s'évanouit. « Ce n'est qu'une partie de base-ball, me dis-je. Et une partie de base-ball, quelle importance cela a-t-il ? »

M. Galanter nous cria de nous reculer. Je me tenais à un mètre environ à gauche de la deuxième base, et je reculai de deux pas. Je vis Danny Saunders qui se dirigeait vers le but en balançant sa batte. Les joueurs de la yeshiva lui criaient en yiddish de nous tuer tous, nous autres *apikorsim.*

Schwartzie se retourna pour regarder le terrain. Il avait l'air nerveux et il prenait son temps. Sidney Goldberg se tenait droit, en attente. Nous nous regardâmes un instant, puis détournâmes les yeux. M. Galanter se tenait, très tranquille, près de la troisième base, et il regardait Schwartzie.

La première balle fut basse, et Danny Saunders l'ignora. La deuxième partit pour arriver à hauteur d'épaule et, avant qu'elle arrive aux deux tiers de la distance du but, je me tenais déjà à la deuxième base. Mon gant se levait au moment même où la batte claquait sur la balle, et je vis la balle passer en ligne droite au-dessus de la tête de Schwartzie, très haut au-dessus de sa tête, se déplaçant si vite qu'il n'avait presque pas eu le temps de reprendre son équilibre, après l'avoir lancée, quand elle passa au-dessus de lui. Je vis Dov Shlomovitz qui tournait la tête vers moi et Danny Saunders qui courait vers la première base, et j'entendis la yeshiva qui hurlait et Sidney Goldberg qui criait. Et je sautai, m'élevant au-dessus du sol de toute la force de mes jambes, en étirant le bras, ma main et le gant qu'elle portait au point que j'eus l'impression de me démettre l'épaule. La balle frappa la poche du gant avec une force qui paralysa ma main et que je ressentis comme une décharge électrique, et je sentis que sa force me repoussait en arrière et me faisait perdre mon équilibre. Je tombai brutalement sur mon coude et mon épaule gauches. Je vis Dov Shlomovitz qui faisait demi-tour et revenait à la première base, et je réussis à m'asseoir et à lancer la balle, maladroitement, à Sidney Goldberg, qui la rattrapa et la lança à la première base. J'entendis l'arbitre qui criait : « Hors jeu ! » et Sidney Goldberg courut vers moi pour m'aider à me relever, avec sur son visage une expression d'incrédulité et de joie extasiée. M. Galanter cria : « Pause ! » et vint, en courant, sur le terrain. Schwartzie était resté en position de lanceur, la bouche ouverte. Danny Saunders était sur la ligne des bases, à quelques pas de la première, là où il s'était arrêté après que j'eus attrapé la balle, me regardant, le visage aussi froid que la pierre. Le rabbin aussi me regardait, et l'équipe de la yeshiva se taisait, dans un silence de mort.

— Tu l'as rattrapée d'une manière formidable, Reuven, dit Sidney Goldberg en me donnant des tapes dans le dos. C'était sensationnel !

Je vis que le reste de notre équipe était soudain ressuscité, ils se lançaient la balle dans tous les sens et parlaient de la partie.

M. Galanter arriva.

— Ça va, Malter ? demanda-t-il. Laissez-moi voir cette épaule.

Je lui montrai l'épaule en question. Je m'étais éraflé, mais la peau n'avait pas été profondément atteinte.

— Vous avez bien joué, dit M. Galanter en me souriant.

Son visage était toujours couvert de sueur, mais maintenant il souriait largement.

— Merci, monsieur Galanter.

— Comment va votre main ?

— Elle me fait un peu mal.

— Montrez-la.

J'enlevai le gant et M. Galanter palpa mon poignet et me plia le poignet et les doigts.

— Est-ce que ça vous fait mal ?

— Non.

Je mentais.

— Vous voulez continuer à jouer ?

— Et comment, monsieur Galanter !

— Okay, dit-il, en me souriant et en me donnant des tapes dans le dos. On vous proposera pour un Cœur Pourpre [1] pour ce coup-là, Malter.

Je grimaçai un sourire.

— Okay, dit M. Galanter. Gardez bien cet intrachamp.

Et il s'en alla, toujours souriant.

— Je n'arrive pas à comprendre comment tu l'as rattrapée, dit Sidney Goldberg.

— Tu avais commencé par bien la lancer, lui dis-je.

— Ouais, dit-il, et pendant ce temps, tu te préparais à sauter.

Nous nous sourîmes, puis nous rejoignîmes nos places.

Nous marquions deux points à cette manche, et au début de la cinquième manche, nous menions cinq à trois. Quand nous prîmes position pour la dernière moitié de la cinquième manche M. Galanter marchait de long en large, près de la troisième base, sur la pointe des pieds, suant, souriant, s'essuyant nerveusement le front ; le rabbin ne lisait plus ; l'équipe de la yeshiva observait un silence de mort. Davey Cantor jouait en deuxième base et c'était moi qui étais lanceur. Schwartzie avait prétendu qu'il était fatigué et comme on en était à la dernière manche — les règlements de notre école ne nous permettaient de jouer que des parties à cinq manches — et que c'était la

_____

1. Décoration accordée aux militaires quand ils ont été blessés.

dernière chance que la yeshiva avait de nous battre, M. Galanter avait décidé de mettre toutes les chances de notre côté, et c'est pour cela qu'il m'avait dit de lancer. Davey Cantor était un médiocre gardien, mais M. Galanter comptait sur mon talent de lanceur pour terminer la partie. Ma main gauche me faisait encore souffrir, après le coup que m'avait porté la balle que je venais de rattraper, et mon poignet me faisait mal chaque fois que j'attrapais la balle, mais la main droite était en bon état, et mes balles filaient rapidement, leurs trajets avaient juste la courbe que je voulais leur donner. Dov Shlomovitz était au but ; trois fois de suite il essaya de rattraper ce qui lui avait paru n'être que des lancers parfaits, et trois fois de suite sa batte ne rencontra que le vide. Il était là, l'air stupéfait, après son troisième coup raté, puis il s'en alla lentement. Nous lançâmes la balle autour de l'intrachamp, et Danny Saunders vint se placer sur le but.

Les joueurs de l'équipe de la yeshiva se tenaient près des filets de protection, les yeux fixés sur Danny Saunders. Ils étaient très calmes. Le rabbin était assis sur son banc, son livre fermé. M. Galanter cria à tout le monde de reculer. Danny Saunders se balança une ou deux fois, puis se mit en position et me regarda.

« Tiens, voilà le cadeau d'un *apikoros* », me dis-je, et je lançai la balle. La balle partit vite et droit et je vis Danny Saunders avancer le pied gauche, lever sa batte et commencer à faire pivoter son corps. Il frappa juste au moment où la balle commença à glisser dans sa courbe, et la batte coupa brutalement le vide, le coup lui faisant tordre son corps et perdre l'équilibre. Sa calotte noire tomba par terre, il reprit son équilibre et se pencha très vite pour la reprendre. Il revint ensuite prendre position sur le but. La balle me revint et je me fis mal au poignet en la rattrapant.

L'équipe de la yeshiva était très calme et le rabbin se mordait les lèvres.

Je manquai le lancer suivant. Au troisième, ce fut une sorte de conclusion lente et bien préparée : je lui envoyai une balle lente et plongeante, de cette espèce que les batteurs veulent toujours frapper et qu'ils manquent toujours. Il l'ignora complètement et l'arbitre la compta pour une balle.

Je sentis mon poignet qui commençait à trembler quand je repris la balle qu'on m'envoyait. Il faisait chaud et moite, et les branches de mes lunettes me coupaient profondément la chair autour des oreilles, à la suite des mouvements de tête que j'étais obligé de faire.

Danny Saunders se tenait, très tranquille, sur le but, et il attendait.

« Okay, me dis-je, et je le haïssais de toutes mes forces. Voilà un autre cadeau. »

La balle se dirigea vers le but rapidement et tout droit, et retomba juste devant la batte qu'il balançait. Il arrêta difficilement son geste, de façon à ne pas tourner sur lui-même, mais il perdit l'équilibre une fois de plus et chancela un peu avant de se redresser.

On me relança la balle, et la douleur dans mon poignet me fit sursauter. Je sortis la balle du gant, la saisis dans ma main droite, et me retournai un instant pour regarder le terrain et aussi pour laisser le temps à la douleur de mon poignet de se calmer. Quand je me retournai, je vis que Danny Saunders n'avait pas bougé. Il tenait sa batte de la main gauche, se tenant très tranquille et les yeux fixés sur moi. Ces yeux étaient sombres, et un sourire idiot et un peu fou faisait s'entrouvrir ses lèvres. J'entendis l'arbitre qui criait « En jeu ! » mais Danny Saunders se tenait toujours de la même manière, me regardant en souriant. Je me retournai et regardai à nouveau le terrain, et quand je repris ma place il était toujours là, me regardant en souriant. Je pouvais voir ses dents entre ses lèvres entrouvertes. Je pris une profonde inspiration, et je me sentis trempé de sueur. J'essuyai ma main droite sur mon pantalon et je vis que Danny Saunders s'avançait lentement vers le but et se mettait en position. Il ne souriait plus. Il me regardait par-dessus son épaule gauche et attendait.

Je voulais en finir le plus vite possible, à cause de la douleur dans mon poignet, et je lui envoyai une nouvelle balle rapide. Je la regardai qui allait directement au but. Je vis Danny se ramasser soudain sur lui-même, et une fraction de seconde avant qu'il frappe la balle je compris qu'il le faisait avant que sa trajectoire change et que, délibérément, il la renvoyait bas. J'étais encore un peu déséquilibré, après l'effort que j'avais fait pour lancer la balle, mais je réussis à mettre mon gant devant mon visage et à ce moment même la balle vint le frapper. Je la vis qui arrivait sur moi, et qu'il n'y avait rien à faire. La balle arriva sur le doigt de mon gant, dévia, écrasa le verre gauche de mes lunettes, rebondit sur mon front et me jeta par terre. Je tâtonnai par terre pour retrouver la balle, mais avant que j'arrive à mettre la main dessus, Danny Saunders se tenait à la première base.

J'entendis M. Galanter annoncer une pause et tous les joueurs qui se trouvaient sur le terrain arrivèrent en courant. Mes lunettes, écrasées, étaient sur l'asphalte et j'éprouvais une douleur aiguë dans mon œil gauche chaque fois que je fermais la paupière. Mon poignet m'élançait, et les élancements cognaient aussi mon front. J'essayai de regarder autour de moi d'abord, mais sans mes lunettes : Danny Saunders n'était qu'une forme confuse. Pourtant, il me semblait le voir toujours sourire.

Je vis que M. Galanter approchait son visage du

mien. J'étais couvert de transpiration, et aussi très inquiet. Je me demandais à quoi rimait tout ce remue-ménage. J'avais seulement perdu mes lunettes, et il nous restait encore au moins deux bons lanceurs dans l'équipe.

— Ça va, mon garçon ? » disait M. Galanter. Il regardait mon visage et mon front. « Que quelqu'un apporte un mouchoir mouillé avec de l'eau froide ! », cria-t-il. Je me demandais pour quelle raison il criait comme ça. Sa voix me tapait dans la tête et sonnait à mes oreilles. Je vis Davey Cantor qui partait en courant et qui avait l'air effrayé. J'entendis Sidney Goldberg dire quelque chose, mais je ne pus comprendre quoi. M. Galanter passa son bras autour de mes épaules et nous sortîmes du terrain. Il m'assit sur le banc à côté du rabbin. Sans mes lunettes, tout ce qui se trouvait à plus de dix pas de moi était dans le brouillard. Je fermai la paupière et me demandai pourquoi j'avais si mal à l'œil gauche. J'entendis des voix et des cris, puis M. Galanter me mit un mouchoir mouillé sur la tête.

— Est-ce que la tête vous tourne, mon garçon ? dit-il.

Je hochai la tête en signe de dénégation.

— Vous êtes sûr ?

— Ça va tout à fait bien dis-je, et je me demandai pourquoi j'avais la voix enrouée et pourquoi parler me faisait mal à la tête.

— Restez assis tranquillement, dit M. Galanter. Si vous commenciez à vous sentir mal, dites-le-moi tout de suite.

— Oui, monsieur, dis-je.

Il s'en alla. J'étais assis sur le banc, à côté du rabbin qui me regarda un instant, puis détourna les yeux. J'entendais crier en yiddish. La douleur dans mon œil gauche était si intense que je la sentais jusque dans mon dos. Je restai longtemps assis sur le banc, assez longtemps pour nous voir perdre la partie par huit à sept, assez longtemps pour entendre la yeshiva hurler de joie, assez longtemps pour me mettre à pleurer, tant j'avais mal à cet œil gauche, assez longtemps pour que M. Galanter, à la fin de la partie, vînt à moi, me regardât un instant et s'en fût, en courant, chercher un taxi.

Nous nous rendîmes au Brooklyn Memorial Hospital, qui n'était qu'à quelques pâtés de maisons de là, et ce fut M. Galanter qui paya le taxi. Il m'aida à descendre, mit son bras autour de mes épaules et me fit entrer dans la salle des urgences.

— Gardez ce mouchoir sur votre œil, me dit-il, et tâchez de ne pas bouger la paupière.

Il était très nerveux, et son visage était couvert de sueur. Il avait enlevé sa calotte et je pouvais voir son crâne luisant de sueur, sous les quelques cheveux qui parsemaient sa calvitie.

— Oui, monsieur, dis-je.

J'avais peur et je commençais à me sentir mal et à avoir des nausées. J'avais atrocement mal à mon œil gauche. Cela retentissait tout au long de la partie gauche de mon corps, jusque dans l'aine.

L'infirmière qui se tenait derrière le bureau nous demanda ce qui n'allait pas.

— Il a reçu un coup sur l'œil en jouant au baseball, dit M. Galanter.

Elle nous fit asseoir et appuya sur un bouton qui se trouvait sur son bureau. Nous nous assîmes à côté d'un homme entre deux âges qui avait un pansement taché de sang autour d'un des doigts de sa main droite.

Manifestement, il souffrait et, le doigt reposant sur son genou, il fumait nerveusement une cigarette, en dépit de l'inscription qui, sur le mur, indiquait « Interdit de fumer ».

Il nous regarda. « Base-ball ? » demanda-t-il.

M. Galanter fit un signe affirmatif. Moi, je ne remuai pas la tête, parce que cela me faisait moins mal quand je ne bougeais pas.

L'homme leva son doigt. « Une portière de voiture, dit-il. Mon gosse me l'a fermée dessus. » Il fit une grimace et reposa son doigt sur son genou.

Une infirmière entra par une porte, à l'autre bout de la pièce et fit un signe de tête à l'homme. Il se leva. « Faites attention », dit-il. Et il sortit.

— Comment ça va ? me demanda M. Galanter.

— Mon œil me fait mal, lui dis-je.

— Comment va la tête ?

— J'ai un peu le vertige.

— Est-ce que vous avez mal au cœur ?

— Un peu.

— Ça ira mieux tout à l'heure, dit M. Galanter, en essayant de prendre un ton encourageant. Vous avez gagné un Cœur Pourpre pour ce que vous avez fait aujourd'hui.

Mais sa voix était tendue et il avait l'air d'avoir peur.

— Je suis désolé pour tout ça, monsieur Galanter, dis-je.

— De quoi donc êtes-vous désolé, mon garçon ? dit-il. Vous avez fait une partie magnifique.

— Je suis désolé de vous donner tant de tracas.

— Quel tracas ? Ne faites pas l'idiot. Je suis heureux de faire quelque chose pour un de mes soldats.

— Je regrette aussi que nous ayons perdu.

— Bon, nous avons perdu. Et alors ? Il y a encore l'année prochaine, non ?

— Oui, monsieur.

— Ne parlez pas trop. Ne vous faites pas de mauvais sang.

— C'est une équipe drôlement coriace, dis-je.

— Ce Saunders, dit M. Galanter, celui qui vous a blessé, vous savez qui c'est ?

— Non, monsieur.

— Je n'ai jamais vu un garçon taper comme ça sur une balle.

— Monsieur Galanter ?

— Oui ?

— Mon œil me fait vraiment mal.

— On va s'occuper de vous dans une minute. Tenez bon, mon garçon. Est-ce que vous pensez que votre père est chez lui à cette heure ?

— Oui, monsieur.

— Quel est son numéro de téléphone ?

Je le lui donnai.

Une infirmière entra et nous fit un signe de tête. M. Galanter m'aida à me lever. Nous passâmes par un couloir en suivant l'infirmière qui nous conduisit à une salle d'examen. Il y avait des murs blancs, une chaise blanche, une armoire vitrée blanche et une grande table métallique avec un drap blanc sur un matelas. M. Galanter m'aida à monter sur la table, et je restai là, couché, regardant le plafond blanc de mon œil droit.

— Le docteur sera ici dans un instant, dit l'infirmière, et elle sortit.

— Est-ce que vous vous sentez un peu mieux ? demanda M. Galanter.

— Non, dis-je.

Un jeune médecin entra. Il portait une blouse blanche et un stéthoscope autour du cou. Il nous regarda avec un sourire enjoué.

— Vous avez arrêté une balle avec votre œil,

d'après ce qu'on m'a dit, dit-il, en me souriant. Regardons un peu.

J'enlevai le mouchoir mouillé, ouvris l'œil gauche en respirant avec peine. Il regarda mon œil, alla vers l'armoire, revint et examina de nouveau mon œil à travers un instrument où était fixée une lampe. Il se releva et regarda M. Galanter.

— Est-ce qu'il portait des lunettes ?

— Oui.

Le médecin remit son instrument au-dessus de mon œil.

— Voyez-vous la lumière ? me demanda-t-il.

— Elle est un petit peu brouillée.

— Je crois que je vais aller appeler votre père, dit M. Galanter.

Le docteur le regarda.

— Vous n'êtes pas le père du garçon ?

— Je suis son professeur de gymnastique.

— Alors vous feriez mieux d'appeler son père. Nous allons probablement transporter le garçon en haut.

— Vous allez me garder ici ?

— Pour un petit moment, dit gaiement le docteur. Juste par précaution.

— Oh, dit M. Galanter.

— Pourriez-vous demander à mon père de m'apporter une autre paire de lunettes ? dis-je.

— Il ne vous sera pas possible de porter des lunettes, fiston, pendant quelque temps, me dit le docteur. Il va falloir mettre un pansement sur votre œil.

— Je reviens tout de suite, dit M. Galanter, et il sortit.

— Comment va votre tête ? me demanda le docteur.

— Elle me fait mal.

— Et ça, ça vous fait mal ? me demanda-t-il en remuant ma tête de droite à gauche.

Je me sentis soudain couvert d'une sueur froide.

— Oui, monsieur, dis-je.

— Est-ce que vous avez mal au cœur ?

— Un peu, dis-je. J'ai aussi mal au poignet gauche.

— Regardons un peu. Est-ce que je vous fais mal ?

— Oui, monsieur.

— Eh bien, vous avez gagné votre journée. Qui a gagné ?

— Les autres.

— Pas de chance. Bon, maintenant vous allez rester étendu, aussi tranquillement que possible, et vous essayerez de ne pas cligner de l'œil. Je reviens tout de suite.

Il sortit rapidement.

Je restai sans bouger sur la table. Sauf le jour où on m'avait enlevé les amygdales, je n'avais jamais passé une nuit à l'hôpital. J'avais peur, et je me demandais ce qui pouvait me faire si mal à l'œil. Probablement un morceau de verre l'avait écorché, me disais-je. Je me demandais comment je n'avais pas compris à l'avance que Danny Saunders rattraperait la balle avant qu'elle commence à retomber et, en pensant à Danny Saunders, je me remis à le haïr, lui et tous ses équipiers avec leurs sous-vêtements à franges. Je pensai ensuite à mon père, qui était en train de recevoir le coup de téléphone de M. Galanter et je le voyais se précipiter à l'hôpital : j'eus du mal à m'empêcher de pleurer. Il était probablement assis à son bureau, en train d'écrire. Je ne fus plus capable de retenir mes larmes, ce qui me fit cligner des yeux une ou deux fois et la douleur me fit tressaillir.

Le jeune médecin revint, et cette fois-ci il y avait un autre médecin avec lui. Le second médecin avait l'air un peu plus âgé et il avait des cheveux blonds.

Il vint à moi sans un mot et regarda mon œil avec l'instrument.

Il me parut se rembrunir.

— Est-ce que Snydman est par là ? demanda-t-il, regardant toujours à travers l'instrument.

— Je viens de le croiser, dit le premier médecin.

— Il vaudrait mieux qu'il jette un coup d'œil, dit le second médecin en se relevant lentement.

— Continuez à rester tranquille, dit le premier médecin. Une infirmière viendra ici dans un instant.

Ils sortirent. Une infirmière entra et me sourit. « Ça ne va pas vous faire mal, dit-elle, et elle me mit quelques gouttes dans l'œil. Gardez-le fermé et mettez dessus ce morceau de coton. Très bien. Vous êtes un bon garçon. » Et elle sortit.

M. Galanter revint.

— Il arrive, me dit-il.

— Comment est-ce qu'il avait l'air ?

— Je ne sais pas. Il a dit qu'il venait tout de suite.

— Il ne faut pas qu'il s'inquiète. Il ne se porte pas très bien.

— Tout ira bien, fiston. C'est un bon hôpital. Comment va l'œil ?

— Je me sens mieux. Ils ont mis des gouttes dedans.

— Bon, bon. Je vous avais bien dit que c'était un bon hôpital. C'est là qu'on m'a opéré de l'appendicite.

Trois hommes entrèrent dans la pièce, les deux médecins et un homme plus âgé, petit, avec une figure ronde et une moustache grisonnante. Il avait des cheveux noirs et ne portait pas de blouse.

— Voici le Dr Snydman, mon vieux, dit le premier médecin. Il voudrait regarder votre œil.

Le Dr Snydman se pencha sur moi et sourit. « D'après ce qu'on m'a dit, c'était une sacrée partie, jeune homme. Voyons un peu. » Il avait un sourire chaleureux et, tout de suite, je l'aimai. Il enleva le coton de mon œil et regarda à travers l'instrument. Il examina longuement mon œil. Puis il se releva lentement et se tourna vers M. Galanter.

— Est-ce que vous êtes le père du garçon ?

— Je viens d'appeler son père, dit M. Galanter. Il arrive tout de suite.

— Nous aurons besoin de sa signature », dit le Dr Snydman. Il se tourna vers les deux autres médecins. « Je ne crois pas, dit-il. Je pense que c'est juste au bord. Il faudra voir cela mieux là-haut. » Il se tourna vers moi et me sourit avec chaleur.

— Un œil n'est pas fait pour arrêter une balle, jeune homme.

— Il a frappé vraiment très vite, dis-je.

— J'en suis sûr. On va vous transporter là-haut pour mieux vous examiner.

Les trois médecins sortirent.

— Qu'est-ce que c'est, là-haut ? demandai-je à M. Galanter.

— Le service d'ophtalmologie, probablement. C'est là qu'ils ont tous les gros instruments.

— Et pourquoi est-ce qu'ils veulent l'examiner là-haut ?

— Je n'en sais rien, mon garçon. Ils ne m'ont rien dit.

Les infirmiers entrèrent dans la pièce, poussant une civière roulante. Quand ils me soulevèrent au-dessus de la table d'examen, la douleur me transperça la tête et des taches noires, rouges et blanches me passèrent devant les yeux. Je poussai un cri.

— Désolé, mon petit, dit l'un des infirmiers avec sympathie.

Ils me déposèrent avec soin sur la civière et la firent rouler hors de la pièce, le long d'un couloir. M. Galanter me suivait.

— Voilà l'ascenseur, dit l'autre infirmier.

Ils étaient jeunes tous les deux et se ressemblaient, dans leurs vestes blanches, leurs pantalons blancs et leurs souliers blancs.

L'ascenseur prit longtemps à monter. J'étais couché sur la civière, regardant, de mon œil droit, la lampe fluorescente qui était au plafond. Elle était toute brouillée, et je la voyais qui changeait de couleur, allant du rouge au noir, et du noir au rouge.

— Je n'ai jamais vu une lampe comme celle-là, dis-je.

— Quelle lampe ? demanda l'un des infirmiers.

— La lampe fluorescente. Comment font-ils pour qu'elle change de couleur comme ça ?

— Ne vous faites pas de bile, dit l'un d'eux. Détendez-vous.

— Je n'ai jamais vu une lampe changer de couleur comme ça, dis-je.

— Jésus, murmura M. Galanter.

Il se tenait à côté du brancard, le dos contre le fond de l'ascenseur. J'essayai de tourner la tête vers lui, mais cela me fit trop mal et je restai sans bouger. Jamais je ne l'avais entendu employer ce mot auparavant, et je me demandais ce qui l'avait conduit à le prononcer. Je demeurai donc là, couché, regardant la lampe et me demandant pourquoi M. Galanter avait prononcé ce mot, quand je m'aperçus que l'un des infirmiers me regardait avec un sourire encourageant. Je me souvins de Danny Saunders, debout devant le but et me regardant avec un sourire idiot, du même genre, sur les lèvres. Je fermai mon œil droit et je demeurai sans bouger, écoutant le bruit que faisait l'ascenseur. Je me disais qu'il était vraiment lent. « Mais comment arrivent-ils à faire changer de couleur comme ça à la lampe ? » Ensuite, la lumière redevint mauvaise et il y eut une foule autour de moi.

Quelqu'un m'essuyait le front et, soudain, il n'y eut plus de lumière.

J'ouvris l'œil droit. Une infirmière en uniforme blanc dit : « Bon, alors, comment allons-nous, jeune homme ? » et, pendant quelques instants, qui me parurent très longs, je la regardai sans comprendre ce qui m'arrivait. Puis je me souvins de tout, mais je n'étais pas capable de prononcer un seul mot.

Je voyais l'infirmière qui se tenait auprès de mon lit et qui me souriait. Elle était lourdement bâtie, elle avait un visage rond et charnu et des cheveux courts et noirs.

— Bon, voyons un peu, dit-elle. Remuez la tête un petit peu, juste un petit peu, et dites-moi ce que ça vous fait.

Je bougeai ma tête d'un côté à l'autre, sur mon oreiller.

— Ça va bien, dis-je.

— Bon. Est-ce que vous avez faim ?

— Oui, madame.

— Très bien.

Elle sourit.

— Maintenant, vous n'avez plus besoin de ça.

Elle repoussa le rideau qui entourait le lit. Je clignai de l'œil sous la lumière.

— Est-ce que ça n'est pas mieux comme ça ?

— Oui, madame. Merci. Est-ce que mon père est là ?

— Il va arriver tout de suite. Restez couché et reposez-vous. On va vous apporter bientôt votre dîner. Comme ça, tout ira bien.

Elle s'en alla.

Je restai tranquille pendant quelques instants, à regarder la lumière du jour. Elle arrivait par de grandes fenêtres situées dans le mur en face de mon lit. Je ne pouvais voir les fenêtres qu'avec mon œil droit, et elles étaient toutes brouillées. Je tournai lentement la tête vers la gauche, sans la détacher de l'oreiller et ne remuant que soigneusement, afin de ne pas déranger le pansement épais qui couvrait mon œil gauche. Je ne souffrais absolument plus de la tête, et je me demandai ce qu'ils avaient bien pu faire pour me délivrer si vite de cette douleur. « C'est rudement bien », pensais-je, en me rappelant ce que M. Galanter m'avait dit de cet hôpital. Pendant quelques instants, je me demandai aussi où il était et où était mon père ; ensuite je les oubliai tous deux parce que je m'étais mis à regarder l'homme qui était dans le lit à gauche du mien.

Il semblait avoir un peu plus de trente ans, il avait les épaules larges, un visage maigre avec une mâchoire carrée recouverte d'une barbe noire mal rasée. Ses cheveux étaient noirs, aplatis sur le sommet du crâne et partagés par une raie au milieu. Il avait de longs poils bouclés sur le dos de ses longues mains et il portait un bandeau noir sur son œil droit. Il avait un nez épais et une large cicatrice sous la lèvre inférieure, qui ressortait, toute blanche, sous le chaume noir de sa barbe. Il était assis dans son lit, jouant aux cartes tout seul et souriant largement. Il avait disposé ses cartes en petits tas sur la couverture, et il tirait d'autres cartes du jeu qu'il tenait dans la main pour les ajouter aux petits tas.

Il s'aperçut que je le regardais.

— Salut, dit-il en souriant. Comment va ce vieux punching-ball ?

Je ne comprenais pas ce qu'il voulait dire.

— La vieille cruche. Ben quoi, la tête.

— Oh, ça va très bien.

— Tu as de la chance. Une tape sur la tête, c'est une sale affaire. Une fois, quatre que j'en ai reçues, sur la tête, et ça m'a pris un mois pour m'en sortir. T'as de la chance. » Il tenait une carte dans la main et regardait les petits tas sur la couverture. « Ah, alors faut que je triche un peu. Qu'est-ce que ça fait ? » Il plaça la carte sur un des tas. « Je suis allé au tapis si fort que je me suis retourné les ongles de pieds. Ça, c'était une baffe. » Il tira une autre carte et l'examina. « Il m'avait attrapé avec sa droite et j'avais reçu une vraie baffe. Tout un mois sur le dos ensuite. » Il regardait les tas sur la couverture. « Et voilà ! », il sourit largement et ajouta la carte à l'un des tas.

Je ne comprenais pas la moitié de ce qu'il disait, mais je n'aurais pas aimé me montrer irrespectueux à son égard en lui tournant le dos, aussi gardais-je ma tête tournée vers lui. Je regardais le bandeau noir sur son œil droit. Il couvrait tout l'œil et la partie supérieure de la pommette, et il était maintenu par un ruban noir qui passait en diagonale sous son oreille droite, autour de la tête et sur le front. Après l'avoir regardé ainsi pendant quelques minutes, je m'aperçus qu'il m'avait complètement oublié et je tournai lentement la tête vers la droite.

Je vis un garçon de onze ou douze ans. Il était couché dans son lit, la tête sur l'oreiller, les paumes sous la tête et les coudes en avant. Il avait des cheveux blonds et légers et une jolie figure, une très belle figure. Il était couché là, les yeux ouverts, fixés au plafond et ne s'apercevant pas que je le regardais. Une ou deux fois, je vis ses paupières s'abaisser. Je détournai la tête.

Les gens qui se trouvaient au-delà des deux lits immédiatement à ma droite et à ma gauche, je les voyais à travers une sorte de brume et je ne pouvais pas les distinguer. Pas plus que je ne pouvais distinguer grand-chose du reste de la salle, sauf que je voyais qu'elle comportait deux longues rangées de lits et une large allée au milieu, et qu'il s'agissait, sans doute possible, d'un service d'hôpital. Je touchai la bosse que j'avais sur le front. Elle avait considérablement diminué, mais elle était encore très sensible. Je regardai la lumière du soleil qui arrivait par les fenêtres. Tout le long de la salle, les malades se parlaient entre eux, mais ce qu'ils disaient ne m'intéressait pas. Je regardais le soleil. Je m'étonnais qu'il fût si brillant. La partie s'était terminée un peu avant six heures du soir. Ensuite, il y avait eu le trajet en taxi, le temps passé dans la salle d'attente et la salle d'examen, et la montée en ascenseur. Je n'arrivais pas à me rappeler ce qui était arrivé ensuite, mais tout pouvait être arrivé si vite que nous étions peut-être encore dimanche après-midi. J'eus envie de demander à l'homme qui était à ma gauche quel jour nous étions, mais il paraissait absorbé dans ses cartes. Le garçon qui était à ma droite n'avait pas bougé. Il était couché et regardait tranquillement le plafond et je n'avais pas envie de le déranger.

Je remuai doucement mon poignet. Il me faisait encore mal. Ce Danny Saunders était un beau salaud, et je le haïssais. Je me demandais à quoi il pensait en ce moment. Sans doute était-il en train de jubiler et de se vanter en racontant la partie à ses amis. Sale Hassid !

Un infirmier arriva par l'allée, poussant devant lui une table métallique où s'entassaient des plateaux de nourriture. Il y eut un mouvement dans la salle, et les gens s'assirent dans leurs lits. Je regardai l'infirmier distribuer les plateaux et j'écoutai le bruit des couverts. L'homme qui était à ma gauche rassembla ses cartes et les mit sur la table qui se trouvait entre nos lits.

— Miam miam, dit-il. À la soupe. C'est pas comme dans un camp d'entraînement, malgré tout. Y a rien de mieux que ce qu'on mange dans un camp. Une bonne suée au boulot, ensuite briffer un bon coup en faisant attention au poids, mais alors, quelle jaffe ! Qu'est-ce qu'y a au menu, docteur ?

L'infirmier lui sourit.

— Un instant, la Terreur, je viens.

Il était encore trois lits plus loin.

Le garçon qui était dans le lit à ma droite leva la tête lentement et mit ses mains sur le haut de sa couverture. Il cligna des yeux et demeura sans bouger, regardant toujours le plafond.

L'infirmier s'arrêta au pied de son lit et prit un plateau sur la table.

— Comment ça va, Billy ?

Les yeux du garçon se dirigèrent dans la direction d'où était venue la voix de l'infirmier.

— Bien, dit-il doucement, très doucement et il commença à s'asseoir.

L'infirmier vint sur le côté du lit avec un plateau mais le garçon continuait à regarder dans la direction d'où la voix de l'infirmier était venue. Je le regardai, et je m'aperçus qu'il était aveugle.

— C'est du poulet, Billy, dit l'infirmier. Petits pois, carottes, pommes de terre, une bonne soupe aux légumes, et de la compote de pommes.

— Du poulet ! dit l'homme à ma gauche. Qui c'est qui pourrait se taper dix reprises avec du poulet ?

— Tu fais dix reprises ce soir, la Terreur ? demanda l'infirmier en plaisantant.

— Du poulet ! dit encore l'homme à ma gauche, mais il souriait de toutes ses dents.

— Tout va bien, Billy ? demanda l'infirmier.

— Ça va, dit le garçon.

Il tâtonna pour trouver son couvert, prit le couteau et la fourchette et se mit à manger.

Je vis l'infirmière qui remontait l'allée et qui vint jusqu'à mon lit.

— Hello ! jeune homme. Est-ce que vous avez toujours faim ?

— Oui, madame.

— Ça, c'est bien. Votre père vous fait dire que la cuisine de l'hôpital est kasher et que vous pouvez manger de tout.

— Oui, madame. Merci.

— Comment va la tête ?

— Elle va bien, madame.

— Elle ne vous fait pas mal ?

— Non.

— Très bien. Mais on vous demandera de ne pas vous asseoir. Pas encore aujourd'hui. On va lever un peu votre lit, et vous pourrez vous appuyer contre l'oreiller.

Je la vis qui se penchait. Au mouvement de ses épaules je pouvais voir qu'elle tournait quelque chose au pied du lit. Je sentis que celui-ci commençait à se lever.

— Est-ce que vous êtes à votre aise ?

— Oui, madame. Merci beaucoup.

Elle s'approcha de la table de nuit qui se trouvait entre mon lit et celui de droite et ouvrit un tiroir. « Votre père a demandé que nous vous donnions ceci. » Elle tenait à la main une petite calotte noire.

— Merci, madame.

Je pris la calotte et la mis.

— Bon appétit, dit-elle en souriant.

— Merci beaucoup, dis-je.

J'avais été inquiet, jusqu'alors, à propos de la nourriture. Je me demandais quand mon père était venu à l'hôpital et pourquoi il n'était pas ici maintenant.

— M'ame Carpenter, dit l'homme qui était à ma gauche, comment ça se fait qu'y a encore du poulet ?

L'infirmière le regarda froidement.

— Monsieur Savo, s'il vous plaît, tenez-vous convenablement.

— Oui, m'dame, dit l'homme en faisant semblant d'avoir peur.

Elle se détourna vivement et s'en fut.

— Aussi raide qu'une corde de ring, dit M. Savo en me souriant. Mais un grand cœur.

L'infirmier mit un plateau sur son lit et il se mit à manger voracement. En rongeant un os, il me regarda et me fit un clin d'œil, de son bon œil. « Bonne nourriture. Pas assez relevée, mais ça c'est le côté kasher qui vous plaira. J'aime bien me payer un peu leur tête. Ça les oblige à marcher sur la pointe des pieds, comme un bon boxeur. »

— Monsieur Savo...

— Oui, mon garçon ?

— Quel jour sommes-nous ?

Il ôta l'os de poulet de sa bouche. « Lundi. »

— Lundi, 5 juin ?

— C'est ça, mon gars.

— J'ai dormi longtemps.

— T'étais éteint, comme une lampe, mon garçon. Tu nous as donné une drôle de suée.

Il se remit à ronger son os de poulet. « Ça a dû être une sacrée baffe », dit-il en mâchant.

Je me dis qu'il serait poli de me présenter. « Je m'appelle Reuven Malter. »

Il souriait tout en gardant l'os dans la bouche.

— Enchanté, Reu... Reu... Comment tu as dit ?

— Reuven... Robert Malter.

— Enchanté, Bobby.

Il ôta l'os de poulet de sa bouche, l'examina, puis le laissa tomber sur le plateau.

— Tu manges toujours avec ça sur la tête ?

— Oui, monsieur.

— Qu'est-ce que c'est, une histoire de religion, ou quelque chose comme ça ?

— Oui, monsieur.

— J'ai toujours aimé les gosses qui observaient la religion. Important, la religion. Ça ne ferait pas de mal qu'y en ait un peu sur le ring. Sale endroit, un ring. Je m'appelle Tony Savo.

— Vous êtes un boxeur professionnel ?

— Exactement, mon garçon. Un espoir, que j'étais. J'aurais pu arriver si ce type ne m'avait pas foutu une droite comme il l'a fait. Y m'a aplati pour un mois. Mon manager a perdu confiance. Saloperie de manager. C'est un sacré racket, la boxe. Bonne jaffe, hein ?

— Oui, monsieur.

— Pas tant qu'au camp d'entraînement. Y a rien de meilleur que de briffer dans un camp d'entraînement.

— Est-ce que vous vous sentez mieux maintenant ?, entendis-je le jeune aveugle me demander.

Je me tournai vers lui. Il avait fini de manger et était assis, les yeux tournés vers moi. Ses yeux étaient grands ouverts et d'un bleu pâle.

— Je me sens beaucoup mieux, lui dis-je. Je n'ai plus mal à la tête.

— On était tous inquiets pour toi.

Je ne savais pas quoi répondre. Je me dis qu'il suffirait que je hoche la tête et que je sourie, mais je savais qu'il ne le verrait pas. Je ne savais ni que dire ni que faire, aussi restai-je silencieux.

— Je m'appelle Billy, dit le jeune aveugle.

— Comment ça va, Billy ? Mon nom est Robert Malter.

— Hello ! Robert. Est-ce que tu t'es fait très mal à l'œil ?

— Assez mal.

— Il faut que tu fasses attention à tes yeux, Robert.

À cela non plus, je ne sus quoi répondre.

— Robert est un nom de grande personne, hein ? Quel âge as-tu ?

— Quinze ans.

— Alors tu es un grand.

— Appelle-moi Bobby, lui dis-je. Je ne suis pas vraiment un grand.

— C'est gentil, Bobby. D'accord, je t'appellerai Bobby.

Je ne pouvais pas m'empêcher de le regarder. Il avait un si beau visage, un visage si charmant. Ses mains reposaient mollement sur la couverture et ses yeux vides étaient tournés vers moi.

— Comment sont tes cheveux, Bobby ? Est-ce que tu peux me dire comment tu es ?

— Bien sûr. J'ai les cheveux noirs et les yeux bruns, et une figure comme des millions d'autres que tu as déjà vues... comme tu en as déjà entendu parler. Je mesure à peu près un mètre soixante-dix, j'ai une bosse sur la tête et un pansement sur l'œil gauche.

Il se mit à rire dans un éclat de joie soudaine. « Tu es gentil, dit-il. Tu es aussi gentil que M. Savo. »

M. Savo nous regardait. Il avait fini de manger et tenait son paquet de cartes dans la main. « C'est ça que j'arrêtais pas de dire à mon manager. Je suis un gentil garçon, que je lui disais toujours. C'est ma faute si j'ai reçu une baffe ? Mais il avait plus confiance. Un manager à la manque. »

Billy tourna ses yeux dans la direction de sa voix.

— Vous irez de nouveau tout à fait bien, monsieur Savo, dit-il avec conviction. Vous serez de nouveau un champion.

— Pour sûr, Billy, dit Tony Savo en le regardant. Le vieux Tony remontera sur la bête.

— Alors je viendrai avec vous au camp d'entraînement, je vous regarderai vous entraîner et nous aurons ce match en trois reprises que vous m'avez promis.

— D'accord, Billy.

— M. Savo m'a promis trois reprises après mon opération, m'expliqua Billy avec ardeur, les yeux toujours fixés dans la direction d'où était venue la voix de Tony Savo.

— C'est épatant, dis-je.

— C'est une opération qu'on vient de découvrir, dit Billy en tournant son visage dans ma direction. Mon père m'a expliqué. Ils ont découvert ça pendant la guerre. Ça sera merveilleux d'avoir un match en trois reprises avec vous, monsieur Savo.

— Pour sûr, Billy, pour sûr. » Il était assis dans son lit, il regardait le garçon sans s'occuper des cartes qu'il tenait dans sa main.

— Ça sera merveilleux de voir de nouveau, me dit Billy. J'ai eu un accident de voiture. Mon père conduisait. C'était il y a longtemps. Mais ça n'était pas la faute de mon père.

M. Savo baissa les yeux sur ses cartes, puis les remit sur la table de nuit.

Je vis l'infirmier qui venait pour ramasser les plateaux. « C'était bon ? » demanda-t-il à Billy.

Billy tourna la tête en direction de sa voix. « C'était très bon. »

— Et le Tueur, qu'est-ce qu'il en pense ?

— Du poulet ! dit Tony Savo. Qu'est-ce qu'il peut y avoir de bon dans du poulet ?

Mais sa voix était abattue, et il n'y paraissait plus le moindre accent d'excitation.

— Comment ça se fait que vous avez laissé les os, cette fois-ci ? demanda l'infirmier en souriant.

— Qui pourrait faire dix reprises après du poulet ? dit Tony Savo.

Mais on voyait bien qu'il n'avait plus le cœur à ce qu'il disait. Je le vis se renverser en arrière sur son oreiller et regarder le plafond de son œil gauche. Puis il ferma cet œil et mit sa longue main poilue sur sa poitrine.

— On va vous baisser ça, dit l'infirmier après avoir pris mon plateau.

Il se pencha au pied de mon lit, et je sentis que ma tête s'abaissait.

Je me tournai vers Billy et le vis la tête sur son oreiller, les yeux ouverts, les mains sous la tête et les épaules faisant saillie. Puis je regardai au-delà de son lit et je vis quelqu'un qui se hâtait dans l'allée, et quand il fut assez près pour que je le distingue, je m'aperçus que c'était mon père.

Il s'en fallut de peu que je ne me misse à pleurer, mais je me retins et j'attendis qu'il arrivât jusqu'à mon lit. Je vis qu'il portait un paquet enveloppé dans des journaux. Il portait son costume gris à raies, son veston croisé et un chapeau gris. Il avait l'air maigre et fatigué, et il était très pâle. On voyait, derrière ses lunettes à monture d'acier, qu'il avait les yeux rouges, comme s'il y avait longtemps qu'il n'avait pas dormi. Très vite, il vint à la gauche de mon lit, me regarda et essaya de sourire. Mais le sourire ne venait pas...

— L'hôpital vient de me téléphoner, dit-il, un peu essoufflé. On m'a dit que tu étais réveillé.

J'essayai de m'asseoir dans mon lit.

— Non, dit-il. Reste couché. Ils m'ont dit que tu ne devais pas encore t'asseoir.

Je m'étendis à nouveau et le regardai. Il s'était assis sur le coin de mon lit et avait posé le paquet devant lui. Il enleva son chapeau et le mit sur le paquet. Ses cheveux gris et clairsemés n'étaient pas peignés. C'était là, pour mon père, quelque chose de tout à fait inhabituel. Je ne me rappelais pas l'avoir jamais vu quitter la maison sans s'être soigneusement peigné.

— Tu as dormi presque toute une journée, dit-il en s'essayant de nouveau à sourire.

Il avait la voix douce, mais elle était un peu enrouée.

— Comment te sens-tu, Reuven ?

— Je me sens bien maintenant, dis-je.

— On m'a dit que tu avais eu un léger choc. Ta tête ne te fait plus mal ?

— Non.

— M. Galanter a appelé plusieurs fois aujourd'hui. Il voulait savoir comment tu allais. Je lui ai dit que tu dormais.

— C'est un type épatant, M. Galanter.

— On m'avait dit que tu allais dormir pendant quelques jours. Ils ont été surpris que tu te réveilles si vite.

— La balle m'a frappé très fort.

— Oui, dit-il. On m'a parlé de cette partie.

Il avait l'air tendu, et je me demandai s'il n'était pas inquiet encore maintenant.

— L'infirmière ne m'a rien dit de mon œil, dis-je. Est-ce qu'il va bien ?

Il me regarda d'une façon étrange.

— Bien sûr qu'il va bien. Pourquoi est-ce que ça n'irait pas bien ? Le Dr Snydman t'a opéré et c'est un très grand chirurgien.

— Il a opéré mon œil ? » Il ne m'était jamais venu à l'idée qu'on m'avait opéré. « Qu'est-ce qui n'allait pas ? Pourquoi est-ce qu'il a fallu m'opérer ? »

Mon père avait perçu un accent de frayeur dans ma voix.

— Tout va aller bien maintenant, dit-il en me calmant. Il y avait un morceau de verre dans ton œil et il fallait l'enlever. Maintenant tout ira bien.

— Il y avait du verre dans mon œil ?

Mon père hocha lentement la tête.

— Le morceau était au coin de la pupille.

— Et ils l'ont enlevé ?

— Le Dʳ Snydman l'a enlevé. Ils ont dit que c'était un miracle. » Mais, d'une certaine manière, mon père n'avait pas l'air convaincu que le miracle se fût bien produit. Il était là, assis près de moi, tendu et manifestement ému.

— Est-ce que l'œil est tout à fait bien maintenant ? lui demandai-je.

— Bien sûr, il est tout à fait bien. Pourquoi est-ce que ça n'irait pas ?

— Il y a quelque chose qui ne va pas, dis-je. Il faut que tu me le dises.

— Je n'ai rien à te dire. On m'a dit que tout allait bien.

— *Abba*[1], s'il te plaît, dis-moi ce qui se passe.

Il me regarda, et je l'entendis soupirer. Puis il se mit à tousser, d'une toux profonde, râpeuse, qui secouait terriblement son corps frêle. Il prit un mouchoir dans sa poche et le porta à ses lèvres, et il toussa longtemps. J'étais dans mon lit, tendu, le regardant. La toux s'arrêta. Je l'entendis soupirer de nouveau, puis il me sourit. C'était bien son sourire, son sourire chaud qui remontait les coins de ses lèvres et illuminait son visage.

— Reuven, Reuven, dit-il, en souriant et en secouant la tête, je n'ai jamais été capable de te cacher quelque chose, n'est-ce pas ?

Je ne bougeai pas.

— J'ai toujours voulu que mon fils soit un garçon intelligent. Et tu es intelligent. Je vais te dire ce qu'ils m'ont dit de ton œil. L'œil va bien. Parfaitement bien. Dans quelques jours, ils enlèveront le pansement et tu reviendras à la maison.

— Seulement dans quelques jours ?

— Oui.

---

1. Père.

— Alors, pourquoi t'inquiètes-tu ? C'est merveilleux.

— Reuven, il faut que ton œil se cicatrise.

Je vis un homme qui avançait dans l'allée et qui vint auprès du lit de Billy. Il avait l'air d'avoir un peu plus de trente ans. Il avait des cheveux blonds et légers, et rien qu'en le voyant je compris tout de suite qu'il était le père de Billy. Je le vis qui s'asseyait sur le coin du lit, et je vis Billy qui tournait son visage vers lui et qui s'asseyait. Le père embrassa tendrement son fils sur le front. Ils se mirent à parler tranquillement.

Je regardai mon père.

— Bien sûr, il faudra que l'œil se cicatrise, dis-je.

— Il y a une petite coupure au coin de la pupille, et la coupure doit se cicatriser.

Je le regardais toujours. « Le tissu cicatriciel, dis-je lentement. Le tissu cicatriciel peut envahir la pupille. » Et je me sentis soudain malade de peur.

Mon père cligna des yeux, et je vis que, derrière ses lunettes à monture d'acier, ses yeux étaient humides.

— Le Dr Snydman m'a dit qu'il avait vu un cas comme le tien l'an dernier et que l'œil avait guéri. Il est optimiste et pense que tout va s'arranger.

— Mais il n'en est pas sûr.

— Non, dit mon père. Il n'en est pas sûr.

Je regardai Billy et je vis qu'il parlait tranquillement et sérieusement avec son père. Le père caressait la joue du garçon. Je détournai les yeux et regardai vers la gauche. M. Savo avait l'air de dormir.

— Reb Saunders m'a appelé deux fois aujourd'hui et une fois la nuit dernière, entendis-je mon père dire doucement.

— Reb Saunders ?

— Oui. Il voulait savoir comment tu allais. Il m'a dit que son fils est désolé de ce qui est arrivé.

— Et comment ! dis-je avec amertume.

Mon père me regarda un instant, puis se pencha un peu sur le lit. Il allait dire quelque chose, mais ses paroles se brisèrent dans un accès de toux. Il mit son mouchoir devant sa bouche et toussa dedans. Il toussa longtemps, et je demeurai sans bouger en le regardant. Quand il cessa, il enleva ses lunettes et s'essuya les yeux. Il remit ensuite ses lunettes et prit une profonde inspiration.

— J'ai attrapé froid, dit-il en s'excusant. Il y avait un courant d'air dans la salle de classe hier. Je l'avais dit au concierge, mais il m'a répondu qu'il n'avait pas pu trouver ce qui n'allait pas. C'est comme ça que j'ai attrapé froid. On est pourtant en juin. Il n'y a que ton père pour attraper froid en juin.

— Tu ne te soignes pas assez, *abba*.

— C'est aussi que je m'inquiète un peu pour mon joueur de base-ball.

Il me sourit.

— Tout le temps j'ai peur que tu ne sois renversé par un taxi ou un tramway, et voilà que tu reçois une balle dans l'œil.

— Ce Danny Saunders, c'est pour ça que je le hais. Il te rend malade.

— Danny Saunders me rend malade ? Comment pourrait-il me rendre malade ?

— Il a fait exprès de me viser, *abba*. C'est exprès qu'il m'a frappé. Et maintenant, tu es malade à force de t'inquiéter pour moi.

Mon père me regardait avec stupéfaction.

— Il l'a fait exprès ?

— Tu aurais dû voir comment il frappe. Il a presque tué Schwartzie. Il avait dit à son équipe qu'il nous tuerait tous, nous autres *apikorsim*.

— *Apikorsim* ?

— La partie, ils l'ont transformée en guerre.

— Je ne comprends pas. Au téléphone, Reb Saunders m'a dit que son fils était désolé.

— Désolé ! Tu parles qu'il est désolé ! Il est désolé de ne pas m'avoir tout à fait tué !

Mon père me regardait avec une attention intense, et ses yeux se rapprochaient l'un de l'autre. Puis je vis cet air de stupéfaction qu'il avait eu quitter lentement son visage.

— Je n'aime pas t'entendre parler comme cela, dit-il fermement.

— C'est la vérité, *abba*.

— Tu lui as demandé s'il l'avait fait exprès ?

— Non.

— Comment peux-tu dire une chose comme celle-là si tu n'en es pas sûr ? C'est une accusation terrible.

Il retenait sa colère à grand-peine.

— Cela paraissait être fait exprès.

— Est-ce que les choses sont toujours ce qu'elles paraissent, Reuven ? Depuis quand ?

Je demeurai silencieux.

— Je n'aimerais pas t'entendre encore parler comme cela du fils du rabbin Saunders.

— Bon, *abba*.

— Maintenant, il faut que je te dise que je t'ai apporté cela. » Il enleva les papiers qui entouraient le paquet et je vis qu'à l'intérieur, il y avait notre poste de radio portatif.

— Ce n'est pas parce que tu es à l'hôpital que tu dois te couper du monde entier. On attend d'un jour à l'autre la chute de Rome. Et il y a des bruits selon lesquels le débarquement en Europe va avoir lieu très prochainement. Tu n'as pas le droit d'oublier que le monde existe.

— Il faudrait que je fasse mes devoirs, *abba*. Il faut que je me maintienne au courant de ce qu'on fait en classe.

— Pas de devoirs, pas de livres, pas de journaux. On m'a dit que tu n'avais pas le droit de lire.

— Je ne peux pas lire du tout ?

— Pas le droit de lire. C'est pourquoi je t'ai apporté la radio. Il y a des choses très importantes qui sont en train d'arriver, Reuven, et une radio est une bénédiction.

Il mit la radio sur la table de nuit. La radio unit le monde entier, disait-il souvent. Et tout ce qui unissait, il l'appelait bénédiction.

— Pour ce qui est de tes études, dit-il, j'ai parlé avec tes professeurs. Si tu n'arrives pas à te préparer à temps pour tes examens, ils te les feront passer seul en juin ou en septembre. Tu vois que tu n'as pas besoin de t'inquiéter.

— Si je sors de l'hôpital dans quelques jours, c'est que je pourrai lire bientôt.

— On verra. Il faut d'abord voir ce qui se passera avec la cicatrice.

Je me sentis de nouveau envahi par la peur. « Est-ce qu'il faudra longtemps pour qu'on s'en rende compte ?

— Une semaine ou deux.

— Je ne pourrai pas lire pendant deux semaines ?

— Nous demanderons au D\u02b3 Snydman, quand tu quitteras l'hôpital. Mais pour l'instant, pas de lecture.

— Oui, *abba*.

— Maintenant, il faut que je m'en aille », dit mon père. Il remit son chapeau, plia les journaux et les mit sous son bras. Il toussa de nouveau, un petit peu cette fois-ci, et resta debout. « Il faut que je prépare les examens et j'ai un article à finir. Le journal m'a donné un délai. » Il me regarda et sourit, un peu nerveusement me sembla-t-il. Il était si pâle et si maigre.

— Je t'en prie, *abba*, soigne-toi. Ne tombe pas malade.

— Je me soignerai. Toi tu te reposeras. Et écoute la radio.

— Oui, *abba*.

Il me regarda et je le vis qui plissait les yeux. « Tu n'es plus un bébé. J'espère... » Il se tut. Il me sembla voir ses yeux se mouiller et ses lèvres trembler un instant.

Le père de Billy dit quelque chose à son fils, et celui-ci se mit à rire bruyamment. Je vis que mon père leur jetait un bref coup d'œil, et reportait son regard sur moi. Puis je vis qu'il tournait la tête et les regardait de nouveau. Il les regarda longtemps. Puis il revint à moi. Je compris à l'expression de son visage qu'il s'était aperçu que Billy était aveugle.

— Je t'ai apporté tes *tefillin*[1] et un livre de prières », dit-il très doucement. Sa voix était rauque et tremblante. « Si on te dit que c'est possible, tu prieras avec tes *tefillin*. Mais seulement si on te dit que tu peux le faire et que cela ne te fera mal ni à la tête ni à ton œil. » Il s'arrêta un instant pour s'éclaircir la gorge. « C'est un mauvais rhume, mais ça va aller mieux. Si tu ne peux pas prier avec tes *tefillin*, prie, de toute façon. Maintenant, il faut que je m'en aille. » Il se pencha et m'embrassa sur le front. Quand il fut tout près de moi, je m'aperçus qu'il avait les yeux rouges et humides. « Mon joueur de base-ball, dit-il en essayant de sourire. Soigne-toi bien et repose-toi. Je reviendrai te voir demain. » Il s'en alla rapidement, le long de l'allée, petit et maigre, mais marchant d'un pas droit et vif, comme il avait toujours marché, qu'il se sentît bien ou mal. Puis il disparut à mes yeux et je ne pus plus le voir.

Je demeurai appuyé sur mon oreiller et je fermai les yeux. Un instant plus tard, je m'aperçus que je pleu-

---

1. Phylactères.

rais et je me dis que, peut-être, cela ne vaudrait rien pour mon œil. Je restai tranquille, pensant à mes yeux. J'avais toujours cru que je pouvais compter sur eux, comme je comptais sur tout le reste de mon corps et aussi sur mon intelligence. Mon père m'avait souvent dit que la santé était un don du ciel, mais je n'avais accordé que peu d'attention au fait qu'il m'arrivait rarement d'être malade et qu'il ne m'avait fallu pour ainsi dire jamais aller voir un médecin. Je pensai à Billy et à Tony Savo. J'essayais d'imaginer à quoi ressemblerait ma vie si je n'avais plus qu'un seul œil, mais je n'y arrivais pas. Jamais auparavant je n'avais pensé à mes yeux. Jamais je ne m'étais demandé ce que cela serait que d'être aveugle. À nouveau, je ressentis une violente impression de terreur, et je tentai de rester maître de moi. Je restai ainsi longtemps immobile, pensant à mes yeux.

J'entendis s'élever une sorte d'agitation dans la salle, j'ouvris l'œil droit et je vis que le père de Billy était parti. Billy était appuyé sur son oreiller, les mains sous la tête et les coudes en avant. Ses yeux étaient ouverts et paraissaient regarder le plafond. Je vis des infirmières autour des lits, et je compris que chacun se préparait pour la nuit. Je tournai la tête vers M. Savo. Il avait l'air de dormir. Je commençais à avoir un peu mal à la tête, et mon poignet droit était toujours très douloureux. Je demeurai sans mouvement. Je vis que l'infirmière s'approchait de mon lit, avec un large sourire.

— Bon, dit-elle. Comment vous sentez-vous, jeune homme ?

— J'ai un peu mal à la tête, lui dis-je.

— Il fallait s'y attendre.

Elle me souriait.

— Je vais vous donner cette pilule et comme cela vous dormirez bien.

Elle s'approcha de la table de nuit et remplit d'eau un verre, avec un pot qui se trouvait sur un petit plateau. Elle m'aida à lever un peu la tête, je mis la pilule dans ma bouche et l'avalai avec un peu d'eau.

— Merci, dis-je en reposant ma tête sur l'oreiller.

— De rien, jeune homme. C'est agréable de rencontrer des jeunes gens polis. Bonne nuit.

Elle s'en alla le long de l'allée.

Je tournai la tête et regardai Billy. Il était couché, très tranquille, les yeux grands ouverts. Je l'observai pendant quelques instants, puis je fermai les yeux. Je me demandais ce qu'on pouvait éprouver quand on est aveugle, complètement aveugle. Je ne pouvais pas l'imaginer, mais je me dis que cela devait être quelque chose du même genre que ce que j'éprouvais maintenant que j'avais les yeux fermés. « Mais ça n'est pas pareil, me disais-je. Je sais que si j'ouvre l'œil droit, j'y verrai. Quand on est aveugle, qu'on ouvre les yeux ou qu'on les garde fermés ne fait aucune différence. » Je n'arrivais pas à me rendre compte à quoi cela ressemblait, qu'il n'y avait aucune différence entre ouvrir ou fermer les yeux, puisqu'en tout cas tout était toujours dans la nuit.

Encore endormi, j'entendis un bruit qui ressemblait à des cris de joie, et je me réveillai. Il y avait une grande agitation dans la salle, et tout le monde parlait très fort. Je me demandais ce qui arrivait, tant il y avait de bruit, des gens qui criaient et, par-dessus le tout, la radio qui beuglait. J'essayai de m'asseoir, puis je me souvins que ce n'était pas permis et je reposai ma tête sur l'oreiller. Il faisait clair dehors, mais je ne pouvais pas voir le soleil. Je me demandais à quoi rimait tout ce bruit quand je vis Mme Carpenter marchant d'un air sévère le long de l'allée. Elle dit aux gens de se taire et de se souvenir qu'ils étaient dans un hôpital et pas à Madison Square Garden. Je regardai Billy. Il était assis tout droit dans son lit, et je pouvais voir qu'il essayait de comprendre ce qui se passait. Il avait l'air surpris et un peu effrayé. Je me tournai du côté de M. Savo, et je m'aperçus qu'il n'était plus dans son lit.

Le bruit s'apaisa un peu, mais la radio continuait à beugler. Je ne comprenais pas très bien ce qu'elle disait parce qu'à chaque instant quelqu'un l'interrompait pour crier ou pousser des hourras. Le speaker parlait d'endroits comme Caen et Carentan. Il dit quelque chose à propos de divisions britanniques aéroportées qui s'emparaient de têtes de ponts et de deux divisions américaines aéroportées empêchant les ennemis de faire mouvement vers le Cotentin. Je ne reconnaissais aucun de ces noms et je me demandais pourquoi les gens étaient tellement agités. Des nouvelles de la guerre, on en recevait tout le temps, mais aucune n'aurait pu créer une telle agitation s'il ne s'était pas passé quelque chose de particulier. Il me sembla apercevoir M. Savo assis sur un des lits. Le speaker parlait de l'île de Wight, de la côte normande, des attaques de la Royal Air Force contre les batteries côtières et de celles des bombardiers américains contre les installations défensives de la côte. Soudain, je compris ce qui se passait et mon cœur se mit à battre plus vite.

M. Savo revenait vers mon lit. Il était en colère et, avec son long visage et son bandeau noir, il avait l'air d'un pirate.

— Retournez à votre lit, monsieur Savo, dit-il en imitant la voix de quelqu'un. Retournez vous coucher tout de suite. On croirait que j'allais mourir. Ce n'est pas le moment de se coucher.

— C'est l'invasion de l'Europe, monsieur Savo ? lui demandai-je avidement.

Je me sentais agité et inquiet et j'aurais voulu que les gens qui poussaient des cris de joie se tiennent tranquilles.

Il me regarda. « C'est le jour J, mon petit Bobby. On leur fout de belles baffes. Et il faut que Tony Savo aille se coucher. » Mais à ce moment, il repéra le poste de radio portatif que mon père m'avait apporté la nuit d'avant. « Hé, Bobby, est-ce que cette radio est à toi ?

— Oui, lui dis-je très agité. Je l'avais complètement oubliée.

— Veinards, veinards que nous sommes. » Il avait un large sourire et ne ressemblait plus du tout à un pirate. « On va la mettre sur cette table entre nos lits, et on va écouter un bout, pas vrai ?

— Peut-être que Billy aussi voudrait l'entendre, monsieur Savo. » Je regardai dans la direction de Billy.

Billy se tourna et fixa les yeux dans la direction de ma voix. « Est-ce que tu as une radio, Bobby ? » Il avait l'air très excité.

— Elle est là. Entre nos deux lits.

— Mon oncle est pilote. Il conduit de gros avions, des bombardiers. Tu peux l'ouvrir, ta radio ?

— Bien sûr, mon gars.

M. Savo ouvrit la radio, trouva le poste avec le même speaker que celui qui parlait sur l'autre radio, puis il alla se coucher dans son lit et s'appuya contre son oreiller. Tous trois, nous étions ainsi, couchés chacun dans notre lit et écoutant les nouvelles du débarquement.

Mme Carpenter arriva près de nous. Elle était encore un peu en colère à cause de tout le bruit qu'on faisait dans la salle, mais on pouvait voir qu'elle aussi était très agitée. Elle me demanda comment je me sentais.

— Je me sens très bien, madame.

— Parfait. Est-ce que c'est à vous, cette radio ?

— Oui, madame. Mon père me l'a apportée hier.

— C'est gentil. Si vous le désirez, vous pouvez vous asseoir un peu.

— Merci.

J'étais heureux d'entendre cela.

— Est-ce que je peux prier avec mes phylactères ?

— Je ne vois pas pourquoi vous ne le feriez pas. Vous ferez attention à votre bosse.

— Oui, madame, merci.

Elle regarda sévèrement M. Savo. « Je vois que

maintenant vous vous conduisez correctement, monsieur Savo. »

M. Savo la regarda de son œil gauche et grommela.

— Vous pensiez peut-être que j'allais mourir.

— Il faut que vous restiez au lit, monsieur Savo.

M. Savo grommela de nouveau.

Elle s'en alla.

— Aussi dure qu'un poteau de ring, dit M. Savo en grimaçant un sourire. Ouvre un peu, mon petit Bobby, j'entends mal.

Je me penchai et augmentai le volume de la radio. C'était bon de pouvoir bouger de nouveau.

Je pris les *tefillin* et le livre de prières dans le tiroir de la table de nuit et je commençai à mettre les *tefillin*. La courroie frotta contre ma bosse et je tressaillis. Cela me faisait encore mal. J'arrangeai la courroie pour la main, et j'ouvris le livre de prières. Je vis que M. Savo me regardait. C'est alors que je me souvins qu'il ne m'était pas permis de lire, aussi fermai-je le livre. Mais je me mis cependant à prier, prononçant toutes les prières dont je me souvenais par cœur, tâchant de ne plus écouter la voix du speaker. Je priai pour le salut de tous les soldats qui combattaient sur les plages. Quand j'eus fini, j'enlevai les *teffilin* et les remis, ainsi que le livre de prières, dans le tiroir de la table de nuit.

— Tu es vraiment un gosse très religieux, mon petit Bobby, me dit M. Savo.

Je ne savais quoi répondre, aussi le regardai-je en hochant la tête, mais sans rien dire.

— Tu veux devenir prêtre, ou quelque chose comme ça ?

— Je voudrais bien. Mais mon père voudrait que je fasse des mathématiques.

— Tu es fort en math ?

— Oui, j'ai toujours la meilleure note en math.

— Mais tu voudrais devenir prêtre, hein ? Un... un rabbin, vous appelez ça.

— Quelquefois je me dis que j'ai envie de devenir rabbin, mais je n'en suis pas sûr.

— Ça serait une bonne chose, Bobby. Tous ces cinglés ont besoin de types comme ça. Moi aussi, j'aurais pu être prêtre. J'aurais pu, une fois. J'ai choisi le mauvais côté. J'ai préféré taper sur les types. Je me suis gourré. Hé, écoute ça !

Le correspondant de la radio disait, d'une voix pleine d'excitation, que des torpilleurs allemands venaient d'attaquer un destroyer norvégien et qu'il semblait bien que le navire allait sombrer. Les marins sautaient par-dessus bord et on mettait à l'eau des canots de sauvetage.

— Ils ont reçu la baffe, dit M. Savo d'un air triste. Pauvres salauds... Pardon : pauvre types.

Le correspondant avait une voix de plus en plus excitée en racontant le naufrage du destroyer norvégien.

Je ne fis rien d'autre, tout ce matin-là, qu'écouter la radio et parler de la guerre avec M. Savo et Billy. J'expliquais à Billy, autant que je le pouvais, certains des événements qui étaient en train de se produire et il me reparla de son oncle qui était pilote et dirigeait un gros avion qui lançait les bombes. Il me demanda si, à mon avis, il était en train de les lancer maintenant pour aider au débarquement. Je lui dis que j'en étais sûr.

Peu de temps après le déjeuner, un petit garçon entra, venant de l'autre salle, en jouant à la balle. Il devait avoir six ans, son visage était maigre et pâle et il avait des cheveux noirs bouclés et en désordre qu'il n'arrêtait pas de rejeter en arrière de la main gauche, tout en avançant et en faisant rebondir sa balle de la main droite. Il portait un pyjama brun et une robe de chambre.

— Pauvre gosse, dit M. Savo. Il a passé presque toute sa vie dans sa salle qui est de l'autre côté du hall. Son estomac n'a pas de jus, ou quelque chose comme ça. » Il le regarda qui remontait l'allée. « Quel monde ! Complètement cinglé. »

Le petit garçon s'arrêta au pied du lit de M. Savo, tout petit et pâle. « Salut monsieur Tony. Est-ce que vous voulez jouer avec Mickey ? »

M. Savo lui dit que ce n'était pas le jour de jouer à la balle, à cause du débarquement. Mickey ne savait pas ce que c'était qu'un débarquement et il se mit à pleurer. « Vous avez promis, monsieur Tony. Vous avez dit que vous joueriez à la balle avec Mickey. »

M. Savo avait l'air mal à son aise. « Okay, mon petit. Ne te mets pas de nouveau à brailler. Seulement deux fois. Ça va ?

— Oui, monsieur Tony », dit Mickey, le visage brillant de joie. Il lança la balle à M. Savo, qui dut l'attraper, très haut au-dessus de sa tête, avec sa main droite. Il la renvoya doucement au petit garçon qui la manqua et se mit à ramper sous le lit pour la retrouver.

Je vis Mme Carpenter qui arrivait en courant depuis le bout de l'allée, l'air furieux.

— Monsieur Savo, vous êtes absolument impossible ! dit-elle, presque en hurlant.

M. Savo s'assit dans son lit, respirant très fort et ne disant rien.

— Vous allez vous rendre sérieusement malade si vous n'arrêtez pas tout de suite de faire ce genre de bêtise, et le reste !

— Oui, madame, dit M. Savo.

Il avait le visage très pâle. Il se renversa sur son oreiller et ferma l'œil gauche.

Mme Carpenter se tourna vers le petit garçon qui

avait retrouvé sa balle et regardait M. Savo en attendant que tout cela soit terminé.

— Mickey, tu ne joueras plus à la balle avec M. Savo.

— Oh, madame Carpenter...

— Mickey !

— Oui, m'dame, dit Mickey, d'un air soudain docile. Merci d'avoir joué avec moi, monsieur Tony.

M. Savo était appuyé sur son oreiller et il ne répondit pas. Mickey s'en fut par l'allée, faisant rebondir sa balle.

Mme Carpenter regarda M. Savo.

— Vous vous sentez bien ? dit-elle d'une voix inquiète.

— Je suis un peu à plat, dit M. Savo sans ouvrir son œil.

— Vous devriez savoir que vous avez mieux à faire que ça.

— Excusez-moi.

Mme Carpenter se retira.

— Aussi dure qu'un poteau de ring, dit M. Savo. Mais un cœur d'or.

Il était étendu sans bouger, l'œil fermé, et, au bout de peu de temps, il s'endormit.

Le speaker parlait des problèmes que pose l'approvisionnement d'un débarquement de cette ampleur quand je vis arriver M. Galanter qui remontait l'allée. Je diminuai un peu le volume de la radio. M. Galanter vint jusqu'à mon lit. Il avait un numéro du *New York Times* sous le bras et son visage était éclatant et respirait l'excitation.

— Suis venu vous saluer, soldat. Je suis entre deux cours, je n'ai que quelques minutes. Autrement, je n'aurais pas pu venir vous voir aujourd'hui. Comment ça va ?

— Je suis beaucoup mieux, monsieur Galanter.

J'étais heureux et fier qu'il soit venu me voir.

— Je n'ai plus du tout mal à la tête, et mon poignet est bien moins douloureux.

— Bonnes nouvelles, fantassin ! Magnifiques nouvelles. C'est un jour qui compte, hein ? Un des plus grands jours de l'histoire. C'est fantastique, ce qu'ils font.

— Oui, monsieur. J'ai entendu ça à la radio.

— Ce qui arrive est inimaginable pour nous, mon garçon. C'est une chose incroyable. Probablement, il va falloir qu'ils débarquent plus de cent cinquante mille soldats aujourd'hui et demain, et des milliers et des milliers de tanks, de canons, de jeeps, de bulldozers, tout, et tout ça sur des plages. Cela dépasse l'imagination.

— J'ai dit au petit Billy qu'ils utilisaient aussi un tas de gros bombardiers. Son oncle est pilote de bombardier. Il est probablement en train de piloter son avion juste là, en ce moment.

M. Galanter regarda Billy qui avait tourné la tête dans notre direction, et je compris que M. Galanter avait immédiatement remarqué qu'il était aveugle.

— Comment ça va, mon garçon ? dit M. Galanter d'une voix qui me sembla tout à coup beaucoup moins excitée.

— Mon oncle pilote un gros avion qui lance des bombes, dit Billy. Est-ce que vous êtes un aviateur ?

Je vis le visage de M. Galanter se fermer.

— M. Galanter est mon professeur de gym à l'école, dis-je à Billy.

— Il y a déjà longtemps que mon oncle est pilote. Mon père dit qu'il faudra qu'il vole énormément avant de pouvoir rentrer à la maison. Est-ce que vous avez été blessé, ou quelque chose comme ça, monsieur Galanter, puisque vous êtes déjà rentré ?

Je vis M. Galanter regarder le garçon. Il ouvrit la

bouche et passa sa langue sur ses lèvres. Il avait l'air mal à son aise.

— Pas pu être soldat, dit-il en regardant Billy. J'ai un mauvais...

Il s'arrêta.

— J'ai essayé, mais je n'ai pas pu.

— Je suis désolé, monsieur.

— Oui, dit M. Galanter.

J'étais très embarrassé. Toute l'excitation de M. Galanter avait disparu, et il était là, regardant Billy d'un air abattu. J'étais ennuyé pour lui et je regrettais maintenant d'avoir parlé de l'oncle de Billy.

— Je souhaite à votre oncle toute la chance possible, dit calmement M. Galanter à Billy.

— Merci, monsieur, dit Billy.

M. Galanter se tourna vers moi.

— Ils ont fait un sacré travail, en retirant ce morceau de verre que vous aviez dans l'œil, mon vieux.

Il essayait de parler gaiement, mais ça n'allait pas très bien.

— Quand sortirez-vous ?

— Mon père m'a dit dans quelques jours.

— Épatant. Vous avez de la veine. Ça aurait pu être bien pire.

— Oui, monsieur.

Je me demandai s'il était au courant du tissu cicatriciel et s'il évitait de m'en parler. Je décidai de n'en rien dire ; il avait l'air un peu triste et mal à l'aise et je ne voulais rien faire qui pût augmenter l'embarras où il se trouvait déjà.

— Bon, il va falloir que j'aille faire ma classe, mon garçon. Soignez-vous bien et sortez vite d'ici.

— Oui, monsieur. Merci pour tout et pour votre visite.

Je le regardai descendre lentement l'allée.

— Quel dommage qu'il n'ait pas pu être soldat !

dit Billy. Mon père non plus n'est pas soldat, mais c'est parce que ma mère a été tuée dans l'accident et qu'il n'y a personne d'autre pour s'occuper de moi et de ma petite sœur.

Je le regardai sans rien dire.

— Je crois que je vais dormir un peu, dit Billy. Tu veux bien fermer la radio ?

— Bien sûr.

Je le vis mettre ses mains sous sa tête, sur l'oreiller, et il demeura ainsi, ses yeux vides levés vers le plafond.

Je me recouchai et, après avoir pensé pendant quelques minutes à M. Galanter, je m'endormis. Je rêvai de mon œil droit et j'eus très peur. Il me semblait que je pouvais apercevoir la lumière du soleil à travers la paupière fermée de mon œil droit, et je me retrouvai, m'éveillant dans cet hôpital, au moment où l'infirmière avait repoussé le rideau. Mais maintenant, il y avait quelque chose qui cachait le soleil. Puis la lumière revint et je pus la voir, dans mon sommeil, à travers la paupière fermée de mon œil droit. Puis elle s'effaça de nouveau, et je me sentis en colère contre ce qui jouait ainsi avec la lumière du soleil. J'ouvris l'œil et je vis que quelqu'un se tenait auprès de mon lit. Il était à contre-jour, sa silhouette dessinée dans le soleil et, pendant quelques instants, je ne pus pas reconnaître son visage. Puis je m'assis dans mon lit.

— Hello ! dit doucement Danny Saunders. Je m'excuse de t'avoir réveillé. L'infirmière m'a dit que je pouvais attendre ici.

Je le regardai avec stupéfaction. C'était bien la dernière personne au monde dont j'attendisse qu'elle me rendît visite à l'hôpital.

— Avant que tu me dises à quel point tu me détestes, dit-il tranquillement, laisse-moi te dire que je suis désolé de ce qui est arrivé.

Je le regardai sans savoir quoi répondre. Il portait un complet sombre, une chemise blanche à col ouvert, et une calotte noire. Je pouvais voir les papillotes qui pendaient de chaque côté de son visage bien sculpté et les franges de son sous-vêtement qui pendaient sur son pantalon, sous sa veste.

— Je ne te déteste pas, finis-je par dire, parce que je pensai qu'à ce moment-là c'était cela qu'il fallait dire, même si c'était un mensonge.

Il sourit tristement. « Est-ce que je peux m'asseoir ? Il y a un quart d'heure que je suis debout ici en attendant que tu te réveilles. »

Je hochai la tête, puis fis un signe qu'il prit pour une approbation et il s'assit à ma droite sur le coin de mon lit. Le soleil entrait à flots par les fenêtres qui étaient derrière lui, et son visage était dans une ombre qui accentuait les lignes de ses joues et de sa mâchoire. Je me dis qu'il ressemblait aux portraits d'Abraham Lincoln que j'avais vus, avant que ce dernier laisse pousser sa barbe — sauf pour les petites touffes de poils couleur de sable qui parsemaient ses joues et son menton, les cheveux coupés court et les papillotes. Il avait l'air mal à l'aise et il clignait nerveusement des yeux.

— Qu'est-ce qu'ils disent de la cicatrice ? demanda-t-il.

De nouveau, je fus très étonné.

— Comment as-tu appris ça ?

— J'ai téléphoné hier à ton père. C'est lui qui me l'a dit.

— Pour l'instant, ils ne savent encore rien. Peut-être que je serai borgne de cet œil.

Il hocha la tête sans rien dire.

— Comment est-ce qu'on se sent quand on sait qu'on a éborgné quelqu'un ? lui demandai-je.

J'étais revenu de la surprise que m'avait causée sa présence et je sentais la colère qui me revenait.

Il me regarda, son visage bien modelé demeurant sans expression.

— Qu'est-ce que tu veux que je dise ?

Il parlait sans colère, seulement avec tristesse.

— Tu veux que je te dise que je regrette ? Okay, je regrette.

— C'est tout ? Tu regrettes seulement ? Comment dors-tu la nuit ?

Il regarda ses mains.

— Je ne suis pas venu ici pour me disputer avec toi, dit-il doucement. Si tu n'as envie de rien d'autre que de te disputer, je vais rentrer chez moi.

— En ce qui me concerne, lui dis-je, tu peux aller au diable et emmener avec toi ton tas de petits gommeux de hassidim !

Il me regarda sans bouger. Il n'avait pas l'air d'être en colère, seulement un peu triste. Son silence me rendit plus furieux encore et je finis par dire :

— Pourquoi diable es-tu ici ? J'avais cru t'entendre dire que tu allais rentrer chez toi ?

— Je suis venu pour te parler.

— Bon, eh bien, je n'ai pas envie de t'écouter, lui dis-je. Pourquoi est-ce que tu ne t'en vas pas ? Va-t'en et regrette ce que tu m'as fait.

— Je le regrette, dit-il tranquillement.

— Tu parles, que tu le regrettes, lui dis-je.

Il me regarda comme s'il allait dire quelque chose, puis se leva et s'en alla lentement le long de l'allée. Je me recouchai sur mon oreiller, tremblant légèrement et effrayé par ma propre colère et par ma haine.

— Est-ce que c'est un de tes amis ? entendis-je M. Savo me demander.

— Non, dis-je.

— Il t'a fait des ennuis, ou quelque chose comme ça ? Tu n'as pas l'air content, mon petit Bobby.

— C'est celui qui m'a envoyé la balle dans l'œil.

Le visage de M. Savo s'éclaira.

— Tu charries pas ? Celui qui a donné la baffe ? Eh ben...

— Je crois que je vais dormir encore un peu, dis-je.

Je me sentais déprimé.

— C'est un de ces vrais Juifs orthodoxes ? demanda M. Savo.

— Oui.

— J'en ai déjà connu quelques-uns par ici. Mon manager avait un oncle comme ça. Un type vraiment religieux. Fanatique. Il n'avait aucune relation avec mon manager. Pas grand-chose de perdu : un manager de rien.

Je n'avais pas envie d'avoir une conversation avec lui à ce moment, aussi ne répondis-je pas. Je regrettais un peu de m'être tellement mis en colère contre Danny Saunders.

Je vis que M. Savo s'asseyait dans son lit et prenait son paquet de cartes sur la table de nuit. Il commença à les disposer en rangées sur sa couverture. Je me recouchai dans mon lit et fermai les yeux. Mais je ne pouvais pas dormir.

Quelques minutes après le dîner, mon père arriva. Il était pâle et avait l'air fatigué. Quand je lui parlai de ma conversation avec Danny Saunders, je vis que ses yeux se remplissaient de colère.

— Tu t'es stupidement conduit, Reuven, me dit-il sèchement. Tu te souviens de ce que dit le Talmud. Si quelqu'un vient pour s'excuser de vous avoir fait tort, on doit l'écouter et lui pardonner.

— Je n'ai pas pu m'en empêcher, *abba.*

— Est-ce que vraiment tu le hais à ce point, que tu aies été capable de lui dire ces sortes de choses ?

— Je regrette, dis-je, et je me sentais malheureux.

Il me regarda, et je vis tout d'un coup son regard devenir très triste.

— Je n'avais pas l'intention de te gronder, dit-il.

— Si, tu m'as grondé, dis-je pour me défendre.

— Ce que j'essayais de te faire comprendre, Reuven, c'est que quand quelqu'un vient pour parler avec toi, il faut être patient et écouter. Plus particulièrement si c'est quelqu'un qui vous a fait du mal, d'une manière ou d'une autre. Bon, ne parlons plus ce soir du fils de Reb Saunders. Nous vivons un jour important dans l'histoire du monde. C'est le commencement de la fin pour Hitler et sa bande de fous. Est-ce que tu as entendu le speaker qui décrivait le débarquement, depuis le navire où il se trouvait ?

Nous parlâmes quelque temps du débarquement. Puis mon père s'en alla et je me recouchai dans mon lit, me sentant déprimé et irrité contre moi-même, à cause de ce que j'avais dit à Danny Saunders.

Le père de Billy était revenu le voir, et ils parlaient doucement. Il me regarda un instant et me sourit chaleureusement. C'était un homme de bonne mine et je remarquai qu'il avait une longue cicatrice sur le front, le long de ses cheveux blonds.

— Billy m'a dit que vous aviez été très gentil avec lui, me dit-il.

Je fis une sorte de signe de tête sur mon oreiller et j'essayai de lui rendre son sourire.

— Cela me fait beaucoup de plaisir, dit-il. Billy se demande si vous viendrez nous voir quand vous serez sorti de l'hôpital.

— Bien sûr, dis-je.

— Nous sommes dans l'annuaire du téléphone. Roger Merrit. Billy dit qu'après son opération, quand il pourra voir de nouveau, il sera content de voir de quoi vous avez l'air.

— Je vous téléphonerai sûrement.

— Tu entends, Billy ?

— Oui, dit Billy avec joie. Je t'avais bien dit qu'il était gentil.

L'homme me sourit, puis revint à Billy. Ils se remirent à parler doucement.

J'étais couché dans mon lit, et je pensais à tout ce qui s'était passé ce jour-là, et je me sentais triste et déprimé.

Le matin suivant, Mme Carpenter me dit que j'avais le droit de sortir de mon lit et de faire quelques pas. Après le petit déjeuner, je sortis dans le hall un instant. Je regardai par la fenêtre, et je vis les gens dans la rue. Je restai là, longtemps, à regarder par la fenêtre. Puis je revins à mon lit et me recouchai.

Je vis que M. Savo était assis dans son lit ; il jouait aux cartes en souriant.

— Comment tu te sens sur tes jambes, Bobby ? me demanda-t-il.

— Merveilleux. Mais je suis un peu fatigué.

— Vas-y doucement, petit. Ça prend un moment pour récupérer la vieille santé.

Un des malades qui se tenait à l'autre bout de la salle près du poste de radio poussa un cri. Je me penchai et ouvris ma radio. Le speaker parlait d'une percée depuis une des plages.

— Quelle baffe ils prennent ! dit M. Savo avec un large sourire.

Je me demandai à quoi pouvait ressembler maintenant cette plage, et je pouvais l'imaginer couverte de véhicules brisés et de morts.

Je passai toute la matinée à écouter la radio. Quand Mme Carpenter revint, je lui demandai combien de temps j'allais encore rester à l'hôpital, et elle sourit, en me disant que c'était le Dr Snydman qui déciderait.

— Le Dr Snydman vous examinera vendredi matin, ajouta-t-elle.

Les nouvelles de la guerre commençaient à m'intéresser beaucoup moins et, en revanche, j'étais de plus en plus agacé de ne pas pouvoir lire. Pendant l'après-midi, j'écoutai quelques comédies musicales diffusées dans des émissions publicitaires et cela ne fit qu'augmenter mon malaise. Je décidai de fermer la radio et de dormir.

— Est-ce que tu veux continuer à écouter ça ? demandai-je à Billy.

Il ne répondit pas, il dormait.

— Ferme le poste, petit, dit M. Savo. Aucun type ne peut supporter longtemps cette camelote.

Je fermai la radio et me recouchai.

— J'aurais jamais cru que les types puissent se faire tabasser comme on les tabasse avec ces émissions de variétés, dit M. Savo. Eh bien, eh bien, regarde qui arrive.

— Qui donc ? et je m'assis.

— Ton donneur de baffes orthodoxe.

C'était Danny Saunders. Il remonta l'allée et se tint près de mon lit ; il portait les mêmes vêtements que la veille.

— Est-ce que tu vas de nouveau te mettre en colère contre moi ? demanda-t-il d'une voix hésitante.

— Non, dis-je.

— Est-ce que je peux m'asseoir ?

— Oui.

— Merci.

Et il s'assit sur le bout de mon lit, à droite. Je vis que M. Savo le regardait, puis il se remit à jouer avec ses cartes.

94

— Tu as été rudement dégoûtant avec moi hier, tu sais, dit Danny Saunders.

— Je le regrette. J'étais tout étonné d'avoir tant de plaisir à te voir.

— Ça m'était égal que tu sois en colère, dit-il. Mais ce que j'ai trouvé dégoûtant, c'est que tu ne m'aies pas laissé parler.

— C'était dégoûtant, d'accord. Excuse-moi.

— Je suis venu aujourd'hui pour te parler. Est-ce que tu veux bien m'écouter ?

— Bien sûr, dis-je.

— J'ai réfléchi à cette partie. Je n'ai pas arrêté d'y réfléchir depuis que tu as reçu ce coup.

— J'y ai pensé moi aussi, dis-je.

— Chaque fois que je fais ou que je vois quelque chose que je ne comprends pas, il faut que j'y pense jusqu'à ce que je le comprenne.

Il parlait très vite, et on pouvait voir qu'il était tendu.

— J'y ai beaucoup réfléchi, mais je ne comprends pas encore. Je voudrais en parler avec toi. D'accord ?

— D'accord, dis-je.

— Tu sais ce que je ne comprends pas, quand je pense à cette partie ? Je ne comprends pas pourquoi j'ai voulu te tuer.

Je le regardai.

— C'est ça qui me tracasse.

— Bon, je l'espère, dis-je.

— Fais pas le malin, Malter. Je ne fais pas de mélodrame. Je voulais vraiment te tuer.

— C'était une partie drôlement animée, dis-je. Je ne peux pas dire que j'éprouvais vraiment de l'amitié pour toi.

— Je crois que tu ne comprends même pas ce dont je parle.

— Attends un peu...

— Non, écoute-moi. Écoute seulement ce que je te dis, tu veux bien ? Tu te souviens de cette deuxième balle que tu m'as lancée ?

— Et comment !

— Eh bien, c'est à ce moment que j'ai eu envie de te sauter dessus et de te fendre la tête avec ma batte.

Je ne savais pas quoi répondre.

— Je ne sais pas pourquoi je ne l'ai pas fait. Je voulais le faire.

— Tu parles d'une partie ! dis-je, quelque peu effrayé par ce qu'il était en train de me dire.

— Cela n'avait rien à faire avec la partie, dit-il. Du moins, je ne le crois pas. Vous n'étiez pas la première équipe coriace contre laquelle nous jouions. Et cela nous était déjà arrivé de perdre. Mais vraiment cette fois-ci tu m'as eu, Malter. Je ne peux pas m'imaginer ce qui s'est passé. De toute façon, j'aime mieux t'en parler.

— S'il te plaît, ne m'appelle plus Malter, dis-je.

Il me regarda. Puis il eut un faible sourire.

— Comment veux-tu que je t'appelle ?

— Si tu dois me dire quelque chose, appelle-moi Reuven, dis-je. Autrement, c'est comme si un maître d'école ou quelqu'un de ce genre me parlait.

— Okay, dit-il en souriant à nouveau. Alors appelle-moi Danny.

— D'accord.

— Ce que je ressentais était drôlement violent, dit-il. Ça ne m'était encore jamais arrivé.

Je le regardai, et soudain j'eus l'impression que tout ce qui se trouvait autour de moi était dans le brouillard. Il y avait là Danny Saunders, assis sur mon lit, à l'hôpital, habillé de ses vêtements de style hassidique et me disant qu'il avait eu envie de me tuer parce que je lui avais envoyé une balle coupée. Il était habillé comme un hassid, mais il ne parlait pas à leur façon.

Il y avait aussi que, la veille encore, je le haïssais ; et maintenant, nous nous appelions par nos prénoms. Je m'assis pour l'écouter parler. J'étais fasciné de voir comme une personne vêtue en vrai hassid pouvait s'exprimer dans un anglais aussi parfait. J'avais toujours cru que leur anglais restait plus ou moins teinté d'accent yiddish. En fait, les quelques fois qu'il m'était arrivé de parler avec un hassid, il n'avait jamais parlé que yiddish. Et voilà que je me trouvais en face de Danny Saunders, en train de parler anglais avec lui, et ce qu'il disait, tout autant que la manière dont il le disait, ne semblait pas s'accorder avec ses vêtements, les papillotes qui encadraient son visage et les franges qui pendaient sous son veston noir.

— Tu es drôlement bon lanceur, et bon coureur aussi, me dit-il en souriant un peu.

— Tu es bon aussi, répondis-je. Où as-tu appris à taper dans une balle comme ça ?

— Je me suis entraîné, dit-il. Tu sais combien d'heures j'ai passées à travailler à la batte et sur le terrain ?

— Où as-tu pris tout ce temps-là ? Je croyais que, vous autres, vous passiez votre temps à étudier le Talmud ?

Il me sourit.

— J'ai conclu un accord avec mon père. Chaque jour, j'étudie la tâche qui m'est fixée du Talmud, et il ne s'occupe pas de ce que je fais le reste du temps.

— Qu'est-ce que c'est que cette tâche ?

— Deux *blatt*[1].

— Deux *blatt* ?

Cela faisait quatre pages du Talmud. Quand j'en faisais une par jour, j'étais content de moi.

— Tu n'as pas du tout de travail en anglais ?

1. Une feuille du volume in-folio du Talmud.

— Bien sûr que si. Mais pas beaucoup. À notre yeshiva, nous n'avons pas beaucoup de travail en anglais.

— Tout le monde doit faire deux feuilles du Talmud et son anglais ?

— Pas tout le monde. Seulement moi. C'est mon père qui le veut.

— Comment arrives-tu à le faire ? C'est un travail formidable !

— J'ai de la chance, et il me sourit. Je te montrerai comment faire. Quelle partie du Talmud es-tu en train d'étudier ?

— *Kiddushin* [1], dis-je.

— À quelle page en es-tu ?

Je le lui dis.

— Je l'ai étudiée il y a deux ans. Est-ce que ce n'est pas cela ?

Il récita à peu près un tiers de la page, mot à mot, y compris les commentaires et les conclusions juridiques de Maimonide sur les interprétations talmudiques. Il le fit froidement, mécaniquement et, en l'écoutant, j'avais l'impression de voir travailler une sorte de machine humaine.

— Dis donc, c'est rudement bien, réussis-je à lui dire en fin de compte.

— J'ai une mémoire photographique. Mon père dit que c'est un don de Dieu. Je regarde une page du Talmud, et je me la rappelle par cœur. Au bout de quelque temps, ça devient d'ailleurs ennuyeux. Il y a beaucoup de répétitions. Mais je peux faire la même chose avec *Ivanhoé*. As-tu lu *Ivanhoé* ?

— Évidemment.

— Est-ce que tu veux que je fasse la même chose avec *Ivanhoé* ?

---

1. Traité du Talmud sur le mariage.

— Tu te fais mousser maintenant, dis-je.

Il grimaça un sourire.

— J'essaie de faire bonne impression.

— Tu m'impressionnes. Moi, il faut que je transpire pendant des heures pour apprendre une page du Talmud. Est-ce que tu veux devenir rabbin ?

— Évidemment. Je prendrai la succession de mon père.

— Peut-être serai-je aussi rabbin. Mais pas du genre hassidique, dis-je.

Il me regarda avec un air de surprise.

— Pourquoi voudrais-tu devenir rabbin ?

— Pourquoi pas ?

— Tu pourrais faire tant d'autres choses.

— Drôle de manière de parler. Puisque toi, tu seras rabbin.

— Je n'ai pas le choix. C'est une situation héréditaire.

— Tu veux dire que, si tu avais le choix, tu ne serais pas rabbin ?

— Je ne crois pas.

— Qu'est-ce que tu serais ?

— Je ne sais pas. Probablement psychologue.

— Psychologue ?

Il hocha la tête affirmativement.

— Je ne suis même pas certain de savoir ce que c'est.

— C'est ce qui vous permet de savoir ce que quelqu'un est vraiment, à l'intérieur. J'ai lu des livres là-dessus.

— C'est quelque chose comme Freud, les psychanalystes et des machins comme ça ?

— Oui, dit-il.

Je n'en savais pas lourd sur la psychanalyse, mais Danny Saunders, dans ses vêtements hassidiques, me paraissait être la dernière personne au monde qui fût qualifiée pour faire de la psychanalyse. Je m'étais représenté les psychanalystes comme des gens très intelligents, avec de petites barbes courtes et pointues, des monocles et l'accent allemand.

— Qu'est-ce que tu voudrais être, si tu ne deviens pas rabbin ? me demanda Danny Saunders.

— Mathématicien, dis-je. C'est ça que mon père voudrait que je sois.

— Et professeur quelque part dans une université ?

— Oui.

— Ça serait sûrement rudement agréable, dit-il.

Ses yeux bleus eurent un instant une expression rêveuse.

— J'aimerais ça.

— Je ne suis pas sûr que ce soit ça que je veuille être.

— Pourquoi pas ?

— D'une certaine manière, j'ai l'impression que je pourrais être plus utile comme rabbin. Plus utile pour les nôtres. Tu sais, tout le monde n'est pas religieux, comme toi ou moi. Je pourrais leur apprendre, et les aider quand ils auraient des ennuis. Je crois que c'est quelque chose qui me rendrait très heureux.

— Je ne pense pas que cela me rendrait heureux. Mais, de toute manière, je serai rabbin. Dis, où est-ce que tu as appris à lancer comme ça ?

— Moi aussi, je me suis entraîné.

— Mais tu n'es pas obligé d'étudier deux feuilles du Talmud chaque jour.

— Dieu merci !

— Tu as une sale manière de lancer.

— Et si nous parlions de ta manière de frapper ? Est-ce que tu tapes toujours comme ça, droit sur le lanceur ?

— Oui.

— Comment as-tu fait pour apprendre un truc pareil ?

— Je ne peux pas faire autrement. Je crois que ça a quelque chose à faire avec ma vue et avec la manière dont je tiens la batte. Je ne sais pas.

— C'est une manière salement dangereuse de frapper une balle. Tu m'as presque tué.

— Tu aurais dû plonger.

— Je n'avais aucune possibilité de plonger.

— Si, tu l'avais.

— Je n'avais pas le temps. Tu as frappé si vite !

— Tu avais le temps de lever ton gant.

Je réfléchis pendant quelques instants.

— Tu n'as pas voulu plonger.

— C'est vrai, dis-je après un moment.

— Tu ne voulais pas plonger devant une balle que j'aurais frappée. Il fallait que tu essaies de l'arrêter.

— C'est vrai. Je me souviens de cette fraction de seconde pendant laquelle j'avais amené mon gant devant mon visage. J'aurais pu sauter de côté et éviter la balle. Mais je n'avais pas pensé à le faire. Je ne voulais pas que Danny Saunders me fasse jouer le même rôle qu'à Schwartzie.

— Eh bien, tu l'as arrêtée, dit Danny Saunders.

Je lui souris.

— Sans rancune ? demanda-t-il.

— Sans rancune, dis-je, j'espère seulement que la cicatrice de mon œil ira bien.

— Je l'espère aussi, dit-il avec ferveur. Crois-moi.

— Dis, qui était ce rabbin sur le banc ? Est-ce qu'il est le capitaine de l'équipe, ou quelque chose comme ça ?

Danny Saunders se mit à rire.

— C'est un des professeurs de la yeshiva. Mon père l'envoie pour s'assurer que nous ne frayons pas trop avec les *apikorsim*.

— C'est cette histoire d'*apikorsim* qui m'a mis en colère contre vous. Pourquoi est-ce que tu as dit une chose comme ça à ton équipe ?

— Je le regrette. C'est la seule manière pour nous de constituer une équipe. J'ai réussi à convaincre mon père que vous étiez la meilleure équipe du voisinage et que c'était de notre devoir de vous battre, vous autres *apikorsim*, précisément là où vous étiez les plus forts. Quelque chose de ce genre.

— Il a vraiment fallu que tu dises ça à ton père ?

— Oui.

— Qu'est-ce qui serait arrivé si vous aviez perdu ?

— Je préfère ne pas y penser. Tu ne connais pas mon père.

— Donc, il fallait que vous nous battiez ?

Il me regarda un instant, et je m'aperçus qu'il pensait à quelque chose. Ses yeux avaient pris une expression froide, presque vitreuse.

— C'est exact, dit-il enfin.

Il avait l'air de se rendre compte de quelque chose qu'il essayait de comprendre depuis longtemps.

— C'est exact, dit-il encore.

— Qu'est-ce qu'il lisait tout le temps ?

— Qui ?

— Le rabbin.

— Je ne sais pas. Probablement un livre sur la Loi juive.

— J'aurais cru que c'était quelque chose que ton père avait écrit.

— Mon père n'écrit pas, dit Danny. Il lit beaucoup, mais il n'écrit jamais. Il dit que les mots déforment ce que chacun pense réellement dans son cœur. Mais il n'aime pas non plus beaucoup parler. Oh, bien sûr, il parle beaucoup quand nous étudions le Talmud ensemble. Mais, autrement, il ne dit pas grand-chose. Il m'a dit une fois qu'il aurait aimé que tout le monde puisse parler en silence.

— Parler en silence ?

— Moi non plus, je ne comprends pas, dit Danny en haussant les épaules. Mais c'est ça qu'il a dit.

— Ça doit être un type, ton père.

Il me regarda.

— Oui, dit-il, avec le même regard froid et vitreux.

Je vis qu'il se mettait à jouer avec une de ses papillotes, l'esprit manifestement ailleurs. Nous restâmes silencieux un bon moment. Il semblait absorbé dans ses réflexions.

Puis il se leva.

— Il se fait tard. Il faut que je m'en aille.

— Merci d'être venu me voir.

— Je reviendrai demain.

— D'accord.

Il avait toujours l'air absorbé dans ses pensées. Je le regardai marcher dans l'allée et sortir de la salle.

Mon père arriva quelques minutes plus tard, l'air encore plus mal en point que la veille. Il avait les joues creuses, les yeux rouges et un teint de cendre. Il toussait beaucoup et voulait continuer à me faire croire qu'il ne s'agissait que d'un rhume. Il s'assit sur le lit et me dit qu'il avait téléphoné au Dr Snydman.

— Il regardera ton œil vendredi matin, et tu pourras probablement rentrer à la maison vendredi après-midi. Je viendrai te chercher après mes cours.

— Merveilleux ! dis-je.

— Il ne faudra pas que tu lises pendant encore une dizaine de jours. Il m'a dit qu'à ce moment on sera fixé pour la cicatrice.

— Ça me fera plaisir de sortir de cet hôpital, dis-je. Aujourd'hui je suis un peu sorti de mon lit et j'ai vu les gens qui passaient dans la rue.

Mon père me regarda sans rien dire.

— J'aurais bien voulu être déjà dehors, dis-je. Cela me faisait envie de les voir se promener ainsi. Ils ne connaissent pas leur chance.

— Personne ne connaît sa chance avant que la malchance arrive, dit mon père calmement. Le monde est ainsi fait.

— Je serai content de rentrer à la maison. Au moins, je n'aurai pas à passer le Sabbat ici.

— Nous aurons un bon Sabbat ensemble, dit mon père. Un Sabbat tranquille, et nous pourrons parler ensemble sans être dérangés. Nous prendrons du thé et nous causerons.

Il toussa un peu et porta son mouchoir à ses lèvres. Il enleva ses lunettes et s'essuya les yeux. Puis il les remit et s'assit sur le lit. Il me regardait. Il était si pâle, il avait l'air si fatigué qu'il semblait que toutes ses forces lui eussent été enlevées.

— Je ne t'ai pas dit, *abba.* Danny Saunders est venu me voir aujourd'hui.

Mon père ne parut pas surpris.

— Ah, dit-il. Et...

— Il est très sympathique. Je l'aime beaucoup.

— Vraiment ?

Tout d'un coup, il souriait.

— Qu'est-ce qu'il t'a dit ?

Je lui racontai tout ce dont je pus me souvenir de ma conversation avec Danny Saunders. À un certain moment, tandis que j'étais en train de lui parler, il se mit à tousser et je m'arrêtai, regardant avec un sentiment d'impuissance sa maigre silhouette penchée et secouée par la toux. Puis il s'essuya les lèvres et les yeux, et me dit de continuer. Il écoutait avec la plus grande attention. Quand je lui dis que Danny Saunders avait voulu me tuer, ses yeux s'élargirent, mais il ne m'interrompit pas. Quand je lui parlai de la mémoire photographique de Danny Saunders, il hocha la tête comme s'il avait su tout cela depuis longtemps déjà. Quand je lui dis, le mieux que je pus, les projets que nous avions faits pour nos carrières respectives, il eut un sourire indulgent. Et quand je lui expliquai pourquoi Danny Saunders avait dit à son équipe qu'ils nous tueraient, nous autres *apikorsim,* il me regarda et je pus voir dans ses yeux la même expression de profonde réflexion que j'avais vue un peu plus tôt dans ceux de Danny Saunders. Puis il hocha la tête.

— Les gens ne sont pas toujours ce qu'ils paraissent être, dit-il avec douceur. Ainsi va le monde, Reuven.

— Il viendra de nouveau me voir demain, *abba*.

— Ah, murmura mon père.

Il se tint un moment silencieux. Puis il dit d'une voix tranquille :

— Reuven, écoute-moi bien. Le Talmud dit que chacun doit faire deux choses pour soi-même. La première est de se trouver un maître. Est-ce que tu te souviens de la seconde ?

— Se choisir un ami, dis-je.

— Oui. Tu sais ce que c'est, un ami, Reuven ? Un philosophe grec a dit que deux vrais amis sont comme deux corps qui ont une seule âme.

J'approuvai.

— Reuven, si tu le peux, fais de Danny Saunders ton ami.

— Je l'aime beaucoup, *abba*.

— Non. Écoute-moi. Je ne te parle pas de l'aimer. Je te dis de t'en faire un ami et de devenir le sien. Il me semble... » Il s'arrêta et eut une nouvelle et longue quinte de toux. Puis il se rassit sur le lit, la main sur la poitrine, respirant difficilement. « Fais-en ton ami », dit-il à nouveau et il s'éclaircit la gorge à grand bruit.

— Bien qu'il soit un hassid ? demandai-je en souriant.

— Fais-en ton ami, répéta mon père. Nous verrons.

— La manière dont il parle et dont il se conduit ne va pas avec ses vêtements et son allure, dis-je. C'est comme s'il s'agissait de deux personnes différentes.

Mon père hocha la tête lentement, sans rien dire. Il regardait Billy qui dormait toujours.

— Comment va ton petit voisin ? me demanda-t-il.

— Il est très gentil. On va lui faire aux yeux une opération d'un nouveau genre. Il a été blessé dans un accident d'auto, et sa mère a été tuée.

Mon père regarda Billy et hocha la tête. Il soupira puis se leva, se pencha vers moi et m'embrassa sur le front.

— Je reviendrai te voir demain. Est-ce que tu as besoin de quelque chose ?

— Non, *abba*.

— Est-ce que tu peux te servir de tes *tefillin* ?

— Oui. Mais je ne peux pas lire. Je prie par cœur.

Et il s'éloigna rapidement.

— C'est ton père, mon gars ? me demanda M. Savo.

Je me tournai vers lui et fis un signe affirmatif. Il était toujours en train de faire sa réussite.

— Un homme sympathique. Très imposant. Qu'est-ce qu'il fait ?

— Il enseigne.

— Ouais ? Ça, c'est drôlement bien, mon gars. Mon vieux à moi, il poussait une voiture des quatre-saisons. Du côté de Norfolk Street qu'il le faisait. Travaillait comme un chien. Tu as de la veine. Qu'est-ce qu'il enseigne ?

— Le Talmud, dis-je. La Loi juive.

— Sans blague ? Dans une école juive ?

— Oui, dis-je. Dans un collège.

M. Savo fronça les sourcils en regardant une carte qu'il venait de tirer du paquet. « Saleté, murmura-t-il. Déveine partout. C'est l'histoire de ma vie. » Il posa la carte sur une des rangées qu'il avait disposées sur la couverture.

— T'avais l'air plutôt copain avec le gars qui t'a balancé la baffe. Vous êtes en train de devenir amis ?

— Il est très gentil, dis-je.

— Ouais ? Eh bien, fais gaffe à des types de cette

espèce. Fais-y drôlement gaffe, t'entends ? Un type qui te balance une baffe, c'est qu'il y a quelque chose derrière. Le vieux Tony, il sait ça. Fais-y gaffe.

— C'était vraiment un accident, dis-je.

— Ouais ?

M. Savo me regarda. Son visage était tout assombri par sa barbe mal rasée et son œil gauche avait l'air un peu gonflé et injecté de sang. Le bandeau noir qui cachait son œil droit avait l'air d'un énorme grain de beauté.

— Le type qui est sur le point de t'envoyer une baffe, il n'attend pas que tu plonges, mon gars. Je connais.

— Ça ne s'est pas tout à fait passé comme ça, monsieur Savo.

— Bien sûr, mon gars, bien sûr. Le vieux Tony, il aime pas les fanatiques, c'est tout.

— Je ne pense pas qu'il soit un fanatique.

— Non ? Pourquoi alors qu'il se promène avec ce costume ?

— Ils portent tous ce costume. Cela fait partie de leur religion.

— Bien sûr, mon gars. Tu es un bon gosse. Alors, moi je te dis, fais gaffe à ces fanatiques. Ce sont les pires flanqueurs de baffes du monde. » Il regarda une carte qu'il tenait dans la main, puis la jeta. « Sale jeu. Pas de chance. » Il ramassa ses cartes, les remit en tas et les posa sur la table de nuit. Puis il se renversa sur son oreiller. « La journée est longue, dit-il, en se parlant presque à lui-même. Comme quand on attend un grand combat. » Il ferma l'œil gauche.

Je m'éveillai cette nuit-là et restai longtemps immobile, essayant de me rappeler où j'étais. J'aperçus la faible lumière bleue qui brillait à l'autre bout de la salle et je pris une inspiration profonde. J'entendis bouger à côté de moi et tournai la tête. On avait tiré le rideau autour du lit de M. Savo, et je pouvais entendre des gens qui marchaient tout autour. Je m'assis. Une infirmière vint à moi, venant de quelque part. « Rendormez-vous tout de suite, jeune homme, m'ordonna-t-elle. Vous entendez ? » Elle paraissait irritée et tendue. Je me recouchai dans mon lit. Quelques instants plus tard, je dormais.

Quand, le matin suivant, je m'éveillai, le rideau était toujours tiré autour du lit de M. Savo. Je le regardai. Il était brun clair et entourait le lit si complètement qu'on n'en pouvait même pas apercevoir les pieds métalliques. Je me souvins de ce lundi après-midi, quand je m'étais réveillé avec le rideau autour de mon lit et Mme Carpenter qui se penchait au-dessus de moi, et je me demandai ce qui était arrivé à M. Savo. Je vis Mme Carpenter qui arrivait en marchant très vite le long de l'allée, portant un plateau de métal dans ses mains. Sur le plateau, il y avait des instruments et des pansements. Je m'assis et demandai ce qui était arrivé à M. Savo. Elle me regarda sévèrement, et son visage charnu avait une expression de tristesse. « Ne vous inquiétez pas pour M. Savo, jeune homme. Occupez-vous seulement de vos affaires et laissez tranquille M. Savo. » Elle disparut derrière le rideau. J'entendis un faible gémissement. De l'autre côté de la salle, la radio avait été ouverte, et le speaker parlait de la guerre. Je ne voulais pas ouvrir ma radio, de peur de déranger M. Savo. J'entendis un autre gémissement et je ne pus en supporter davantage. Je sortis de mon lit et m'en allai aux toilettes. De là, j'allai dans la salle d'attente, de l'autre côté de notre service, et je me mis à regarder les gens qui passaient dans la rue. Quand je revins, le rideau était toujours tiré autour du lit de M. Savo, et Billy était réveillé.

Je m'assis sur mon lit et je vis Billy qui tournait sa tête dans ma direction.

— Est-ce que c'est toi, Bobby ? me demanda-t-il.

— Oui, dis-je.

— Est-ce qu'il y a quelque chose qui ne va pas avec M. Savo ?

Je me demandai comment il pouvait être au courant.

— Je crois, dis-je. Ils ont mis le rideau autour de son lit et Mme Carpenter est avec lui.

— Non, dit Billy. Elle vient juste de s'en aller. J'étais en train d'appeler M. Savo, et elle m'a dit de ne pas le déranger. Est-ce que ça va très mal ?

— Je ne sais pas. Je crois que nous devrions parler un peu plus bas, Billy. Comme ça, nous ne l'ennuierons pas.

— D'accord, dit Billy en baissant la voix.

— Et je crois aussi que nous ne devrions pas écouter la radio aujourd'hui. Il ne faudrait pas le réveiller, s'il dort.

Billy hocha la tête affirmativement.

Je pris mes *tefillin* qui étaient sur la table de nuit, m'assis dans mon lit, et priai un long moment. Je priai surtout pour M. Savo.

J'étais en train de prendre mon petit déjeuner quand je vis le Dr Snydman qui arrivait en toute hâte avec Mme Carpenter. Il ne me regarda même pas et passa devant mon lit. Il portait un costume sombre et ne souriait pas. Il passa derrière le rideau qui entourait le lit de M. Savo, et Mme Carpenter le suivit. Je les entendis qui parlaient doucement, puis j'entendis M. Savo gémir plusieurs fois. Ils restèrent là un bon bout de temps. Puis ils sortirent et redescendirent l'allée.

J'avais très peur de ce qui avait pu arriver à M. Savo. Je m'aperçus qu'il me manquait, et que je le regrettais, avec sa manière de parler et de jouer aux cartes. Après le petit déjeuner, je me recouchai dans mon lit et commençai à penser à mon œil gauche. Je me rappelai que le lendemain, ce serait vendredi et que le Dr Snydman devait l'examiner. Je me sentis glacé de terreur. Tout ce matin-là, et tout l'après-midi, je restai couché dans mon lit, pensant à mon œil et de plus en plus effrayé.

Toute la journée, le rideau resta tiré autour du lit de M. Savo. À chaque minute, une infirmière passait derrière le rideau, restait là quelques instants, puis sortait et redescendait le long de l'allée. Dans l'après-midi, on arrêta la radio, à l'autre bout de la salle. J'essayai de dormir, mais je n'y parvins pas. Je ne pouvais pas m'empêcher de regarder les infirmières qui passaient derrière le rideau et qui en ressortaient. Au moment du dîner, j'étais si effrayé et je me sentais si malheureux que je pus à peine manger. Je grignotai dans mon assiette et renvoyai le plateau sans presque y avoir touché.

C'est alors que je vis Danny qui remontait l'allée et qui s'arrêta devant mon lit. Il portait son costume noir, sa calotte noire, sa chemise blanche ouverte autour du cou, et on voyait ses franges sous son veston. Sans doute mon visage exprima-t-il le bonheur que j'avais à le voir car il eut soudain un sourire chaleureux et dit :

— Tu me regardes comme si j'étais le Messie. Il faut croire que je t'ai fait bonne impression hier.

Je lui souris à mon tour.

— Ça me fait du bien de te voir, lui dis-je. Comment vas-tu ?

— Et toi, comment vas-tu ? C'est toi qui es à l'hôpital.

— J'en ai assez d'être en cage. Je veux sortir et rentrer à la maison. Dis, ça me fait rudement plaisir de te voir, espèce de tête de veau !

Il se mit à rire.

— Je dois être le Messie. Aucun hassid n'a jamais été accueilli avec des mots de ce genre par un *apikoros* !

Il se tenait au pied de mon lit, les mains dans les poches, le visage détendu.

— Quand rentres-tu à la maison ? demanda-t-il.

Je le lui dis. Puis je me souvins de M. Savo qui était dans son lit, derrière le rideau.

— Écoute, lui dis-je, en montrant le rideau, allons parler dehors. Je ne voudrais pas le déranger.

Je sortis de mon lit, mis ma robe de chambre et nous sortîmes tous les deux de la salle. Nous nous assîmes sur un banc, dans le hall, à côté d'une fenêtre. Le hall était long et vaste. Des infirmières, des médecins, des malades, des infirmiers et des visiteurs entraient et sortaient des salles. Il faisait encore clair dehors. Danny mit ses mains dans ses poches et regarda par la fenêtre.

— Je suis né dans cet hôpital, dit-il tranquillement. Avant-hier, c'était la première fois que j'y revenais depuis le jour de ma naissance.

— Je suis né aussi ici, dis-je. Je n'y avais jamais pensé.

— J'y ai pensé hier, en montant par l'ascenseur.

— J'y suis revenu quand on m'a enlevé les amygdales. Est-ce qu'on t'a enlevé les amygdales ?

— Non. Elles ne m'ont jamais fait d'ennuis.

Il était assis là, les mains dans les poches, regardant par la fenêtre.

— Regarde ça. Regarde tous ces gens. Ils ressemblent à des fourmis. Parfois, j'ai l'impression que nous sommes tous des fourmis. Ça ne te fait pas la même impression ?

Sa voix était calme, mais on y entendait comme une pointe de tristesse.

— Quelquefois, dis-je.

— Un jour, je l'ai dit à mon père.

— Qu'est-ce qu'il a dit ?

— Il n'a rien dit. Je t'ai expliqué, il ne me parle jamais, sauf quand nous travaillons. Mais quelques jours plus tard, pendant que nous étions en train de travailler, il a dit que l'homme avait été créé par Dieu et que le Juif avait une mission dans la vie.

— Quelle mission ?

— Obéir à Dieu.

— Est-ce que tu n'y crois pas ?

Il quitta lentement la fenêtre des yeux. Je vis ses yeux, d'un bleu foncé, me regarder, et il ferma plusieurs fois de suite les paupières.

— Bien sûr que j'y crois, dit-il calmement.

Ses épaules se voûtèrent.

— Pourtant, il m'arrive parfois de ne pas être sûr de ce que Dieu veut.

— C'est drôle que tu dises ça.

— N'est-ce pas ?

Il me regarda sans paraître me voir.

— Je ne l'avais jamais dit à personne.

Il paraissait étrange et comme absorbé en lui-même. Je commençais à ne plus me sentir à mon aise.

— Je lis beaucoup, dit-il. Chaque semaine, je lis sept ou huit livres en plus de mon travail scolaire. Est-ce que tu as lu Darwin ou Huxley ?

— J'ai lu un peu de Darwin.

— Je l'ai lu à la bibliothèque, pour que mon père ne le sache pas. Il est très strict sur mes lectures.

— Tu lis des livres sur l'évolution et sur des trucs comme ça ?

— Je lis tout ce qui me tombe de bon dans les mains. En ce moment, je lis Hemingway. Tu as entendu parler de Hemingway ?

— Évidemment.

— Est-ce que tu as lu un de ses livres ?

— J'ai lu quelques-unes de ses nouvelles.

— Je viens de finir *L'Adieu aux armes* la semaine dernière. C'est sur la Première Guerre mondiale. Il y a un Américain qui est dans l'armée italienne. Il épouse une infirmière anglaise. Sauf qu'il ne l'épouse pas vraiment. Ils vivent ensemble, elle tombe enceinte, et il déserte. Ils s'enfuient en Suisse, et elle meurt en donnant naissance à l'enfant.

— Je ne l'ai pas lu.

— C'est un grand écrivain. Mais on se pose des tas de questions quand on le lit. Il y a un passage du livre où il est question de fourmis sur un morceau de bois qui est en train de brûler. Le héros, cet Américain, regarde les fourmis, et au lieu de sortir le morceau de bois du feu et de sauver les fourmis, il jette de l'eau sur le feu. L'eau se transforme en vapeur, cela brûle quelques-unes des fourmis, et les autres brûlent et meurent sur le morceau de bois ou tombent dans le feu. C'est un très beau passage. Cela montre à quel point les gens peuvent être cruels.

Pendant tout le temps qu'il parla, il ne cessa pas de regarder par la fenêtre. J'avais l'impression qu'il se parlait presque autant à lui-même qu'à moi.

— J'en ai tellement assez de ne jamais étudier que le Talmud ! J'apprends très vite et, au bout d'un certain temps, ça devient ennuyeux. Alors je lis tout ce qui me tombe sous la main. J'ai rencontré un homme à la bibliothèque, et il me donne des conseils sur les livres que je dois lire. Mais je ne lis que ce que la bibliothécaire me conseille. C'est une drôle de femme cette bibliothécaire. Elle est sympathique, mais elle n'arrête pas de me regarder. Probablement qu'elle se demande ce qui prend à une personne comme moi de lire tous ces livres.

— Je me le demande moi-même, dis-je.

— Je te l'ai dit. Cela finit par me fatiguer de toujours étudier le Talmud. Et le travail, en anglais, n'est pas très intéressant à la yeshiva. J'ai l'impression que les professeurs d'anglais ont peur de mon père. Ils ont peur de perdre leur poste s'ils disent quelque chose de trop intéressant. Je ne sais pas. Mais c'est passionnant de pouvoir lire tous ces livres.

Il se mit à jouer avec la papillote qui pendait sur le côté droit de son visage. Il la frottait doucement de sa main droite, la roulait autour d'un doigt, la lâchait, puis la roulait de nouveau autour de son doigt.

— Je n'avais jamais dit ça à personne. Tout le temps, je me demandais à qui je le raconterais un jour.

Il regardait le parquet. Puis il leva les yeux vers moi et me sourit. C'était un sourire triste, mais qui parut le faire sortir soudain de sa mélancolie.

— Si tu avais plongé, devant cette balle, je me le demanderais encore, dit-il, et il remit ses mains dans ses poches.

Je ne répondis rien. J'étais encore un peu troublé par ce qu'il m'avait dit. Je ne pouvais pas arriver à admettre que ce fût là Danny Saunders, le fils du rabbin Saunders, le *tzaddik*[1].

— Est-ce que je peux te parler franchement ? lui demandai-je.

— Bien sûr, dit-il.

— Je ne m'y reconnais plus du tout, avec toi. Je n'essaie pas d'être drôle. Réellement, je n'y suis plus du tout. Tu as l'air d'un hassid, mais tu ne parles pas comme un hassid. Tu ne parles pas comme mon père dit que les hassidim parlent. Tu parles presque comme si tu ne croyais pas en Dieu.

Il me regarda sans répondre.

---

1. Mot hébreu signifiant : homme juste.

— Est-ce que tu vas vraiment devenir rabbin et prendre la succession de ton père ?

— Oui, dit-il calmement.

— Comment pourras-tu le faire si tu ne crois pas en Dieu ?

— Je crois en Dieu. Je n'ai jamais dit que je ne croyais pas en Dieu.

— Tu ne parles pas comme un hassid, en tout cas, dis-je.

— Et comment est-ce que je parle ?

— Comme... comme un *apikoros.*

Il sourit sans rien dire. C'était un triste sourire, et ses yeux bleus avaient l'air triste, eux aussi. Il se remit à regarder par la fenêtre, et nous restâmes assis longtemps sans rien dire. C'était un silence chaleureux, toutefois, et pas gênant du tout. En fin de compte, il dit très calmement :

— Il faut que je prenne la succession de mon père. Je n'ai pas le choix. C'est un héritage. Je m'en arrangerai... d'une manière ou d'une autre. Quand je serai rabbin, les gens ne s'occuperont plus de savoir ce que je lirai. Je serai comme un dieu pour eux. Ils ne me poseront pas de questions.

— Est-ce que cela te plaira d'être rabbin ?

— Non, dit-il.

— Comment pourras-tu passer toute ta vie à faire quelque chose que tu n'aimes pas ?

— Je n'ai pas le choix, dit-il à nouveau. C'est comme une dynastie. Si le fils ne prend pas la succession du père, la dynastie s'effondre. Les gens attendent de moi que je devienne leur rabbin. Ma famille leur a donné des rabbins depuis six générations. Je ne peux pas me détacher d'eux. Je suis... je suis un peu pris dans une trappe. Je m'en sortirai, pourtant... d'une manière ou d'une autre.

Mais il ne parlait pas comme s'il eût cru qu'il serait capable de s'en sortir. Il avait l'air très triste.

Nous restâmes assis sans bouger pendant un moment, regardant par la fenêtre les gens qui passaient au-dessous de nous. Il ne restait plus que quelques minutes avant que le soleil se couche et, tout à coup, je me demandai pourquoi mon père n'était pas encore venu me voir. Danny se détourna de la fenêtre et recommença à jouer avec sa papillote, la caressant et la tournant autour de son doigt. Puis il secoua la tête et remit les mains dans ses poches. « C'est drôle, dit-il. C'est vraiment drôle. Il faut que je devienne rabbin, et je n'ai pas envie de le devenir. Tu n'as pas besoin de devenir rabbin, et tu as envie de le devenir. Le monde est fou. »

Je ne répondis rien. L'image de M. Savo me vint soudain à l'esprit, comme vivante, et je le voyais, assis dans son lit, disant : « Le monde est fou. Complètement cinglé. » Je me demandais comment il pouvait aller, et si le rideau était toujours tiré autour de son lit.

— À quel genre de mathématiques t'intéresses-tu ? me demanda Danny.

— C'est surtout à la logique que je m'intéresse. À la logique mathématique.

Il prit un air perplexe.

— On l'appelle aussi logique symbolique, dis-je.

— Je n'en avais jamais entendu parler, avoua-t-il.

— C'est tout nouveau. La plus grande partie a commencé avec Russell et Whitehead, et avec un livre qu'ils ont écrit ensemble, qui s'appelle *Principia Mathematica.*

— Bertrand Russell ?

— Oui.

— Je ne savais pas qu'il était mathématicien.

— Et comment ! C'est un grand mathématicien. Et un logicien aussi.

— Je suis très faible en mathématiques. De quoi ça parle, la logique mathématique ?

— Eh bien, on essaie de déduire toutes les mathématiques de principes logiques simples, et de montrer que les mathématiques sont réellement fondées sur la logique. C'est une histoire salement compliquée. Mais j'aime beaucoup ça.

— On te fait des cours sur ça, à ton école ?

— Non. Mais tu n'es pas la seule personne qui lise beaucoup.

Il se remit à rire. Puis il se leva et resta debout en me faisant face. Ses yeux brillaient de vie et d'excitation.

— Je n'avais jamais entendu parler de logique symbolique, dit-il. Ça a l'air passionnant. Et tu voudrais être rabbin ? Mais comment s'y prend-on ? Je veux dire, comment fait-on pour déduire les mathématiques de la logique ? Je ne vois pas... » Il se tut et me regarda. « Qu'est-ce qu'il se passe ? » me demanda-t-il.

Mon père venait de sortir de l'ascenseur, à l'autre bout du hall, et avançait vers la salle de médecine des yeux. Je me dis que je devrais l'appeler pour attirer son attention, mais à quelques pas de l'entrée de la salle, il nous aperçut. S'il éprouva quelque surprise à me trouver avec Danny, je ne m'en aperçus pas. Son visage ne changea pas d'expression. En revanche, tandis qu'il s'approchait de nous, je pus constater que l'expression de Danny se modifiait brusquement. Il passa ainsi de la curiosité à l'étonnement le plus vif. Un instant, il parut avoir envie de fuir. Il avait l'air nerveux et agité, mais je n'eus pas beaucoup de temps pour y penser, parce que mon père se trouva tout de suite près de nous, nous regardant tous les deux. Il portait son costume gris foncé, avec un veston croisé et son chapeau gris. Il était beaucoup plus petit que Danny et un peu plus petit que moi, et il avait toujours son visage pâle et fatigué. Il semblait hors d'haleine, et il avait son mouchoir dans la main droite.

— Je suis en retard, dit-il, j'ai eu peur qu'ils ne me laissent pas entrer.

Sa voix était rauque et grinçante.

— Il y avait une réunion à l'Université. Comment vas-tu, Reuven ?

— Ça va bien, *abba*.

— Est-ce que tu as le droit d'être dans le hall à cette heure-ci ?

— Cela n'a pas d'importance, *abba*. L'homme qui est dans le lit voisin du mien est tombé malade tout à coup, et nous ne voulons pas le déranger. *Abba*, je voudrais te présenter Danny Saunders.

Je pus apercevoir un faible sourire jouer autour des coins de la bouche de mon père. Il salua Danny.

— C'est mon père, Danny.

Danny ne répondit rien. Il était immobile, il regardait mon père. Je vis mon père qui le surveillait de derrière ses lunettes à monture d'acier, avec un petit sourire qui continuait à jouer aux coins de ses lèvres.

— Je ne savais pas..., commença Danny, puis il se tut.

Il y eut alors un long moment de silence, pendant lequel Danny et mon père se regardèrent, et moi je les regardais tous les deux, et personne ne disait rien.

Ce fut mon père qui, finalement, rompit ce silence. Il le fit avec une douceur et une chaleur tranquille. Il dit : « Je vois que vous jouez à la balle aussi bien que vous lisez les livres, Danny. J'espère que vous n'êtes pas aussi violent avec les livres que vous l'êtes au base-ball. »

C'était maintenant mon tour de m'étonner.

— Tu connais Danny ?

— D'une certaine manière, dit mon père en souriant largement.

— Je... je ne me doutais pas..., bégaya Danny.

— Et comment auriez-vous pu vous en douter ? demanda mon père. Je ne vous ai jamais dit mon nom.

— Vous saviez qui j'étais depuis le commencement ?

— Seulement après la deuxième semaine. J'ai demandé à la bibliothécaire. Un jour vous avez demandé à vous inscrire, mais vous n'avez pas retiré votre carte.

— J'avais peur de le faire.

— J'ai bien compris, dit mon père.

Je me rendis compte tout à coup que c'était mon père qui, tout ce temps-là, avait donné à Danny des conseils sur ses lectures. Mon père était cet homme que Danny avait rencontré à la bibliothèque !

— Mais tu ne m'en avais jamais parlé ! m'écriai-je.

Mon père me regarda.

— Qu'est-ce que je ne t'avais jamais dit ?

— Tu ne m'avais jamais dit que tu avais rencontré Danny à la bibliothèque ! Tu ne m'avais jamais dit que tu lui disais quels livres il devait lire !

Mon père regarda Danny, puis reporta les yeux sur moi.

— Ah, dit-il en souriant. Je vois que tu connais l'histoire de Danny et de la bibliothèque.

— Je lui ai raconté, dit Danny.

Il commençait à se détendre un peu, et son visage avait un peu perdu son expression de surprise.

— Et pourquoi est-ce que je te l'aurais dit ? demanda mon père. Un garçon demande des livres. Qu'est-ce qu'il y a là à raconter ?

— Mais pendant toute cette semaine, même après l'accident, tu n'en as jamais dit un mot !

— Je ne pensais pas que c'était à moi de t'en parler, dit tranquillement mon père. Un garçon vient à la bibliothèque, grimpe au troisième étage, dans la pièce où se trouvent les vieux journaux, regarde soigneusement partout, choisit une table derrière un rayonnage, à un endroit où personne, pour ainsi dire, ne pourra le voir, et s'assied pour lire. Il y a des jours où je suis là, et alors il vient me trouver, s'excuse d'interrompre mon travail et me demande si je peux lui recommander un livre. Il ne me connaît pas, et je ne le connais pas. Je lui demande s'il s'intéresse plus particulièrement à la littérature ou aux sciences, et il me dit qu'il est prêt à s'intéresser à tout ce qui en vaut la peine. Je lui conseille un livre, et deux heures plus tard, il revient, me remercie, me dit qu'il a fini de le lire et me demande si je ne peux pas lui en recommander un autre. Je suis un peu étonné, et nous nous asseyons l'un en face de l'autre pendant un moment à discuter le livre, et je m'aperçois que non seulement il l'a lu et compris, mais qu'il le sait par cœur. Alors je lui donne à lire un autre livre, un peu plus difficile, et la même chose se produit. Un jour, je lui demande comment il s'appelle, mais je m'aperçois qu'il se trouble et je change de sujet de conversation. Ensuite, je demande à la bibliothécaire, et je comprends tout, parce que j'ai déjà entendu parler du fils de Reb Saunders par d'autres personnes. Alors, je lui conseille d'autres livres. Il y a maintenant près de deux mois que je lui donne ces sortes de conseils. N'est-ce pas, Danny ? Est-ce que tu penses vraiment, Reuven, que j'aurais dû t'en parler ? C'était à Danny de le faire, s'il en avait envie, pas à moi.

Mon père eut un petit accès de toux et s'essuya les lèvres avec son mouchoir. Nous restâmes tous les trois quelques instants sans rien dire. Danny avait les mains dans les poches et il regardait le parquet. J'en étais encore à essayer de sortir de ma stupéfaction.

— Je vous suis très reconnaissant, monsieur Malter, dit Danny. Pour tout ce que vous avez fait.

— Il n'y a aucune raison pour que vous me soyez reconnaissant, Danny, répondit mon père. Vous m'avez demandé de vous conseiller pour vos lectures et je l'ai fait. Bientôt vous lirez tout seul et vous n'aurez plus besoin des conseils de qui que ce soit. Si vous continuez à venir à la bibliothèque, je vous montrerai comment vous servir du catalogue.

— Je viendrai, dit Danny, bien entendu.

— Je suis heureux de vous l'entendre dire, ajouta mon père en souriant.

— Je... je crois que je ferais mieux de m'en aller maintenant. Il est déjà très tard. J'espère que tout se passera bien demain, pour l'examen de ton œil, Reuven.

Je hochai la tête.

— Je viendrai te voir chez toi samedi après-midi. Où habites-tu ?

Je le lui dis.

— Peut-être que nous pourrons aller nous promener, dit-il.

— Cela me ferait plaisir, répondis-je avec empressement.

— Alors, on se verra samedi. Au revoir, monsieur Malter.

— Au revoir, Danny.

Il sortit lentement du hall. Nous le regardâmes s'arrêter devant l'ascenseur et attendre. L'ascenseur arriva, et il disparut.

Mon père toussa dans son mouchoir. « Je suis très fatigué, dit-il. Il m'a fallu courir pour venir ici. Ces réunions à l'Université durent toujours trop longtemps. Quand tu seras professeur à l'Université, il faudra que tu convainques tes collègues de ne pas tenir de si longues réunions. Il faut que je m'asseye. »

Nous nous assîmes sur le banc, près de la fenêtre. Il faisait presque nuit dehors, et je pouvais à peine voir les gens qui marchaient sur le trottoir.

— Alors, dit mon père, comment te sens-tu ?

— Ça va très bien, papa, mais je m'ennuie.

— Demain, tu rentreras à la maison. Le Dr Snydman t'examinera à dix heures, et je viendrai te chercher à une heure. S'il peut t'examiner plus tôt, je viendrai te chercher plus tôt. Mais il doit opérer demain de bonne heure, et moi il faut que je fasse mon cours à onze heures. Par conséquent, je serai ici à une heure.

— *Abba*, je n'arrive pas à m'y faire, que tu connaisses Danny depuis si longtemps. Et je n'arrive pas à m'y faire, qu'il soit le fils de Reb Saunders.

— Danny non plus n'arrive pas à s'y faire, dit tranquillement mon père.

— Je ne peux pas...

Mon père secoua la tête, et repoussa de la main la question que je n'arrivais pas à poser. Il se remit à tousser et prit une profonde inspiration. Nous restâmes quelques instants silencieux. Le père de Billy sortit de la salle. Il marchait lentement et d'un pas lourd. Je le vis prendre l'ascenseur.

Mon père prit encore une fois une profonde inspiration et se leva.

— Reuven, il faut que je rentre à la maison et que je me couche. Je suis resté debout presque toute la nuit pour finir cet article, et ensuite, venir ici en courant après cette réunion à l'Université... C'est trop. Accompagne-moi jusqu'à l'ascenseur. Nous parlerons autour de la table du Sabbat, dit mon père.

Il ne pouvait presque plus parler.

— Cela a été dur pour toi.

— Oui, *abba*.

L'ascenseur arriva et les portes s'ouvrirent. Il y avait des gens à l'intérieur. Mon père entra, se retourna et me regarda. « Mes deux joueurs de base-ball », dit-il en souriant. Les portes se fermèrent sur son sourire.

Je traversai le hall pour retourner dans le service d'ophtalmologie. Je me sentais très fatigué, et il me semblait que j'entendais encore mon père et Danny parler de ce qui leur était arrivé à la bibliothèque. Quand j'arrivai à mon lit, je m'aperçus que non seulement il y avait toujours un rideau tiré autour du lit de M. Savo, mais qu'il y en avait aussi un autour du lit de Billy.

J'allai jusqu'à la cabine vitrée, sous la lumière bleue, là où deux infirmières étaient assises, et je leur demandai ce qui était arrivé à Billy.

— Il dort, dit une des infirmières.

— Est-ce qu'il va bien ?

— Bien sûr. Il va passer une bonne nuit.

— Vous devriez déjà être au lit, dit l'autre infirmière.

La salle était calme. Quelques instants plus tard, je dormais.

Le soleil brillait derrière les fenêtres. Je restai quelques instants dans mon lit à les regarder. Puis je me souvins que nous étions vendredi et je m'assis rapidement. J'entendis quelqu'un qui disait : « Ça fait plaisir de te revoir, mon petit Bobby. Comment ça va ? » et je me tournai : M. Savo était là, couché sur ses oreillers, sans rideau tiré autour de son lit. Son long visage mal rasé était pâle, et il portait un pansement épais sur son œil droit à la place du carreau noir. Mais il me souriait largement, et je vis qu'il me faisait un clin d'œil, avec son œil gauche.

— J'ai passé une mauvaise nuit, mon petit. Cela vient de ce que j'ai trop joué à la balle. Je n'ai jamais pu rien voir en courant après une balle.

— C'est merveilleux de vous revoir, monsieur Savo.

— Ouais, mon gars. Un drôle de voyage. Le toubib, il en a attrapé une vraie cicatrice !

— Billy et moi nous nous inquiétions, monsieur Savo.

Je me tournai pour regarder Billy. Je vis qu'on avait repoussé le rideau. Billy n'était plus là.

— Ils l'ont emporté il y a deux heures. Grande journée pour lui. Un bon petit gosse. Un gars qui n'a pas les tripes à l'envers. Il fallait bien qu'il fasse ce match un jour ou l'autre.

Je continuais à regarder le lit vide de Billy.

— Il faut que je me repose pour de vrai, mon gars. J'peux pas beaucoup parler. Je suis encore dans les cordes.

Il ferma les yeux et resta sans bouger.

Quand ce matin-là je me mis à prier, chaque mot de mes prières fut pour Billy. Je le voyais encore, son visage et ses yeux vides. Au petit déjeuner, je n'arrivai pas à beaucoup manger. Dix heures arrivèrent vite et Mme Carpenter vint me chercher. M. Savo était toujours couché, sans bouger, l'œil clos.

La salle d'examen était au bout du hall, quelques portes après celle de l'ascenseur. Les murs et le plafond étaient blancs, le sol recouvert de carreaux marron clair et marron foncé. Il y avait une chaise de cuir noir contre l'un des murs et des armoires à instruments partout. Une table d'examen, toute blanche, était à gauche de la chaise. Fixé au sol, à la droite de la chaise, il y avait une grande tringle de métal, qui avait l'air d'une sorte de souche, avec un bras métallique horizontal. Un instrument d'optique constituait le bout de ce bras métallique.

Le Dr Snydman m'attendait. Il avait l'air fatigué. Il me sourit, mais il ne dit rien. Mme Carpenter m'installa sur la table d'examen. Le Dr Snydman s'approcha et commença à m'enlever mon pansement. Je le regardais de mon œil droit. Ses mains travaillaient très vite, et je pouvais voir les poils qu'il avait sur les doigts.

— Maintenant, mon garçon, écoutez-moi bien, dit le Dr Snydman. Votre œil a été enfermé sous ce pansement pendant tout ce temps. Quand le pansement sera enlevé, il faudra que vous ouvriez votre œil. Nous allons baisser la lumière pour qu'elle ne vous fasse pas mal.

J'étais très agité, et je transpirais. « Oui, monsieur », dis-je.

Mme Carpenter éteignit quelques-unes des lampes, et je sentis le pansement quitter mon œil, avant même de le savoir, parce que, tout à coup, je sentis le froid de l'air sur mon œil.

— Maintenant, ouvrez l'œil lentement jusqu'au moment où vous serez de nouveau habitué à la lumière.

Je fis comme il me l'avait dit et, en quelques instants, je me trouvai capable de le garder ouvert sans difficulté. Maintenant, je voyais de mes deux yeux.

— On peut allumer maintenant, dit le Dr Snydman à l'infirmière.

Je clignai des yeux quand les lumières eurent été allumées.

— Maintenant, nous allons regarder un peu, dit le Dr Snydman.

Il se pencha et regarda mon œil à travers un instrument. Au bout d'un moment, il me dit de fermer l'œil et il appuya sur la paupière avec un de ses doigts.

— Est-ce que cela vous fait mal ? demanda-t-il.

126

— Non, monsieur.

— Maintenant, asseyez-vous sur cette chaise.

Je m'assis sur la chaise, et il regarda mon œil à travers l'instrument fixé à la branche de métal. Enfin, il se leva, renvoya d'un geste l'instrument en arrière et m'adressa un faible sourire.

— Madame, ce jeune homme peut rentrer chez lui. Je veux le voir à mon cabinet dans dix jours.

— Oui, docteur, dit Mme Carpenter.

Le Dr Snydman me regarda.

— Votre père m'a dit que vous étiez au courant du problème de la cicatrice.

— Oui, monsieur.

— Eh bien, je crois que tout ira bien. Je n'en suis pas absolument certain, vous le comprenez bien, et c'est pourquoi je veux vous revoir à mon cabinet. Mais je pense que tout ira bien.

J'étais tellement heureux que je me mis à pleurer.

— Vous avez de la chance, jeune homme. Maintenant rentrez chez vous et, pour l'amour de Dieu, ne mettez plus votre œil devant une balle de base-ball.

— Oui, monsieur. Merci beaucoup.

— De rien.

Dehors, dans le hall, Mme Carpenter me dit :

— Nous allons téléphoner à votre père tout de suite. Est-ce que ce ne sont pas de merveilleuses nouvelles à lui donner ?

— Oui, madame.

— Vous avez beaucoup de chance, vous savez. Le Dr Snydman est un grand chirurgien.

— Je lui suis très reconnaissant, dis-je. Madame ?

— Oui ?

— Est-ce que l'opération de Billy est terminée ?

Mme Carpenter me regarda.

— Évidemment. C'est le Dr Snydman qui l'a opéré.

— Est-ce qu'il va bien ?

— Nous avons bon espoir, jeune homme. Nous avons toujours bon espoir. Il faut que nous téléphonions à votre père et que vous vous prépariez pour partir.

M. Savo m'attendait.

— Comment ça va, mon garçon ? demanda-t-il.

— Le Dr Snydman pense que tout ira bien. Je rentre à la maison.

M. Savo sourit.

— Y a rien de mieux à faire, mon gars ! Impossible de se faire une position en restant couché dans un lit d'hôpital.

— Est-ce que vous allez bientôt rentrer chez vous, monsieur Savo ?

— Bien sûr, mon petit. Peut-être dans un jour ou deux. Si je n'attrape pas encore une ou deux balles du petit Mickey.

— Le Dr Snydman a opéré Billy, dis-je.

— Je m'en doutais. C'est un type épatant, le toubib. Il a du cœur.

— J'espère que tout va bien pour Billy.

— Ça ira. L'important, c'est que tu t'en vas.

Un infirmier arriva avec mes vêtements, et je me mis à m'habiller. J'étais très énervé, et mes genoux tremblaient. Quelques instants plus tard, j'étais là, portant les vêtements que j'avais sur moi ce dimanche pour jouer au base-ball. « Cela fait une semaine », me dis-je.

Je m'assis sur mon lit, et je me mis à bavarder avec M. Savo, et je ne pus toucher à mon déjeuner. J'étais énervé, et impatient de voir arriver mon père. M. Savo me dit de me détendre et que je gâtais mon déjeuner. Je restai assis, et j'attendis. Enfin, je vis mon père qui arrivait en marchant rapidement dans l'allée, et je sautai sur mes pieds. Il avait le visage brillant et les yeux humides. Il m'embrassa sur le front.

— Alors ? dit-il. Le joueur de base-ball est prêt à rentrer à la maison ?

— Est-ce que tu sais ce qu'a dit le Dr Snydman, *abba* ?

— L'infirmière me l'a dit au téléphone. Que Dieu soit remercié !

— Est-ce que nous pouvons partir maintenant, *abba* ?

— Bien sûr. Nous allons rentrer à la maison, et nous aurons un merveilleux Sabbat. Je vais emporter les affaires que tu as sur ta table.

Je regardai M. Savo. Il était assis dans son lit et nous souriait.

— J'ai été très content de faire votre connaissance, monsieur Savo.

— Pareillement, mon gars. Fais attention de tenir ta caboche hors de portée de ces balles.

— J'espère que votre œil ira mieux bientôt.

— Il n'y a plus d'œil, mon gars. Il a fallu qu'ils l'enlèvent. C'était après une certaine baffe... Je ne voulais pas que le petit aveugle le sache, alors garde ça pour toi.

— Je suis désolé d'apprendre cela, monsieur Savo.

— Bien sûr, mon gars, bien sûr. C'était la baffe. J'aurais dû me faire curé. La boxe, c'est une belle saloperie. Et je suis content d'en être sorti. J'aurais fait la guerre, s'il n'y avait pas eu un type pour m'envoyer une baffe comme ça sur la tête, il y a des années. Ça a fait éclater quelque chose à l'intérieur. C'était la baffe.

— Au revoir, monsieur Savo.

— Au revoir mon gars. Bonne chance.

Je sortis de la salle avec mon père, et je quittai l'hôpital.

LIVRE II

Le silence est bon partout,
sauf quand il s'agit de la Torah.

Le Zohar.

Nous prîmes un taxi et, comme nous étions en route pour rentrer, mon père me tendit une nouvelle paire de lunettes, tout en m'avertissant que je n'avais pas le droit de lire avant que le Dr Snydman m'y autorisât. Je les mis. Le monde entier se trouva soudain au point et tout me parut clair, frais et propre. Tout était nouveau : j'avais l'impression de m'être longtemps trouvé en un lieu obscur et de revenir soudain chez moi, à la lumière du soleil.

Nous habitions au rez-de-chaussée d'un immeuble en grès de deux étages, dans une rue tranquille, juste à côté de l'animation de Lee Avenue. De chaque côté de la rue, les maisons de grès étaient alignées et de longs et larges escaliers de pierre conduisaient du trottoir aux portes à double battant en verre dépoli de chaque entrée. Il y avait de hauts sycomores devant les maisons et leurs feuilles posaient une ombre fraîche sur les pavés. Il soufflait un peu de vent et je pouvais entendre les feuilles remuer au-dessus de ma tête.

Devant chaque maison se trouvait une petite pelouse avec des volubilis et des massifs d'hortensias. Les massifs de boules de neige, comme nous les appelions, brillaient sur notre pelouse dans le soleil, et je ne cessais de les regarder. Jamais je n'y avais fait attention auparavant. Aujourd'hui, ils me paraissaient soudain pleins de lumière et de vie.

Nous grimpâmes le large escalier de pierre et, après avoir traversé le vestibule, nous entrâmes dans le long couloir où il faisait sombre et frais, un couloir étroit comme celui d'un wagon de chemin de fer. La porte de notre appartement donnait au bout de ce couloir, à droite sous l'escalier qui conduisait aux deux étages supérieurs. Mon père mit la clé dans la serrure et nous entrâmes.

Tout de suite, je sentis l'odeur de la soupe au poulet, et je n'avais encore fait que deux ou trois pas que Manya, notre gouvernante russe, arrivait déjà en courant, depuis la cuisine, dans son grand tablier, ses souliers d'homme et ses mèches de cheveux blancs qui lui tombaient sur le front, échappées du chignon qui rassemblait ses cheveux tressés sur le sommet de son crâne. Elle me saisit dans ses grands bras en me soulevant comme une plume et elle m'étouffa d'une étreinte si puissante qu'elle expulsa tout l'air qui était dans mes poumons et me laissa sans souffle. Elle me planta un baiser humide sur le front, puis me prit à bout de bras et commença à prononcer des discours incohérents en ukrainien. Je ne comprenais pas un mot de ce qu'elle disait, mais ses yeux étaient humides, et elle se mordait les lèvres pour ne pas pleurer. Enfin, elle me laissa aller, et j'étais là souriant, reprenant mon souffle, tandis que mon père lui parlait.

— As-tu faim, Reuven ? me demanda mon père.

— Je suis affamé, dis-je.

— Le déjeuner est sur la table. Nous allons le prendre ensemble. Ensuite tu pourras aller t'étendre sous le porche et te reposer pendant que je finirai de taper mon article.

Ce déjeuner se révéla une affaire d'importance, qui

comprenait une soupe épaisse, du pain de seigle frais, des boulettes d'oignon, des gâteaux fourrés, du fromage à la crème, des œufs brouillés, du saumon fumé et du gâteau au chocolat. Mon père et moi mangions sans rien dire et Manya se mouvait autour de nous, comme un gros ours protecteur, puis mon père s'en alla dans son bureau et je me mis à aller et venir lentement dans l'appartement. J'y avais passé toute ma vie, mais je ne l'avais vraiment jamais vu avant ces allées et venues, ce vendredi après-midi-là.

Je sortis de la cuisine et restai là pendant quelques instants à regarder le tapis gris qui couvrait le sol de l'antichambre. Je tournai à gauche et traversai lentement l'antichambre, laissai la salle de bains et l'office à ma gauche, passai devant le téléphone et devant les portraits de Herzl, de Bialik et de Chaïm Weizmann qui étaient suspendus au mur, à ma droite. Et j'entrai dans ma chambre. C'était une chambre longue et un peu étroite, avec un lit le long du mur de droite, une bibliothèque à gauche, deux armoires près de la porte et un bureau avec une chaise, un peu à l'écart du mur qui faisait face à la porte. À la droite du bureau, le long du mur où se trouvait la bibliothèque, il y avait une fenêtre qui donnait sur une ruelle et sur la cour. La chambre avait été nettoyée, le lit était soigneusement fait et recouvert de son dessus-de-lit gris et brun, et sur la table il y avait mes livres de classe, disposés en une pile bien nette. Quelqu'un les avait ramenés ici après la partie de base-ball et ils étaient là, sur ma table, comme si je n'avais jamais quitté ma chambre. J'allai à la fenêtre et regardai dans la ruelle. Je pouvais voir un chat, couché à l'ombre de notre mur, et au-delà il y avait l'herbe de la pelouse de notre cour, et le vernis du Japon avec du soleil dans ses feuilles. Je me tournai, m'assis sur la chaise qui était devant la fenêtre et regardai les cartes de la guerre découpées dans le *New York Times*, que j'avais épinglées au mur, au-dessus de mon lit. Il y avait des cartes de l'Afrique du Nord, de la Sicile et de l'Italie et, maintenant, il allait falloir que je leur ajoute une carte d'Europe. Au-dessus des cartes, il y avait un grand portrait de Franklin Delano Roosevelt, que j'avais découpé dans les pages du *New York Times* du dimanche et, à côté, un portrait d'Albert Einstein que j'avais trouvé, des années auparavant, dans un numéro du *Junior Scholastic*. Je regardai ma table, mes plumes et mes crayons étaient proprement rangés dans le plumier, devant la lampe, et sur le dessus d'une pile de feuilles de papier se trouvait le dernier numéro du *WQXR Bulletin*. Je me souvins que j'avais décidé d'écouter, ce dimanche soir, une symphonie de Tchaïkovski, ce dimanche soir où j'étais si sûr que nous allions gagner le match de base-ball.

À la tête du lit se trouvait la porte qui conduisait au bureau de mon père. Elle était fermée, et je pouvais entendre mon père qui tapait à la machine. On ne pouvait pas aller dans le salon sans passer par le bureau de mon père. Je passai derrière ma table, ouvris la porte, entrai et la refermai doucement derrière moi.

Le bureau de mon père était de la même dimension que ma chambre. Le mur, au-delà de la porte, était couvert de rayonnages qui allaient jusqu'au plafond. Sur le mur opposé, il y avait une porte vitrée avec des rideaux, et de chaque côté deux grandes colonnes ioniennes. Tout ce qui était à gauche de ce mur était également recouvert de livres, et de la même manière le mur de droite. La table de travail de mon père se trouvait devant le mur extérieur de la maison, dans la position exacte où j'avais demandé qu'on plaçât le mien. Mais il était beaucoup plus grand que le mien, en bois noir et brillant, avec de profonds tiroirs et un grand sous-main vert, bordé de cuir, qui le recouvrait presque entièrement. Il était à ce moment couvert de papiers épars et mon père était absorbé dans son travail, penché au-dessus de sa vieille Underwood. Le bureau était la pièce la plus sombre de l'appartement, parce qu'il n'avait pas de fenêtre, et mon père travaillait toujours avec sa lampe allumée, dont la lumière jaune baignait la table même et le plancher tout autour. Il était assis là, portant sa petite calotte noire et tapant à la machine avec l'index de chaque main. C'était un homme mince et fragile d'environ cinquante ans, avec des cheveux gris, des joues creuses, des lunettes. Je le regardai, et je me rendis compte tout à coup qu'il n'avait pas toussé depuis qu'il était venu me chercher à l'hôpital. Il me jeta un coup d'œil, fronça les sourcils, puis reprit son travail. Il n'aimait pas que je le dérange quand il était à sa machine, et je sortis le plus vite possible, marchant sur la moquette grise, puis, passant par la porte vitrée, j'entrai dans le salon.

La lumière du soleil entrait à flots par les trois grandes fenêtres qui donnaient sur la rue et répandait une poussière d'or sur la moquette grise, le sofa, les chaises et les petites tables volantes, la table à café brillante et recouverte d'une plaque de verre, et tout le long des murs blancs. Je restai quelques instants debout près du sofa, clignant un peu des yeux, qui me faisaient toujours souffrir quand je passais de l'obscurité du bureau de mon père à l'éclat de notre salon.

Les fenêtres étaient ouvertes, et je pouvais entendre les enfants jouer dans la rue. Une brise chaude entrait dans la pièce et soulevait les rideaux de dentelle qui pendaient devant les fenêtres.

Je restai là longtemps, regardant la lumière et écoutant les bruits de la rue. Je restai là, savourant cette pièce, cette lumière, ces bruits, pensant à la grande salle de l'hôpital avec sa large allée et ses deux rangées de lits, et à Mickey jouant à la balle et essayant de trouver quelqu'un qui accepte de jouer avec lui. Je me demandais si le petit Mickey avait jamais vu le soleil entrer par les fenêtres d'un appartement donnant sur la rue.

Enfin, je revins, traversai l'appartement et passai la porte qui allait de la chambre de mon père à notre porche de bois, derrière la maison. Je m'installai sur la chaise longue, dans l'ombre du porche, et je regardai la pelouse. D'une certaine manière, tout avait changé. J'avais passé cinq jours à l'hôpital et le monde entier semblait maintenant plus fort et plus vivant. Je m'étendis et mis mes mains derrière ma tête. Je me mis à penser à la partie de base-ball et je me demandai : « Est-ce qu'il est possible que ce ne soit que dimanche dernier que c'est arrivé, il n'y a de cela que cinq jours ? » Il me semblait être entré dans un monde nouveau, et que des morceaux de moi-même étaient restés sur l'asphalte noir de la cour de l'école, derrière les morceaux brisés de mes lunettes. Je pouvais entendre les cris des enfants dans la rue et le bruit que faisait mon père à sa machine. Je me rappelai que, le lendemain, Danny viendrait à nouveau me voir. Je restai longtemps étendu sur la chaise longue, paisiblement, pensant à Danny.

Ce soir-là, alors que nous étions assis à la table de la cuisine, devant le repas de Sabbat, et après que Manya nous eut quittés jusqu'au lendemain matin, mon père accepta de répondre à quelques questions que je lui posai sur Danny Saunders.

La nuit était chaude, et la fenêtre, entre le fourneau et l'évier, était ouverte. Le vent entrait dans la cuisine, agitant et froissant les rideaux, et apportant jusqu'à nous des parfums d'herbe et de fleurs d'oranger. Nous étions assis à table, dans nos vêtements de Sabbat, mon père buvait son deuxième verre de thé, et nous étions tous deux un peu fatigués et somnolents après un si lourd repas. Le visage de mon père avait repris des couleurs et il ne toussait plus. Je le regardais boire son thé et j'écoutais le doux bruissement des rideaux qui bougeaient dans le vent. Manya avait enlevé le couvert, aussitôt après que nous eûmes chanté les Grâces d'après le repas, et nous étions maintenant seuls, dans la chaude nuit de juin, plongés dans le souvenir des semaines précédentes et dans le doux silence du Sabbat.

C'est alors que je parlai de Danny à mon père. Il tenait son verre de thé dans ses mains, le fond du verre reposant dans la paume de sa main gauche et le verre lui-même entouré de sa main droite. Il reposa le verre sur la nappe blanche qui recouvrait la table, me regarda, et sourit. Il resta silencieux pendant quelques instants, et je compris que sa réponse allait être longue. Chaque fois qu'il prenait ainsi son temps pour répondre à une de mes questions, cela signifiait que la réponse serait longue. Je pouvais comprendre qu'il mettait les choses en ordre dans sa tête, de façon qu'elles se présentent clairement. Quand il se décida à parler, ce fut d'une voix douce et lente.

Il me dit qu'il allait devoir revenir en arrière, très loin, dans l'histoire de notre peuple, afin que je puisse comprendre sa réponse. Il me demanda si j'aurais la patience de rester assis à l'écouter tranquillement, et je répondis par l'affirmative. Il se renversa dans sa chaise et commença.

Il savait que je connaissais suffisamment l'histoire juive pour qu'il ne soit pas obligé de commencer par le commencement. Dans ces conditions, il allait commencer par l'histoire de ce que je n'avais pas appris en classe, l'histoire de ces siècles d'horreur que notre peuple avait connus en Pologne. Parce que, en réalité, Danny aurait dû naître en Pologne, ou plus exactement dans les pays slaves de l'est de l'Europe.

— La Pologne n'était pas comme les autres pays d'Europe, Reuven. En réalité, la Pologne encourageait les Juifs à venir et à faire partie de son peuple. Cela se passait au XIIIe siècle, à une époque où les Juifs de l'ouest de l'Europe, et en particulier ceux d'Allemagne, subissaient de terribles persécutions. Il y avait déjà eu des Juifs en Pologne avant cette époque, mais il ne s'agissait pas d'une bien grande communauté. Pourquoi la Pologne voulait-elle attirer les Juifs, quand tous les autres pays les persécutaient ? Parce que la Pologne était un pays très pauvre, avec une aristocratie ruinée et une paysannerie qu'elle écrasait.

Les nobles des classes les plus élevées refusaient de travailler et, au lieu de cela, s'arrangeaient pour vivre de ce qu'ils pouvaient tirer, par la contrainte, du travail de leurs serfs. La Pologne désirait donc voir arriver des gens qui fussent capables de construire son économie, d'organiser son commerce et de ramener le pays à la vie. Les Juifs avaient la réputation de posséder de tels talents, et c'est pourquoi la noblesse polonaise désirait si vivement voir les Juifs s'installer dans son pays. Ils arrivèrent par milliers de l'ouest de l'Europe, et notamment d'Allemagne. Ils furent alors chargés de gérer les propriétés des nobles et de collecter les impôts, ils créèrent l'industrie polonaise et rendirent le commerce plus actif. La Pologne devint quelque chose comme une Utopie juive.

« Mais les Juifs ne firent pas seulement prospérer l'économie. Ils construisirent aussi de grandes académies pour enseigner et apprendre, dans tout le pays. Chaque communauté avait ses savants qui étudiaient la Torah et, vers la fin du XVIe siècle, les académies juives de Pologne étaient devenues des centres d'enseignement pour la communauté juive de l'Europe entière.

« Et c'est alors, Reuven, que se produisit une affreuse tragédie. C'est une tragédie qui accable souvent celui qui joue le rôle de tampon. Les Juifs aidaient la noblesse, mais le faisaient, par exemple, en recueillant les impôts auprès des serfs et des paysans, ils suscitaient ainsi contre eux-mêmes la haine des classes opprimées. Et cette haine finit par exploser en violences. Le long de la frontière est de l'Ukraine, il y avait une communauté de cosaques adeptes de l'Église grecque orthodoxe. Cette communauté appartenait à la Pologne, et les nobles polonais, qui étaient catholiques, traitaient ces cosaques avec cruauté et mépris. Non seulement ils imposaient leurs terres et leurs troupeaux, mais aussi leurs églises et leurs coutumes religieuses. Et qui récoltait l'impôt ? Les Juifs. Qui était en possession des clés des églises des cosaques ? Les Juifs. Chez qui fallait-il qu'aillent les cosaques, quand ils voulaient ouvrir leurs églises pour un baptême ou pour un office de mariage ou d'enterrement ? Chez les Juifs. Qui tous, d'ailleurs, agissaient au nom des seigneurs polonais.

« Rien ne se passa pendant de longues années, parce que les cosaques, comme les paysans polonais, avaient peur des nobles. Mais en 1648, un homme qui s'appelait Bogdan Chmielnicki devint le chef des cosaques, et il fomenta un soulèvement contre la Pologne. Les Juifs furent alors les victimes toutes trouvées des paysans polonais qui les haïssaient, et des cosaques qui ne les haïssaient pas moins. La révolution dura dix ans, et, au cours de ces années, environ sept cents communautés juives furent détruites et cent mille Juifs assassinés. Quand l'horreur fut achevée, la grande communauté juive de Pologne avait été presque complètement détruite.

Mon père s'arrêta un long moment. Les rideaux bougeaient doucement sous la brise fraîche de la nuit. Quand il se remit à parler, ce fut d'une voix lente, tendue et contenue.

— Reuven, que pouvait demander à Dieu notre peuple, pendant la révolte de Chmielnicki ? Il ne pouvait pas le remercier pour les meurtres qui se produisaient sous ses propres yeux, et il ne pouvait pas nier son existence. C'est ainsi que nombre d'entre eux se mirent à croire que le Messie allait arriver. Rappelle-toi, Reuven, que les Juifs qui croient au Messie croient aussi que, juste avant qu'il arrive, il y aura une époque de grands désastres. Au moment où la vie semble n'avoir plus de sens, c'est à ce moment même qu'il faut que chacun lui en trouve un. Et c'est ainsi que des milliers et des milliers de Juifs, aussi bien dans l'est que dans l'ouest de l'Europe, commencèrent à considérer le désastre que représentait Chmielnicki comme un présage de la venue du Messie. Ils prièrent, jeûnèrent et firent pénitence — afin de hâter la venue du Messie. Et il vint. Il s'appelait Shabbtai Zvi. Il se révéla au moment même où les massacres commencèrent. Plus de la moitié des Juifs le suivirent. Des années après, quand ils s'aperçurent qu'ils avaient été trompés, tu peux imaginer quel effet cela fit. Le soulèvement de Chmielnicki avait été un désastre physique ; le faux Messie fut un désastre spirituel.

« Nous sommes comme les autres, Reuven. Nous ne survivons pas au désastre en faisant seulement appel aux puissances invisibles. Nous nous avilissons aussi facilement que n'importe quel autre peuple. Et c'est ce qui est arrivé aux Juifs de Pologne. Au XVIIIᵉ siècle, la communauté juive polonaise s'était avilie. La science juive était morte. Elle avait été remplacée par de vaines discussions sur des problèmes qui n'avaient aucun rapport avec ce dont les masses juives avaient le plus désespérément besoin. Ce sont ces discussions qu'on appelle le *pilpoul* — discussions vides, dénuées de sens, sur des points de détail du Talmud qui n'ont aucun rapport avec le monde. Les savants juifs commencèrent à n'avoir comme désir que celui de démontrer aux autres savants juifs à quel point ils étaient savants, combien de citations ils pouvaient faire. Ils ne se préoccupaient absolument plus d'enseigner la masse des Juifs, de lui communiquer leurs connaissances et d'élever le peuple. Et c'est ainsi que se creusa un fossé profond entre les savants et le peuple. C'était aussi une époque de terrible superstition. Notre peuple croyait qu'il y avait partout des démons et des fantômes qui torturaient les Juifs, suppliciaient leurs corps et terrorisaient leurs âmes. Tous les Juifs connaissaient ce genre de peur, mais plus encore les masses ignorantes. Du moins, pour rester en vie, le savant avait la ressource du *pilpoul*.

« Maintenant, Reuven, imagine que tout ce qui t'entoure ne se compose que de forces maléfiques : qu'est-ce que tu peux tenter de faire pour te défendre ? Évidemment, tu essaies de détruire ces forces. Mais la masse des Juifs ne croyait pas disposer des pouvoirs nécessaires pour y parvenir. Ils pensaient que, seuls, des gens très adroits possédaient ce pouvoir. Et c'est ainsi qu'apparurent des Juifs qui affirmaient qu'ils étaient des experts dans la chasse aux démons et aux esprits. De tels hommes furent considérés comme des saints et devinrent très populaires en Pologne. Ils affirmaient qu'ils tenaient leur pouvoir de leur adresse à utiliser les diverses lettres composant les appellations mystiques de Dieu. C'est pourquoi on les appelait Baal Shem : Maîtres du Nom. Pour chasser les mauvais esprits, ils transcrivaient des amulettes magiques, prescrivaient des médicaments, dansaient d'une façon sauvage, portant sur leur robe blanche le *tallit*[1] et les *tefillin ;* ils se servaient de chandelles noires, sonnaient du *shofar*[2], récitaient les psaumes, criaient, imploraient, effrayaient — bref, ils faisaient tout ce qui pouvait chasser les mauvais esprits du corps d'une personne qui, par exemple, était malade, ou encore d'une mère qui allait avoir un enfant. Tel était le niveau jusqu'où s'était abaissé notre peuple en Pologne, au XVIIIe siècle. Et c'est là, Reuven, que ma réponse aux questions que tu poses au sujet de Reb Saunders commence réellement.

Mon père s'arrêta pendant quelques instants de par-

---

1. Châle de prière.
2. Instrument fait d'une corne de bélier dont on se sert au Temple les jours de grandes fêtes.

ler et vida son verre de thé. Puis il me regarda en souriant.

— Est-ce que tu es fatigué ?

— Non, *abba*.

— Tu ne trouves pas que je ressemble trop à un maître d'école ?

— Cela m'est égal que tu ressembles à un maître d'école.

— Je ne te fais pas une conférence, dit-il. Je voudrais encore un peu de thé. Mais, d'abord, il faut que je te parle d'un homme qui naquit en ce siècle-là ; il me semble que tu comprendras que c'est le début de ma réponse.

« Il existe de nombreuses légendes relatives à sa naissance, mais je n'ai pas envie de te raconter des légendes. En réalité, il est né en 1700, en Pologne. Il s'appelait Israël. Ses parents étaient très pauvres et très ignorants, et ils moururent tous les deux quand il était encore un enfant. Les gens de son village s'occupèrent de lui et l'envoyèrent à l'école. Mais il n'aimait pas l'école et, chaque fois qu'il le pouvait, il se glissait dehors et s'enfuyait dans les bois pour se promener sous les arbres, regarder les fleurs, s'asseoir dans une clairière, écouter le chant des oiseaux et le bruit du vent dans les feuilles. Chaque fois que son maître le ramenait à l'école, il s'évadait à nouveau vers ces bois et, au bout de quelque temps, ils renoncèrent et le laissèrent tranquille. À l'âge de treize ans, il devint l'assistant du maître d'école, mais au lieu de l'aider à enseigner les petits enfants, le plus souvent, il les emmenait dans les bois où il les faisait chanter, ou au contraire, écouter en silence le chant des oiseaux dans les arbres. Quand il fut plus grand, il devint le bedeau de la synagogue de son village. Toute la journée, il restait là, assis, à écouter les discussions savantes qui se poursuivaient dans la synagogue et, la nuit, quand tout le monde dormait, il prenait les livres saints dans ses mains et les étudiait avec soin. Mais ce n'était pas le Talmud qu'il étudiait, c'était la Kabbale, les livres des mystiques juifs. Les rabbins avaient interdit l'étude de la Kabbale, et c'est pourquoi Israël devait les étudier en secret. Enfin, il se maria, mais on ne sait pour ainsi dire rien de sa femme. Elle mourut peu de temps après et Israël, qui maintenant était un homme fait, devint maître d'école. Il réussissait très bien avec les enfants, et il eut bientôt, en tant que maître d'école, une grande réputation. C'était un homme aimable et doux, honnête et sans prétentions, et souvent les gens venaient le trouver pour régler les querelles qui les opposaient. On en vint à le considérer comme un homme sage et saint, et un jour le père du rabbin Abraham Gershon, de la ville de Brody, vint le trouver pour lui demander d'arbitrer une querelle qu'il avait avec un autre homme. Israël fit sur lui une telle impression qu'il lui offrit sa fille Hannah en mariage. Israël accepta, mais il demanda que l'acte de fiançailles reste secret pendant quelque temps. Et c'est alors qu'arriva un événement important. Le père de Hannah mourut et Israël se rendit à Brody, à la maison du grand rabbin Abraham Gershon, le frère de Hannah, pour y réclamer sa fiancée. Il était habillé comme un paysan, avec des chaussures éculées et des vêtements grossiers, et tu peux imaginer à quel point le rabbin fut choqué quand il vit, entre les mains d'Israël, l'acte de fiançailles. Sa sœur allait-elle épouser un paysan ? Il tenta de convaincre sa sœur de refuser le choix de leur père, mais, d'une manière ou d'une autre, Hannah se rendit compte qu'il y avait en son fiancé quelque chose que le bon rabbin était incapable de voir, et elle l'épousa. Après leur mariage, le rabbin Abraham Gershon voulut donner à son beau-frère une meilleure éducation. Il commença par lui enseigner le Talmud, mais Israël paraissait n'éprouver aucun intérêt pour le Talmud. Il en fit son cocher, mais Israël ne réussissait absolument pas dans ce nouveau métier. Finalement, le rabbin renonça et il enjoignit à sa sœur et à son beau-frère de quitter Brody, de façon à ne pas déshonorer son nom fameux, et ils partirent.

« Et maintenant, Reuven, tu vas voir arriver le début de la réponse à ta question. Je regrette d'être si long.

— S'il te plaît, *abba*, continue.

— Bon. Israël et sa femme quittèrent donc Brody et allèrent s'installer dans les Carpates, dans un village qui n'était pas très éloigné de Brody. Ils étaient très pauvres, mais très heureux. Israël gagnait sa vie en vendant de la chaux qu'il allait chercher dans la montagne. Les Carpates sont de magnifiques montagnes, et Israël construisit une petite maison : il passait là de longues journées, seul, à prier, à rêver, et à chanter pour les collines qui l'entouraient. Souvent il y restait seul une semaine entière et ne revenait auprès de sa femme Hannah que pour le Sabbat. Sans doute devait-elle beaucoup souffrir de leur pauvreté, mais elle avait confiance en lui et elle lui était très dévouée.

« Reuven, c'est dans ces montagnes qu'Israël conçut le hassidisme. Il était resté là pendant de longues années, réfléchissant, méditant, chantant ses chants étranges, écoutant les oiseaux, apprenant des paysannes comment guérir les maladies avec de simples plantes, rédiger des amulettes et chasser les mauvais esprits. Les gens des villages l'aimaient et bientôt sa réputation de saint homme se répandit dans toute la Pologne. Des légendes commencèrent à naître sur lui. Tu imagines facilement le genre de personne qu'il pouvait être.

« Son beau-frère, le rabbin Abraham Gershon, en vint finalement à regretter sa cruauté et demanda à Israël et à Hannah de revenir à Brody. Il leur acheta une auberge, pour qu'ils l'exploitent, mais c'était Hannah qui la dirigeait en fait, tandis qu'Israël errait dans les bois et les champs aux alentours de Brody en méditant. Finalement, il se mit à voyager et il devint un Baal Shem. Il était bon, saint et pieux, et on voyait bien qu'il désirait aider les gens, non pour l'argent qu'il en recevait, mais pour l'amour d'eux. Et c'est ainsi qu'on en vint à le surnommer le Baal Shem Tov — le Bon Maître du Nom. Il se mêlait au peuple et parlait de Dieu et de sa Torah dans un langage clair et simple que les gens pouvaient comprendre facilement. Il enseignait que le but de l'homme doit être de sanctifier sa vie — tous les aspects de sa vie : manger, boire, prier, dormir. Il leur disait que Dieu est partout, et s'il semble parfois qu'Il se cache de nous, c'est seulement parce que nous n'avons pas appris à le chercher correctement. Le mal est comme une coquille dure. À l'intérieur de cette coquille, il y a la lumière de Dieu et sa bonté. Comment faire pour pénétrer à l'intérieur de la coquille ? Par la prière, sincère et honnête, en étant heureux, et en aimant son prochain. Le Baal Shem Tov — plus tard, ses adeptes raccourcirent son nom et l'appelèrent le Besht — croyait qu'il n'existait pas de pécheur qui ne puisse être purifié par l'amour et la compréhension. Il pensait aussi — et c'est par là qu'il s'exposait à la fureur des savants rabbins — que l'étude du Talmud n'était pas très importante, qu'il était inutile de fixer des heures précises à la prière, et qu'on pouvait adorer Dieu simplement, dans la sincérité de son cœur, par le moyen de la joie, du chant et des danses. En d'autres termes, Reuven, il s'opposait à toutes les formes machinales de la religion. Dans ce qu'il enseignait, il n'y avait rien de nouveau. On le trouve dans la Bible, le Talmud et la Kabbale. Mais il donnait à tout cela une force toute particulière, à un moment où les hommes étaient assoiffés d'un enseignement justement de cette sorte. Et les hommes l'écoutaient et l'aimaient. Nombre de grands rabbins vinrent pour se moquer de lui, puis s'en retournèrent convertis à sa manière de penser. Quand il mourut, ses adeptes ouvrirent leurs propres synagogues. Avant la fin du siècle, près de la moitié de la communauté juive de l'est de l'Europe se composait de Hassidim, comme on appelait ses adeptes, ce qui signifie "hommes pieux". C'est que les masses avaient un grand besoin d'une manière nouvelle de connaître Dieu.

« Un autre homme était né au cours de ce même siècle, le rabbin Elijah de Vilna, un grand talmudiste, un génie, un vigoureux opposant au hassidisme. Mais même son opposition ne put arrêter les progrès du hassidisme. Celui-ci s'épanouit et devint un mouvement de grande ampleur dans la vie juive. Pendant de longues années, il y eut une hostilité très vive entre les Mitnagdim — les adversaires au hassidisme — et les adeptes du Besht. Par exemple, s'il arrivait que le fils d'un hassid épousât la fille d'un mitnagd, les deux pères disaient le *Kaddish* [1] sur leurs enfants, les considérant comme morts et enterrés. Telle était la violence de leur opposition.

« Le hassidisme avait de grands chefs — on les appelait les tzaddikim, les justes. Chaque communauté hassidique avait son tzaddik, et les membres de la communauté allaient lui exposer tous les problèmes qui se posaient à eux : il leur donnait des conseils. Ils suivaient aveuglément leurs chefs. Les hassidim étaient convaincus que leurs tzaddikim étaient un lien surhumain entre eux-mêmes et Dieu. Chacun des actes du tzaddik, chacune de ses paroles étaient considérés comme sacrés. Même sa nourriture le devenait. Par

---

1. Prière pour les morts.

exemple, ils s'emparaient, pour les manger, des reliefs de nourriture qu'il laissait dans son assiette parce que la nourriture était devenue sacrée simplement du fait qu'il l'avait touchée, et qu'ils voulaient faire entrer en eux-mêmes un peu de sa sainteté. Il fut un temps où les tzaddikim furent des hommes bons et doux. Mais au cours des siècles qui suivirent, le mouvement commença à dégénérer. La plupart des conditions de tzaddik devinrent héréditaires, passant automatiquement du père au fils, même si le fils n'avait pas le caractère d'un grand chef. De nombreux tzaddikim se mirent à vivre comme des monarques orientaux. Il y en avait qui n'étaient que de parfaits escrocs et qui exploitaient terriblement leur peuple. D'autres étaient sincères, et quelques-uns étaient même de grands savants dans la science du Talmud. Dans certaines sectes hassidiques, l'étude du Talmud devint aussi importante qu'elle l'avait été avant l'arrivée du Besht. La littérature séculière était interdite, et les hassidim vivaient coupés du reste du monde. Tout ce qui n'était ni juif ni hassidique était interdit. Ils commencèrent à vivre complètement à l'écart de tout. Les vêtements qu'ils portent encore aujourd'hui, par exemple, sont les vêtements qu'ils portaient en Pologne il y a des centaines d'années. Leurs coutumes, leurs croyances aussi sont restées ce qu'elles étaient il y a des centaines d'années. Mais toutes les communautés hassidiques ne se ressemblent pas, Reuven. Les hassidim de Russie, de Pologne et de Hongrie sont différents de ceux des autres pays. Pas très différents, mais différents tout de même. Il existe même des groupes de hassidim qui pensent que les chefs de leurs communautés assument probablement les souffrances du peuple juif. Cela t'étonne ? C'est pourtant vrai. Ils croient que leurs souffrances seraient insupportables si leurs chefs n'absorbaient pas, d'une certaine manière, ces souffrances.

C'est une croyance étrange, mais très importante, en ce qui les concerne.

« Reuven, Reb Saunders est un grand talmudiste et un grand tzaddik. Il a la réputation d'être intelligent et charitable. On dit qu'il est convaincu que l'âme est aussi importante que le corps, sinon plus. Il a hérité de son père la position où il se trouve. Quand il mourra, Danny en héritera automatiquement.

Mon père s'interrompit, me regarda en souriant, et dit :

— Tu ne dors pas, Reuven ?

— Non, *abba*.

— Tu es un étudiant très patient. Je crois que je vais prendre encore un verre de thé. J'ai la gorge un peu sèche.

Je pris son verre, y versai du thé très fort, complétai avec de l'eau chaude, puis le lui tendis. Il mit un morceau de sucre entre ses dents et but lentement son verre de thé, en laissant fondre le sucre. Puis il remit le verre sur la table.

— Le thé est une bénédiction de Dieu, dit-il en souriant. Surtout pour un maître d'école qui doit longuement répondre aux questions très courtes qu'on lui pose.

Je lui rendis son sourire et attendis patiemment la suite.

— Bon, dit mon père. Je vois que tu veux que je continue. Maintenant, je vais te raconter une autre histoire, une histoire vraie elle aussi, l'histoire d'un jeune garçon juif qui vivait en Pologne pendant la deuxième moitié du XVIIIe siècle. Pendant que je te raconterai cette histoire, pense au fils de Reb Saunders, et tu auras la réponse que tu attends.

« Ce jeune garçon, Reuven, était intelligent, un vrai génie. Il s'appelait Salomon, et plus tard il échangea son long nom polonais contre celui de Maimon. Jeune encore, il découvrit que le Talmud ne parvenait pas à satisfaire sa soif de connaissances. Son esprit ne le laissait pas en repos. Il voulait savoir ce qui se passait dans le monde. À cette époque, l'allemand était une langue de haute culture : il décida d'apprendre tout seul à le lire. Mais quand il eut appris l'allemand, il ne se sentit pas encore satisfait, puisque la lecture des livres séculiers était interdite. En fin de compte, à l'âge de vingt-cinq ans, il abandonna sa femme et son fils et, après bien des difficultés, arriva à Berlin, où il se joignit à un groupe de philosophes, lut Aristote, Maimonide, Spinoza, Leibniz, Hume et Kant, et se mit à écrire des livres de philosophie. Il était stupéfiant de voir avec quelle facilité il dévorait les ouvrages philosophiques les plus complexes. Son esprit était grand, mais cet esprit ne le laissait jamais en paix. Il allait de ville en ville, n'arrivant à prendre racine nulle part, jamais satisfait, et il finit par mourir à quarante-sept ans, chez un chrétien qui avait un bon cœur et qui s'était pris d'amitié pour lui.

« Reuven, le fils de Reb Saunders a une intelligence du genre de celle de Salomon Maimon, peut-être plus grande encore. Et le fils de Reb Saunders ne vit pas en Pologne. L'Amérique est un pays libre. Il n'existe pas de murs ici, pour séparer les Juifs des autres. Dans ces conditions, est-il donc tellement étonnant qu'il s'insurge contre la loi de son père et qu'il lise des livres défendus ? Il ne peut pas s'en empêcher. Ce qu'il a lu, au cours de ces derniers mois, est incroyable. Tu es un élève brillant. Je te dis cela aujourd'hui avec beaucoup de fierté. Mais lui, c'est un phénomène. On ne trouve une intelligence comme la sienne qu'une fois par génération.

« Maintenant, Reuven, écoute attentivement ce que je vais te dire. Le fils de Reb Saunders est un garçon terriblement tourmenté et solitaire. Il n'existe littéralement personne au monde avec qui il puisse parler. Il a besoin d'un ami. L'accident qui s'est produit au cours de cette partie de base-ball lui a permis de se lier avec toi, et il a déjà compris que tu étais quelqu'un avec qui il pouvait parler sans crainte. J'en suis très fier. Il ne t'aurait jamais parlé de ses visites à la bibliothèque s'il avait cru un instant que tu ne garderais pas le secret sur ses propos. Et je te demande de faire en sorte qu'il devienne ton ami et que tu deviennes le sien. Je suis convaincu que le fils de Reb Saunders et toi, vous pouvez trouver un grand secours dans cette amitié. Je te connais, et je le connais. Et je sais ce que je dis. Et maintenant, Reuven, la conférence est terminée, je vais finir mon thé et nous irons nous coucher. Quelle conférence ! Est-ce que tu veux un peu de thé ?

— Non, *abba.*

Nous demeurâmes silencieux, et mon père but son verre de thé.

— Tu es bien silencieux, finit-il par dire.

— Tout a commencé avec ce match idiot, dis-je. Je n'arrive pas à y croire.

— Reuven, à mesure que tu prendras de l'âge, tu t'apercevras que les choses les plus importantes t'arriveront souvent comme si elles n'étaient que les conséquences de quelque fait idiot, comme tu dis — des faits ordinaires serait plus juste. Ainsi va le monde.

Je secouai la tête. « Je n'arrive pas à y croire, dis-je encore une fois. Toute cette semaine a passé comme si j'avais été dans un autre monde. L'hôpital, les gens que j'ai rencontrés, M. Savo, le petit Mickey, Billy... Tout ça à cause d'une partie de base-ball. »

Mon père but son thé et me regarda par-dessus les bords de son verre. Il ne disait rien, mais il me regardait comme s'il avait attendu quelque chose de moi.

— Je ne comprends pas ça, dis-je. Des semaines et

des semaines passent, un Sabbat suit l'autre, et je suis toujours le même, et tout à coup, un jour, quelque chose arrive, et tout a l'air d'être différent.

— Différent ? Qu'est-ce que tu veux dire par différent ?

Je lui racontai ce que j'avais ressenti au cours de l'après-midi en rentrant à la maison de l'hôpital. Il m'écouta tranquillement, tout en continuant à boire son thé à petites gorgées. Quand j'eus finis, je vis qu'il souriait. Il reposa son verre, soupira, et dit : « Reuven, quelle tristesse que ta mère ne soit plus en vie pour... » Il s'interrompit, sa voix se brisa. Il resta quelques instants sans rien dire. Puis il regarda la pendule qui se trouvait sur le couvercle du réfrigérateur.

— Il est très tard, dit-il. Nous reparlerons de tout cela demain.

— Oui, *abba*.

— Reuven...

— Oui ?

— Rien. Va dormir, je vais rester ici quelques instants et prendre encore un verre de thé.

Je le laissai, assis à la table de la cuisine, les yeux fixés sur la nappe.

Le jour suivant, je fis la connaissance du père de Danny.

Mon père et moi nous réveillâmes de bonne heure pour être à la synagogue à huit heures et demie. Manya arriva un peu avant huit heures et nous servit un petit déjeuner léger. Puis nous partîmes, mon père et moi, faire le court chemin qui nous séparait de la synagogue. Il faisait un temps splendide, et j'étais heureux de me retrouver dans la rue. C'était merveilleux de ne plus être à l'hôpital, de regarder les gens et les voitures. Quand il ne pleuvait pas et qu'il ne faisait pas froid, nous aimions, mon père et moi, nos promenades du Sabbat pour aller à la synagogue et pour en revenir.

Il y avait plusieurs synagogues à Williamsburg. Chaque secte hassidique avait la sienne — on les appelait des *shtibblach* —, la plupart étaient sombres, poussiéreuses, avec des bancs ou des chaises pressés les uns contre les autres et des fenêtres qui semblaient n'avoir jamais été ouvertes. Il y avait aussi des synagogues pour les Juifs qui n'étaient pas adeptes du hassidisme. La synagogue où nous allions prier, mon père et moi, avait été autrefois une grande épicerie. Elle se trouvait dans Lee Avenue, et bien que le bas des fenêtres fût voilé par des rideaux, le soleil passait par le haut ; j'aimais beaucoup me trouver là, les matins de Sabbat, avec les rayons dorés du soleil qui se posaient sur les pages de mon livre de prières, et je priais.

La synagogue était surtout fréquentée par des hommes comme mon père, professeurs de ma yeshiva, ou d'autres qui avaient été influencés par le judaïsme éclairé d'Europe, et dont l'aversion pour le hassidisme était intense et ouverte. Nombre d'étudiants de ma yeshiva venaient prier ici, et c'était agréable de se retrouver avec eux, le matin de ces Sabbats.

Quand nous arrivâmes à la synagogue, le service venait juste de commencer. Nous nous assîmes à nos sièges habituels, à quelques rangs de la fenêtre, et nous nous joignîmes aux prières. Je vis Davey Cantor qui arrivait. Il me fit un signe de tête, les yeux vagues derrière ses lunettes, et il s'assit. Les prières continuaient, lentement ; l'homme qui était sur l'estrade avait une jolie voix et il attendait que chaque partie du service fût terminée par tout le monde avant de commencer à chanter. Je regardai mon père pendant la Dévotion silencieuse [1]. Il était là, enveloppé de son grand châle de prière, les broderies d'argent baignées de soleil, les franges pendant presque jusqu'au sol. Ses yeux étaient clos — il priait toujours de mémoire, sauf les jours de fêtes ou pendant le service de la Pâque — et il se balançait lentement d'avant en arrière, murmurant les paroles de la prière en remuant un peu les lèvres. Je ne portais pas de châle de prière, seuls les adultes en portaient, qui avaient été mariés.

Pendant le service de la Torah [2], qui suivit la Dévo-

1. Prière pendant laquelle les Juifs doivent rester silencieux et prononcer en eux-mêmes les dix-huit bénédictions rituelles.
2. Lecture par un rabbin ou un membre de la communauté du chapitre de la semaine de la Torah.

tion silencieuse, je fus un des huit hommes appelés à monter sur le podium pour réciter la bénédiction de la Torah. Debout sur le podium, j'écoutai soigneusement le chantre pendant qu'il récitait les paroles du rouleau. Quand il eut terminé, je récitai la deuxième bénédiction, et la prière pour remercier Dieu quand on a évité un grave accident. En quittant le podium et pendant que je revenais à ma place, je me demandais quelle bénédiction j'aurais récitée, et si j'en aurais récité une, au cas où j'aurais été éborgné. « Quelle bénédiction prononcerait M. Savo s'il était juif ? » me demandai-je. Pendant la fin du service, je n'arrêtai pas de penser à M. Savo et à Billy.

Le déjeuner était prêt quand nous rentrâmes à la maison, et Manya remplit abondamment mon assiette en insistant pour que je mange ; dans son mauvais anglais, elle m'expliquait qu'il fallait se nourrir quand on sortait de l'hôpital. Mon père me parla de mon travail en classe. Il importait que je prenne bien soin de ne pas lire jusqu'à ce que le Dr Snydman m'en donne la permission, me dit-il, mais cela ne pouvait faire aucun mal d'aller en classe et d'écouter. Peut-être pourrait-il m'aider à travailler. Nous essayerions, et on verrait. Après les Grâces, mon père alla s'étendre sur son lit, et je m'assis sous le porche où je restai à regarder la lumière du soleil, les fleurs et le vernis du Japon. Je restai près d'une heure, puis mon père sortit et me dit qu'il allait rendre visite à des collègues.

Je m'étendis sur la chaise longue et regardai le ciel. Il était d'un bleu profond, sans nuages, et il me semblait que j'aurais pu le toucher. « Il est de la couleur des yeux de Danny, me dis-je. Il est aussi bleu que les yeux de Danny. Billy et Danny ont tous les deux les yeux bleus. Mais une des paires d'yeux est aveugle. Peut-être ne sont-ils plus aveugles maintenant. Peut-être qu'il s'agit là de deux paires d'yeux en parfait état. » Je m'endormis, pensant aux yeux de Danny et de Billy.

Ce fut un sommeil léger, sans rêves, une sorte de demi-sommeil, de ceux qui vous reposent sans tout à fait vous retirer du monde. Je sentais sur moi le vent chaud, je respirais l'odeur de l'herbe fraîchement coupée, et un oiseau vint se percher sur une branche du vernis du Japon et chanta longtemps avant de s'envoler. D'une certaine manière, je savais où se trouvait l'oiseau, sans avoir besoin d'ouvrir les yeux. Il y avait des enfants qui jouaient dans la rue et, à un certain moment, un chien se mit à aboyer et il y eut un crissement de freins. Non loin, quelqu'un jouait du piano, et la musique entrait et sortait doucement de mon esprit, comme le flux et le reflux d'une marée. Je reconnaissais presque la mélodie, mais je n'en étais pas sûr ; elle s'échappait, chaque fois que je voulais la saisir, comme un vent frais et soyeux. J'entendis une porte s'ouvrir et se fermer et il y eut des bruits de pas sur du bois, puis le silence, et je compris que quelqu'un était arrivé sous le porche, mais je ne voulais pas ouvrir les yeux. Je sentais qu'on me regardait. Je sentais qu'on repoussait doucement mon sommeil et, finalement, j'ouvris les yeux : Danny était là, debout au pied de la chaise longue, les bras croisés, claquant de la langue et secouant la tête.

— Tu dors comme un bébé, dit-il. Je me sens coupable de t'avoir réveillé.

Je bâillai et m'assis sur le bord de la chaise longue.

— C'était délicieux, dis-je, en bâillant de nouveau. Quelle heure est-il ?

— Il est cinq heures passées, abruti ! J'ai attendu dix minutes avant de te réveiller.

— J'ai dormi presque trois heures, dis-je. C'était rudement bon.

Il fit claquer la langue de nouveau et secoua la tête.

— Qu'est-ce que c'est que ce marquage-là ? dit-il en imitant M. Galanter. Comment pouvons-nous garder solidement le terrain si vous dormez comme ça, Malter ?

Je me mis à rire et sautai sur mes pieds.

— Où veux-tu aller ? demanda-t-il.

— Ça m'est égal.

— J'ai pensé que nous pourrions aller à la *shule* [1] de mon père. Il veut faire ta connaissance.

— Où est-ce ?

— À cinq blocs d'ici.

— Est-ce que mon père est rentré ?

— Je ne l'ai pas vu. C'est votre bonne qui m'a ouvert. Veux-tu venir ?

— Et comment ! dis-je. Laisse-moi me débarbouiller et mettre une cravate et une veste. Excuse-moi, je n'ai pas de caftan.

Il me sourit.

— L'uniforme n'est exigé que pour les membres du troupeau, dit-il.

— Okay, membre du troupeau. Viens à l'intérieur avec moi.

Je me lavai, m'habillai, demandai à Manya de dire à mon père, quand il rentrerait, où j'étais allé, et nous sortîmes.

— Pourquoi est-ce que ton père veut me voir ? demandai-je à Danny en descendant l'escalier de notre maison.

— Il veut faire ta connaissance. Je lui ai dit que nous étions amis.

Nous tournâmes le coin de la rue, nous dirigeant vers Lee Avenue.

---

1. Mot yiddish signifiant à la fois synagogue et lieu où l'on étudie.

— Il faut toujours qu'il sache s'il peut approuver mes amis, dit Danny. Surtout toi, qui ne fais pas partie du troupeau. Est-ce que ça t'ennuie que je lui aie dit que nous étions amis ?

— Non.

— Parce que je pense que nous le sommes vraiment.

Je ne répondis pas. Nous tournâmes à droite dans Lee Avenue. La rue était encombrée d'une circulation intense et remplie de monde. Je me demandais ce que penseraient mes camarades de classe s'ils me voyaient en compagnie de Danny. Ce serait un sujet de conversation dans tout le voisinage. Bon, il faudrait bien qu'ils me voient avec lui un jour ou l'autre.

Danny me regardait et son visage de statue avait une expression de gravité.

— Tu n'as ni frères ni sœurs ? demanda-t-il.

— Non. Ma mère est morte tout de suite après ma naissance.

— Excuse-moi.

— Et toi ?

— J'ai un frère et une sœur. Ma sœur a quatorze ans et mon frère huit. Moi, je vais avoir seize ans.

— Comme moi, dis-je.

Nous nous aperçûmes que nous étions nés non seulement la même année, mais aussi le même mois, à deux jours de distance.

— Tu habitais à cinq blocs de moi depuis toutes ces années et je ne savais même pas qui tu étais, dis-je.

— Nous vivons surtout chez nous. Mon père n'aime pas que nous fréquentions des étrangers.

— J'espère que tu ne m'en voudras pas de le dire, mais d'après ce que tu racontes, ton père a l'air d'un tyran.

Danny ne manifesta aucun désaccord.

— C'est un homme qui a beaucoup de volonté.

Quand il a décidé quelque chose, c'est comme ça et il n'y a plus à y revenir.

— Est-ce qu'il ne voit aucune objection à ce que tu te promènes avec un *apikoros* comme moi ?

— C'est pour ça qu'il veut faire ta connaissance.

— Il me semblait que tu m'avais dit que ton père ne te parlait jamais.

— Jamais. Sauf quand nous étudions le Talmud. Mais cette fois-ci, il l'a fait. J'ai eu le courage de lui parler de toi, et il m'a dit de t'amener aujourd'hui. C'est la phrase la plus longue qu'il m'ait dite depuis des années. Sauf au moment où il a fallu que je le persuade de nous laisser former une équipe de base-ball.

— Je détesterais que mon père ne me parle jamais.

— Ça n'est pas agréable, dit Danny très doucement. Mais c'est un grand homme. Tu verras quand tu le rencontreras.

— Est-ce que ton frère sera aussi rabbin ?

Danny me regarda d'une façon étrange.

— Pourquoi demandes-tu cela ?

— Sans raison particulière. Alors ?

— Je ne sais pas. Probablement.

Sa voix avait pris un ton surprenant, presque un ton de convoitise. Je décidai de ne pas insister. Il se remit à parler de son père.

— C'est vraiment un grand homme, mon père. Il a sauvé sa communauté. Il l'a emmenée tout entière en Amérique juste après la Première Guerre mondiale.

— Je n'avais jamais entendu parler de ça, dis-je.

— Cela ne m'étonne pas, dit-il.

Et il se mit à me parler des années de jeunesse de son père en Russie. Je l'écoutais avec un étonnement croissant.

Le grand-père de Danny avait été un rabbin hassidique très connu, dans une petite ville du sud de la

Russie, et son père était le second de deux fils. Tout indiquait que le premier hériterait la situation rabbinique de son père, mais il disparut soudain, alors qu'il étudiait à Odessa. Certains disaient qu'il avait été assassiné par un cosaque ; pendant un certain temps, le bruit courut même qu'il s'était converti au christianisme et qu'il était parti vivre en France. Le second fils reçut les ordres à l'âge de dix-sept ans, et à vingt ans il avait déjà conquis une extraordinaire réputation de talmudiste. Quand son père mourut, il hérita automatiquement de sa situation de chef religieux de la communauté. Il avait alors vingt et un ans.

Il fut ainsi le rabbin de sa communauté pendant toutes les années au cours desquelles la Russie combattit dans la Première Guerre mondiale. Une semaine avant la révolution bolchevique, pendant l'automne de 1917, sa jeune femme lui donna un deuxième fils. Deux mois plus tard, sa femme, son fils et sa fille de dix-huit mois étaient abattus à coups de fusil par une bande de cosaques maraudeurs, une de ces troupes de bandits qui erraient à travers la Russie pendant la période chaotique qui suivit la révolution. Lui-même avait été laissé pour mort, avec une balle de pistolet dans la poitrine et un coup de sabre au bas-ventre. Il resta inconscient pendant une demi-journée, auprès des corps de sa femme et de ses enfants, puis le paysan russe qui s'occupait du poêle de la synagogue et y lavait le plancher le retrouva et l'emmena dans sa cabane : il le soigna, retira la balle de sa poitrine, pansa ses blessures et l'attacha au lit pour qu'il n'en tombe pas, pendant tous les jours et toutes les nuits que le blessé passa à trembler et à hurler de fièvre et de délire.

La synagogue avait été brûlée de fond en comble. L'Arche n'était plus qu'une masse de charbon noirci, les quatre rouleaux de la Torah étaient carbonisés, les livres saints réduits à un tas de poussière grise que le vent emportait. Des cent dix-huit familles juives qui composaient la communauté, quarante-trois seulement avaient survécu.

Quand on s'aperçut que le rabbin n'était pas mort, mais qu'il était à l'abri chez un paysan russe, on le ramena dans la maison encore intacte d'une famille juive qui le soigna jusqu'à ce qu'il revînt à la santé. Cet hiver-là, les bolcheviques avaient signé le traité de Brest-Litovsk avec l'Allemagne, et la Russie s'était retirée du conflit. Le chaos, à l'intérieur du pays, augmentait et, à quatre reprises, le village eut à souffrir de l'incursion des cosaques. Mais, chaque fois, les Juifs, avertis par des paysans amis, étaient allés se cacher dans les bois et les cabanes. Au printemps, le rabbin annonça à son peuple qu'ils en avaient fini avec la Russie, que la Russie était Ésav et Édom, le pays de Satan, l'Ange de la Mort. Tous ensemble, ils allaient partir pour l'Amérique et y rebâtir leur communauté.

Huit jours plus tard, ils partirent. À coups de pots-de-vin et de marchandages, ils allèrent leur chemin à travers la Russie, l'Autriche, la France, la Belgique et l'Angleterre. À Ellis Island, on demanda au rabbin comment il s'appelait ; il dit « Senders », mais sur les papiers officiels Senders devint Saunders. Après la quarantaine passée comme d'habitude, on leur permit de quitter l'île : des Juifs qui s'occupaient d'assistance sociale les installèrent dans le quartier de Williamsburg, à Brooklyn. Trois ans plus tard, le rabbin se mariait de nouveau et, en 1929, deux jours avant l'effondrement de la Bourse, Danny naissait au Brooklyn Memorial Hospital. Dix-huit mois plus tard sa sœur naissait et cinq ans et demi après la naissance de la sœur, son frère était mis au monde grâce à une césarienne, toujours dans le même hôpital.

— Ils l'ont tous suivi ? demandai-je. Simplement comme ça ?

— Bien sûr. Ils l'auraient suivi n'importe où.

— Je ne comprends pas ça. Je ne savais pas qu'un rabbin avait cette sorte de puissance.

— Il est plus qu'un rabbin, dit Danny. Il est un tzaddik.

— Hier soir, mon père m'a parlé des hassidim. Il m'a dit que c'était une très belle conception, jusqu'au moment où les tzaddikim ont commencé à tirer profit de leurs adeptes. Il n'était pas très approbateur.

— Cela dépend du point de vue, dit Danny tranquillement.

— Je ne comprends pas que des Juifs suivent aveuglément d'autres êtres humains.

— Il n'est pas un autre être humain.

— Il est comme Dieu ?

— Quelque chose comme ça. Une sorte de messager de Dieu, un pont entre ses adeptes et Dieu.

— Je ne comprends pas. Tu parles comme un catholique.

— C'est comme ça, dit Danny, que tu le comprennes ou non.

— Je ne voulais pas t'offenser. J'essaie seulement d'être honnête.

— Je te demande d'être honnête, dit Danny.

Nous marchâmes en silence.

Après avoir dépassé la synagogue où mon père et moi étions allés prier, nous tournâmes à droite dans une rue étroite remplie de maisons en grès et de sycomores. C'était la reproduction de la rue où j'habitais, mais beaucoup plus vieille et moins bien entretenue. Plusieurs maisons étaient en mauvais état et il n'y avait que peu d'hortensias et de volubilis sur les pelouses, devant les portes. Les sycomores formaient un solide berceau, et leur feuillage serré arrêtait la lumière. Les rampes de pierre des escaliers extérieurs étaient écornées et couvertes de crasse, et les coins des marches arrondis et usés. Des chats se glissaient entre les poubelles qu'on voyait devant les maisons, et les trottoirs étaient couverts de vieux journaux, de cartons de crèmes glacées et de papiers de bonbons. Des femmes avec des robes à longues manches, des mouchoirs recouvrant leurs cheveux, de nombreux enfants sur les bras, et d'autres lourdement enceintes, se tenaient assises sur la première marche des escaliers, parlant yiddish à voix haute. La rue était remplie du bruit que faisaient, en jouant, des enfants qui semblaient animés d'une sorte de mouvement perpétuel, tournant autour des voitures, montant et descendant les escaliers à la course, courant après les chats, grimpant aux arbres, se balançant pour garder leur équilibre en essayant de marcher sur les rampes, se poursuivant l'un l'autre dans de furieuses parties de chat perché — tous avec leurs franges et leurs papillotes qui dansaient en l'air et traînaient après eux. Nous marchions vite maintenant, sous le sombre plafond des sycomores, et un homme de haute taille, lourdement bâti, avec une barbe noire et un caftan noir me croisa en me bousculant rudement pour éviter de se cogner dans une femme ; il me dépassa sans un mot. Le flot incessant des enfants, le bavardage bruyant des femmes aux longues manches, les maisons usées et les rampes écornées, les poubelles et les chats qui grouillaient, tout cela me donnait l'impression que j'avais silencieusement franchi un seuil étrange, et, pendant un long moment, je regrettai d'avoir permis à Danny de m'attirer dans son monde.

Nous nous approchions d'un groupe d'une trentaine d'hommes, tous vêtus de caftans noirs, qui se tenaient devant une maison de trois étages, en grès, au bout de la rue. Ils formaient un mur solide, et je n'avais pas envie de l'affronter, aussi ralentis-je mon allure, mais Danny me prit le bras d'une main, tandis que, de l'autre, il frappait légèrement l'épaule d'un homme qui se trouvait au dernier rang de la petite foule. L'homme se retourna, faisant pivoter la partie supérieure de son corps — un homme d'âge moyen, dont la barbe noire était striée de fils gris et dont les sourcils épais et noirs étaient froncés comme s'il était irrité — et je vis que ses yeux s'élargirent. Il se courba légèrement et recula, et un murmure courut, comme un coup de vent, dans le groupe qui s'entrouvrit ; Danny et moi le traversâmes, Danny me tenant par le bras et répondant de la tête aux saluts en yiddish qui s'élevaient autour de lui, dans un murmure tranquille, des hommes devant lesquels nous passions. C'était comme si une mer aux noires vagues figées avait été coupée à la faux, formant des murs solides et sombres tout le long d'un passage gelé. Je voyais des barbes noires et des barbes grises se pencher vers Danny et des yeux surmontés d'épais sourcils qui posaient des questions sur moi et sur cette manière que Danny avait de me tenir par le bras. Nous étions maintenant parvenus à peu près à la moitié du chemin, dans la foule, marchant lentement ensemble, les doigts de Danny posés juste au-dessus de mon coude. Je me sentais nu et vulnérable, un intrus, et mes yeux cherchant à voir autre chose que ces visages barbus se fixèrent finalement sur la chaussée, devant mes pieds. Puis, parce que je désirais aussi écouter quelque chose d'autre que les souhaits de bienvenue murmurés en yiddish autour de Danny, je commençai à entendre distinctement le bruit des talons métalliques de Danny frappant le ciment de la rue. Cela semblait un bruit aigu, anormal, et je pouvais continuer à l'écouter tandis que nous avancions. Je l'écoutais de toutes mes forces — le raclement doux de la chaussure et le tap-tap des talons métalliques —

pendant que nous gravissions les marches de pierre de l'escalier qui conduisait à la maison devant laquelle se tenait la foule. Les talons frappaient la pierre des marches, puis celle du palier qui conduisait à la double porte — et je me souvins soudain de ce vieil homme que j'avais souvent vu marcher dans Lee Avenue, se déplaçant avec attention dans la rue encombrée et frappant le sol de sa canne à bout métallique, qui remplaçait les yeux qu'il avait perdus dans les tranchées de la Première Guerre mondiale, pendant une attaque aux gaz des Allemands.

L'antichambre de la maison était remplie d'hommes en caftans noirs et, là aussi, un chemin s'ouvrit soudain, un murmure de salutations plus accusé monta, et des yeux qui posaient des questions, puis Danny et moi franchîmes une porte à notre droite et nous nous trouvâmes dans la synagogue.

C'était une vaste pièce, et elle me parut exactement de la même taille que l'appartement dans lequel nous vivions mon père et moi. Ce qui aurait été la chambre de mon père était la partie de la synagogue qui contenait l'Arche, la Lumière éternelle, un chandelier à huit branches ; une petite estrade se trouvait à la droite de l'Arche, et une grande estrade, d'environ trois mètres de longueur, au-devant. Les deux estrades et l'Arche étaient recouvertes de velours rouge. Ce qui aurait été notre cuisine, notre antichambre, notre salle de bains, ma chambre à coucher, le bureau de mon père et le salon, c'était la partie de la synagogue où se tenaient les fidèles. Chaque siège se composait d'une chaise en face de laquelle il y avait un support avec le haut en pente, et dont l'arrière était armé d'un morceau de bois en saillie, afin d'empêcher ce qu'on posait sur le support de tomber par terre. Les sièges étaient disposés jusqu'au mur opposé à celui où se trouvait l'Arche. Une petite partie de la synagogue, près de la porte de l'entrée, avait été entourée de rideaux de calicot blanc. C'était la partie réservée aux femmes. Elle contenait quelques rangées de chaises de bois. Tout le reste de la synagogue, où il n'y avait pas de chaises, était encombré de longues tables et de bancs. Au milieu de la synagogue, il y avait un étroit passage qui se terminait devant l'estrade. Les murs étaient peints en blanc, le plancher était de bois brun foncé. Les trois fenêtres du fond étaient voilées de rideaux de velours noir. Le plafond était blanc et des ampoules nues pendaient au bout de longs fils noirs, remplissant la pièce d'une lumière crue.

Nous restâmes un moment à l'entrée, à côté d'une des tables. Des hommes entraient et sortaient sans arrêt. Quelques-uns s'étaient installés dans l'entrée pour bavarder, d'autres allaient prendre leur place. Quelques sièges étaient occupés par des hommes qui étudiaient le Talmud, lisaient le Livre des Psaumes ou bavardaient entre eux en yiddish. Les bancs et les tables étaient vides, et sur les nappes blanches qui recouvraient les tables, il y avait des tasses en carton, des fourchettes et des cuillères en bois, des assiettes en papier remplies de harengs marinés, d'oignons, de laitue, de tomates, de *gefilte fish* [1], de pain du Sabbat — le pain en forme de tresse qu'on appelle le *hala* —, de thon, de saumon, et d'œufs durs. Au coin de la table qui se trouvait près de la fenêtre, il y avait une chaise en cuir brun. Sur la table, en face de la chaise, se trouvaient une cruche, une serviette, et un grand plat recouvert d'une nappe de Sabbat — une étoffe de satin blanc, avec le mot Sabbat en hébreu brodé en fils d'or. Un long couteau en forme de scie était posé à côté de l'assiette.

Un grand et fort garçon entra par la porte, fit un

---

1. Poisson farci.

signe de tête à Danny, puis me remarqua et s'arrêta pour me regarder. Je le reconnus tout de suite. C'était Dov Shlomovitz, le joueur de l'équipe de Danny qui s'était précipité sur moi à la deuxième base et m'avait jeté par terre. Il parut sur le point de dire quelque chose à Danny, puis changea d'avis, fit lourdement demi-tour, remonta l'allée et se trouva un siège. Assis sur sa chaise, il nous regarda un instant par-dessus son épaule, puis ouvrit un livre qu'il posa sur le support et commença à se balancer d'avant en arrière. Je regardai Danny et m'arrangeai pour lui faire une sorte de pauvre sourire. « Je me sens comme un cow-boy entouré d'Indiens », lui dis-je tout bas.

Danny me rendit mon sourire en cherchant à me rassurer et abandonna mon bras.

— Tu es entre les saints murs, dit-il. Il faut y être habitué.

— C'était exactement comme de traverser la mer Rouge, dehors, dis-je. Comment t'y es-tu pris ?

— Je suis le fils de mon père, tu t'en souviens ? Je suis l'héritier de la dynastie. Article un de notre catéchisme : traite le fils comme tu traiterais son père, parce que le fils sera bientôt le père.

— Tu parles comme un mitnagd, lui dis-je, souriant encore une fois faiblement.

— Non, dit-il. Je parle comme quelqu'un qui lit trop. Viens. Nos sièges sont sur le devant. Mon père va bientôt arriver.

— Vous habitez dans cette maison ?

— Nous avons les deux étages supérieurs. C'est très commode. Viens. Ils commencent à arriver.

La foule qui se tenait à l'entrée et devant la maison avait commencé à franchir la porte. Danny et moi remontâmes l'allée centrale. Il me conduisit à la première rangée de sièges, à droite de la grande estrade, et juste sous la petite. Danny prit le deuxième siège, et moi le troisième. J'en conclus que le premier était pour son père.

La foule entra rapidement, et bientôt la synagogue fut remplie du bruit que faisaient les souliers qui glissaient, les chaises qui craquaient et de fortes voix parlant yiddish. Personne ne parlait anglais. Assis à ma place, je lançai un coup d'œil en direction de Dov Shlomovitz et je m'aperçus qu'il me fixait, avec sur son visage lourd une expression de surprise et d'hostilité, et je me rendis compte que Danny allait certainement avoir autant d'ennuis avec ses amis, du fait de notre amitié, que moi avec les miens. « Peut-être moins, pensai-je. Je ne suis pas le fils d'un tzaddik. Personne ne s'écarte sur mon passage. » Dov Shlomovitz regardait ailleurs, mais je m'aperçus qu'il y en avait d'autres, dans cette synagogue remplie de monde, qui me fixaient aussi. Je posai les yeux sur le livre de prières tout usé qui était posé sur mon pupitre, me sentant de nouveau nu et vulnérable, et très seul.

Deux hommes âgés, aux barbes grises, s'approchèrent de Danny et il se leva respectueusement. Ils avaient eu une discussion sur un passage du Talmud, chacun l'interprétant de manière différente, et ils se demandaient lequel des deux l'avait fait de manière correcte. Ils citèrent le passage et Danny fit un signe de tête, donna immédiatement le titre du traité et la page, puis, froidement et mécaniquement, il récita le passage mot à mot, donnant sa propre interprétation en citant, au passage, plusieurs interprétations de commentateurs du Moyen Âge tels que le Me'iri, le Rashba et le Maharsha. Il dit qu'il s'agissait là d'un passage difficile, et il faisait de grands gestes avec les mains tout en parlant, décrivant de larges cercles de son pouce droit afin de souligner les points les plus importants de l'interprétation. Et d'ailleurs les deux hommes avaient interprété correctement ; l'un, sans le savoir, avait adopté l'interprétation du Me'iri, l'autre celle du Rashba. Ils sourirent et partirent satisfaits. Danny reprit place sur sa chaise.

— C'est un passage dur, dit-il. Je n'arrive pas à m'en sortir. Ton père dirait probablement que le texte est complètement faux. » Il parlait tranquillement, avec un large sourire. « J'ai lu un certain nombre d'articles de ton père, je les ai chipés sur le bureau du mien. Celui sur ce passage du *Kiddushin* avec l'histoire du roi est très bon. C'est plein de véritables qualités *apikorsische.* »

Je hochai la tête et essayai de sourire. Mon père m'avait lu cet article avant de l'envoyer à l'éditeur. Depuis l'année précédente, il s'était mis à me lire ses articles, et il passait beaucoup de temps à me les expliquer.

Le bruit était devenu très fort, presque du vacarme, et la salle semblait vibrer et se gonfler du craquement des chaises et du bavardage des hommes. Il y avait des enfants qui montaient et descendaient en courant le long de l'allée centrale, en criant et en riant, et plusieurs jeunes gens se tenaient près de la porte, parlant à haute voix et gesticulant avec leurs mains. Pendant quelques instants, j'eus l'impression de me trouver au carnaval, comme je l'avais vu quelque temps auparavant dans un film, avec sa foule remuante, criarde et bruyante, ses marchands et ses camelots hurlant et gesticulant.

Je restai tranquillement assis, les yeux baissés sur le livre de prières qui était sur mon pupitre. J'ouvris le livre à la page du service de l'après-midi. Les pages étaient vieilles et jaunies, avec des coins usés et une couverture en morceaux. Je restai là, regardant le premier psaume du service et pensant au livre de prières presque neuf que j'avais eu entre les mains le matin même. Je sentis que Danny me poussait de l'épaule et je levai les yeux.

— Mon père arrive, dit-il.

Sa voix était tranquille et, du moins c'est ce qu'il me sembla, un peu tendue.

Le bruit s'arrêta si brusquement que je sentis son absence comme on sentirait un manque d'air soudain. Le bruit s'était arrêté par vagues rapides, partant du fond de la synagogue et finissant aux chaises qui se trouvaient près de l'estrade. Il n'y eut aucun signal, personne ne réclama le silence ; le bruit s'arrêta de lui-même, comme coupé, comme si une porte s'était soudain fermée sur une chambre de jeux pleine d'enfants bruyants. Le silence qui suivit tout ce bruit avait une étrange qualité : il était fait d'attente, de ferveur, d'amour, de crainte respectueuse.

Un homme remontait lentement l'étroit passage central, suivi par un enfant. C'était un homme d'une taille élevée ; il portait un caftan de satin noir et un chapeau noir orné de fourrure. Tandis qu'il passait devant chaque rangée de sièges, les hommes se levaient, se courbaient légèrement et se rasseyaient. Quelques-uns se penchaient un peu pour le toucher. Il répondait de la tête au murmure des salutations qui lui étaient adressées, et sa longue barbe remuait d'avant en arrière sur sa poitrine, ses papillotes se balançaient. Il marchait lentement, les mains croisées derrière le dos, et, quand il fut près de moi, je pus constater que la partie de son visage qui n'était pas dissimulée par la barbe semblait avoir été sculptée dans la pierre, le nez mince et pointu, les pommettes hautes, les lèvres pleines, le front comme du marbre creusé de rides, les orbites profondes, les sourcils noirs et séparés seulement par un pli pareil à un sillon dans un champ nu, les yeux noirs, avec des points de lumière blanche qui jouaient, comme dans une pierre noire éclairée par le soleil. Le visage de Danny reflétait exactement le sien, sauf pour les cheveux et la couleur des yeux. L'enfant qui le suivait, tenant son caftan de la main droite, était comme une miniature délicate de cet homme, avec le même caftan, le même chapeau bordé de fourrure, le même visage, la même couleur de cheveux, et je compris que c'était le frère de Danny. Je regardai celui-ci et je vis qu'il avait les yeux fixés sur son pupitre, le visage sans expression. Tous les yeux des membres de la congrégation suivaient l'homme tandis qu'il remontait lentement l'allée centrale, les mains croisées dans le dos, hochant la tête, puis je les vis fixés sur Danny et sur moi quand il fut à notre hauteur. Danny se leva vivement, et je fis de même. Nous étions là, debout, à attendre, et les yeux noirs de l'homme me dévisageaient — je pouvais presque les sentir parcourir mon visage comme une main —, puis ils se fixèrent sur mon œil gauche. Je me souvins tout à coup du regard doux de mon père, derrière ses lunettes à monture d'acier, mais cette image s'évanouit rapidement parce que Danny était en train de me présenter à son père.

— Voici Reuven Malter, dit-il tranquillement en yiddish.

Reb Saunders continuait à fixer mon œil gauche. Je me sentais nu sous son regard et sans doute se rendit-il compte de mon malaise : tout d'un coup, il me tendit la main. Je levai la mienne et m'aperçus, tandis que je l'avançais, qu'il ne m'offrait pas la main, mais ses doigts et je les tins quelques instants — ils étaient secs et mous — puis je laissai retomber ma main.

— Vous êtes le fils de David Malter ? me demanda Reb Saunders en yiddish.

Sa voix était profonde et nasale, comme celle de Danny, et les mots furent prononcés presque comme s'il s'agissait d'une accusation.

Je hochai la tête. J'eus un moment de panique,

essayant de décider si j'allais lui répondre en anglais ou en yiddish. Je me demandai s'il savait seulement l'anglais. Mon yiddish était très médiocre. Je me décidai pour l'anglais.

— Votre œil, dit Reb Saunders en yiddish. Est-ce qu'il est cicatrisé ?

— Ça va, dis-je en anglais.

Ma voix était un peu rauque, et j'avalai ma salive. Je regardai les fidèles. Tous nous fixaient avec intensité et dans un silence total.

Reb Saunders me regarda encore pendant quelques instants, et je le vis fermer les yeux, les paupières tombant soudain comme de l'ombre sur la lumière. Quand il se remit à parler, ce fut encore en yiddish.

— Le médecin, le professeur qui vous a opéré, c'est lui qui a dit que votre œil était guéri ?

— Il veut me revoir dans quelques jours. Mais il a dit que mon œil était en bon état.

Il hocha lentement la tête et, de nouveau, sa barbe remua sur sa poitrine. La lumière qui tombait des ampoules nues pendues au plafond faisait luire le satin de son caftan.

— Dites-moi, vous savez les mathématiques ? Mon fils m'a dit que vous étiez très fort en mathématiques.

Je répondis affirmativement.

— Bon. Nous verrons. Et vous savez l'hébreu. Le fils de David Malter sait certainement l'hébreu.

Je hochai de nouveau la tête affirmativement.

— Nous verrons, dit Reb Saunders.

Je jetai sur Danny un regard du coin de l'œil et je vis qu'il regardait le sol et que son visage était toujours dénué de toute expression. L'enfant se tenait un peu en arrière de Reb Saunders et regardait en l'air, la bouche ouverte.

— Bon, dit Reb Saunders, nous parlerons davan-

174

tage un peu plus tard. Je veux connaître l'ami de mon fils. Et surtout le fils de David Malter.

Il reprit sa marche et vint se placer devant la petite estrade, le dos tourné vers les fidèles, et le petit garçon derrière lui, toujours accroché à son caftan.

Nous nous assîmes, Danny et moi. Il y eut un murmure qui courut parmi les fidèles, suivi du frémissement des pages qu'on tournait au moment où chacun ouvrit son livre de prières. Un vieil homme au visage orné d'une barbe grise monta sur la grande estrade, et le service commença.

Le vieil homme avait une voix faible, et je pouvais à peine entendre sa voix au milieu des prières des fidèles. Reb Saunders se tenait le dos tourné vers la congrégation, se balançant d'avant en arrière, frappant de temps en temps ses mains, et l'enfant se tenait à sa droite, se balançant lui aussi, imitant évidemment son père. Pendant tout le service, Reb Saunders demeura le dos tourné, levant parfois la tête vers le plafond, ou se couvrant les yeux de sa main. Il ne se retourna que lorsqu'on retira la Torah de l'Arche pour la lire.

Le service se termina sur le *Kaddish*, et Reb Saunders redescendit alors lentement l'allée centrale, suivi de l'enfant, toujours accroché au caftan de son père. Au moment où l'enfant passa près de moi, je remarquai qu'il avait des yeux immenses et un visage d'une pâleur mortelle.

Danny me poussa du coude et me désigna de la tête le fond de la synagogue. Il se leva et nous suivîmes tous deux Reb Saunders le long de l'allée. Tous les regards des fidèles étaient fixés sur mon visage, et je les sentais ensuite dans mon dos. Reb Saunders se dirigea vers la chaise de cuir, à la table qui était près de la fenêtre, et il s'assit. L'enfant se plaça sur le banc, à sa gauche. Danny me conduisit jusqu'à la table et s'assit sur le banc à la droite de son père. Il me fit signe de m'asseoir à côté de lui, ce que je fis.

Les fidèles se levèrent et s'avancèrent vers le fond de la synagogue. Le silence avait maintenant disparu, brisé aussi soudainement qu'il avait commencé, et quelqu'un se mit à chanter une chanson que d'autres reprirent, frappant des mains au rythme de la mélodie. Ils se précipitaient tous vers la porte, sans doute, pensais-je, pour aller se laver les mains, puis ils revenaient vite pour prendre place autour des tables, dans le frottement des bancs qu'ils déplaçaient d'avant en arrière. Les chants s'étaient tus. Notre table fut bientôt au complet, et il y avait là surtout des vieillards.

Reb Saunders se leva, versa de l'eau de la cruche sur ses mains, l'eau coulant dans la soucoupe, puis s'essuya les mains avec le morceau de satin qui couvrait le *hala*, prononça la bénédiction sur le pain, coupa un bout de *hala*, l'avala et se rassit. Danny se leva, lava ses mains, prononça les bénédictions, mangea et s'assit. Il me passa la cruche, et je répétai le rituel, mais en restant assis. Puis Danny coupa ce qui restait du *hala* en petits morceaux, en donna un à son frère et tendit l'assiette au vieil homme qui était assis à côté de moi. Les morceaux de *hala* disparurent rapidement, saisis par les hommes qui étaient autour de la table. Reb Saunders mit un peu de poisson et de salade dans son assiette et mangea un petit morceau de poisson, en le prenant avec ses doigts. Un homme qui était à l'une des autres tables vint et prit l'assiette. Danny remplit une autre assiette pour son père. Reb Saunders se mit à manger lentement, sans rien dire.

Je n'avais pas très faim, mais j'essayai tout de même de manger un peu pour ne faire injure à personne. Souvent, au cours du repas, je sentis, plus que je ne vis, les yeux de Reb Saunders fixés sur mon visage. Danny était calme. Son petit frère picorait dans son assiette et mangeait très peu. La peau de son visage et de ses mains était au moins aussi blanche que la nappe, étroitement tirée sur les os, avec des veines qu'on voyait comme des lignes bleues sur son visage et sur ses mains. Il était assis, tranquille. À un moment, il se mit les doigts dans son nez, s'aperçut que son père le regardait, s'arrêta, la lèvre supérieure un petit peu tremblante. Il se pencha au-dessus de son assiette et y pêcha du doigt un rond de tomate. Nous ne prononçâmes pas une parole, Danny et moi, pendant toute la durée du repas. À un certain moment, je levai les yeux, et je vis que son père me regardait, avec ses yeux noirs cachés sous ses épais sourcils. Je détournai les yeux, et j'eus l'impression qu'on me retirait la peau pour photographier mes intérieurs.

Quelqu'un se mit à chanter *Atah Ehad*, une des prières du service de l'après-midi. Le repas était terminé, et les hommes commencèrent à se balancer lentement, au rythme de la mélodie. Le chant remplit la synagogue et Reb Saunders, s'appuyant au dossier de sa chaise, se mit à chanter lui aussi. Je connaissais ce chant et je me joignis au chœur, avec hésitation d'abord, puis fermement, me balançant moi aussi d'avant en arrière. À la fin du chant, quelqu'un en commença un autre, un air léger, rapide, sans paroles, et le balancement se fit un peu plus rapide, et les mains étaient frappées pour souligner le rythme. Les chants se succédaient aux chants, et je commençai à me sentir de plus en plus à mon aise tandis que je chantais avec le chœur. Je m'aperçus que la plupart de ces chants m'étaient familiers, surtout ceux qui étaient lents et tristes et qui étaient censés exprimer la tristesse des chanteurs au moment de la fin du Sabbat ; pour ceux que je ne connaissais pas, je les suivais facilement parce qu'ils avaient une mélodie qui était toujours à peu près la même. Au bout d'un moment, je chantais de toutes mes forces, je me balançais d'avant en arrière, je frappais dans mes mains et, un instant, je vis Reb Saunders qui me regardait, avec sur les lèvres l'ombre d'un sourire. Je souris à Danny, et il me sourit en retour, et nous restâmes là pendant près d'une demi-heure à chanter, à nous balancer, à frapper dans nos mains, et je me sentais léger et heureux et tout à fait à mon aise. Autant que je pouvais m'en rendre compte, le petit garçon de Reb Saunders était le seul à ne pas chanter dans toute la synagogue : il était là, picorant sa nourriture, et poussant son rond de tomate de sa main maigre aux veines apparentes. Le chant continuait sans cesse, et soudain il s'arrêta. Je regardai tout autour de moi pour voir ce qui était arrivé, mais tout le monde restait tranquillement assis et tout le monde regardait dans la direction de notre table. Reb Saunders se lava les mains à nouveau, et les autres répandirent ce qui restait de l'eau sur leurs mains, après l'avoir recueillie dans leurs tasses en papier. Le psaume introductoire de grâce fut chanté en chœur, puis Reb Saunders commença à dire les Grâces. Il chantait les yeux fermés, se balançant doucement dans sa chaise de cuir. Après les premières lignes de l'action de Grâces, chaque homme se mit à prier, et je vis Danny qui se penchait en avant, les coudes sur la table, la main droite sur les yeux et les lèvres murmurant les mots. Puis ce fut la fin de l'action de Grâces et il y eut un silence, un silence long, épais, et personne ne bougeait, tout le monde attendait, les yeux fixés sur Reb Saunders, qui était assis dans sa chaise, les yeux fermés, se balançant doucement d'avant en arrière. Danny enleva ses coudes de la table et se redressa. Il avait les yeux baissés sur son assiette de papier, son visage n'exprimait rien, et il donnait presque une impression de rigidité, de tension, comme un soldat avant de bondir hors de son abri pour le combat.

Tout le monde attendait, personne ne faisait un geste, personne ne toussait, il semblait même que chacun retînt sa respiration. Le silence devint irréel et parut soudain rempli de son propre bruit, le bruit d'un trop long silence. Même l'enfant avait maintenant les yeux fixés sur son père, ses yeux comme des pierres noires par contraste avec la blancheur de son visage veiné de bleu.

Et Reb Saunders commença à parler.

Il se balançait d'avant en arrière dans sa chaise de cuir, les yeux clos et la main gauche dans la saignée du coude droit, les doigts de sa main droite caressant sa barbe noire, et je pus constater que chacun, à toutes les tables, se penchait en avant, les yeux fixes, la bouche légèrement ouverte, quelques-uns des plus vieux disposant leurs mains en coupe derrière leurs oreilles pour mieux entendre. Il commença d'une voix basse, les mots venant lentement dans une sorte de chantonnement.

— Le grand et saint rabbin Gamaliel, dit-il, nous a appris ce qui suit : « Accomplis Sa volonté comme si c'était ta volonté, afin qu'Il accomplisse ta volonté comme si c'était la Sienne. Réduis à néant ta volonté devant Sa volonté afin qu'il réduise à néant la volonté des autres devant ta volonté. » Qu'est-ce que cela signifie ? Cela signifie que si nous agissons ainsi que le souhaite le Maître de l'Univers, alors Il agira comme nous le souhaitons. Une question se pose immédiatement. Qu'est-ce que cela signifie de dire que le Maître de l'Univers agira comme nous le souhaitons ? Après tout, il est le Maître de l'Univers, le Créateur du ciel et de la terre, le Roi des rois. Et que sommes-nous ? Ne lisons-nous pas chaque jour : « Les puissants sont comme rien devant toi, les hommes de grande renommée comme s'il n'avait jamais été parlé d'eux, les sages comme s'ils ne savaient rien, et les hommes avisés comme s'ils n'avaient pas de discernement » ? Que sommes-nous pour que le Maître de l'Univers accomplisse notre volonté ?

Reb Saunders marqua un temps d'arrêt, et je vis deux des vieillards qui étaient assis à notre table se regarder et se faire des signes de tête. Il se balançait d'avant en arrière dans sa chaise de cuir, se caressant la barbe des doigts, puis il se remit à parler, d'une voix calme et chantonnante.

— Tous les hommes viennent au monde de la même manière. Nous sommes venus au jour dans la douleur, car il est écrit : « Tu enfanteras dans la douleur. » Nous sommes nés nus et sans forces. Nous sommes nés comme de la poussière. Comme de la poussière, l'enfant peut être emporté par le vent, comme de la poussière est sa vie, comme de la poussière, sa force. Et nombreux sont ceux qui demeurent toute leur vie pareils à de la poussière, jusqu'au moment où ils en sont chassés comme de la poussière, pour rejoindre les vers qui les rongeront. Le Maître de l'Univers obéirait-il donc à la volonté d'un homme dont la vie n'est que poussière ? Que nous enseigne le grand rabbin Gamaliel ? » Il commençait maintenant à élever progressivement la voix. « Que nous dit-il ? Qu'est-ce que cela signifie de dire que le Maître de l'Univers accomplira notre volonté ? La volonté d'hommes qui ne sont que poussière ? Impossible ! La volonté de quels hommes, alors ? Nous devons le dire, la volonté d'hommes qui ne restent *pas* de la poussière. Mais comment pouvons-nous faire afin de nous élever au-dessus de la poussière ? Écoutez, écoutez-moi, car il s'agit là d'un puissant enseignement qui nous est donné par les rabbins. »

Il fit une nouvelle pause, et je vis que Danny levait les yeux sur lui, puis les abaissait à nouveau sur son assiette en papier.

— Le rabbin Halafta, fils de Dosa, nous apprend : « Quand dix personnes sont assises ensemble et s'occupent de la Torah, Dieu est présent parmi elles, car il est dit : "Dieu se tient au sein de la congrégation des fidèles." Et d'où vient qu'il pourra être prouvé que la même chose s'applique à cinq ? De ce qu'il est dit : "Il a fondé son lien sur la terre." Et comment pourrat-il être démontré que cela s'applique à trois ? Parce qu'Il a dit : "Il juge parmi les juges." Et pourquoi pourra-t-il être démontré que cela s'applique à deux ? Parce qu'Il a dit : "Alors ceux qui craignaient le Seigneur se parlèrent l'un à l'autre et le Seigneur les écouta avec attention." Et d'où vient qu'on peut montrer que cela s'applique même à un seul ? De ce qu'il est dit : "Partout où il se fait que mon nom est rappelé je viendrai parmi vous et je vous bénirai." » Écoutez, écoutez cette grande leçon. Dix hommes forment une congrégation. Il n'y a rien de nouveau là-dedans, quand on nous dit que la sainte Présence réside parmi eux. Un lien est quintuple ; il n'y a non plus rien de nouveau à ce que la sainte Présence réside parmi les cinq. Les juges sont trois. Si la sainte Présence ne résidait pas parmi les juges, il n'y aurait pas de justice dans le monde. Si bien que cela non plus ne nous apprend rien. Que la Présence puisse résider même parmi deux n'est pas impossible à comprendre. Mais que la Présence puisse résider en un seul ! En un seul ! Même en un seul ! Voilà qui est une grande chose. Même en un seul ! Si un homme étudie la Torah, la Présence est en lui. Si un homme étudie la Torah, le Maître de l'Univers est déjà dans le monde. Une grande chose ! Et amener le Maître du Monde *dans* le monde, c'est aussi s'élever au-dessus de la poussière. La Torah nous élève au-dessus de la poussière. La Torah nous donne de la force ! La Torah nous vêt ! La Torah nous apporte la Présence ! »

Le chantonnement avait pris fin. Il parlait d'une voix raide, haute, qui sonnait dans le terrible silence de la synagogue.

— Mais étudier la Torah n'est pas une chose simple. La Torah est une tâche pour tous les jours et pour toutes les nuits. C'est une tâche pleine de dangers. Le rabbin Meir ne nous apprend-il pas : « Celui qui allait son chemin et étudiait, et qui soudain s'arrête d'étudier et dit : "Comme cet arbre est beau, comme ce champ est beau", celui-là, l'Écriture le regarde comme s'il avait perdu sa vie » ?

Je vis Danny jeter un regard rapide à son père, puis baisser les yeux. Son corps fléchit un peu, un sourire joua sur ses lèvres et je crus même l'entendre pousser un soupir de soulagement.

— Il a perdu sa vie ! Sa vie ! Telle est la grandeur de l'étude de la Torah. Et maintenant écoutez, écoutez cette parole. À qui donc incombe la tâche d'étudier la Torah ? De qui le Maître de l'Univers exige : « Tu serviras de médiateur le jour et la nuit ? » Du monde ? Non ! Qu'est-ce que le monde connaît de la Torah ? Le monde est Ésav ! Le monde est Amalek ! Le monde, ce sont les cosaques ! Le monde c'est Hitler, que son nom et son souvenir soient anéantis ! De qui donc ? Du peuple d'Israël. C'est de *nous* qu'on exige de demeurer dans la lumière de la Présence ! C'est à cette fin que nous avons été créés. Est-ce que le grand et saint rabbin Yochanan fils de Zakkai ne nous a pas enseigné : « Si tu as beaucoup étudié la Torah, ne t'impute aucun mérite, car pour quoi donc as-tu été créé ? » Pas le monde, mais le peuple d'Israël. Le peuple d'Israël doit étudier Sa Torah !

Sa voix retentissait dans le silence. Je m'aperçus que je retenais ma respiration et que mon cœur battait. Je ne pouvais pas détacher mon regard de son visage qui, maintenant, était vivant, ou de ses yeux, qui étaient largement ouverts et pleins d'un feu sombre. Il frappait la table de sa main, et je me sentis glacé de frayeur. Danny le regardait maintenant, lui aussi, et son petit frère le fixait comme en transe, la bouche ouverte, les yeux vitreux.

— Le monde nous tue ! Le monde arrache la peau de nos corps et nous précipite dans les flammes ! Le monde se rit de la Torah ! Et quand il ne nous tue pas, il nous induit en tentation ! Il nous contamine ! Il exige que nous nous joignions à sa laideur, à ses impuretés, à ses abominations ! Le monde est Amalek ! Ce n'est pas au monde qu'il est ordonné d'étudier la Torah, mais au peuple d'Israël ! Écoutez, écoutez cette grande leçon. » Sa voix se fit soudain plus douce, plus calme et comme intime. « Il est écrit : « Ce monde est comme un vestibule avant le monde qui doit venir ; prépare-toi dans le vestibule, afin de pouvoir entrer dans la demeure. » La signification de ces paroles est claire : le vestibule est ce monde, et la demeure est le monde à venir. Écoutez. Dans la *gematria*, les mots « ce monde » représentent cent soixante-trois et les mots « le monde à venir » représentent cent cinquante-quatre. La différence entre « ce monde » et « le monde à venir » représente neuf. Neuf est la moitié de dix-huit. Dix-huit est *chaï*, la vie. Dans ce monde existe seulement une moitié de vie. Nous ne sommes qu'à moitié vivants dans ce monde ! seulement à moitié vivants ! »

Un murmure courut autour des tables, et je pus voir les têtes qui se penchaient et les lèvres qui souriaient. Apparemment, c'était cela qu'ils attendaient, la *gematria*, et ils se penchaient en avant pour mieux entendre. Un de mes professeurs m'avait parlé de la *gematria*. Chaque lettre de l'alphabet hébreu est aussi un nombre, si bien que chaque mot hébreu a une valeur numérique. Les mots hébreux pour « ce monde » sont *olam hazeh*, et en additionnant la valeur numérique de chacune des lettres, la valeur numérique totale du mot représente cent soixante-trois. J'avais déjà entendu d'autres personnes faire cela, et j'aimais beaucoup les entendre parce qu'il leur arrivait parfois de se montrer très adroits et très ingénieux. Je recommençais à me sentir à mon aise et j'écoutais attentivement.

— Écoutez-moi maintenant. Comment pouvons-nous faire pour que nos vies soient entières ? Comment pouvons-nous remplir nos vies de façon à ce qu'elles deviennent dix-huit, et non pas neuf, qu'elles ne soient pas des demi-*chaï* ? Le rabbin Josuah, fils de Lévi, nous l'apprend : « Celui qui n'étudie pas la Torah, on dit qu'il est blâmé par Dieu. » C'est un *nozuf*, une personne que hait le Maître de l'Univers ! Un homme droit, un tzaddik, étudie la Torah, parce qu'il est écrit : « Car ses délices sont dans la Torah de Dieu, et sur sa Torah il agit en médiateur de jour comme de nuit. » Dans la *gematria, nozuf* représente cent quarante-trois, et *tzaddik* deux cent quatre. Quelle différence y a-t-il entre *nozuf* et *tzaddik* ? Soixante et un. À qui un tzaddik consacre-t-il sa vie ? Au Maître de l'Univers ! La-el, à Dieu ! Le mot « La-el », en *gematria*, représente soixante et un ! Si une vie est consacrée à Dieu, cela représente la différence qui existe entre un *nozuf* et un *tzaddik*.

Un nouveau murmure d'approbation courut dans la foule. Reb Saunders était très fort en *gematria*, pensai-je. Et maintenant, je m'amusais vraiment beaucoup.

— Et maintenant écoutez encore ceci. En *gematria*, les lettres du mot *traklin*, demeure, la demeure dont il est parlé à propos du monde à venir, représentent trois cent quatre-vingt-dix-neuf, et *prozdor*, le vestibule, le vestibule qu'est ce monde représente cinq cent treize. Soustrayez *traklin* de *prozdor*, et vous avez cent quatorze. Maintenant écoutez-moi. Un homme juste, un tzaddik, nous avons dit qu'il représentait deux cent quatre. Un homme juste vit selon la Torah. La Torah est *mayim*, l'eau : les grands et saints rabbins ont toujours comparé la Torah à l'eau. Le mot *mayim* en *gematria* est quatre-vingt-dix. Soustrayez *mayim* de *tzaddik* et nous trouvons aussi cent quatorze. Et de cela nous apprenons que l'homme juste qui s'écarte de la Torah s'écarte aussi du monde à venir !

Le murmure de plaisir fut cette fois-ci plus fort, et les hommes hochaient la tête et souriaient. Il y en avait même qui se donnaient mutuellement des coups de coude pour montrer leur joie. Celle-là était vraiment excellente. Je me mis à refaire dans ma tête les opérations.

— Nous voyons que sans la Torah il n'existe qu'une moitié de vie. Nous voyons que sans la Torah nous sommes seulement poussière. Nous voyons que sans la Torah nous ne sommes qu'abominations. » Il disait cela tranquillement, comme une litanie. Ses yeux étaient ouverts, et maintenant il regardait Danny en face. « Quand nous étudions la Torah, *alors* le Maître de l'Univers nous écoute. *Alors* il entend nos paroles. *Alors* il accomplira nos souhaits. Car le Maître de l'Univers promet la force à ceux qui se préoccupent de la Torah, comme il est écrit : « Ainsi tu seras fort », et Il promet de longs jours, car il est écrit : « De telle sorte que tes jours seront allongés. » Que la Torah soit une fontaine d'eau pour tous ceux qui s'y désaltèrent, qu'elle nous amène rapidement le Messie et de nos jours. Amen ! »

Un chœur d'Amen fortement prononcés suivit en réponse.

Reb Saunders regarda Danny, puis moi. Je me sentais tout à fait à mon aise et je souris avec quelque impudence et hochai la tête, comme pour lui montrer que j'avais pris grand plaisir à ses propos, ou tout au moins à ceux qui concernaient la *gematria*. Je n'étais absolument pas d'accord avec de telles idées, selon lesquelles le monde était contaminé. Albert Einstein, me disais-je, appartient au monde. Le président Roosevelt appartient au monde. Les millions de soldats qui combattent Hitler appartiennent au monde.

Je croyais que le repas était terminé maintenant et que nous allions commencer le service du soir, et j'étais sur le point de me lever quand je m'aperçus qu'un nouveau silence s'était établi parmi les hommes assis autour des tables. Je restai donc assis et regardai autour de moi. Tous paraissaient avoir les yeux fixés sur Danny. Il se tenait assis tranquillement, souriant un peu, jouant avec le coin de son assiette de papier.

Reb Saunders s'appuya au dossier de sa chaise et se croisa les bras. Le petit garçon s'était remis à tripoter son rond de tomate et regardait Danny du coin de ses yeux noirs. Il entoura la tranche autour de son doigt et je vis sa langue pointer hors de ses lèvres, puis disparaître. Je me demandais ce qui se passait.

Reb Saunders poussa un profond soupir et fit un signe de tête à Danny. « *Nu*, Daniel, tu as quelque chose à dire ? » Sa voix était tranquille et presque douce.

Danny fit un signe de tête.

— *Nu*, de quoi s'agit-il ?

— C'est écrit sous le nom de rabbi Yaakov, et non de rabbi Meir, dit calmement Danny en yiddish.

Un chuchotement approbatif courut dans la foule. Je jetai un rapide coup d'œil autour de moi. Tout le monde avait les yeux fixés sur Danny.

Reb Saunders sourit, lui aussi. Il approuva de la tête, et la longue barbe noire remua sur sa poitrine. Puis ses sourcils épais et noirs, au-dessus des paupières, descendirent presque jusqu'au milieu de ses yeux.

Il se pencha légèrement en avant, les bras toujours croisés sur la poitrine.

— Et rien d'autre ? demanda-t-il très calmement.

Danny fit signe que non — avec un peu d'hésitation, me sembla-t-il.

— Donc, dit Reb Saunders en se renversant en arrière, il n'y a rien d'autre.

Je les regardais tous les deux, me demandant ce qui allait arriver. Qu'est-ce que c'était que cette histoire à propos de rabbi Yaakov et de rabbi Meir ?

— Ces paroles ont été écrites par rabbi Yaakov, et non par rabbi Meir, répéta Danny. Rabbi Yaakov, et non rabbi Meir, a dit : « Celui qui suit son chemin en étudiant et interrompt son étude... »

— Bon, dit doucement Reb Saunders en l'interrompant. Ces mots ont été dits par Rev Yaakov. Tu l'as vu. Très bien. Et où cela se trouve-t-il ?

— Dans *Pirkei Avos*, dit Danny.

Il donnait la source talmudique de la citation. Plusieurs des citations utilisées par Reb Saunders provenaient de *Pirkei Avos* — ou *Avot*, comme mon père m'avait appris à le prononcer, avec la manière séphardite, plutôt qu'ashkénaze, de rendre la lettre hébraïque *tof*. J'avais reconnu facilement les citations. *Pirkei Avos* est un recueil de maximes rabbiniques, et un de ses chapitres est étudié par de nombreux Juifs chaque Sabbat entre *Pessah* [1] et le nouvel an juif.

— *Nu*, dit Reb Saunders en souriant, comment aurait-il pu se faire que tu ne saches pas cela ? Bien sûr. Très bien. Maintenant, dis-moi...

Tandis que j'assistais à ce qui se passait entre Danny et son père, je me rendais compte peu à peu que je servais de témoin. Dans bien des familles jui-

---

1. *Pessah* : en hébreu « passage ». Fête et célébration de la Pâque, commémorant la sortie d'Égypte.

ves, et surtout dans les familles dont certains enfants étudient dans une yeshiva et dont les pères sont des hommes cultivés, il y a une tradition : l'après-midi du Sabbat, le père interroge son fils sur ce qu'il a appris à l'école pendant la semaine. C'était à une sorte d'interrogation publique que j'assistais, mais étrange, presque bizarre et qui avait plus l'air d'une controverse que d'une interrogation, parce que Reb Saunders ne limitait pas ses questions à ce que Danny avait appris au cours de la semaine, mais qu'il survolait les plus importants traités du Talmud et Danny était évidemment prié de fournir les réponses. Reb Saunders lui demanda dans quel autre texte on parlait de quelqu'un qui interrompt son étude, et Danny, froidement, tranquillement, répondit. Il demanda ensuite quelles remarques avait faites sur ce point certain commentateur du Moyen Âge, et Danny répondit. Il choisit un des aspects mineurs de la réponse pour demander qui avait exprimé, sur ce point, une autre opinion, et Danny répondit. Il demanda à Danny s'il était d'accord avec cette interprétation-là, et Danny répondit qu'il ne l'était pas, mais qu'il adoptait le point de vue d'un autre commentateur du Moyen Âge, qui avait donné une autre interprétation. Son père lui demanda comment celui-ci avait pu donner cette interprétation quand, à propos d'un autre passage du Talmud, il avait dit exactement le contraire, et Danny, très calmement, doucement, jouant toujours avec son assiette en papier, découvrit une différence entre ces deux textes apparemment contradictoires en citant deux autres sources où l'un des textes apparaissait quelque peu différent, et par là même supprimait la contradiction. L'une des deux sources qu'avait citées Danny comportait un verset de la Bible, et son père lui demanda qui d'autre avait établi une loi sur ce verset. Danny récita un court passage du traité *Sanhédrin*, et son père cita alors un autre passage de *Yoma* qui contredisait le passage du *Sanhédrin*, et Danny répondit avec un passage du *Gittin* qui résolvait la contradiction. Son père discuta la validité de son interprétation du passage du *Gittin* en citant un commentaire sur ce passage qui contredisait l'interprétation que Danny en avait donnée, et Danny répondit qu'il était difficile de comprendre ce commentaire — il ne dit pas que le commentaire était faux, mais qu'il était difficile à comprendre — parce qu'un autre passage du *Nedarim* confirmait son interprétation.

Cela continua ainsi, jusqu'au moment où, ayant perdu de vue la sorte de menace que tout cela contenait, je restai simplement à écouter, ébahi de cette fête de la mémoire à laquelle il m'était donné d'assister. Danny et son père parlaient tous deux doucement, et son père approuvait Danny de la tête à chacune de ses réponses. Le frère de Danny les regardait tous deux avec la bouche ouverte, puis finalement cessa de s'intéresser à leur discussion et se remit à manger ce qu'il avait dans son assiette. Il fit, à un certain moment, le geste de se mettre le doigt dans le nez, mais il s'arrêta tout de suite. Autour des tables, les hommes écoutaient en extase, le visage brillant de fierté. C'était là quelque chose qui ressemblait presque au *pilpoul* dont mon père m'avait parlé, sauf que ça n'était pas vraiment du *pilpoul*, ils ne déformaient pas les textes, ils semblaient surtout être intéressés par le *b'kiut*, par la connaissance directe et l'explication simple des passages du Talmud et des commentaires dont ils discutaient. Cela se poursuivit de la même manière pendant un long moment. Puis Reb Saunders se renversa dans sa chaise et demeura silencieux.

La controverse, ou l'interrogation, semblait être terminée, et Reb Saunders souriait à son fils. Il lui dit, très doucement :

— Bien. Très bien. Il n'y a pas de contradiction. Mais dis-moi, tu n'as rien de plus à dire sur ce que j'avais dit auparavant ?

Danny, soudain, se redressa.

— Rien de plus ? demanda de nouveau Reb Saunders. Tu n'as rien de plus à dire ?

Danny secoua la tête, avec hésitation.

— Absolument rien de plus à dire ?

Reb Saunders insistait, et sa voix s'était faite sèche, froide et distante. Il ne souriait plus.

Le corps de Danny devint rigide, comme il l'était au moment où son père avait commencé à parler.

— Ainsi, dit Reb Saunders, il n'y a rien de plus à dire. *Nu*, que dirais-je ?

— Je n'ai pas entendu...

— Tu n'as pas entendu, tu n'as pas entendu. Tu as entendu la première faute, et à partir de ce moment, tu n'as plus écouté. Bien sûr, tu n'as pas entendu. Comment aurais-tu pu entendre, puisque tu n'écoutais pas ?

Il parlait maintenant calmement et sans colère.

Le visage de Danny était figé. La foule était silencieuse. Je regardai Danny. Pendant un long moment il resta très tranquille, puis je vis sa bouche s'ouvrir, ses lèvres remuer, se relever un peu aux coins et se geler en une grimace de sourire. Je sentis se hérisser la peau de ma nuque, et j'eus du mal à ne pas crier. Je le regardai, puis détournai mes yeux le plus vite possible.

Reb Saunders regardait son fils. Puis il tourna les yeux vers moi. Je sentis ses yeux sur moi. Il y eut un long et profond silence, pendant lequel Danny resta sans bouger, les yeux fixés sur son assiette et souriant toujours. Reb Saunders se mit à jouer avec la papillote qui pendait à droite de son visage. Il la caressait des doigts de sa main droite, tout en ne cessant pas de me regarder. Enfin, il poussa un profond soupir, secoua la tête et mit les mains sur la table.

— *Nu*, dit-il, il est possible que je me trompe. Après tout, mon fils n'est pas un mathématicien. Il a une bonne tête, mais elle n'est pas faite pour les mathématiques. Mais nous avons un mathématicien parmi nous. Le fils de David Malter est parmi nous. C'est un mathématicien. » Il me regardait en face, et je sentis mon cœur s'alourdir et le sang se retirer de mon visage. « Reuven, dit Reb Saunders en me regardant en face, vous n'avez rien à dire ? »

Je m'aperçus que je n'arrivais même pas à ouvrir la bouche. Dire quelque chose à propos de quoi ? Je n'avais pas idée de tout ce dont Danny et son père avaient parlé.

— Vous avez entendu mon petit discours ? me demanda Reb Saunders doucement.

Je hochai la tête.

— Et vous n'avez rien à dire ?

Je sentais ses yeux sur moi, mais je regardais la table. Ses yeux étaient comme des flammes sur mon visage.

— Reuven, vous aimez les *gematria* ? demanda doucement Reb Saunders.

Je levai les yeux et fis oui de la tête. Danny n'avait pas fait un geste. Il était là, toujours souriant. Son petit frère s'était remis à jouer avec un rond de tomate. Et tous les hommes, autour des tables, étaient silencieux, et c'était moi que maintenant ils regardaient.

— Je suis très content, dit doucement Reb Saunders. Vous aimez les *gematria*. Laquelle avez-vous aimée ?

Je m'entendis répondre tant bien que mal et d'une voix rauque : « Elles étaient toutes très bonnes. »

Reb Saunders leva les sourcils. « Toutes ? dit-il.

C'est très gentil. Elles étaient toutes très bonnes, Reuven, elles étaient *toutes* très bonnes. »

Danny s'agita, tourna la tête vers moi : il ne souriait plus. Il me jeta un rapide coup d'œil, puis baissa à nouveau les yeux sur son assiette en papier.

Je regardai Reb Saunders. « Non, m'entendis-je dire. Elles n'étaient pas toutes bonnes. »

Il y eut comme un frémissement chez les hommes autour des tables. Reb Saunders se renversa dans sa chaise.

— *Nu*, Reuven, dit-il calmement, dites-moi, laquelle n'était pas bonne ?

— Une des *gematria* était fausse, dis-je.

Je crus que le monde allait s'écrouler sur moi après que j'eus dit cela. J'étais un garçon de quinze ans, et voilà que, moi, j'étais en train de dire à Reb Saunders qu'il s'était trompé. Mais il ne se passa rien. Il y eut un nouveau frémissement dans la foule, mais il ne se passa rien. Et voilà que Reb Saunders eut soudain un large et chaleureux sourire.

— Et quelle était celle qui était fausse ? me demanda-t-il doucement.

— La *gematria* pour *prozdor* est cinq cent trois, et non cinq cent treize, répondis-je.

— Bien. Très bien, dit Reb Saunders en souriant et en hochant la tête, sa barbe noire allant d'avant en arrière sur sa poitrine. Très bien, Reuven. La *gematria* pour *prozdor* est cinq cent trois. Très bien.

Il me regardait en souriant largement, ses dents brillant à travers sa barbe, et j'eus presque l'impression qu'il avait les yeux humides. Il y eut un murmure plus fort dans la foule, et Danny s'affaissa sur lui-même, tandis que toute tension se relâchait en lui. Il me jeta un coup d'œil et il y avait sur son visage un mélange de surprise et de soulagement, si bien que je me rendis compte avec stupéfaction que, moi aussi, je venais de subir une sorte d'épreuve.

— *Nu*, dit Reb Saunders à haute voix aux hommes qui se tenaient autour des tables, dites *Kaddish* !

Un vieil homme se leva et récita le *Kaddish* du Savant. Puis les fidèles se levèrent afin d'aller sur le devant de la synagogue pour le service du soir.

Danny et moi ne nous dîmes rien l'un à l'autre pendant tout le service, et bien que je récitasse les mots de la prière, je ne savais même pas ce que je disais. Je continuais à penser à ce qui venait de se passer autour des tables. Je ne pouvais pas arriver à y croire. Je ne pouvais pas me faire à l'idée que Danny devait passer par une pareille épreuve chaque semaine, et que je l'avais connue moi-même ce soir-là.

Les fidèles de Reb Saunders avaient été manifestement satisfaits de ma performance, et je ne voyais plus de questions dans les regards qu'ils me lançaient mais de l'admiration. L'un d'eux, un vieil homme avec une barbe blanche, qui était assis au même rang que moi, eut même à mon adresse un hochement de tête et un sourire, et ses yeux étaient tout brillants. Il était clair que j'avais triomphé de l'épreuve. Quelle ridicule façon d'attirer sur soi l'admiration et l'amitié !

Le service du soir fut rapidement terminé, après quoi l'un des plus jeunes hommes chanta la Havdalah, le court office qui marque la fin du Sabbat. C'était le frère de Danny qui tenait la chandelle en forme de tresse et ses mains tremblaient un peu quand la cire fondue tombait sur ses doigts. Puis les fidèles se souhaitèrent mutuellement, ainsi qu'à Reb Saunders, une bonne semaine et commencèrent à quitter la synagogue. Il se faisait tard, et je me dis que mon père devait s'inquiéter, mais je restai là et j'attendis que le dernier fidèle fût parti et que la synagogue fût vide — il n'y avait plus que moi, Danny, Reb Saunders et le petit garçon. La synagogue me parut soudain très petite, vide de tous ces hommes en chapeaux noirs, en caftans noirs et barbes noires.

Reb Saunders se caressait la barbe et nous regardait, Danny et moi. Il mit un de ses coudes sur la plus grande des estrades, et la main qui caressait la barbe se mit à jouer avec une de ses papillotes. Je l'entendis soupirer et je vis qu'il secouait lentement la tête, les yeux pensifs et humides.

— Reuven, vous avez une bonne tête, dit-il calmement en yiddish. Je suis heureux que mon Daniel vous ait choisi comme ami. Mon fils a beaucoup d'amis. Mais il ne parle pas d'eux comme il parle de vous.

J'écoutai et ne répondis rien. Sa voix était douce, presque une caresse. Il était si différent de ce qu'il m'avait paru être, à table ! Je regardai Danny. Il avait les yeux fixés sur son père, et son visage avait perdu toute froideur.

Reb Saunders croisa les mains derrière son dos.

— Je connais votre père, me dit-il doucement. Cela ne m'étonne pas que vous ayez une si bonne tête. Votre père est un grand savant. Mais ce qu'il écrit, ah, ce qu'il écrit ! » Il secoua la tête. « Je m'inquiète des amis de mon fils, et tout particulièrement d'un ami comme le fils de David Malter. Ah, ce qu'écrit votre père ! Critique. Critique scientifique. Ah ! Alors, quand il me dit que maintenant vous êtes devenus amis, je m'inquiète. Le fils de David Malter serait l'ami de mon fils ? Mais votre père observe les Commandements, et vous avez autant de tête que lui, et alors je suis heureux que vous soyez amis. C'est bien que mon Daniel ait un ami. J'ai de nombreuses responsabilités, et je n'ai pas toujours la possibilité de parler avec lui. » Je vis Danny baisser les yeux vers le sol et son visage se durcir. « C'est bien qu'il se soit trouvé un ami. Simplement, à condition que son ami ne lui enseigne pas la critique scientifique. » Reb Saunders me regarda, l'œil sombre et méditatif. « Vous croyez que c'est facile d'être un ami ? Si vous êtes vraiment son ami, vous vous apercevrez que les choses vont autrement. Nous verrons. *Nu*, il se fait tard et votre père s'inquiète certainement que vous soyez resté hors de chez vous si longtemps. Bonne semaine, Reuven. Et revenez prier avec nous. Il n'y aura plus d'erreurs dans les *gematria*. »

Maintenant, il souriait largement et chaleureusement, le coin des yeux brillant et les lignes dures de son visage s'étaient pour ainsi dire estompés. Il me tendit la main, la main tout entière cette fois-ci, et pas seulement les doigts : je la pris, et la retins longtemps dans la mienne. Puis nos mains se séparèrent, et il descendit lentement l'allée, les mains derrière le dos, grand, un peu courbé et, pensai-je, majestueux. Son petit garçon trottait derrière lui, accroché à son caftan.

Danny et moi demeurâmes seuls dans la synagogue. Je m'aperçus soudain qu'ils ne s'étaient pas dit un seul mot, son père et lui, sauf pour discuter du Talmud.

— Je vais te raccompagner un bout de chemin, me dit Danny, et nous sortîmes de la maison, et descendîmes l'escalier de pierre pour retrouver le ciment du trottoir.

Il faisait nuit et frais : un petit vent soufflait dans les sycomores et remuait doucement leurs feuilles. Nous marchâmes sans rien dire jusqu'à Lee Avenue. Nous tournâmes à gauche. J'allais vite, et Danny me suivait au même pas.

Tandis que nous descendions Lee Avenue, Danny me dit d'une voix tranquille : « Je sais ce que tu penses. Tu penses qu'il est un tyran. »

Je secouai la tête.

— Je ne sais pas quoi penser. Tantôt il est un tyran, tantôt il est gentil et doux. Je ne sais pas quoi penser.

— Il a des tas de choses dans la tête, dit Danny. C'est une personne drôlement compliquée.

— Est-ce que ça se passe toutes les semaines de la même manière, à table ?

— Bien sûr. Ça m'est égal. Même, ça m'amuse un peu.

— Je n'ai jamais rien vu de pareil de toute ma vie.

— C'est une tradition de famille. Le père de mon père en faisait autant avec lui. Et ainsi de suite.

— Ça me rendrait malade.

— Ça n'est pas si terrible. Ce qui est le pire, c'est d'attendre jusqu'à ce qu'il ait fait la faute. Après, ça va tout seul. Mais les fautes ne sont pas vraiment difficiles à trouver. Il fait celles dont il sait que je suis capable de les découvrir. C'est presque un jeu.

— Un jeu !

— La deuxième faute, ce soir, m'a pris de court. Mais celle-là, il l'avait vraiment faite pour toi. Tu l'as très bien relevée. Il savait que je ne m'en apercevrais pas. Il voulait m'attraper, comme ça il pouvait me reprocher de ne pas écouter. Il avait raison. Je n'écoutais pas. Mais je ne m'en serais pas aperçu même si j'avais écouté. Je ne suis pas fort en math. J'ai une mémoire photographique pour tout, sauf pour les math. On ne peut pas apprendre les math par cœur. Il faut avoir un certain genre d'intelligence.

— Je ne voudrais pas te dire tout le mal que je pense de ce jeu, dis-je avec un peu trop de chaleur. Qu'arriverait-il si tu laissais passer la faute ?

— Cela ne m'est pas arrivé depuis des années.

— Mais qu'est-ce qui arrive quand tu la laisses passer ?

Il resta un moment sans rien dire.

— Pendant quelques instants, c'est gênant. Mais il fait une blague, et nous nous mettons à discuter sur le Talmud.

196

— Quel jeu ! dis-je. Devant tout ce monde !

— Ils adorent ça. Ils sont très fiers de nous voir faire ça. Ils adorent entendre des discussions comme celles-là sur le Talmud. Est-ce que tu as vu leurs visages ?

— Je les ai vus. Comment aurais-je pu ne pas les voir ? Est-ce que ton père utilise toujours des *gematria* quand il parle ?

— Pas toujours. En fait, très rarement. Les gens adorent ça et ils l'espèrent toujours. Mais il ne fait ça que rarement. Je pense que ce soir il ne l'a fait que parce que tu étais là.

— Il est très fort.

— Il n'était pas tellement fort ce soir. Il ne se sentait pas bien tous ces temps-ci. Il est inquiet pour mon frère.

— Il ne va pas bien ?

— Je ne sais pas. On n'en parle pas. Quelque chose dans le sang. Il est malade déjà depuis quelques années.

— Je suis désolé, Danny.

— Je crois que ça va aller mieux. Il y a un grand médecin qui s'occupe de lui maintenant. Ça va aller mieux.

Sa voix avait pris le même ton étrange que lorsqu'il avait déjà parlé de son frère, quand nous nous dirigions vers la synagogue — un ton où se mêlaient l'espoir, l'envie, comme s'il était pressé de voir quelque chose arriver. Je me dis que Danny devait aimer beaucoup son petit frère, bien que je n'eusse aucun souvenir qu'il m'en eût parlé auparavant.

— De toute manière, dit Danny, ces discussions, comme tu les appelles, vont se terminer dès que je commencerai à travailler avec Rav Gershenson.

— Qui donc ?

— Rav Gershenson. C'est un grand savant. Il est à

Hirsch College. C'est là qu'il enseigne le Talmud. Mon père dit que quand je serai assez grand pour étudier avec Rav Gershenson, je serai aussi assez grand pour qu'il ne s'inquiète plus de savoir si je laisse ou non passer une erreur. À ce moment-là, nous n'aurons plus que des discussions sur le Talmud. J'aime ça.

Je retenais difficilement ma joie. Le Samson Raphael Hirsch College était la seule yeshiva des États-Unis qui procurât à ses élèves un enseignement laïc. Elle était située dans Belford Avenue, à quelques rues de l'autoroute de l'Est. Mon père m'avait dit une fois qu'il avait été construit vers 1920 par un groupe de Juifs orthodoxes qui désiraient que leurs enfants reçoivent une éducation à la fois juive et laïque. Son enseignement supérieur était considéré comme excellent, et sa faculté rabbinique était composée par quelques-uns des plus grands talmudistes des États-Unis. Une ordination rabbinique conférée par sa faculté talmudique était considérée par les Juifs orthodoxes comme le plus grand honneur. Il y avait longtemps qu'entre mon père et moi, il avait été convenu que j'irais à ce collège, pour y obtenir mon diplôme de bachelier. Quand je le dis à Danny, son visage s'éclaira d'un sourire brillant.

— C'est merveilleux, dit-il. Comme je suis content d'entendre ça ! Vraiment, c'est merveilleux !

— Donc, nous irons au même collège, dis-je. Est-ce que tu y vas pour recevoir ton diplôme de bachelier ?

— Bien sûr. Il le faut. On ne vous permet pas d'étudier seulement le Talmud dans ce collège. Je choisirai la psychologie.

Nous étions arrivés au coin de la rue où se trouvait la synagogue dans laquelle nous étions allés prier, mon père et moi. Danny s'arrêta.

— Il faut que je rentre, dit-il. J'ai du travail à faire pour l'école.

— Je te téléphonerai chez toi demain après-midi.

— Demain après-midi, je serai probablement à la bibliothèque, il faut que je lise des livres de psychologie. Pourquoi est-ce que tu n'y viendrais pas ?

— Je n'ai pas encore le droit de lire.

— C'est vrai.

Danny eut un sourire.

— J'avais oublié. Tu n'as pas plongé.

— Je viendrai tout de même. Je m'assiérai et je réfléchirai pendant que tu liras.

— Parfait. J'aimerais bien voir la tête que tu fais quand tu réfléchis.

— Même les mitnagdim pensent, tu sais, lui dis-je.

Danny se mit à rire.

— À demain.

— D'accord, dis-je, et je le regardai partir, long et mince dans son caftan noir, avec son chapeau noir.

Je rentrai à la maison le plus vite possible et j'arrivai juste au moment où mon père commençait à téléphoner. Il raccrocha et me regarda.

— Sais-tu l'heure qu'il est ? me demanda-t-il.

— Il est très tard ?

Je regardai ma montre. Il était presque dix heures et demie.

— Désolé, *abba*. Il m'était impossible de sortir.

— Tu es resté tout ce temps à la synagogue de Reb Saunders ?

— Oui.

— La prochaine fois que tu rentreras si tard, tu donneras un coup de téléphone, n'est-ce pas ? J'allais téléphoner à Reb Saunders pour savoir ce qu'il t'était arrivé. Viens à la cuisine et assieds-toi. Je vais faire du thé. Est-ce que tu as dîné ? Qu'est-ce qu'il est arrivé pour que tu restes si longtemps ?

Je m'assis à la table de la cuisine et, lentement, je racontai à mon père tout ce qui s'était passé dans la synagogue de Reb Saunders. Il buvait son thé à petites gorgées et écoutait sans rien dire. Je le vis faire la grimace quand je commençai à parler de la *gematria*. Mon père n'aimait pas beaucoup les *gematria*. Une fois il m'avait dit que c'était seulement une suite de chiffres absurdes, et qu'on pouvait prouver n'importe quoi de cette manière, la seule chose à faire étant de choisir les mots adroitement de façon à faire sortir des chiffres comme on le voulait. Il était donc assis devant moi, dégustant son thé et faisant la grimace, tandis que je racontais les *gematria* de Reb Saunders. Quand je lui dis ce qui s'était passé ensuite, la grimace quitta son visage et il se mit à m'écouter intensément, hochant la tête de temps en temps, et continuant à déguster son thé. Et quand j'en vins au moment où Reb Saunders m'avait posé la question sur la fausse *gematria*, son visage prit une expression d'étonnement et il posa son verre sur la table. Puis je lui racontai ce que Reb Saunders m'avait dit après la Havdalah et de quoi nous avions parlé, Danny et moi, en rentrant à la maison : il eut un sourire fier et hocha la tête en un signe de plaisir.

— Eh bien, dit-il en se remettant à boire son thé, voilà une journée, Reuven.

— C'était une curieuse expérience, *abba*. La manière dont Danny devait répondre aux questions de son père, comme ça, devant tout le monde, j'ai trouvé cela terrible.

Mon père secoua la tête.

— Ça n'est pas terrible, Reuven. Ça n'est pas terrible pour Danny, pas plus que pour son père, et pas non plus pour les gens qui écoutaient. C'est une vieille tradition, cette sorte de discussion talmudique. J'en ai vu plusieurs, entre de grands rabbins. Mais ça n'a pas lieu seulement entre rabbins. Quand Kant fut nommé professeur, il lui a fallu se plier à une vieille tradition et discuter en public d'un sujet philosophique. Un jour, quand tu seras professeur dans une université, toi aussi, il faudra que tu répondes à des questions. Dans une certaine mesure, cela fait partie de la formation de Danny.

— Mais en public, comme ça !

— Oui, Reuven, en public, comme ça. Comment les fidèles de Reb Saunders sauraient-ils autrement que Danny a l'esprit fait pour le Talmud ?

— Moi, j'ai trouvé cela cruel.

Mon père hocha la tête.

— C'est un petit peu cruel, Reuven. Mais le monde est ainsi fait. Quand quelqu'un peut apprendre quelque chose aux autres, il doit le faire en public. Si l'enseignement n'est pas public, il est inutile. Mais cette histoire d'erreurs, je n'en avais jamais entendu parler. Ça, c'est quelque chose de nouveau. C'est une invention de Reb Saunders. C'est intelligent, mais je ne suis pas sûr d'aimer beaucoup ça. Non, je ne crois pas que j'aime ça.

— Danny dit que les erreurs sont toujours faciles à trouver.

— Peut-être, dit mon père. Un père peut faire ce qu'il veut pour mettre le savoir de son fils à l'épreuve. Mais il existe d'autres procédés que celui qu'a choisi Reb Saunders. De toute manière, c'est un bon entraînement pour Danny. Il aura à s'occuper de choses de ce genre pendant toute sa vie.

— Reb Saunders est un homme très compliqué, *abba*. Je n'arrive pas à savoir ce que j'en pense. À certains moments il est dur et coléreux, et le moment d'après il est doux et gentil. Je ne le comprends pas.

— Reb Saunders est un grand homme, Reuven. Les grands hommes sont toujours difficiles à comprendre. Il a la charge de beaucoup de gens sur ses épaules. Je ne me soucie guère de son hassidisme, mais ce n'est pas une tâche simple que d'être le chef d'une communauté. Reb Saunders n'est pas un homme qui trompe son monde. Il serait un grand homme même s'il n'avait pas hérité sa situation de son père. C'est une pitié de voir qu'il ne s'occupe l'esprit que du Talmud. S'il n'était pas un tzaddik, il pourrait être très utile à l'humanité. Mais il vit dans son propre monde. C'est grandement dommage. Danny sera pareil quand il prendra la place de son père. C'est une honte qu'une intelligence comme celle de Reb soit coupée du reste du monde.

Mon père se remit à boire son thé, et nous restâmes quelques instants sans rien dire.

— Je suis très fier de la manière dont tu t'es comporté aujourd'hui, me dit mon père en me regardant par-dessus ses lunettes. Je suis heureux que Reb Saunders accepte que tu sois l'ami de Danny. Je m'inquiétais de son attitude.

— Je suis désolé d'être rentré si tard, *abba*.

Mon père hocha la tête.

— Je ne suis pas fâché, dit-il, mais la prochaine fois tu téléphoneras, oui ?

— Oui, *abba*.

Mon père regarda la pendule qui se trouvait sur le couvercle du réfrigérateur.

— Reuven, il se fait tard et demain tu retournes à l'école. Tu devrais aller te coucher.

— Oui, *abba*.

— Rappelle-toi, tu ne dois pas lire. Je te ferai la lecture le soir et nous verrons si tu pourras travailler de cette manière. Mais tu ne dois pas lire toi-même.

— Oui, *abba*. Bonsoir.

— Bonsoir, Reuven.

Je le laissai assis à la table de la cuisine, devant son verre de thé, et je m'en fus me coucher. Je restai éveillé longtemps avant de pouvoir m'endormir.

Quand je me retrouvai à l'école, le lendemain matin, je m'aperçus que j'étais devenu un héros, et pendant le quart d'heure de récréation du matin, mes amis, et même des garçons que je ne connaissais pas, se bousculèrent autour de moi, voulant tous savoir comment j'allais et me répétant que j'avais joué épatamment bien. Vers la fin de la récréation, je me rendis à la place du lanceur et me tins exactement à l'endroit où j'avais été frappé par la balle. Je regardai le but, ou plutôt j'essayai de le faire, car la cour était remplie d'élèves, et j'essayai de me représenter Danny, debout, grimaçant un sourire à mon adresse. Je me souvenais de ce sourire et qu'il l'avait eu de nouveau la veille, et je fermai les yeux un instant, puis je m'en allai et me dirigeai vers la barrière de protection. Le banc où s'était tenu le jeune rabbin était toujours là et je le regardai longuement. Il me semblait impossible d'admettre que le match n'avait eu lieu qu'une semaine auparavant. Tant de choses étaient arrivées depuis, et tout paraissait différent.

Sidney Goldberg vint me rejoindre et se mit à me parler du match, puis Davey Cantor arriva à son tour et nous donna son opinion sur « ces assassins ». J'approuvais ce qu'ils disaient sans vraiment les écouter.

La manière dont ils parlaient de cette partie me paraissait stupide, et terriblement enfantine, et je me mis un peu en colère quand Davey Cantor se mit à parler de « ce sale petit Danny Saunders », mais je ne répondis pas.

Je sortis de l'école à deux heures et pris le trolley pour aller à la bibliothèque publique, où je devais rencontrer Danny. C'était un bel immeuble en pierre grise de trois étages, avec d'épaisses colonnes ioniques, orné des mots LA BEAUTÉ EST VÉRITÉ, LA VÉRITÉ, LA BEAUTÉ, C'EST TOUT CE QUE NOUS SAVONS EN CE MONDE, TOUT CE QUE NOUS AVONS BESOIN DE SAVOIR — JOHN KEATS sculptés dans la pierre au-dessus de l'entrée. Elle se trouvait sur un large boulevard. Sur le devant, il y avait quelques grands arbres et une pelouse bordée de fleurs. À droite, quand on entrait, tout de suite après les portes, il y avait une fresque sur l'histoire des grandes idées, en commençant par Moïse qui tenait les Dix Commandements et se poursuivant par Jésus, Mahomet, Galilée, Luther, Copernic, Kepler, Newton, pour se terminer par Einstein regardant la formule $E = MC^2$. Sur le mur d'en face, il y avait une autre fresque montrant Homère, Dante, Tolstoï, Balzac et Shakespeare qui parlaient ensemble. C'étaient de très belles fresques, aux couleurs vives, et les grands hommes qui y figuraient paraissaient tout à fait vivants. Peut-être parce que je m'occupais davantage des yeux que la semaine précédente, je m'aperçus que les yeux d'Homère paraissaient vides, presque sans pupilles, comme si le peintre avait voulu montrer qu'il était aveugle. Je n'avais jamais remarqué cela jusqu'alors et cela m'effraya un peu.

Je traversai rapidement le rez-de-chaussée, avec son sol de marbre, ses piliers de marbre, ses hautes bibliothèques, ses tables de références, ses belles fenêtres éclairées par le soleil et ses bureaux recouverts de verre, où se tenaient les bibliothécaires. Je trouvai Danny au troisième étage, contre le mur du fond, à moitié caché par une étagère, portant son costume noir et sa calotte noire. Il était assis à une petite table, penché sur un livre, ses longues papillotes pendant de chaque côté de son visage presque jusqu'à la table.

À cet étage-là, il n'y avait pas beaucoup de monde ; les rayons étaient surtout remplis de revues scientifiques et de brochures. C'était une pièce très vaste, et les rayons rapprochés les uns des autres lui donnaient l'air d'un labyrinthe. Ils allaient du sol au plafond et j'avais l'impression qu'ils contenaient tout ce qui avait jamais été écrit d'important, sur tous les sujets, dans le monde entier. Il y avait des publications en anglais, en français, en allemand, russe, italien et même en chinois. Il y avait des revues anglaises qui portaient des noms que je n'arrivais pas à prononcer. C'était la partie de la bibliothèque que je connaissais le moins bien. Je n'étais venu là qu'une fois, pour chercher un article dans le *Journal de logique symbolique* que m'avait recommandé mon professeur de mathématiques, un article que d'ailleurs je n'avais que vaguement compris, et j'étais venu là une autre fois pour y retrouver mon père. C'était donc la troisième fois, depuis le temps que j'étais inscrit à cette bibliothèque, que je montais au troisième étage.

Je m'arrêtai près d'une étagère, à quelques pas de la table où se tenait Danny, et je le regardai lire. Il avait les coudes sur la table, et il se tenait la tête dans les mains, les doigts recouvrant les oreilles, les yeux fixés sur le livre. Parfois, des doigts de sa main droite, il jouait avec une de ses papillotes et, à un moment, je le vis qui tiraillait le chaume couleur de sable qui poussait sur son menton, puis il ramenait sa main le long de sa joue. Il avait la bouche un peu ouverte, et je ne pouvais pas voir ses yeux, cachés par les paupières baissées. Il avait comme une expression d'impatience chaque fois qu'il arrivait au bas d'une page, et il la tournait d'un geste rapide de la main droite, se mouillant le doigt et en poussant vers le haut le coin du bas de la page, comme on le fait pour une page du Talmud — sauf que, pour le Talmud, c'est l'index gauche qui soulève le coin gauche, puisqu'on le lit de droite à gauche. Il lisait à une vitesse extraordinaire. Je pouvais presque le *voir* lire. Il commençait en haut de la page, la tête un peu inclinée vers le haut, puis sa tête bougeait de bas en haut, selon une ligne droite jusqu'à ce qu'il arrive au bas de la page. Alors, il se penchait à nouveau et, ou bien faisait un mouvement de côté vers la page de droite, ou bien restait dans la même position jusqu'à ce que la page fût tournée, et il recommençait. Il ne semblait pas lire de gauche à droite, mais de bas en haut, et j'avais l'impression qu'il lisait le milieu de la page, en quelque sorte, et qu'il était capable de ne pas s'occuper ou, en réalité, de ne pas lire ce qui était écrit de part et d'autre.

Je décidai de ne pas le déranger. Je m'assis à une autre table, à quelques pas de lui, et je continuai à le regarder lire. C'était très décevant de se trouver là, entouré de toutes ces publications, et incapable soi-même de lire une ligne, et je me mis donc au bout de quelque temps à revoir, par cœur, un peu de la logique symbolique que j'avais étudiée. Je fermai les yeux et évoquai les propositions, essayant de me représenter visuellement les tables de conjonction, de disjonction, d'équivalence et de conséquences matérielles. Elles étaient assez simples et je fis cela sans difficulté. J'essayai de me souvenir des raisonnements déductifs, et il me fallut m'arrêter. J'étais sur le point de passer aux preuves indirectes quand j'entendis Danny qui disait : « Tu n'arrêtes pas de dormir ! Quel endormi tu fais ! »

et j'ouvris les yeux. Danny s'était redressé sur sa chaise et il me regardait.

— Je repassais ma logique, dis-je. Je ne dormais pas.

— Évidemment, dit-il.

Mais sa voix me parut triste.

— J'en étais à la preuve indirecte. Tu veux que je t'explique ?

— Non. Je ne supporte pas ce genre de choses. Pourquoi ne m'as-tu pas dit que tu étais ici ?

— Je ne voulais pas te déranger.

— Tu es gentil. Pour un misnagd.

Il donnait à la lettre hébraïque *tof* sa prononciation ashkénaze.

— Viens ici. Je veux te faire voir quelque chose.

Je m'approchai de sa table et m'assis à côté de lui.

— Je n'ai pas encore le droit de lire, tu sais.

— Je veux que tu entendes cela. Je te le lirai.

— Qu'est-ce que c'est ?

— C'est dans l'*Histoire des Juifs* de Grætz. » Il avait l'air malheureux, et son visage était sombre. « C'est à propos du hassidisme. Écoute. Grætz parle de Dov Baer, qui a été le disciple du Besht. Il vient juste de dire que c'est Dov Baer qui a inventé la notion de tzaddik. » Il porta les yeux sur son livre et se mit à lire à haute voix. « L'idée de Baev, cependant, n'avait pas été conçue pour rester vaine et stérile, mais pour lui rapporter honneur et richesses. Tandis que les tzaddikim se préoccupaient de la direction du monde, d'obtenir la grâce divine, et de la préservation et de la glorification d'Israël, ses disciples devaient cultiver trois sortes de vertus. Leur devoir était de se rapprocher de lui, de se réjouir de seulement le regarder et, de temps en temps, de se rendre en pèlerinage auprès de sa personne. En outre, ils devaient lui confesser leurs péchés. C'est seulement ainsi qu'ils pouvaient espérer que leurs iniquités leur seraient pardonnées. C'est-à-dire leurs péchés », ajouta Danny.

— Je sais ce que ça veut dire.

Il poursuivit. « Enfin, ils devaient lui apporter des présents, de riches dons, qu'il savait employer au mieux de ses intérêts. Il leur incombait aussi de répondre à tous ses désirs. C'était comme un retour aux prêtres de Baal, tellement ces perversités paraissaient vulgaires et dégoûtantes. »

Il leva les yeux. « C'est un peu fort tout de même, vulgaires et dégoûtantes. » Ses yeux étaient sombres et brillants. « C'est tout de même terrible qu'un savant comme Grætz puisse dire du hassidisme qu'il est vulgaire et dégoûtant. Je ne me suis jamais représenté mon père comme un prêtre de Baal ! »

Je ne répondis pas.

— Écoute ce qu'il dit encore de Dov Baer. » Il tourna la page. « Ici, il dit que Dov Baer avait l'habitude de faire des blagues pour amuser ses fidèles, qu'il les encourageait à boire de l'alcool, de façon qu'ils prient avec plus de ferveur. Il dit que rabbi Élijah de Vilna était un opposant féroce au hassidisme et que, quand il est mort... Je vais te lire le passage. » Il feuilleta le livre. « Voilà. Écoute. " Après sa mort, les hassidim se vengèrent de lui en dansant sur sa tombe, et ils célébrèrent le jour de sa mort comme un jour de fête, avec des cris, en s'enivrant." » Il me regarda. « Je n'avais jamais entendu parler de ces choses. Tu étais à notre *shule* hier. Est-ce qu'il t'a semblé, pendant l'office, que quelqu'un était ivre ?

— Non, dis-je.

— Mon père ne ressemble pas du tout à ça.

Sa voix était triste et tremblait un peu.

— Il se préoccupe vraiment de sa communauté. Il s'en préoccupe tant qu'il n'a même pas le temps de me parler.

— Peut-être que Grætz ne parle que des hassidim de son époque, proposai-je.

— Peut-être, dit-il, mais il n'avait pas l'air convaincu. C'est affreux, quelqu'un qui vous offre une image de vous-même comme celle-là. Il dit que Dov Baer avait à son service des espions qui auraient été dignes de travailler dans des services secrets. Ce sont ses propres mots, « dignes de travailler dans des services secrets ». Il raconte qu'ils se promenaient partout, découvraient les secrets des gens et les racontaient à Dov Baer. Les gens qui venaient le consulter pour leurs affaires personnelles devaient toujours attendre jusqu'au samedi suivant leur arrivée, et pendant ce temps-là les espions faisaient leurs recherches et en rendaient compte, si bien que lorsque la personne était finalement reçue, Dov Baer savait tout sur son compte : la personne en question en était impressionnée et se disait que Dov Baer possédait une sorte de double vue qui le rendait capable de lire dans son cœur. » Il tourna encore quelques pages. « Écoute ça : "Dès la première rencontre, Baer, d'une manière apparemment accidentelle, se montrait capable, en ménageant avec art le déroulement de ses propos, de faire allusion à ces personnes, pour lui étrangères, de façon qu'elles soient convaincues qu'il avait pénétré jusqu'au fond de leur cœur et de leur passé." » Il secoua tristement la tête. « Je n'avais jamais entendu parler de quoi que ce soit de ce genre. Quand mon père parle de Dov Baer, il en fait presque un saint.

— Est-ce que c'est mon père qui t'a dit de lire ce livre ?

— Ton père m'a dit que je devrais lire l'histoire juive. Il dit que la chose la plus importante dans l'éducation d'une personne, c'est de lui faire connaître son propre peuple. Alors, j'ai trouvé ce livre de Grætz. Il y a des tas de volumes. Je les ai presque tous lus. C'est le dernier volume. » Il secoua de nouveau la tête, et ses papillotes dansèrent contre les coins de sa mâchoire et les creux de ses joues. « Quelle image il me donne de moi-même !

— Tu devrais parler avec mon père, lui dis-je, avant de croire à tout cela. Il m'a beaucoup parlé des hassidim, vendredi dernier. Il n'était pas très approbateur, mais il n'a pas dit un mot se rapportant à la boisson.

— Je lui parlerai, dit-il. Mais Grætz était un grand savant. J'avais lu des choses sur lui avant de lire son histoire. C'était un des plus grands érudits juifs du siècle dernier.

— Il faut que tu en parles avec mon père, répétai-je.

Danny approuva. Il ferma lentement le livre. Ses doigts jouaient rêveusement avec les coins de la reliure.

— Tu sais, dit-il lentement, j'ai lu un livre de psychologie la semaine dernière, où l'auteur dit que, pour l'homme, la chose la plus mystérieuse de l'univers, c'est l'homme lui-même. Nous sommes aveugles en ce qui concerne le plus important de notre propre vie, de notre moi. Comment un homme comme Dov Baer pouvait-il avoir le culot de tromper les gens en leur faisant croire qu'il pouvait lire dans leurs cœurs et dire ce qu'ils étaient vraiment, au fond d'eux-mêmes ?

— Tu ne sais pas ce qu'il a fait. Tu ne connais que la version que donne Grætz.

Il ne tint pas compte de ce que je lui dis. J'avais l'impression qu'il se parlait à lui-même plus qu'il ne s'adressait à moi.

— Nous sommes si compliqués, à l'intérieur, poursuivit-il tranquillement. Il y a en nous quelque chose qu'on appelle l'inconscient, que nous ne connaissons absolument pas. En fait, il domine nos vies, et nous ne le savons même pas. » Il s'arrêta quelques instants.

Il avait retiré ses mains du livre et jouait avec ses papillotes. Je me souvenais du soir, à l'hôpital, où il avait regardé par la fenêtre les gens qui passaient dans la rue et où il avait parlé de Dieu et des fourmis, et des lectures qu'il faisait à la bibliothèque. « Il y a tant de choses à lire, dit-il. Il n'y a que quelques mois que j'ai commencé à lire. Est-ce que tu avais entendu parler du subconscient ? me demanda-t-il, et quand, avec un peu d'hésitation, je répondis par l'affirmative, il ajouta : Tu vois ? Tu ne t'intéresses même pas à la psychologie, et tu en as entendu parler. J'ai tant de choses à rattraper. » Il s'aperçut soudain qu'il jouait avec ses papillotes, et laissa ses mains retomber sur la table. « Est-ce que tu savais que, très souvent, le subconscient s'exprime à travers les rêves ? "Le rêve est le produit d'une transaction entre les désirs conscients et les désirs inconscients", récita-t-il.

— Qu'est-ce que c'est que cette histoire de rêves ?

— C'est la vérité, dit-il. Les rêves sont pleins de craintes inexprimées et d'espoirs, de choses auxquelles nous ne pensons jamais consciemment. Nous y pensons inconsciemment, au plus profond de nous-mêmes, et elles ressortent dans les rêves. Mais elles ne ressortent pas tout droit, le plus souvent. Parfois elles se présentent sous forme de symboles. Il faut apprendre à interpréter ces symboles.

— Où est-ce que tu as trouvé tout ça ?

— En lisant. Il y a un tas de livres sur les rêves. C'est une des manières qu'on connaît pour arriver jusqu'à l'inconscient de quelqu'un.

Je devais faire une drôle de figure, car il me demanda ce qui m'arrivait.

— Je rêve tout le temps, lui dis-je.

— Tout le monde rêve, dit-il. Mais nous oublions la plupart de nos rêves. Nous les refoulons. D'une certaine manière, nous les repoussons et nous les oublions, parce qu'ils sont parfois trop pénibles.

— J'essaie de me rappeler les miens, dis-je. Il y en a qui n'étaient pas agréables.

— Souvent ils ne sont pas agréables. Notre inconscient n'est pas un joli endroit — je l'appelle un endroit, ça n'en est pas un, en réalité : le livre que j'ai lu dit qu'il s'agit plutôt d'un processus —, ça n'est même pas un joli endroit du tout. C'est plein de peurs refoulées et de haines, de choses que nous appréhendons de dévoiler.

— Et ce sont ces choses-là qui dirigent nos existences ?

— Oui, si l'on en croit certains psychologues.

— Tu veux dire que ces choses-là existent, et que nous ne savons rien d'elles ?

— Exactement. C'est ce que j'avais dit d'abord. Ce qui est en nous est le plus grand de tous les mystères.

— Ça n'est pas gai. Faire des choses sans vraiment savoir qu'on les fait !

Danny hocha la tête. « On peut savoir ces choses, pourtant. On peut savoir ce qui se passe dans l'inconscient. C'est ça, la psychanalyse. Je n'en sais pas encore beaucoup là-dessus, mais il s'agit d'une longue histoire. Elle a commencé avec Freud. Tu as entendu parler de Freud. C'est lui qui a découvert la psychanalyse. J'apprends en ce moment, tout seul, l'allemand pour pouvoir le lire dans l'original. C'est lui aussi qui a découvert l'inconscient. »

Je le regardai, et je sentis comme un grand froid en moi-même. « Tu apprends l'allemand ? »

Ma réaction parut le surprendre.

— Qu'est-ce qu'il y a de mal à apprendre l'allemand ? Freud écrivait en allemand. Pourquoi est-ce que tu me regardes comme ça ?

— Est-ce que ses livres ne sont pas traduits en anglais ?

— Pas tous. De plus, j'ai l'intention de lire un tas d'autres choses en allemand, qui n'ont pas encore été traduites. Qu'est-ce que tu as ? Tu fais une drôle de tête.

Je ne répondis pas.

— Sous prétexte que Hitler parle allemand, cela ne signifie pas que ce soit une langue corrompue. C'est le langage scientifique le plus important dans le monde. Pourquoi est-ce que tu me regardes comme ça ?

— Excuse-moi, dis-je. C'est seulement que cela me paraît étrange, que tu apprennes l'allemand.

— Qu'est-ce qu'il y a d'étrange à cela ?

— Rien. Comment fais-tu pour l'apprendre tout seul ?

— Il y a une grammaire à la bibliothèque. J'ai presque fini de l'apprendre par cœur. C'est une langue très intéressante. Très technique et très précise. C'est stupéfiant, la manière dont ils mettent les mots à la suite les uns des autres. Est-ce que tu sais comment on dit « mystérieux » en allemand ?

— Je ne sais pas un mot d'allemand.

— On dit *geheimnisvoll*. Cela veut dire « plein de secret ». Et voilà comment est le subconscient : *geheimnisvoll*. Le mot qui signifie « sympathique », c'est *teilnahmsvoll* — littéralement « celui qui prend pleinement part ». Le mot pour « charité », c'est *Nächstensliebe* — littéralement, cela signifie...

— Ça va. Tu m'impressionnes.

— C'est une langue épatante. Le yiddish lui ressemble beaucoup. À l'origine, le yiddish était du moyen allemand. Quand les Juifs sont allés en Pologne, ils ont emmené cette langue avec eux.

— Tu veux dire au XIIIᵉ siècle, quand la Pologne a encouragé les Juifs à venir ?

— Exact. Tu sais cela aussi.

— Je ne savais pas que le yiddish était de l'allemand.

— Mon père ne le sait pas non plus. Du moins, je ne crois pas qu'il le sache. Il croit que le yiddish est une langue presque sainte. Mais, en réalité, c'est du moyen allemand.

J'étais sur le point de lui demander ce que signifiait moyen dans ce moyen allemand, mais je décidai de ne pas poursuivre plus loin cette conversation. J'étais déjà assez troublé de ce qu'il apprît l'allemand. Et pourtant, cela n'avait rien à faire avec Hitler. Cela me faisait souvenir de ce que mon père m'avait dit de Salomon Maimon. Tout cela avait l'air presque surnaturel. Il me semblait que je parlais avec le fantôme de Maimon.

Nous continuâmes à parler un peu de l'opinion de Grætz sur le hassidisme et, je ne me rappelle plus comment, nous en vînmes à parler du frère de Danny. Il avait été examiné par un grand médecin le matin même, et le médecin avait dit qu'il se porterait bien, mais qu'il lui fallait être prudent, qu'il devait éviter les exercices violents ou un travail trop fatigant. Il y était allé avec son père, et Danny me dit que son père était très bouleversé. Mais l'important était que son frère vivrait. Sa maladie avait quelque chose à voir avec la composition de son sang, dit Danny, et le docteur lui avait prescrit de prendre trois différentes sortes de pilules. Il n'avait pas été très optimiste quant à l'éventualité d'une véritable guérison. Il avait dit qu'il lui faudrait prendre ces pilules probablement aussi longtemps que sa maladie durerait. « Et elle pourrait durer toute sa vie », dit Danny tristement. J'eus de nouveau l'impression qu'il aimait beaucoup son frère et je me demandai encore une fois pourquoi il ne m'en avait jamais parlé jusqu'au moment où je les avais vus ensemble, la veille, à la synagogue.

Finalement, nous nous aperçûmes que le temps passait et nous descendîmes l'escalier de marbre. Arrivés à peu près au milieu du second étage, Danny s'arrêta et regarda soigneusement autour de lui. Il en fit de même à l'étage suivant. Il rendit le livre de Grætz, et nous sortîmes.

Le temps était nuageux et on pouvait craindre qu'il ne se mît à pleuvoir, aussi décidâmes-nous de prendre le trolley pour rentrer, plutôt que de marcher. Danny descendit à sa station et je continuai seul, la tête pleine de ce dont nous venions de parler, et particulièrement du fait qu'il apprenait l'allemand.

Je le racontai à mon père quand nous fûmes à table, pendant le dîner.

— Qu'est-ce que Danny veut lire en allemand ? me demanda-t-il.

— Il veut lire Freud.

Je vis les yeux de mon père qui s'ouvraient tout grands.

— Cela l'intéresse passionnément, dis-je. Il m'a parlé de l'inconscient et des rêves. Il lisait aussi le Grætz sur le hassidisme.

— L'inconscient et les rêves, murmura mon père. Et Freud. À quinze ans.

Il secoua la tête tristement.

— Rien ne pourra l'arrêter.

— *Abba*, est-ce que Grætz a raison quand il parle de cette manière du hassidisme ?

— Grætz avait des idées préconçues et ses sources n'étaient pas précises. Si je me souviens bien, il dit que les hassidim ne sont que de vulgaires ivrognes, et il appelle les tzaddikim les prêtres de Baal. Il y a assez de choses qu'on peut ne pas aimer dans le hassidisme sans en exagérer les défauts.

La semaine suivante, je rencontrai de nouveau Danny à la bibliothèque, mais il ne se montra pas très enthousiaste quand je lui répétai ce que mon père avait dit au sujet des opinions de Grætz. Il me dit qu'il venait de lire un autre livre sur le hassidisme et, si l'auteur n'accusait pas les tzaddikim d'encourager l'ivrognerie, il les accusait à peu près de tout le reste. Je lui demandai s'il faisait des progrès en allemand : il me dit qu'il avait terminé d'apprendre par cœur la grammaire et qu'il était en train de lire un livre qu'il avait emprunté à la section allemande de la bibliothèque. Il ajouta qu'il espérait pouvoir commencer la lecture de Freud dans quelques semaines. Je ne lui répétai pas ce que mon père avait dit à ce propos. Il avait l'air tendu et énervé, et il n'arrêtait pas de jouer avec une de ses papillotes pendant que nous parlions.

Ce soir-là, mon père me confia qu'il s'était sérieusement demandé à quel point il était moralement admissible de sa part de donner à Danny des livres qu'il lisait en se cachant de son père.

— Qu'est-ce que je penserais de quelqu'un qui te ferait lire des livres que j'estimerais nuisibles pour toi ?

Je lui demandai pourquoi il l'avait fait.

— Parce que, en tout cas, Danny aurait continué à lire de son côté. Du moins, de cette manière, est-il dirigé par un adulte. C'est une chance qu'il soit tombé sur moi. Mais je ne me sens pas à mon aise, Reuven. Je déteste l'idée de faire cela à Reb Saunders. Il n'y a pas de doute qu'il s'en apercevra un jour. Et quand cela arrivera, je ne me trouverai pas dans une situation confortable. Mais lui-même ne sera pas capable d'empêcher Danny de lire. Que fera-t-il quand son fils ira à l'Université ?

Je lui fis remarquer que, dès à présent, Danny lisait

216

sans demander conseil à quiconque, sans être dirigé par un adulte. Ce n'était certainement pas mon père qui lui avait dit de lire Freud.

Mon père fit un signe d'assentiment. « Mais il va venir me trouver pour parler de ses lectures, dit-il. Du moins cela rétablira-t-il un peu l'équilibre. Je lui donnerai d'autres livres à lire, et il s'apercevra que Freud n'est pas Dieu en psychologie. Déjà Freud. À quinze ans. » Et il secouait tristement la tête.

Danny et moi étions convenus de passer l'après-midi du Sabbat avec son père pour étudier le *Pirkei Avot*. Quand je sortis de Lee Avenue, cet après-midi de Sabbat, et regardai la rue sans soleil où vivait Danny, le sentiment d'être entré dans un monde crépusculaire fut pour moi à peine moins violent que la semaine précédente. Il était trois heures, à peine passées, et il n'y avait là aucun homme barbu, en caftan, aucune femme coiffée de fichu, mais les enfants étaient dans la rue, jouant, criant et courant. Les enfants exceptés, le trottoir, devant la maison de grès de deux étages au bout de la rue, était désert. Je me souvins comment ces hommes en caftans noirs s'étaient écartés devant nous la semaine précédente, et je me souvins aussi du bruit que les chaussures de Danny faisaient sur le pavé au moment où nous avions traversé la foule pour atteindre le large escalier. La porte qui menait à la synagogue était ouverte, mais la synagogue était vide — vide de tout, sauf des échos qu'elle contenait encore. Les tables étaient recouvertes de nappes blanches, mais on n'y avait pas encore placé la nourriture. Je regardai la table où j'avais été assis, et je pouvais encore entendre les *gematria* tombant des lèvres de Reb Saunders et les questions qu'il posait à Danny : « Rien d'autre ? Tu n'as rien d'autre à dire ? » Je revoyais le sourire idiot sur les lèvres de

Danny. Je pris vivement la direction opposée et retournai dans le hall d'entrée.

Sous l'escalier intérieur, j'appelai : « Hello, quelqu'un ? » Au bout de quelques instants, Danny apparut en haut de l'escalier, portant son caftan noir, ses pantalons noirs et sa calotte noire, et il me dit de monter.

Il me présenta à sa mère et à sa sœur. Sa sœur était presque aussi grande que moi ; elle avait des yeux noirs et vifs et un visage qui était presque exactement la réplique de celui de Danny, sauf que les lignes en étaient plus douces. Elle portait une robe à longues manches, et ses cheveux noirs, sévèrement tirés en arrière, pendaient dans son dos en une natte épaisse. Elle me sourit et dit : « Je vous connais déjà très bien, Reuven Malter. Danny n'arrête pas de parler de vous. » Sa mère était petite, avec des yeux bleus et un corps tout en rondeurs. Elle avait la tête recouverte d'un fichu et il y avait quelques touffes de poils couleur de sable sur sa lèvre supérieure. Elles étaient assises toutes les deux dans le salon, sans doute en train de lire ou d'étudier ce qui me parut être un livre en yiddish au moment où nous les avions interrompues. Je leur dis poliment que j'étais enchanté de faire leur connaissance et je fus récompensé par un nouveau sourire de la part de la sœur de Danny.

Nous les laissâmes et nous montâmes au deuxième étage. Danny m'expliqua que le deuxième étage comportait sa chambre, le bureau de son père et une salle de conférences. Le premier et le deuxième étage étaient complètement séparés, comme c'était le cas dans toutes les maisons analogues. Ils avaient pensé, à un certain moment, installer toute la famille au deuxième, me dit Danny, afin d'éviter le bruit que faisaient les gens en grimpant sans arrêt dans l'escalier pour aller voir son père, mais sa mère n'avait pas une bonne santé et deux étages auraient été fatigants pour elle.

Je lui demandai comment allait son frère.

— Très bien, j'espère, dit-il. Il doit dormir en ce moment.

Danny me fit traverser les pièces du second étage. Elles ressemblaient tout à fait à celles dans lesquelles nous vivions mon père et moi. La chambre à coucher de Danny était située exactement là où se trouvait celle de mon père, la cuisine avait été laissée intacte, afin de servir le thé aux dignitaires en visite, me dit Danny en grimaçant un sourire, la salle de bains était à côté de la cuisine, le bureau était à la même place que le bureau de mon père — sauf qu'une cloison avait été abattue, si bien qu'il comprenait aussi ce qui, dans notre appartement, était ma chambre — et il y avait dans le salon une longue table recouverte d'une plaque de verre et des chaises de cuir. Danny m'emmena d'abord dans cette pièce, qui servait de salle de conférences, puis dans sa chambre où il y avait un lit étroit, une bibliothèque pleine de vieux livres hébreux et yiddish, et une table couverte de papiers. Il y avait un Talmud, ouvert, sur les papiers. Les murs étaient blancs et nus. Il n'y avait nulle part de photographies ou de peintures, ni à l'étage où habitait la famille, ni à celui-ci où habitait Danny et où son père travaillait.

Nous allâmes jusqu'au bureau de son père, et Danny frappa doucement à la porte. « Il n'aime pas que je le dérange quand il est là », chuchota-t-il. Son père nous dit d'entrer, et nous entrâmes.

Reb Saunders était assis derrière un bureau massif, en bois noir, recouvert d'une plaque de verre. Il portait un caftan noir et une grande calotte noire et ronde. Il était assis dans un fauteuil de cuir rouge au dossier droit, qui avait des bras taillés de façon compliquée. Le seul éclairage était une ampoule nue qui pendait du plafond. Le bureau, avec la pièce qu'on y avait ajoutée, paraissait immense. Un épais tapis rouge en recouvrait le plancher, et les murs étaient recouverts de bibliothèques remplies de livres et fermées par des portes vitrées. Il y avait des livres partout : sur les deux chaises en bois qui se trouvaient près du bureau, sur le bureau lui-même, sur le classeur en bois, près de la porte, sur le petit escabeau, sur des boîtes en carton empilées par terre dans un coin, sur le fauteuil de cuir noir qui se trouvait dans un autre coin, et même sur l'appui de la fenêtre. La plupart de ces livres étaient reliés de cuir noir, rouge ou brun. Un livre avait été relié en cuir blanc et il avait été placé sur un support, au milieu de tous les livres noirs qui l'entouraient. Danny devait me dire plus tard qu'il contenait les maximes de Ba'al Shem Tov et que les membres de la congrégation en avaient fait cadeau à son père pour son cinquantième anniversaire. Tous les livres paraissaient être soit en hébreu, soit en yiddish : il y en avait beaucoup qui étaient très anciens et qui avaient encore leurs reliures originales. Il y avait, dans la pièce, une odeur de poussière, l'odeur des vieux livres qui ont de vieilles reliures et des pages jaunies.

Reb Saunders nous dit d'enlever les livres qui se trouvaient sur les deux chaises devant le bureau. Celui-ci se trouvait presque à l'endroit exact du bureau de mon père. Danny se mit à la droite de son père, moi à sa gauche.

Reb Saunders me demanda des nouvelles de mon œil. Je lui répondis qu'il ne me gênait pas du tout, et que je devais aller voir le médecin le lundi suivant. Il comprit que je n'avais pas encore le droit de lire. Je lui dis que c'était exact. « Alors, vous écouterez, me dit-il en jouant avec une de ses papillotes. Vous êtes un bon mathématicien. Mais maintenant, nous allons voir ce que vous savez à propos de choses plus importantes. » Il dit cela avec un sourire, et je ne pris pas ces mots pour un défi. Je savais que je ne pouvais pas me mesurer avec Danny et lui, étant donné l'ampleur de leurs connaissances, mais je me demandai si je ne pourrais pas les reprendre, quant à la profondeur. On peut étudier la littérature rabbinique de deux manières différentes, ou, pourrait-on dire, dans deux directions. On peut l'étudier quantitativement ou qualitativement — ou, comme mon père me l'avait dit une fois, horizontalement ou verticalement. La première méthode consiste à réunir le plus de matériaux possible, sans essayer de découvrir toutes leurs implications et complexités ; la seconde exige qu'on se limite à l'étude d'un seul sujet jusqu'au moment où on l'a épuisé, après quoi on passe à un autre. Mon père, dans ses cours, et quand il travaillait à la maison, respectait toujours la deuxième méthode. L'idéal, bien sûr, aurait été de faire les deux, mais aucun élève de mon école ne disposait du temps qu'il aurait fallu pour cela, en raison de l'importance qu'on donnait aux études profanes.

Reb Saunders avait ouvert devant lui le texte de *Pirkei Avot*. Il commença à en lire des passages, s'arrêtant à la fin de chacun d'eux. Danny et moi, chacun à son tour, expliquions un de ces passages. Je me rendis compte bientôt que le *Pirkei Avot* ne leur servait que de point de départ, car bientôt ils se mirent à citer la plupart des traités du Talmud. Et cette fois-ci ce n'était pas une interrogation ou une discussion tranquille. C'était une bataille rangée. En l'absence des membres de la congrégation et en ma seule présence, alors que j'étais désormais considéré comme un membre de la famille, Danny et son père discutaient leurs points de vue en criant, en gesticulant, au point que je me demandais s'ils n'allaient pas en venir aux coups. Danny prit son père en faute et l'accusa d'avoir fait une citation erronée : il courut prendre un Talmud sur une étagère et montra triomphalement à son père qu'il s'était trompé. Son père contrôla, sur la marge de la page, la correction apportée au texte par rabbi Élijah — le même rabbi Élijah qui avait persécuté les hassidim — et montra à Danny qu'il avait cité le texte correct. Ils se reportèrent à un autre traité, trouvèrent un autre passage et, cette fois-ci, Reb Saunders reconnut, le visage brillant, que son fils avait raison. Je restai ainsi longtemps sans rien dire, les regardant se battre. Il y avait entre eux une sorte de facilité, d'intimité qui avait été totalement absente du spectacle qu'ils avaient offert à la congrégation la semaine précédente : aucune tension mais un combat à égalité, sauf que Reb Saunders était moins souvent battu que son fils. Et je me rendis bientôt compte de quelque chose d'autre : Reb Saunders était beaucoup plus heureux quand il perdait que quand il gagnait. Son visage brillait d'orgueil et il hochait largement la tête — le mouvement partant du haut de la poitrine et mettant en mouvement tout le haut du corps, avec la barbe qui remuait d'avant en arrière — chaque fois qu'il était obligé d'admettre la manière dont Danny interprétait un passage ou énonçait un de ses arguments frappants. La bataille se poursuivit longtemps, et je me rendis compte peu à peu que Danny et son père, chaque fois qu'ils discutaient ou exposaient un point, me jetaient des regards inquisiteurs, comme pour me demander ce que je faisais là, à ne rien dire au milieu de toute cette agitation : pourquoi donc ne me joignais-je pas à la bataille ? Je les écoutai quelques minutes encore, et je me rendis compte que, bien qu'ils connussent beaucoup plus de choses que moi, une fois qu'ils avaient cité et brièvement commenté un passage, je me trouvais à peu près à égalité avec eux. À un moment donné, j'avais été capable de retenir toute la suite de

222

leurs arguments, probablement parce que toute tension était maintenant tombée, si bien que lorsque Reb Saunders cita et expliqua un passage qui paraissait contredire un argument que Danny venait d'avancer, je m'entendis tout à coup entrer dans la bataille, présentant une interprétation du passage qui allait dans le même sens que celle de Danny. Aucun des deux ne parut surpris d'entendre ma voix — il me semblait au contraire qu'ils étaient surpris que je n'eusse pas parlé plus tôt — et sur ce point nous commençâmes à nous balancer d'avant en arrière, passant à travers les complexités infinies du Talmud. Je m'aperçus que la méthode qu'avait eue mon père pour m'apprendre le Talmud et l'insistance qu'il avait mise à ce que j'apprenne le lexique talmudique — tout un livre de grammaire araméenne apprise par cœur — me donnaient maintenant une position très forte. Je vis dans les passages que Danny et son père avaient cités des allusions qu'ils n'avaient pas aperçues, et je résolus une contradiction en faisant appel à la grammaire. « La grammaire ! » Reb Saunders leva les mains au ciel. « Voilà que nous avons besoin maintenant de la grammaire ! » Mais j'insistai, j'expliquai, fis du charme, élevai la voix, gesticulai avec mes mains, citai tous les exemples de la grammaire dont je pus me souvenir et, finalement, il admit mon explication. Je m'aperçus que cela me faisait un immense plaisir et, à un moment donné, je me surpris à lire à haute voix le Talmud — il s'agissait d'une discussion grammaticale sur le genre du mot *derech*, c'est-à-dire « route », dans le *Kiddushin* quand Reb Saunders, se rendant compte tout à coup de ce que j'étais en train de faire, me dit de m'arrêter et que je n'avais pas encore le droit de me servir de mes yeux. Il demanda à Danny de lire le passage : Danny ne le lut pas, mais le cita par cœur, avec une rapidité machinale. Il était évident que, bien que je fusse inférieur à Danny pour l'étendue des connaissances, je l'égalais facilement pour la profondeur, et cela parut faire un très grand plaisir à Reb Saunders. Danny et moi nous nous trouvâmes bientôt engagés dans une chaude discussion concernant les commentaires contradictoires du même passage, et Reb Saunders se renversa dans son fauteuil pour nous écouter en silence. Notre discussion se termina en partie nulle ; nous convînmes que le passage était obscur et que, tel qu'il était, il pouvait être expliqué d'une façon aussi bien que de l'autre.

Il y eut une pause.

Reb Saunders proposa que Danny descende nous chercher du thé.

Danny sortit.

Le silence qui prit soudain la place de nos cris était assez gênant. Reb Saunders, tranquillement assis derrière son bureau, caressait sa barbe de la main droite. J'entendais les souliers de Danny qui résonnaient sur le parquet de l'antichambre, devant le bureau. Une porte fut ouverte, puis fermée. Reb Saunders fit un mouvement et me regarda.

— Vous avez une tête solide, me dit-il doucement.

La phrase en yiddish qu'il employa signifiait littéralement « une tête en acier ». Il hocha la tête, parut écouter un instant le silence du bureau, puis croisa les bras sur sa poitrine. Il poussa un soupir, les yeux tristes tout à coup. « Maintenant, nous allons voir ce qu'il en est de votre âme, dit-il doucement. Reuven, mon fils va revenir bientôt. Nous n'avons que peu de temps pour parler. Je voudrais que vous m'écoutiez bien. Je sais que Daniel passe des heures, presque tous les jours, à la bibliothèque publique. Non, ne dites rien. Écoutez seulement. Je sais que cela vous étonne que je le sache. Comment je l'ai découvert est sans importance. Le quartier n'est pas si grand qu'il puisse toujours se cacher de moi. Quand mon fils ne rentre pas à la maison l'après-midi, des semaines et des semaines durant, je veux savoir ce qu'il fait. *Nu*, maintenant je sais. Je sais aussi qu'il vous rencontre parfois à la bibliothèque et parfois votre père. Je veux que vous me disiez ce qu'il lit. Je pourrais le demander à mon fils, mais cela m'est difficile de lui parler. Je sais que c'est là quelque chose que vous ne comprenez pas. Mais c'est vrai. Je ne peux pas le demander à mon fils. Un jour, peut-être, je vous dirai la raison de tout cela. Je sais quelle intelligence est la sienne, et maintenant je sais qu'il ne m'est plus possible de lui indiquer ce qu'il peut et ce qu'il ne peut pas lire. Je vous demande de me dire ce qu'il lit. »

Je me sentais glacé et j'eus un instant de panique. Ce que mon père avait prévu était en train de se passer. Mais il n'avait pas prévu que ce serait à moi que cela arriverait. Il pensait que Reb Saunders ferait appel à lui, pas à moi. Mon père et moi avions agi en cachette de Reb Saunders ; et maintenant Reb Saunders me demandait d'agir en cachette de Danny. Je ne savais pas quoi dire.

Reb Saunders me regarda et soupira de nouveau. « Reuven, dit-il très calmement, je veux que vous m'écoutiez bien. Personne n'est éternel. Mon père a conduit son peuple avant moi et mon grand-père avant lui, et mon arrière-grand-père avant lui. Depuis six générations, nous avons conduit notre peuple. Je ne suis pas éternel. Daniel, un jour, prendra ma place... » Sa voix se brisa et il s'interrompit. Il mit un doigt sur un de ses yeux. Puis il reprit, la voix maintenant un peu rauque. « Mon fils est ce que je possède de plus précieux au monde. Je n'ai rien que je puisse comparer à mon fils. Je dois savoir ce qu'il lit. Et je ne peux pas le lui demander. » Il s'arrêta et baissa les yeux vers le Talmud qui était sur son bureau. « Comment se fait-il qu'il ait rencontré votre père à la bibliothèque ? » demanda-t-il, toujours les yeux fixés sur le Talmud.

Je ne répondais toujours pas. Je me rendais compte que je risquais de provoquer une explosion entre Danny et son père. Combien de temps Reb Saunders resterait-il sans parler à son fils de ses visites à la bibliothèque ? Et je n'aimais pas du tout la position que tenait mon père dans tout cela — comme s'il avait conspiré derrière le dos de Reb Saunders pour dévoyer son fils. Je pris une profonde inspiration et commençai à parler lentement, choisissant mes mots avec soin. Je racontai tout à Reb Saunders, comment Danny avait rencontré mon père, pourquoi mon père lui conseillait des livres, ce qu'il lisait, comment mon père l'avait aidé, passant sous silence que Danny étudiait l'allemand, qu'il avait décidé de lire Freud, et qu'il avait lu un certain nombre de livres sur le hassidisme.

Quand j'eus fini, Reb Saunders ne bougea pas et me regarda. Je pouvais voir qu'il ne gardait son calme qu'au prix d'un grand effort. Il couvrit ses yeux et son nez de sa main droite et se pencha en avant, le coude sur le Talmud ouvert, le haut de son corps se balançant doucement d'avant en arrière. Je vis, derrière sa main, ses lèvres qui bougeaient, et j'entendis les mots : « Psychologie. Maître de l'Univers, Psychologie. Et Darwin. » Il les prononçait doucement, dans un chuchotement. « Que puis-je faire ? demanda-t-il doucement. Je ne peux plus parler avec mon fils. Le Maître de l'Univers m'a donné un fils plein de talent, un phénomène. Et je ne peux pas parler avec lui. » Il me regarda comme s'il s'avisait tout à coup de ma présence. « Tout le mal qu'on a à élever un enfant, dit-il doucement. Tant d'inquiétudes. Tant d'inquiétudes.

Reuven, ton père et toi, vous aurez une bonne influence sur mon fils, oui ? »

Je fis un signe de tête affirmatif, ayant maintenant peur de parler.

— Vous ne ferez pas de mon fils un *goy* ?

Je secouai la tête, paralysé par ce que j'entendais. Sa voix était douloureuse, c'était presque une prière. Je le vis qui levait les yeux.

— Maître de l'Univers, dit-il, presque en chantant, Vous m'avez donné un fils plein de talent, et je Vous en ai remercié un million de fois. Mais pourquoi lui avez-vous donné *tant* de talent ?

Je l'écoutais parler et je me sentais glacé. Il y avait tant de douleur dans sa voix, une si affreuse douleur.

La porte de l'appartement fut ouverte, puis refermée. Reb Saunders se redressa dans son fauteuil et, rapidement, son visage reprit son calme. Clairement, comme un écho dans une caverne, j'entendais le tap-tap des souliers à bouts métalliques de Danny contre le linoléum du palier. Puis il entra dans le bureau, portant un plateau avec des tasses de thé, du sucre, des cuillères et quelques gâteaux faits par sa mère. Je poussai de côté quelques livres et il posa le plateau.

Dès l'instant qu'il était entré dans la pièce et qu'il avait vu mon visage, je compris qu'il s'était rendu compte que quelque chose s'était passé pendant son absence. Nous bûmes notre thé en silence, et je voyais qu'il me lançait des coups d'œil par-dessus le bord de sa tasse. Il avait compris, très bien. Il avait compris que quelque chose s'était passé entre son père et moi. Qu'est-ce que je pourrais lui dire ? Que son père savait maintenant qu'il lisait des livres défendus, mais qu'il n'avait pas l'intention de l'en empêcher ? Reb Saunders ne m'avait pas demandé de taire à Danny ce qui s'était passé entre nous. Je le regardai un instant, il buvait tranquillement son thé. J'espérais que Danny ne me demanderait rien le jour même. J'avais envie d'en parler d'abord avec mon père.

Reb Saunders reposa sa tasse et croisa les bras sur sa poitrine. Il faisait comme si rien ne s'était passé.

— Parlez-moi encore de la grammaire dans le Talmud, Reuven, me dit-il, avec un peu de moquerie dans la voix. J'ai étudié le Talmud toute ma vie et je ne me suis jamais occupé de grammaire. Et voilà que vous me dites qu'il faut connaître la grammaire pour comprendre le Talmud. Vous voyez ce qui arrive quand on est le fils d'un misnagd ? De la grammaire. Mathématiques, *nu*, passe encore. Mais la grammaire !

Nous restâmes ensemble tous les trois jusqu'à ce que le moment fût arrivé du service de l'après-midi. Danny trouva facilement l'erreur que son père avait faite exprès, et je fus capable de suivre la discussion talmudique qui s'ensuivit sans trop de difficultés, bien que je n'y prisse pas part.

Après le service du soir, Danny dit qu'il allait faire un bout de chemin avec moi, et au moment où nous tournions le coin de Lee Avenue il me demanda ce qui s'était passé entre son père et moi, cet après-midi.

Je lui racontai tout. Il écouta sans rien dire, ne paraissant absolument pas surpris que son père eût découvert ses visites secrètes à la bibliothèque.

— Je savais qu'il s'en apercevrait un jour ou l'autre, dit-il doucement, avec un air très triste.

— J'espère que tu ne m'en veux pas de le lui avoir dit, Danny. Il le fallait.

Il haussa les épaules. Il avait les yeux humides et brillants.

— J'aurais presque mieux aimé qu'il me le demande à moi, dit-il. Mais nous ne nous parlons plus, sauf quand nous étudions le Talmud.

— Je ne comprends pas ça.

— C'est ce dont je t'avais parlé à l'hôpital. Mon

père croit à la valeur du silence. Quand j'avais dix ans, un jour je me suis plaint de quelque chose auprès de lui, et il m'a dit de fermer la bouche et de regarder dans mon âme. Il m'a dit de ne plus jamais me précipiter vers lui chaque fois que j'avais un problème. Il me fallait seulement regarder dans mon âme pour trouver la réponse, m'a-t-il dit. Simplement, nous ne nous parlons plus, Reuven.

— Je ne comprends rien à tout cela.

— Je ne suis pas sûr de comprendre moi-même. Mais c'est ainsi. Je ne sais pas comment il a découvert que je lisais derrière son dos, mais je suis heureux qu'il le sache. Au moins, je n'aurai plus besoin de tourner autour de la bibliothèque avec une telle peur. Seulement, je ne me sens pas bien d'avoir été obligé de tromper mon père comme cela. Mais comment aurais-je pu faire autrement ?

Je tombai d'accord avec lui qu'il n'aurait rien pu faire d'autre, mais je lui dis que je souhaitais qu'il pût parfois aller trouver son père et lui parlât.

— Je ne peux pas, dit-il en secouant la tête. Je ne peux absolument pas. Tu n'imagines pas la torture que cela a été quand il a fallu lui parler pour organiser une équipe de base-ball. Nous ne nous parlons pas, Reuven. Peut-être que tu as l'impression que c'est un peu fou. Mais c'est vrai.

— Il me semble que tu devrais au moins essayer.

— Je ne *peux* pas, dit-il avec une légère irritation. Tu n'entends pas ce que je dis ? Je ne peux pas !

— Je ne comprends pas.

— Eh bien, je ne peux pas te l'expliquer mieux que je ne l'ai fait.

Nous nous arrêtâmes devant la synagogue où mon père et moi avions prié, et il murmura « Bonne nuit », me tourna le dos et s'en fut lentement.

Mon père parut étonné quand je lui rapportai ce que Danny m'avait dit.

— En silence ? Qu'est-ce que tu veux dire quand tu prétends que Danny a été élevé en silence ?

— Ils ne se parlent jamais, *abba*. Sauf quand ils étudient le Talmud. C'est du moins ce que Danny m'a raconté.

Il me regarda longtemps. Puis il parut se rappeler quelque chose, et ses yeux se plissèrent soudain.

— Un jour, en Russie, j'ai entendu dire quelque chose de ce genre, murmura-t-il doucement, se parlant à lui-même. Mais je ne peux pas y croire.

— Tu as entendu dire quoi, *abba* ?

Il me regarda, les yeux tristes, et secoua la tête.

— Je suis content que Reb Saunders soit au courant des lectures de son fils, dit-il tranquillement, évitant de répondre à ma question. Tous ces subterfuges me déplaisaient.

— Mais pourquoi ne peut-il pas en parler à Danny ?

— Reuven, il en a parlé à Danny. Il en a parlé par ton intermédiaire.

Je le regardai.

Il soupira doucement.

— Ça n'est jamais agréable de se sentir un vieux bonhomme, Reuven, dit-il doucement.

Et il ne voulut plus rien dire de cet étrange silence entre Reb Saunders et son fils.

Le lendemain, je revins de l'école directement à la maison et je passai l'après-midi et la soirée à écouter mon père me faire la lecture de mes livres de classe. Le lundi matin, à neuf heures, mon père me conduisit au cabinet du Dr Snydman. Nous étions tous deux nerveux et silencieux en y allant. J'avais emporté avec moi mes livres de classe, pour pouvoir aller directement de chez le Dr Snydman à l'école. Le Dr Snydman examina mon œil et me dit que tout allait bien, qu'il s'était cicatrisé parfaitement bien, que maintenant je pouvais lire, jouer à la balle, nager, et faire tout ce que je voulais tant que je ne m'amusais pas à arrêter une balle avec ma tête. Les yeux de mon père étaient humides quand nous sortîmes de chez le médecin, et je pleurai un petit peu dans le trolley en allant à l'école. Nous nous arrêtâmes devant l'école, mon père m'embrassa sur le front et dit que, Dieu merci, tout s'était terminé pour le mieux, et qu'il fallait qu'il aille maintenant faire son cours, qu'il avait déjà manqué un cours aujourd'hui pour se rendre chez le médecin et que ses élèves étaient probablement en train de faire la vie dure à son remplaçant. Je lui souris et il partit. En montant au second étage, je me souvins que j'avais oublié de demander au Dr Snydman des nouvelles de

Billy. Je décidai de l'appeler dans le courant de la semaine, après mes examens, et d'aller le voir.

J'eus beaucoup à faire toute la semaine. Les examens de fin d'année commençaient ce lundi après-midi. C'était merveilleux de pouvoir lire et écrire à nouveau, et je ne m'inquiétais pas du tout du fait que je me remettais à lire et à écrire juste pour mes examens. Je trouvais très excitant et très exaltant de tenir à nouveau un porte-plume entre mes doigts, de regarder dans un livre ou sur une feuille de papier ce qui s'y trouvait écrit. Je passai mes examens avec un plaisir immense.

Toute la semaine, je ne vis pas Danny. Il m'appela le mercredi soir : il avait la voix triste, et nous ne parlâmes que quelques instants. Je lui demandai ce qu'il allait faire pendant l'été, et il me dit qu'il restait toujours à la maison l'été, à étudier le Talmud. Il ajouta que, cet été, il lirait aussi probablement Freud. Je lui dis que j'irais le voir chez lui pour le Sabbat et que nous pourrions parler un peu plus à ce moment, que j'avais beaucoup à faire pour l'instant avec mes examens de fin d'année, et je raccrochai. Sa voix m'avait paru calme, tranquille, et je me demandais s'il avait lu de nouveaux livres sur le hassidisme.

Le vendredi matin, je passai mon dernier examen, et voilà que l'année était finie ; j'étais libre jusqu'en septembre. Je ne m'inquiétais pas des résultats. Je savais que j'avais réussi.

Quand je revins de l'école de bonne heure, ce vendredi après-midi, Manya me demanda si j'avais faim et je lui dis que je me sentais de taille à manger un cheval, un cheval kasher évidemment, et elle disposa rapidement le déjeuner sur la table. Mon père rentra quelques minutes plus tard et me rejoignit. Il y avait eu une tempête terrible en Europe pendant toute la semaine, me dit-il, et cela avait beaucoup nui au débarquement, mais maintenant, Dieu merci, c'était fini. Je n'en avais absolument pas entendu parler, tant j'avais eu à faire avec mes examens.

Mon père partit tout de suite après le déjeuner et je pris le téléphone pour appeler Billy. Je trouvai le nom de son père dans l'annuaire et composai le numéro.

— Allô ? dit une voix d'homme.

— Monsieur Merrit ?

— Oui.

— Reuven Malter à l'appareil, monsieur.

— Qui ?

— Reuv... Bobby Malter. J'avais le lit à côté de celui de Billy à l'hôpital.

— Ah, oui, Bobby Malter.

— Vous vous souvenez de moi ?

— Bien entendu. Bien entendu, je me souviens de vous.

— Comment va Billy, monsieur ?

Il y eut un silence.

— Monsieur ?

— Oui ?

— Est-ce que Billy va tout à fait bien ?

— Malheureusement non. L'opération n'a pas réussi.

Je me sentis soudain couvert d'une sueur glacée. La main qui tenait l'appareil se mit à trembler et il me fallait le presser contre mon oreille pour l'empêcher de bouger.

— Allô ?

— Oui, monsieur ?

— Comment va votre œil, Bobby ?

— Bien. Il est tout à fait guéri.

— Je suis heureux d'entendre ça. Non, l'opération de Billy n'a pas réussi.

Il y eut un nouveau silence. Il me semblait entendre la respiration de M. Merrit dans le téléphone.

— Monsieur ?

— Oui ?

— Est-ce que je peux venir voir Billy ?

— Billy est à Albany avec des amis. Ma société m'a transféré à Albany. Nous déménageons aujourd'hui.

Je ne sus quoi dire.

— Au revoir, Bobby. Je suis content de savoir que votre œil est guéri. Faites-y attention.

— Oui, monsieur. Au revoir.

Je raccrochai le combiné et restai quelques instants immobile, essayant de retrouver mon calme. J'allai dans ma chambre et m'assis à la fenêtre. J'ouvris un livre, le regardai sans le voir, le refermai. Il me semblait entendre M. Savo dire : « Le monde est fou. Cinglé. » Je me mis à errer sans but à travers l'appartement. J'avais les mains glacées. Je m'en fus sous le porche, m'assis sur la chaise longue et regardai le vernis du Japon dans le jardin. Ses feuilles étaient baignées de lumière, et une légère brise apportait jusqu'à moi un parfum musqué. Quelque chose se mit à bouger doucement à l'extrémité du champ de vision de mon œil gauche, mais je ne m'en occupai pas et continuai à regarder le soleil jouer dans les feuilles du vernis du Japon. Cela remua de nouveau et j'entendis un faible bourdonnement. Une araignée avait tissé sa toile au coin de la poutre supérieure et une mouche s'y était prise, les ailes étendues, engluées dans les fils de la toile, elle remuait les pattes de toutes ses forces. Je voyais son petit corps noir s'arc-bouter, puis elle réussit à libérer ses ailes, et le bourdonnement reprit, les ailes luttant pour libérer le corps. Les ailes furent alors reprises par les fils presque invisibles de la toile, et les petites pattes noires s'agitèrent dans le vide. Je vis l'araignée, une grosse araignée, grise et comme recouverte de fourrure, avec de longues pattes minces et des yeux noirs, qui traversait la toile pour atteindre la mouche. Je me levai de ma chaise et m'avançai. Les petites pattes de la mouche se débattaient rageusement dans le vide, mais le corps était englué. Je me penchai et soufflai de toutes mes forces sur la toile. Elle plia, mais resta intacte. Je soufflai de nouveau, le plus fort que je pus, et les fils parurent fléchir. La mouche tomba sur le dos sur le plancher, se remit droite, et s'envola en bourdonnant lourdement. L'araignée tomba de sa toile rompue, pendue à un seul fil, à quelques centimètres du plancher, puis remonta rapidement le fil, grimpa le long de la poutre et disparut. Je revins à la chaise longue, m'assis, et me remis à regarder le soleil dans le vernis du Japon.

Danny et moi nous rencontrâmes presque tous les jours pendant le premier mois de cet été. Il faisait chaud et humide, et il y avait un soleil brûlant qui faisait briller les rues et amollissait l'asphalte. Manya n'arrêtait pas de marmonner contre les morceaux de goudron noir qui collaient à mes chaussures et à mes espadrilles et qui tachaient le plancher de l'appartement.

Danny passait ses matinées à étudier le Talmud, seul ou avec son père, tandis que, les lundi, mercredi et vendredi matin, je jouais au base-ball avec mes camarades de la yeshiva. Aucun ne semblait me tenir rigueur de mon amitié avec Danny — ils l'acceptaient, mais n'en parlaient pas — et les dimanche, mardi et jeudi matin j'étudiais le Talmud avec mon père, soit sous le porche du jardin quand il faisait beau, soit dans son bureau dans le cas contraire. Nous nous étions mis à l'étude du *Sanhédrin* — lentement, patiemment, intensément, ne quittant pas un passage avant que mon père eût constaté avec satisfaction que, dans l'état présent des choses du moins, nous l'avions parfaitement compris. Il arrivait souvent que nous ne fussions capables de franchir qu'une dizaine de lignes. En revanche, Danny avait vu sa tâche quotidienne augmentée jus-

236

qu'à trois feuilles par son père. Cela ne paraissait pas le gêner beaucoup ; il arrivait encore à passer tous ses après-midi au troisième étage de la bibliothèque. Je le rejoignais là chaque après-midi et mon père venait souvent avec moi. Mon père était en train d'écrire un nouvel article, sur un passage d'*Avodah Zarah*[1], que, disait-il, il commençait seulement à comprendre, et il avait besoin des collections de périodiques. Si bien que nous restions là tous trois tous les après-midi, à lire ou à parler tranquillement, jusqu'à ce qu'arrive l'heure du dîner. Un jour, j'invitai Danny à venir manger à la maison avec nous, mais il refusa mon invitation en ne trouvant qu'une excuse boiteuse, avec un air un peu gêné. En revenant à la maison, mon père me dit que Danny ne mangeait probablement jamais hors de chez lui, sauf chez un des adeptes de son père, à cause du *kashrut*, et que je serais avisé de ne pas le gêner à nouveau avec une autre invitation.

Les après-midi de Sabbat, je me rendais chez Danny. Danny me conduisait jusqu'au bureau de son père, et tous trois nous recommencions nos batailles sur le Talmud. Ensuite venait le moment de la tasse de thé, le service de l'après-midi, la discussion rituelle — pas une fois Danny ne manqua de trouver l'erreur délibérée commise par son père —, le service du soir et la Havdalah. Reb Saunders ne me parla plus jamais des lectures de Danny, mais je savais qu'il en souffrait terriblement. Cela se remarquait aux silences qui remplissaient le bureau quand Danny descendait chercher du thé. Et Danny n'en parlait pas non plus. Simplement, il poursuivait ses lectures.

Il n'y avait que les soirées pour lesquelles rien n'était prévu. En quelque sorte, nous les jouions au hasard, comme aurait dit M. Galanter. Nous décidions

---

1. Traité sur l'idolâtrie.

l'après-midi même si nous passerions notre soirée à nous promener, ou si nous resterions chez moi ou chez lui, ou chacun de notre côté. J'allais souvent au cinéma avec mon père ou avec des camarades de classe. Danny n'allait jamais au cinéma. Son père le lui interdisait.

Mon père et moi nous tenions très soigneusement au courant des nouvelles de la guerre, et il y avait maintenant plusieurs autres cartes du *New York Times* sur les murs de ma chambre. Du 4 au 10 juillet, il y eut une violente bataille à La Haye-du-Puits. Une contre-attaque de panzers, à l'ouest de Vire, fut écrasée le 2 juillet, mais la poussée américaine sur Saint-Lô fut arrêtée par un corps de parachutistes allemands. Caen fut finalement prise et, ensuite, le 18 juillet, Saint-Lô tomba. Un correspondant de guerre annonça triomphalement que la zone d'où les armées alliées allaient prochainement lancer une attaque vers le cœur de la France occupée était désormais suffisante et sûre.

Mon père et moi écoutions les nouvelles à la radio, nous lisions le *Times* et nous nous penchions sur les cartes. Il nous semblait qu'en dépit des victoires qu'on ne cessait d'annoncer, la guerre avançait très lentement. Mon père avait l'air inquiet et étudiait la carte où l'on voyait l'avance des armées alliées entre le jour du débarquement et la troisième semaine de juillet. Puis le temps changea en France, et il sembla que la guerre s'était arrêtée, avalée par une pluie sans fin.

Au commencement de la troisième semaine de juillet, les recherches que mon père était obligé de faire pour son article l'amenèrent à aller jusqu'à la bibliothèque du Séminaire juif, à Manhattan. Il y avait là des manuscrits dont il avait besoin pour vérifier différentes leçons du passage talmudique sur lequel il travaillait. Si bien que cette semaine-là, chaque jour immédiatement après le déjeuner, il prenait le métro pour Manhattan, et j'allais seul à la bibliothèque avec Danny. C'est cette semaine-là que Danny commença à lire Freud en allemand.

Pour commencer, cela lui fut très difficile et il le reconnut ouvertement. Non seulement la langue était encore un problème pour lui, mais la terminologie et les idées qu'il rencontrait lui étaient étrangères et le surprenaient. Il ne s'agissait plus de Grætz et de l'histoire juive, me dit-il, ou du livre de Minkin sur le hassidisme, ou d'Hemingway, de Fitzgerald, de Dreiser et de Dickens. Il ne s'agissait même plus des ouvrages de psychologie d'Odgen et Flügel, qu'il avait lus. C'était du matériel de première main, des articles sur des recherches basées sur des données expérimentales directes, et qui mettaient en cause des constructions théoriques utilisant un vocabulaire complexe : il s'y cassait la tête.

Je l'écoutais parler et me sentais un peu effrayé par tout cela. Environ cinq semaines plus tôt, il m'avait parlé de l'inconscient et des rêves, presque comme un enfant parle de son tricycle. Maintenant, voilà qu'il me parlait de données expérimentales directes qui mettaient en cause des constructions théoriques.

Il passa la première partie de cette troisième semaine de juillet à feuilleter la collection complète des œuvres de Freud — pour voir de quoi il s'agissait, disait-il — tandis que j'étais assis en face de lui, essayant de me frayer un chemin à travers le premier volume des *Principia Mathematica*, jusqu'au moment où, en fin de compte, j'abandonnai, trouvant cette lecture trop difficile. Je me remis à lire l'article que mon professeur de math m'avait recommandé dans le *Journal de logique symbolique* — c'était intitulé « Conditions à l'application de la logique symbolique », et je m'aperçus que je le comprenais bien plus facilement que la première fois —, et je me mis aussi à lire un livre de logique de Susanne K. Langer. Les premiers chapitres étaient un peu trop faciles pour moi, mais le dernier, sur la logistique, dans lequel elle montrait comment les *Principia Mathematica* fournissaient une base d'où l'on pouvait déduire les notions, opérations et relations de l'arithmétique et des autres branches des mathématiques, me parut particulièrement intéressant.

Un mardi, je trouvai Danny entouré d'une pile de livres entassés sur sa table, et il avait l'air horriblement malheureux. Il était là, tordant dans ses doigts une de ses papillotes et mordant sa lèvre inférieure, avec une intense expression de désappointement. C'était impossible, dit-il enfin. Tout ça, c'était ridicule et impossible ; cela ne le menait nulle part. Ce n'était pas tellement l'allemand en lui-même qui l'arrêtait mais la terminologie technique. Il n'y faisait aucun progrès. Il n'y avait pas seulement cela, mais il avait commencé à se servir de traductions anglaises des travaux allemands qu'il était en train de lire, et cela n'avait servi à rien sinon à rendre tout encore plus confus. Il me montra que, dans une traduction, le mot allemand *Unlust* avait été traduit par « douleur » avec des guillemets, et le mot *Schmerz* par « douleur » mais sans guillemets. Comment pouvait-il savoir ce qu'avait voulu dire le traducteur quand il se servait du mot « douleur » avec ou sans guillemets ? « Et regarde le mot *Besetzung* », dit-il avec colère. Qu'est-ce que cela signifiait de le traduire indifféremment par « investissement » ou par « charge » ? Et en quoi cela arrangeait-il les choses de le traduire par « cathexis » ? Qu'est-ce que cela signifiait, « cathexis » ? *Angst*, c'était angoisse, *Furcht*, peur, et *Shreck*, terreur. Comment pouvait-il savoir quelle différence il y avait entre « peur » et « terreur » ? Il n'arrivait à rien, et il faudrait probablement qu'il laisse tomber tout cela ; à quoi avait-il pensé, en essayant de lire Freud à quinze ans ? Il retourna chez lui irrité et dégoûté, le visage ravagé par la déception.

Quand j'arrivai chez Danny, cet après-midi de Sabbat, je le trouvai d'une humeur massacrante. Il m'attendait dehors. Il me salua d'un petit signe de tête et marmonna quelques mots sur son peu d'envie de s'occuper du Talmud, mais il fallait que nous montions. Il resta très tranquille pendant les premières minutes de la discussion talmudique et, tandis que j'essayais de compenser son silence en gonflant le volume de mon enthousiasme, je pouvais très bien voir que Reb Saunders était de plus en plus irrité par l'absence de participation de son fils. Danny était tendu et agacé, le visage exprimant toujours le même désappointement, et l'esprit manifestement ailleurs. Je me disais qu'il était probablement en train de se ronger à propos de Freud, et j'espérais que son père n'allait pas se mettre en colère. Mais Reb Saunders gardait toute sa patience et ne s'occupait pas de son fils.

Au milieu d'une chaude discussion sur un passage impossible du *Kiddushin*, j'entendis Danny souffler soudain comme s'il avait reçu un coup dans l'estomac. Reb Saunders et moi interrompîmes notre discussion et le regardâmes. Il avait les yeux baissés sur le Talmud et il souriait. Son visage était redevenu vivant, et il y avait une lumière dans ses yeux. Il sauta de sa chaise, marcha autour de la pièce, puis se rassit, et Reb Saunders et moi étions tous les deux à le regarder sans rien dire. « Quelque chose qui ne va pas ? s'enquit Reb Saunders. Tu as trouvé une plaisanterie dans le Talmud ? Qu'est-ce qu'il y a de si drôle ? » Danny secoua la tête, toujours en souriant, se pencha sur le Talmud, et se mit à nous donner son interprétation du passage. Sa voix tremblait un petit peu. Il y eut un silence quand il eut terminé, et je me demandai un instant si Reb Saunders n'allait pas encore une fois demander à son fils ce qu'il avait trouvé de si drôle. Mais au lieu de cela, il soupira un peu, puis cita un bref passage de *Baba Bathra* qui contredisait l'explication de Danny. Nous nous remîmes à discuter, et Danny compensa, et au-delà, son mutisme d'auparavant.

Il était très apaisé quand il me raccompagna un bout de chemin ce soir-là et, quand nous passâmes devant la synagogue où mon père et moi allions prier, il marmonna quelque chose, que nous nous verrions le lendemain à la bibliothèque, et il s'en retourna très vite.

Le lendemain après-midi, quand j'arrivai à la bibliothèque je le trouvai assis à sa table. Il y avait, ouverts devant lui, trois livres. Il sourit largement et me fit signe de m'asseoir. Il avait découvert une méthode pour comprendre Freud, me dit-il, et jusqu'à présent tout paraissait marcher très bien. Il me montra les trois livres. L'un était un recueil des plus anciens articles de Freud. Il y en avait quelques-uns que Freud avait écrits en collaboration avec Joseph Breuer, un médecin viennois ; les autres, il les avait écrits seul. Un des deux autres livres était le dictionnaire allemand-anglais de Cassell. Le troisième était un dictionnaire de termes psychologiques composé par un certain Warren. Le volume de Freud était ouvert à une page où on pouvait lire le titre *Ein Fall von Hypnotischer Heilung. Fall* signifiait « cas », me dit-il. Et il ajouta que, grâce à mon yiddish, je pouvais très bien comprendre tout seul le reste du titre.

— J'avais oublié comment on étudie le Talmud, me dit-il d'un ton agité. J'ai tant de facilité maintenant pour le Talmud que je ne me rappelais plus ce que j'avais l'habitude de faire pour m'y débrouiller quand j'ai commencé et que j'étais encore un gosse. Peut-on étudier le Talmud sans les commentaires ? Imagine le Talmud sans Rashi. Jusqu'où pourrais-tu aller ?

Je tombai d'accord que je ne serais pas capable d'aller bien loin.

Il s'y était pris complètement de travers, dit-il, les yeux brillants d'excitation. Il avait essayé de *lire* Freud. C'était là qu'il s'était trompé. Il faut *étudier* Freud, et non le lire. Il faut se servir des commentaires pour l'étudier.

Mais Danny ne connaissait aucun des commentateurs de Freud, alors il avait pris ce qui lui était tombé de meilleur sous la main. Il avait besoin de quelque chose qui pourrait lui expliquer la terminologie technique dont Freud se servait, qui pourrait rendre claires les différentes significations des mots allemands. Et il avait trouvé ce lexique de termes psychologiques. Maintenant, il lisait Freud phrase par phrase. Il ne passait pas à la phrase suivante tant que la précédente n'était pas parfaitement claire pour lui. S'il rencontrait un mot allemand qu'il ne comprenait pas, il cherchait sa signification en anglais dans le Cassell. Si le Cassell lui donnait une traduction qu'il ne comprenait pas, qui ne correspondait pas au sens de la phrase, il cherchait le mot anglais dans le lexique psychologique. Ce lexique psychologique, c'était son commentaire. Il lui avait déjà permis de comprendre, par exemple, la différence entre « peur » et « crainte ». Il lui avait aussi permis de comprendre le mot « cathexis ». Ça marchait. Il avait déjà étudié deux pages et demie cet après-midi.

J'aurais voulu savoir si Freud méritait un tel effort.

Freud était un génie, me dit Danny. Bien sûr qu'il méritait un tel effort. Est-ce que la logique symbolique méritait les efforts que je faisais pour la comprendre ?

Je n'avais rien à répondre, si ce n'est admettre qu'il avait probablement raison.

Donc, je me remis à lire le livre de Langer, tandis que

Danny, penché sur sa table, étudiait Freud. Il tournait les pages avec impatience chaque fois qu'il avait quelque chose à chercher dans le dictionnaire. Le bruit de ces pages tournées remplissait le silence de la bibliothèque.

Le jeudi, je lui annonçai que mon père et moi allions partir le mardi suivant pour la villa près de Peekskill où nous allions toujours en août, et je lui donnai deux livres dont je pensais qu'il aimerait les lire. L'un était *Le Développement du Juif moderne*, de Milton Steinberg, l'autre *Les Dix-Neuf Lettres de Ben Uzziel*, de Samson Raphaël Hirsch. Il me remercia et me dit qu'il les lirait. Le mardi matin, quand nous partîmes mon père et moi pour Peekskill, Danny avait terminé la lecture du premier article de Freud et commencé celle du second, intitulé *Die Abwehr-Neuropsychosen*. Nous étions convenus de ne pas nous écrire — probablement en raison du sentiment inexprimé que, s'écrire, pour des garçons de notre âge, quand ils n'étaient séparés que pour un mois, était un peu enfantin — et je ne le revis pas avant le Labor Day.

Nous revînmes à la maison le lendemain du Labor Day, et j'appelai tout de suite Danny au téléphone. Ce fut sa mère qui me répondit et elle me dit qu'elle était enchantée de savoir que j'avais passé de bonnes vacances. Elle était désolée, Danny n'était pas à la maison, il était allé avec son père rendre visite à des amis à Lakewood. Danny me rappela dans la soirée, heureux de savoir que j'étais revenu. Je lui avais manqué, me dit-il. Comment avait été le voyage à Lakewood ? lui demandai-je. Horrible, me dit-il. Est-ce qu'il m'était jamais arrivé de me trouver dans un car pendant des heures, assis à côté de mon père, sans échanger avec lui un seul mot de véritable conversation, à l'exception d'une courte discussion sur un passage du Talmud ? Non, lui dis-je, cela ne m'était jamais arrivé. Je parlais toujours avec mon père.

J'avais de la chance, me dit-il. Et il ajouta, avec un peu d'amertume, que je ne me rendais pas compte à quel point j'avais de la chance.

Nous bavardâmes un peu et convînmes de nous retrouver le lendemain après-midi à la bibliothèque. Je le trouvai à sa table, un peu pâle, mais l'air heureux. Les touffes de barbe sur son menton étaient devenues un peu plus épaisses, il clignait des paupières un peu trop souvent, comme s'il était fatigué de toutes ces lectures, mais autrement il était le même, tout était pareil, et il était exactement comme si nous nous étions rencontrés la veille, comme s'il n'y avait eu qu'une seule nuit d'un sommeil plein de rêves. Oui, il avait lu les deux livres que je lui avais donnés. Il les avait trouvés très bons et ils lui avaient appris beaucoup sur les problèmes du judaïsme contemporain. Son père avait jeté sur lui quelques regards empoisonnés quand il les avait rapportés à la maison, mais ces regards avaient tant soit peu disparu quand Danny avait eu le courage de lui dire que ces livres lui venaient de Reuven Malter. Il comptait me les rendre le lendemain. Il avait aussi lu beaucoup de Freud. Il avait presque complètement terminé le premier volume, et il avait envie de me parler d'un article de Freud intitulé *Die Sexualität in der Ätiologie der Neurosen*. Lire cela lui avait donné un choc, me dit-il, et il n'avait personne à qui en parler excepté moi, parce qu'il n'avait pas envie d'en discuter avec son père. Je répondis d'accord, que nous pourrions en parler le jour du Sabbat, quand je viendrais chez lui.

Mais, je ne sais pas comment il se trouva que nous n'en parlâmes pas ce Sabbat-là, et le dimanche matin nous étions de nouveau à l'école. L'année — la véritable année pour quelqu'un qui va en classe — commençait, et pendant un long temps je n'eus plus le temps de penser aux écrits de Sigmund Freud, encore moins de les discuter.

Pendant les deux premiers mois de cette année scolaire, nous pûmes nous rencontrer, Danny et moi, tous les après-midi de Sabbat. Une fois seulement, nous nous arrangeâmes pour nous rencontrer en semaine. J'avais été élu président de ma classe et je me trouvai soudain plongé dans des activités nouvelles. Les soirées que j'aurais pu passer avec Danny, je les passais dans des réunions et des conseils d'étudiants. Nous nous parlions souvent au téléphone, et aucun de nous deux n'avait l'impression que notre amitié souffrait de cette situation.

Pendant le mois de novembre, je m'arrangeai pour aller chez lui un soir, au milieu de la semaine. Je lui apportai une demi-douzaine de livres sur des questions juives dont mon père avait suggéré qu'il les lise, et il m'en remercia beaucoup. Il avait l'air un peu las, mais, en dehors de cela, il paraissait en excellent état — sauf pour ses yeux, qui se fatiguaient facilement, me dit-il. Il avait été voir un médecin, mais il n'avait pas besoin de verres, si bien qu'au fond, tout allait bien. Je lui demandai où il en était avec Freud et il me répondit, d'un air gêné, qu'il n'allait que rarement à la bibliothèque ces temps-ci, qu'il avait trop de travail, mais qu'il s'arrangeait pour lire un peu de Freud par-ci par-là, et que cela commençait à être très agaçant.

— Un de ces jours, il va falloir que nous ayons une longue conversation à ce sujet, me dit-il en clignant des yeux.

Mais nous n'eûmes pas l'occasion de parler longuement. Les jours de Sabbat devenaient de plus en plus courts, mon travail scolaire paraissait ne pas avoir de fin, et les activités dans les mouvements d'étudiants me prenaient chaque instant du temps dont je disposais.

Et c'est alors que, au milieu du mois de décembre, juste au moment où tout laissait prévoir que la guerre allait bientôt finir, les Allemands lancèrent une grande offensive dans les Ardennes et la bataille de la Belgique commença. On parlait de terribles pertes américaines — certains journaux disaient que deux mille soldats américains étaient blessés ou tués chaque jour.

C'était l'hiver froid et aigre de New York, et il était encore assombri par les nouvelles des combats dans les Ardennes : la nuit, pendant que je travaillais à ma table, je pouvais entendre la radio, dans la cuisine où mon père se tenait au milieu de ses cartes, suivant les nouvelles.

La bataille de Bastogne se termina vers le milieu de janvier : les journaux annoncèrent que les Alliés avaient perdu soixante-dix mille hommes et les Allemands cent vingt mille.

Pendant tout le mois qu'avait duré cette bataille — de la mi-décembre à la mi-janvier — je ne vis pas Danny une seule fois. Plusieurs fois, nous nous parlâmes au téléphone ; il me dit que son frère était de nouveau malade et qu'il lui faudrait passer un certain temps à l'hôpital. Mais quand je l'appelai à nouveau, quelques jours plus tard, son frère allait bien — le docteur lui avait ordonné de nouvelles pilules, et ça avait l'air de marcher. Danny avait l'air fatigué et triste et je pouvais à peine entendre sa voix au téléphone. Était-ce la bataille de la Belgique ? Oui, répondit-il vaguement, une affaire terrible. Quand pourrais-je aller te voir ? Aussitôt que je pourrai souffler un peu, lui répondis-je. Il me dit de ne pas attendre trop longtemps, il fallait qu'il me parle. Est-ce que c'était très important ? Non, cela pouvait attendre, ça n'était pas *très* important, dit-il, toujours avec sa voix triste.

J'attendis donc. J'attendis jusqu'à la fin de mes examens du milieu de l'année et jusqu'après les deux premières semaines de février. Je m'arrangeai alors pour aller deux fois chez Danny et nous eûmes nos batailles talmudiques familières, mais je ne réussis pas à rester assez longtemps seul avec lui pour que nous puissions parler. Et c'est alors que les nouvelles de la guerre atteignirent soudain une fièvre nouvelle. Les Russes avaient pris Königsberg et Breslau et s'étaient approchés jusqu'à cent kilomètres de Berlin : à la fin de la première semaine de mars, les soldats américains atteignaient le Rhin à Remagen et s'apercevaient, à leur grand étonnement, que le pont Ludendorff n'avait pas été détruit par les Allemands. Mon père se mit presque à pleurer de joie quand il entendit ces nouvelles. On avait prévu des batailles sanglantes et des pertes importantes au passage du Rhin. Au lieu de cela, les soldats américains se précipitaient par le pont, la tête de pont de Remagen, rapidement élargie, tenait tête aux contre-attaques allemandes, et tout le monde se mit à parler de la fin de la guerre pour dans deux mois.

Mon père et moi étions transportés de joie, et même Danny, que je pus revoir vers le milieu de mars et qui ne montrait généralement que peu d'intérêt pour les détails de la guerre, commença à laisser paraître son enthousiasme.

— C'est la fin de Hitler, que son nom et sa mémoire soient effacés pour toujours, me dit Reb Saunders un après-midi de Sabbat. Maître de l'Univers, cela a pris longtemps, mais maintenant la fin est proche.

Il tremblait en parlant ainsi et retenait à peine ses larmes.

Danny attrapa la grippe au cours de la dernière semaine de mars et il fut obligé de rester au lit pendant plus de huit jours. Pendant ce temps, la Sarre et la Silésie avaient été prises, la Ruhr était encerclée par les troupes américaines, et une autre tête de pont était formée de l'autre côté du Rhin par les soldats du général Patton. Presque chaque jour désormais, le bruit courait que la guerre allait finir. Mais tous ces bruits étaient faux et ils ne faisaient qu'ajouter à l'intolérable anxiété et à l'incertitude où nous vivions, mon père et moi, et que nous éprouvions chaque fois que nous lisions les journaux ou que nous écoutions la radio.

Danny revint en classe à la fin de la première semaine d'avril, vraisemblablement trop tôt, car, deux jours plus tard, il fut obligé de se remettre au lit avec une bronchite. J'appelai sa mère pour lui demander si je pouvais aller le voir, mais elle me dit que cela n'était pas possible, qu'il était trop souffrant et que, de plus, il était contagieux. Même à ses frère et sœur il n'était pas permis d'entrer dans sa chambre. Je demandai alors si je pouvais lui parler, mais elle me dit qu'il avait une très forte fièvre et qu'il ne pouvait pas quitter son lit pour venir au téléphone. Elle avait l'air inquiète. Elle me dit qu'il toussait beaucoup et qu'il était épuisé par la dose de sulfamides qu'on lui faisait prendre. Oui, elle lui transmettrait mes vœux de guérison rapide.

Le vendredi après-midi, la seconde semaine d'avril, j'assistais à une réunion du conseil des étudiants. La réunion avait débuté dans la bonne humeur, avec la lecture habituelle du procès-verbal et des rapports du comité, quand Davey Cantor fit irruption dans la pièce où nous nous tenions, ayant l'air de pleurer, et il cria, à bout de souffle, que quelqu'un venait de dire que le président Roosevelt était mort.

Je me tenais le dos tourné à la porte de la salle, et il y eut un mouvement soudain de toutes les têtes qui se tournèrent vers lui dans une stupéfaction totale. Je m'étais arrêté au milieu d'une phrase, et je m'entendis répondre avec irritation qu'il n'avait qu'à aller au diable plutôt que de se précipiter comme ça ici, et que cela n'avait rien de drôle.

— C'est vrai ! cria-t-il en pleurant. M. Weinberg vient de me le dire ! Il l'a entendu à la radio dans la salle du conseil de faculté !

Je le regardai fixement et je me sentis glisser lentement sur ma table. M. Weinberg était notre professeur d'anglais. C'était un petit homme chauve, qui n'avait aucun sens de l'humour, et dont la devise était : « Ne crois à rien que tu ne l'aies entendu toi-même, et ne crois qu'à la moitié de ce que tu vois. » Si M. Weinberg avait dit à Davey Cantor que le président Roosevelt était mort...

Je me sentis couvert d'une sueur glacée. Quelqu'un, dans la salle, éclata de rire nerveusement, un autre poussa un gémissement : « Oh, non ! » et le professeur qui assistait à notre séance se leva et proposa d'ajourner la réunion.

Nous sortîmes dans la rue. En descendant les trois étages, je n'arrivais pas à y croire. Je n'y arrivais pas. Davey Cantor avait parlé d'une hémorragie cérébrale. Je ne pouvais pas y croire. Jusqu'au moment où je me retrouvai dans la rue.

Il était un petit peu plus de cinq heures, et il faisait encore jour. La circulation de la fin d'après-midi était intense. Des camions, des autos et un trolleybus bouchaient la rue, attendant le feu vert pour passer. Je traversai rapidement, courus pour attraper le trolleybus, juste au moment où le feu changeait. Je me trouvai une place à côté d'une dame qui regardait droit devant elle en pleurant silencieusement. Je regardai autour de moi. Personne ne parlait. Il y avait foule, et la foule s'épaissit au cours du trajet, mais il régnait un profond silence. Je vis un homme qui portait la main à ses yeux et qui s'assit quelques instants. Je regardai par la fenêtre. Les gens se réunissaient par petits groupes sur les trottoirs. Mais ils n'avaient pas l'air de parler. Ils restaient là, simplement, ensemble, comme un troupeau qui se rassemble pour se protéger. Une vieille femme aux cheveux gris, qui marchait en tenant un enfant par la main, avait posé un mouchoir sur sa bouche. L'enfant la regardait, et je le vis qui disait quelque chose que je ne pus entendre. Je m'aperçus que, moi aussi, je pleurais, éprouvant un cruel sentiment de vide, comme si on m'avait arraché tout ce qui était en moi et il ne restait plus que d'horribles ténèbres.

Tout le long du chemin jusqu'à la maison, ce fut pareil. Silence dans le trolleybus, hommes et femmes qui pleuraient, groupes de gens arrêtés, hébétés, dans les rues, comme des enfants effrayés qui se demandent ce qui est arrivé.

Manya et mon père étaient à la maison. Dès que j'ouvris la porte, j'entendis que la radio marchait dans la cuisine. Je portai vite mes livres jusque dans ma chambre et je rejoignis mon père. Manya cuisait le dîner en sanglotant. Mon père était assis devant la table, le visage gris, les joues creuses, les yeux rouges, comme le jour où il était venu me voir à l'hôpital. Je m'assis près de lui et j'écoutai les nouvelles. Le speaker parlait d'une voix sourde et donnait des détails sur la mort du président Roosevelt. Harry S. Truman était désormais président des États-Unis. J'écoutais, et je ne pouvais pas y croire. Comment le président Roosevelt pouvait-il mourir ? Je n'avais jamais pensé à lui comme à un mortel. Et mourir aujourd'hui même, au moment où la guerre était presque finie, au moment où bientôt les Nations Unies se réuniraient ! Comment un homme comme lui pouvait-il mourir ?

Nous écoutâmes la radio en mangeant notre dîner, ce que nous n'avions jamais fait auparavant : mon père n'aimait pas la radio pendant les repas. Mais c'est ainsi que les choses se passèrent au cours de ce repas et de tous les autres, pendant cette fin de semaine — à l'exception du Sabbat — et la radio ne cessait pas de marcher quand l'un de nous, Manya, mon père ou moi, étions à la maison.

J'essayai de parler avec Danny le vendredi après-midi, mais il était encore trop souffrant pour venir jusqu'au téléphone. Mon père et moi passâmes la matinée du Sabbat à la synagogue, où la douleur que provoquait cette mort pouvait se lire sur chaque visage. Après le service, mes amis et moi nous nous retrouvâmes, ne sachant quoi dire ni quoi faire. Mon père se remit à tousser, de cette toux profonde, sèche et douloureuse qui secouait son corps frêle et me faisait terriblement peur. L'après-midi du Sabbat, il me parla du président Roosevelt et, de l'espoir que celui-ci avait apporté au pays pendant la dépression.

— Tu ne te souviens pas de la dépression, Reuven, me dit-il. Cela a été une époque terrible, des jours noirs. Il est impossible de croire qu'il soit mort. C'est comme le jour où... » Sa voix se brisa, et il se mit soudain à sangloter. Je ne savais plus que faire et j'avais peur. Il alla dans sa chambre où il resta pendant tout l'après-midi, et moi je me couchai sur mon lit, regardant le plafond, les mains derrière la tête, essayant de comprendre ce qui venait de se produire. Je n'y arrivais pas. Je ne voyais que vide et crainte et comme si toute chose avait soudain pris fin. Je restai couché sur mon lit et je continuai à penser à tout cela longtemps. Cela n'avait aucun sens, exactement comme — et je retins ma respiration, me sentant trembler de peur —, exactement comme la cécité de Billy n'avait pas de sens. C'était bien cela. C'était aussi vide de sens, de toute signification, que la cécité de Billy. Je pensai à Roosevelt mort et à Billy aveugle, jusqu'au moment où je me retournai, le visage dans l'oreiller et me mis à pleurer. Je pleurai longtemps. Puis je m'endormis lourdement. Quand je me réveillai, il faisait nuit dans la chambre, et j'entendis la radio dans la cuisine. Je restai quelques instants couché, puis je rejoignis mon père. Nous restâmes ensemble dans la cuisine. Il était plus de minuit quand nous allâmes nous coucher.

Le jour suivant, le président Roosevelt fut enterré. Notre école était fermée en raison de l'enterrement et nous restâmes, mon père et moi, dans la cuisine, toute la journée, à écouter la radio.

Danny m'appela au téléphone quelques heures après l'enterrement. Il avait l'air fatigué et il toussait beaucoup. Mais sa température était redevenue normale depuis vingt-quatre heures. Oui, la mort de Roosevelt était quelque chose de terrible, dit-il. Ses parents allaient bien. Toutefois, son frère était souffrant. Il avait une forte fièvre, et il toussait. Est-ce que je pourrais venir le voir dans le courant de la semaine ? me demanda-t-il. Cela ne me paraissait pas possible. Alors, pourrais-je venir pour le Sabbat ? Oui, je pourrais, je le verrais ce jour-là. Il eut l'air soulagé et je me demandai ce qui se passait.

Mais, le mercredi, je revins de classe avec une grosse fièvre, et le jeudi après-midi j'avais 39,6°. Le médecin déclara que j'avais la grippe et dit à mon père de me faire garder le lit pour éviter des complications. Je demandai à mon père d'appeler Danny pour le prévenir. Je restai au lit pendant dix jours et quand je pus retourner en classe, j'avais un tel retard que, pendant deux semaines, je laissai tomber toutes mes activités dans l'association d'élèves et que je passai tout mon temps à rattraper ce retard. J'employai les après-midi de Sabbat à lire et, au début de mai, je me trouvai suffisamment à jour pour assister aux réunions d'élèves. C'est alors que Reb Saunders tomba malade et, au même moment, mon père fut également obligé de se mettre au lit avec la grippe, une grippe sévère qui le conduisit au bord de la pneumonie et qui, pendant quelques jours, me fit terriblement peur. Aussi bien Reb Saunders que mon père étaient encore très souffrants le jour du mois de mai où on annonça enfin que la guerre était terminée en Europe.

— Dieu merci ! dit mon père, les yeux humides de joie. Mais quel prix n'a-t-il pas fallu payer pour Hitler et ses fous !

Il se renversa sur son oreiller et ferma les yeux.

Et c'est alors que, en même temps que la nouvelle officielle de la signature de la reddition inconditionnelle, le 7 mai, arrivèrent les nouvelles, d'abord tant soit peu prudentes, puis, quelques jours plus tard, clairement exprimées, de l'existence des camps de concentration allemands. Mon père, qui reprenait lentement des forces et qui paraissait souffrant et las, s'assit dans son lit et lut les articles des journaux sur les horreurs qui s'étaient passées dans ces camps. Son visage était douloureux et livide. Il paraissait incapable de croire à ce qu'il lisait.

Un jour qu'il me lisait un récit de ce qui s'était passé à Therensienstadt, où les Allemands avaient emprisonné et brûlé des Juifs européens, cultivés et

254

savants, je le vis s'effondrer et se mettre à pleurer comme un enfant.

Je ne savais pas quoi dire. Il s'était appuyé le dos à son oreiller, et il avait couvert son visage de ses mains. Puis il me demanda de le laisser seul : je sortis, le laissant ainsi, pleurant, et je m'en allai dans ma chambre.

Encore une fois, je ne pouvais pas arriver à le croire. Le nombre des Juifs massacrés passait d'un million à trois millions, puis à quatre, et chaque article que nous lisions disait que le dernier compte était incomplet et que le nombre définitif serait aux environs de six millions. Je ne pouvais pas imaginer six millions de personnes, appartenant à mon peuple, assassinées. Je restais couché sur mon lit, et je me demandais ce que cela signifiait. Mon esprit ne pouvait pas concevoir la mort de six millions d'hommes.

Danny me téléphona quelques jours plus tard et j'allai chez lui l'après-midi du Sabbat suivant. Nous n'étudiâmes pas le Talmud. Mais son père nous parla du monde juif de l'Europe, des gens qu'il avait connus et qui, maintenant, étaient probablement morts, de la brutalité du monde, de ses années en Russie avec les bandes de cosaques qui pillaient et assassinaient.

— Le monde nous tue, dit-il calmement. Ah, combien le monde nous tue !

Nous étions dans son bureau, et il était assis dans son fauteuil à dossier droit. Son visage était creusé de rides de souffrance. Il se balançait lentement d'avant en arrière et parlait d'une voix calme et chantante, nous racontant ses souvenirs de jeunesse en Russie et nous parlant des communautés juives de Pologne, de Lituanie, de Russie, d'Allemagne et de Hongrie — qui, toutes, s'en étaient allées pour n'être plus qu'un amas d'os et de cendres. Danny et moi l'écoutions sans rien dire. Danny était pâle, tendu et un peu égaré.

Il tordait tout le temps une de ses papillotes et clignait nerveusement des yeux.

— À quel point le monde boit notre sang ! disait Reb Saunders. Combien le monde nous fait souffrir ! C'est la volonté de Dieu. Nous devons accepter la volonté de Dieu. » Il resta un long moment silencieux. Puis il leva les yeux et dit d'une voix douce : « Maître de l'Univers, comment as-tu pu permettre qu'une chose pareille se produise ? »

La question sembla rester suspendue, comme une marque de douleur.

Danny ne put pas me raccompagner ce soir-là, il avait trop de travail à faire, et je rentrai seul à la maison où je trouvai mon père dans sa chambre, écoutant la radio. Il était en pyjama et portait sa petite calotte noire. Le speaker parlait des Nations Unies. Je m'assis et écoutai, et quand les nouvelles furent terminées, mon père ferma le poste et me regarda.

— Comment va Reb Saunders ? demanda-t-il.

Je lui dis ce dont Reb Saunders nous avait parlé cet après-midi.

Mon père hocha la tête lentement. Il était pâle et maigre, et sa peau prenait des tons jaunes et parcheminés sur son visage et sur ses mains.

— Reb Saunders se demandait comment Dieu avait pu permettre une chose pareille, lui dis-je.

Mon père me regarda avec tristesse.

— Et Dieu lui a-t-il répondu ? demanda-t-il.

Il y avait une étrange amertume dans le ton de sa voix.

Je ne répondis pas.

— Reb Saunders dit que c'est la volonté de Dieu. Il dit aussi que nous devons accepter la volonté de Dieu.

Mon père ferma un peu les yeux. « Reb Saunders

dit que c'est la volonté de Dieu », dit-il doucement et comme en écho.

Je fis un signe affirmatif.

— Est-ce que cette réponse te satisfait, Reuven ?

— Non.

Il ferma de nouveau un peu les yeux et il se mit à parler d'une voix douce, d'où toute trace d'amertume avait disparu. « Moi non plus elle ne me satisfait pas, Reuven. Nous ne pouvons pas attendre la réponse de Dieu. Et s'il y a une réponse, nous devons la donner nous-mêmes. »

Je ne bougeai pas.

— Six millions de nos frères ont été massacrés, continua-t-il calmement. C'est inconcevable. Cela n'aura de sens que si nous donnons un sens à cela. Nous ne pouvons pas attendre la réponse de Dieu. » Il s'appuya sur ses oreillers. « Il ne reste plus qu'une seule communauté juive au monde, dit-il doucement et regardant le plafond. Elle est ici, en Amérique. Nous avons maintenant une responsabilité terrible. Nous devons remplacer les trésors que nous avons perdus. » Il avait la voix rauque, et il se mit à tousser. Puis il resta un long moment sans rien dire. Il ferma les yeux, et dit : « Maintenant, il nous faudra des professeurs et des rabbins pour conduire notre peuple. » Il ouvrit les yeux et me regarda. « Le monde juif est changé, dit-il presque dans un murmure. Un fou a détruit nos trésors. Si nous ne rebâtissons pas le judaïsme en Amérique, nous mourrons en tant que peuple. » Puis il ferma les yeux et se tut.

Mon père recouvra lentement la santé et ce ne fut qu'à la fin de mai qu'il put reprendre ses cours.

Deux jours après mon examen de fin d'année, il eut une attaque cardiaque. On l'emmena en ambulance au Brooklyn Memorial Hospital et il fut placé dans une chambre privée, un étage au-dessous du service d'ophtalmologie. Manya s'occupa de moi pendant ces jours de cauchemar et de panique aveugle, où je me sentais perdre l'esprit. Puis Reb Saunders me téléphona un soir et m'invita à venir habiter chez lui jusqu'à la guérison de mon père. Comment pouvais-je vivre seul avec une femme de ménage ? se demandait-il. Pourquoi fallait-il que je reste seul, toutes les nuits, dans mon appartement ? Qui sait, Dieu nous garde, ce qui pouvait arriver ? C'était terrible d'être abandonné ainsi pour un garçon de mon âge. On pouvait mettre un deuxième lit dans la chambre de Danny et je pourrais coucher là. Quand je rapportai cela à mon père, il me dit que je serais sage d'accepter cette offre. Et il me demanda de dire à Reb Saunders combien il lui était reconnaissant de sa gentillesse.

Le 1er juillet, je mis mes affaires dans une valise et pris un taxi pour aller chez Reb Saunders. Je m'installai dans la chambre de Danny.

De l'instant où j'entrai dans la maison de Reb Saunders jusqu'à celui où je la quittai pour aller avec mon père dans notre villa de Peekskill, où il devait passer sa convalescence, je fus chaleureusement reçu et traité comme un membre de la famille. La mère de Danny, qui avait une sorte de maladie de cœur et devait souvent se reposer, rajoutait toujours quelque chose dans mon assiette. La sœur de Danny, je m'en apercevais seulement, était une très jolie fille, avec des yeux noirs et de longs cheveux noirs réunis en une seule tresse, et des mains pleines de vivacité qui semblaient toujours en mouvement quand elle parlait. Elle n'arrêtait pas de se moquer de Danny et de moi, ne nous appelant que David et Jonathan. Le frère de Danny, Lévi, continuait à picorer dans son assiette quand il était assis avec nous à la table de la cuisine, ou bien il se promenait comme un fantôme dans la maison, les doigts dans le nez. Et le père de Danny était perpétuellement silencieux, retiré en lui-même, ses yeux noirs comme tournés vers l'intérieur, méditant, comme s'il n'avait pas cessé d'être le témoin d'un océan de douleurs que, seul, il aurait pu voir. Il marchait penché en avant, comme s'il portait un énorme fardeau sur les épaules. De larges cernes sombres s'étaient formés sous ses yeux. Parfois, à table, dans la cuisine, il se mettait soudain à pleurer, se levait et sortait de la pièce, puis revenait quelques minutes après et reprenait son repas. Personne ne parlait, dans la famille, de ces moments où il se mettait tout à coup à pleurer. Et je n'en parlais pas non plus, bien que j'en fusse étonné et effrayé.

Ce mois-là, nous vécûmes ensemble, Danny et moi. Nous nous levions un peu avant sept heures, descendions à la synagogue pour prier au service du matin avec la congrégation, prenions notre petit déjeuner avec la famille, puis sortions sous le porche si le temps était beau, ou restions dans notre chambre dans le cas contraire, et nous passions notre matinée à étudier le Talmud. Après le déjeuner, nous allions ensemble à la bibliothèque où nous passions les premières heures de l'après-midi. Danny lisait Freud et je faisais de la logique symbolique. Ce fut dans cette bibliothèque que nous eûmes toutes les conversations que nous n'avions pas pu avoir au cours de l'année. Ensuite, vers quatre heures, nous prenions le trolleybus ensemble pour le Brooklyn Memorial Hospital et nous allions voir mon père. Nous dînions avec la famille de Danny, puis passions la soirée soit à bavarder avec sa sœur et sa mère dans le salon, soit à lire tranquillement — Danny passait généralement ses soirées à lire des livres sur des sujets juifs que je lui prêtais — ou bien, si son père était libre, nous montions dans son bureau et nous discutions du Talmud. Mais Reb Saunders avait rarement le temps. Il semblait que le nombre des gens était sans fin qui venaient à la maison, montaient les deux étages pour le voir : au moment où le dîner était servi, il était toujours fatigué et s'asseyait, perdu dans ses pensées, les yeux sombres et méditatifs. Il se tenait là, pleurant parfois en silence, et personne ne disait rien. Puis il s'essuyait les yeux avec un mouchoir, prenait une profonde et tremblante inspiration, et retournait à son repas.

Pendant tout le mois que je passai dans la maison de Reb Saunders, les seules fois où je le vis parler à Danny, ce fut pendant nos discussions talmudiques. Il n'y avait jamais entre eux une conversation simple, intime, humaine. J'avais presque l'impression qu'ils étaient l'un et l'autre incapables de communiquer sur des sujets ordinaires. Cela me troublait, mais je ne disais rien.

Danny et moi parlions souvent de ses lectures de Freud. Assis à notre table, au troisième étage de la bibliothèque, entouré de tas de publications, il me disait ce qu'il avait lu au cours de cette année et ce qu'il lisait maintenant. Freud l'avait littéralement bouleversé, d'une manière fondamentale — lui avait fait perdre son équilibre, comme il me le dit un jour. Mais il n'arrivait pas à cesser de le lire, ajoutait-il, parce qu'il lui était devenu de plus en plus évident que Freud avait eu une connaissance presque mystérieuse de la nature humaine. Et c'était précisément cela que Danny trouvait troublant. L'image que Freud donnait de la nature humaine n'avait rien de complaisant, rien de religieux non plus. Elle arrachait l'homme à Dieu, comme Danny me le dit, et lui faisait épouser Satan.

Danny en savait désormais suffisamment sur Freud — tant sa méthode de travail avait été fructueuse — pour se servir de la terminologie technique de Freud avec l'aisance qui caractérisait l'usage que nous faisions de la terminologie technique du Talmud. Pendant les deux premières semaines de juillet, Danny consacra une partie du temps que nous passions à la bibliothèque à m'expliquer patiemment quelques-unes des conceptions fondamentales de Freud. Nous étions assis à notre table, Danny dans son costume noir — il portait un costume noir quelle que fût la tempéra-

261

ture —, sa chemise sans cravate, ses franges, sa calotte, ses longues papillotes, et sa barbe, qui était pleine et épaisse maintenant, presque une barbe d'adulte, et moi dans mon maillot de sport, mes pantalons d'été, et ma calotte, et nous parlions de Sigmund Freud. Ce que j'entendais était nouveau pour moi, si nouveau que, d'abord, cela m'échappa. Mais Danny était patient, aussi patient que mon père et, peu à peu, je commençai à comprendre le système que Freud avait construit. Et, moi aussi, cela me bouleversa. Freud prenait le contre-pied de tout ce qu'on m'avait appris. Et ce qui me paraissait plus bouleversant encore, c'était qu'il me semblait bien que Danny ne rejetait pas l'enseignement de Freud. Je commençai donc à me demander comment il était possible aux idées du Talmud et de Freud de voisiner à l'intérieur du même esprit. Il me semblait que les unes ou les autres auraient à laisser la place libre. Quand je dis cela à Danny, il haussa les épaules, ne répondit pas et revint à sa lecture.

Si mon père avait été en bonne santé pendant cette période, j'aurais parlé avec lui, mais il était à l'hôpital, reprenant lentement ses forces, et je ne voulais pas l'agiter en lui parlant des lectures de Danny. Il était déjà suffisamment agité par ce qu'il lisait lui-même. Chaque fois que nous allions le voir, nous le trouvions entouré de journaux qui couvraient son lit. Il lisait tout ce qu'il pouvait trouver, qui parlait de la destruction des Juifs d'Europe. Il ne parlait de rien d'autre que des Juifs d'Europe et de la responsabilité qui incombait désormais aux Juifs d'Amérique. Parfois, il parlait de l'importance de la Palestine comme patrie des Juifs, mais il se préoccupait surtout des Juifs d'Amérique, et de tous les professeurs, de tous les rabbins dont ils avaient besoin désormais. Un jour, il nous demanda ce que nous étions en train de lire et Danny répondit honnêtement qu'il poursuivait sa lecture de Freud. Mon père s'assit dans son lit, s'appuya sur ses oreillers, le regarda en fermant un peu les yeux. Il était devenu très maigre — je n'aurais jamais cru qu'il pût devenir plus maigre encore qu'il ne l'était avant sa crise cardiaque, mais j'avais l'impression qu'il avait perdu au moins cinq kilos — et il avait l'air de s'agiter facilement maintenant pour de petites choses. J'eus un peu peur pendant quelques instants, parce que je n'avais pas envie de le voir s'engager dans une discussion sur Freud avec Danny. Mais il ne fit que secouer la tête et soupirer. Il déclara qu'il était fatigué ; il parlerait de Freud avec Danny une autre fois. Danny ne devait pas croire que Freud avait dit le dernier mot en matière de psychanalyse ; il y avait de grands esprits qui n'étaient pas d'accord avec lui. Il n'en dit pas davantage, et recommença à parler de la destruction du judaïsme européen. Savions-nous, demanda-t-il, que le 17 décembre 1942, M. Eden s'était levé à la Chambre des Communes et avait exposé en détail le plan nazi, déjà en pleine application, de massacre de toute la population juive d'Europe ? Savions-nous que ce M. Eden, tout en menaçant les nazis de représailles, n'avait pas dit un mot des mesures pratiques qu'il convenait de prendre pour sauver le plus de Juifs possible de ce qu'il savait devoir être leur destin inévitable ? Il y avait eu des réunions publiques en Angleterre, des protestations, des pétitions, des lettres — tout le mécanisme de l'expression démocratique avait été mis en mouvement pour obliger le public anglais à se rendre compte de la nécessité qu'il y avait de prendre des mesures — et rien n'avait été fait. Tout le monde éprouvait de la sympathie, mais personne n'en éprouvait suffisamment. Les Anglais laissèrent entrer quelques Juifs, puis fermèrent la porte. L'Amérique non plus ne s'était pas souciée suffisamment d'eux. Personne ne s'en était suffisamment soucié. Le monde avait fermé ses portes, et six millions de Juifs avaient été massacrés. Quel monde ! Quel monde insane ! « Que nous reste-t-il désormais, sinon les Juifs d'Amérique ? dit-il. Il y a des Juifs qui disent que nous devons attendre que Dieu nous envoie le Messie ! Nous devons reconstruire le judaïsme américain ! Et la Palestine doit devenir la patrie des Juifs ! Nous avons assez souffert ! Combien de temps encore nous faudra-t-il attendre le Messie ? »

C'était très mauvais pour lui de s'agiter comme cela, mais je ne pouvais rien faire pour l'arrêter. Il ne pouvait parler que de la destruction du judaïsme européen.

Un matin, au petit déjeuner, Reb Saunders sortit d'un silence méditatif, soupira et, sans raison apparente, commença à nous raconter de sa voix douce et chantante l'histoire d'un vieux et pieux hassid qui avait décidé de faire un voyage en Palestine — Eretz Yisroel, l'appelait Reb Saunders, en donnant au pays son nom traditionnel et en accentuant le « E » et le « ro ». Ce vieux Juif avait décidé de passer les dernières années de sa vie en Terre sainte. Il avait fini par arriver jusqu'au Mur des Lamentations, et trois jours plus tard, il mourait en priant devant le Mur et en demandant que le Messie vienne pour racheter son peuple. Reb Saunders se balançait lentement d'avant en arrière en racontant l'histoire et quand elle fut terminée je dis tranquillement, sans mentionner le nom de mon père, qu'il y avait beaucoup de gens qui disaient maintenant qu'il était temps que la Palestine devînt un foyer juif et non pas seulement un endroit où les Juifs pieux peuvent aller mourir. La réaction, de la part de la famille tout entière, fut immédiate : ce fut comme si quelqu'un avait jeté une allumette dans un tonneau de poudre. Je pouvais presque ressentir la brûlure qui avait remplacé, autour de la table, la chaleur familiale. Danny se raidit soudain et baissa les yeux sur son assiette. Son frère laissa échapper une sorte de gémissement, et sa sœur et sa mère parurent soudain transformées en blocs de glace sur leurs chaises. Reb Saunders me regarda, les yeux soudain fous de colère, la barbe tremblante. Et il tendit vers moi un doigt qui ressemblait à une arme.

— Qui sont ces gens ? Qui sont ces gens ? hurlat-il en yiddish, et ses paroles me traversèrent comme des couteaux. Des Goyim *apikorsim* ! Ben Gourion et ses Goyim vont construire Eretz Yisroel ? Ils construiront pour nous une patrie juive ? Ils apporteront la Torah dans ce pays ? Un pays de Goyim, voilà ce qu'ils construiront, et ils amèneront des Goyim dans ce pays, et non la Torah ! Dieu construira ce pays, non pas Ben Gourion et ses Goyim ! Quand le Messie viendra, nous aurons Eretz Yisroel, une Terre sainte, et non une terre souillée par des Goyim juifs !

Je demeurai stupéfait et terrifié, submergé par cette rage. Sa réaction m'avait pris complètement de court, j'avais littéralement perdu le souffle, et j'essayais maintenant de reprendre ma respiration. Il me semblait que j'étais entouré de flammes. Le silence qui suivit cet éclat avait quelque chose d'empoisonné, comme s'ils étaient tous pleins de méchanceté, et j'avais la sensation pénible d'avoir été mis à nu et violé. Je ne savais ni que dire ni que faire. Je me contentai de rester immobile en le regardant.

— La patrie d'Abraham, d'Isaac et de Jacob devrait être construite par des Goyim juifs et souillée par eux ? hurla de nouveau Reb Saunders. Jamais ! Jamais tant que je vivrai ! Qui dit des choses pareilles ? Qui dit que *nous* devrions construire Eretz Yisroel ? Et où est le Messie ? Dites-moi, est-ce qu'il faut que nous oubliions complètement le Messie ? Parce que six millions de nos frères ont été massacrés ? C'est pour cela que nous devrions oublier complètement le Messie, que nous devrions oublier complètement le Maître de l'Univers ? Pourquoi croyez-vous que j'ai conduit mes frères de Russie en Amérique et non en Eretz Yisroel ? Parce qu'il vaut mieux vivre dans un pays de vrais Goyim que dans un pays de Juifs goyim ! Qui a dit que *nous* devions construire Eretz Yisroel ? Je vais vous dire qui l'a dit ! Ce sont les *apikorsim* qui le disent ! Jamais un vrai Juif ne le dirait !

Il y eut un long silence. Reb Saunders était assis sur sa chaise, respirant difficilement et tremblant de rage.

— Je vous en prie, vous ne devriez pas vous mettre en colère comme cela, dit la sœur de Danny, très doucement. C'est mauvais pour vous.

— Je suis désolé, dis-je faiblement, ne sachant quoi dire d'autre.

— Reuven ne parlait pas pour son propre compte, dit tranquillement la sœur de Danny à son père. Il voulait seulement...

Mais Reb Saunders lui coupa la parole d'un geste violent de la main. Il récita froidement les Grâces, puis quitta la cuisine, toujours tremblant de rage.

La sœur de Danny regarda tout autour de la table, et ses yeux étaient sombres et tristes.

Plus tard, quand Danny et moi nous retrouvâmes seuls dans notre chambre, Danny me dit de tourner sept fois ma langue dans ma bouche la prochaine fois que j'aurais envie de parler de quoi que ce soit de ce genre à son père. Son père se comportait toujours très bien, sauf quand il se trouvait soudain en présence d'une idée dont il pensait qu'elle venait de ce monde souillé.

— Comment pouvais-je savoir que le sionisme est

une idée souillée ? dis-je. Mon Dieu, il me semble que je viens de passer par les sept portes de l'Enfer !

— Herzl ne portait pas de caftan et n'avait pas de papillotes, dit Danny. Pas plus que Ben Gourion.

— Tu n'es pas sérieux !

— Je ne parle pas pour moi. Je parle de mon père. Simplement, ne parle plus jamais d'un État juif. Mon père prend Dieu et la Torah très au sérieux, Reuven. Il mourrait joyeusement pour l'un comme pour l'autre. Un Juif laïc est aux yeux de mon père un sacrilège, un violateur de la Torah. Tu as touché le nerf sensible. Je t'en prie, ne recommence pas.

— Je suis content de n'avoir pas dit que c'était mon père qui parlait ainsi. Il m'aurait mis à la porte.

— Certainement, il t'aurait mis à la porte, dit tristement Danny.

— Est-ce que... est-ce qu'il se sent tout à fait bien ?

— Qu'est-ce que tu veux dire par là ?

— Cette manière qu'il a de pleurer tout le temps. Est-ce que... est-ce qu'il y a quelque chose qui ne va pas ?

Danny porta lentement la main à l'une de ses papillotes et la tordit nerveusement. « Six millions de Juifs sont morts, dit-il. Il... Je crois qu'il pense tout le temps à eux. Il souffre pour eux. »

Je le regardai.

— Je me demandais s'il n'était pas malade. Il m'a semblé que ta sœur a dit...

— Il n'est pas malade », dit Danny brusquement. Il abaissa sa main. « Mais... je n'ai pas envie de parler de ça.

— Bon, dis-je tranquillement. Mais je ne crois pas avoir envie de travailler le Talmud ce matin. Je crois que je vais aller faire une longue promenade.

Il ne répondit rien. Mais il avait l'air triste et pensif au moment où je sortis de la chambre.

Quand je revis Reb Saunders, à l'heure du déjeuner, il paraissait avoir complètement oublié cet incident. Mais je m'aperçus que je réfléchissais soigneusement avant de lui dire quoi que ce soit. Et à partir de ce jour, je ne cessai plus d'être sur mes gardes devant lui.

Un après-midi de la fin de juillet, Danny se mit à me parler de son frère. Nous étions dans la bibliothèque, en train de lire, quand il leva les yeux tout à coup, posa la tête sur sa main droite, le coude sur la table, et dit qu'il recommençait à avoir des ennuis avec ses yeux et que cela ne l'étonnerait pas s'il était un jour obligé de porter des lunettes, puisque son frère en portait depuis qu'il avait neuf ans. Je lui dis que son frère n'avait pas l'air de lire beaucoup et que, dans ces conditions, je ne voyais pas à quoi pouvaient bien lui servir ses lunettes.

— Cela n'a rien à voir avec le fait de lire ou de ne pas lire, dit Danny. Il a seulement de très mauvais yeux.

— Tes yeux ont l'air irrités, dis-je.

— Ils le sont.

— Tes yeux sont comme si tu venais de lire Freud.

— Ha ha, dit Danny.

— Que dit Freud sur une chose aussi banale que les yeux irrités ?

— Il dit qu'il faut les mettre au repos.

— Quel génie ! répliquai-je.

— Tu sais, mon frère est un brave gosse, reprit Danny. Sa maladie est un rude handicap pour lui, mais tout bien considéré, c'est un brave gosse.

— C'est un enfant tranquille, je peux dire cela de lui. Est-ce qu'il fait des études ?

— Bien sûr. Il est intelligent. Mais il faut qu'il

fasse attention. Mon père ne peut pas l'obliger à travailler.

— Quelle chance il a !

— Je ne sais pas. Je n'aimerais pas être malade toute ma vie. J'aime mieux qu'on m'oblige à travailler. Mais en tout cas, c'est un brave gosse.

— Ta sœur aussi est rudement gentille.

Danny ne parut pas m'avoir entendu — ou s'il m'avait entendu, il choisit d'ignorer complètement ce que je venais de dire. Il continua à me parler de son frère. « Ça doit vraiment être terrible d'être tout le temps malade comme cela et de ne vivre que grâce à des médicaments. C'est vraiment un gentil gosse. Et intelligent aussi. » Il avait l'air de parler de choses et d'autres, mais je ne comprenais pas très bien ce qu'il essayait de dire. Ses derniers mots me choquèrent soudain. « Il fera probablement un bon tzaddik », dit-il.

Je le regardai.

— Qu'est-ce que tu veux dire ?

— J'ai dit que mon frère ferait probablement un bon tzaddik, dit-il tranquillement. Je me suis dit il y a quelque temps que si je ne prenais pas la place de mon père, après tout je ne détruirais pas la dynastie. Mon frère pourra prendre la suite. Je me suis longtemps dit que si je ne prenais pas cette place, je détruirais la dynastie. Je crois qu'il me fallait me justifier devant moi-même de devenir un tzaddik.

J'étais un peu effrayé et je lui dis :

— Tout cela n'a pas explosé chez toi ces jours-ci, donc je suppose que tu n'as rien dit à ton père.

— Non, je ne l'ai pas fait. Et je n'ai pas non plus l'intention de le faire. Pas encore.

— Quand le lui diras-tu ? Parce que ce jour-là, je compte sortir de la ville.

— Non, dit-il. Ce jour-là, j'aurai besoin de t'avoir près de moi.

— Je plaisantais, lui dis-je, et je me sentis mort de peur.

— Je me suis dit aussi que toutes mes inquiétudes à propos de la santé de mon frère étaient de la frime. En fait, je n'ai pas beaucoup de rapports avec lui. Il est tellement gosse. J'ai un peu pitié de lui, c'est tout. En vérité, je m'inquiétais de sa santé parce que, tout le temps, je désirais qu'il soit en mesure de prendre la place de mon père. Ça a été quelque chose, je dois avouer, quand je me suis aperçu de ça. Qu'est-ce que tu en penses ? Tu es encore inquiet ?

— Je suis mort d'inquiétude, dis-je. Je n'aurai pas la patience d'attendre le jour où tu parleras à ton père.

— Tu attendras, dit Danny durement, fermant un peu les yeux. Tu attendras, et tu t'arrangeras pour n'être pas trop loin ce jour-là, parce que j'aurai besoin de toi.

— Parlons un peu de ta sœur pour changer.

— J'avais entendu déjà la première fois. Ne parlons pas de ma sœur, si cela t'est égal. Parlons de mon père. Tu voudrais savoir ce que je pense de mon père ? Je l'admire. Je ne sais pas ce qu'il entend faire de moi avec ce silence affreux qu'il a créé entre nous, mais je l'admire. Je pense que c'est un grand homme. Je le respecte et je lui fais entièrement confiance, et je crois que c'est ce qui me donne la force de vivre avec ce silence. Je ne sais pas pourquoi je lui fais confiance, mais c'est un fait. Et j'ai aussi pitié de lui. Intellectuellement, il est pris au piège. Il est né comme cela. Et je ne veux pas me trouver un jour pris au piège comme il l'est. Je veux pouvoir respirer, penser ce que je veux penser, dire ce que je veux dire. Moi aussi, en ce moment, je suis pris au piège. Est-ce que tu comprends ce que cela signifie ?

Je fis signe que non.

— Comment pourrais-tu savoir ? C'est la chose la

plus infernale, la plus blessante, la plus oppressante qui soit. Chaque os de mon corps hurle du désir d'en sortir. Mon esprit hurle tout autant. Mais je ne peux pas. Pas encore. Un jour, pourtant, je le pourrai. Ce jour-là, il faudra que tu ne sois pas loin, ami. J'aurai *besoin* de toi ce jour-là.

Je ne répondis pas. Nous restâmes silencieux un long moment. Puis Danny ferma lentement le livre de Freud qu'il était en train de lire.

— Ma sœur est fiancée, dit-il doucement.

— Quoi ?

— Mon père a promis ma sœur au fils d'un de ses adeptes quand elle avait deux ans. C'est une vieille coutume hassidique de fiancer les enfants. Elle se mariera quand elle aura dix-huit ans. Je crois que nous devrions maintenant aller voir ton père.

Jamais plus Danny ne parla de sa sœur.

Une semaine plus tard, je m'en allai avec mon père dans notre villa de Peekskill. Pendant notre séjour là-bas, les Américains détruisirent Hiroshima et Nagasaki avec des bombes atomiques, et la guerre avec le Japon prit fin.

Je ne parlai pas à mon père de la dernière conversation que j'avais eue avec Danny, et j'eus bien des cauchemars cette année-là, au cours desquels je voyais Reb Saunders me reprocher en hurlant d'avoir empoisonné l'esprit de son fils.

Au mois de septembre, Danny et moi entrâmes au Hirsch College. Je mesurais maintenant un mètre soixante-quinze, quelques centimètres de moins que Danny, et je me rasais. Au cours de cette dernière année, Danny n'avait pas changé physiquement. La seule différence, c'était que maintenant il portait des lunettes.

LIVRE III

Un mot vaut une pièce de monnaie ;
le silence en vaut deux.

Le Talmud.

Vers la fin de notre première semaine au collège[1], Danny eut un moment de découragement profond. Il s'était aperçu que la psychologie, à notre collège et séminaire Raphaël Hirsch, signifiait seulement psychologie expérimentale et que le directeur du département, le professeur Nathan Appleman, éprouvait une antipathie intense pour la psychanalyse en général et pour Freud en particulier.

Danny n'arrêtait pas de parler des sentiments que lui inspiraient le professeur Appleman et la psychologie expérimentale. Le matin, nous nous retrouvions devant ma synagogue et nous allions à pied jusqu'à la station de trolleybus, et pendant deux mois il ne fit, tous les matins, rien d'autre que de parler des manuels de psychologie qu'il lisait — il ne disait pas qu'il les étudiait, mais qu'il les lisait — et des rats qu'on plaçait dans des labyrinthes, dans le laboratoire de psychologie. « Chaque fois qu'on sait quelque chose, ils vous collent avec un *behaviorist*, se lamentait-il. Qu'est-ce que les rats et les labyrinthes ont à voir avec l'*esprit* ? »

---

1. Un collège est, aux États-Unis, un établissement d'enseignement supérieur.

Je n'étais pas très sûr de savoir ce qu'était un *behaviorist*, et je n'avais pas envie de le rendre plus malheureux encore en le lui demandant. J'étais un peu peiné pour lui, surtout parce qu'en ce qui me concernait, j'étais très enthousiasmé par le collège et que j'aimais beaucoup mes livres et mes professeurs, tandis qu'il avait l'air de s'enfoncer de plus en plus dans son malheur.

L'immeuble où se trouvait le collège était situé dans Bedford Avenue. C'était une maison de pierres blanches de cinq étages, et il occupait la moitié d'un pâté de maisons dans une rue commerçante. Le bruit de la circulation arrivait par les fenêtres jusqu'à nos salles de classe. À un bloc du collège, de l'autre côté de la rue, se trouvait une église catholique avec une immense croix sur la pelouse, sur laquelle se trouvait l'image de Jésus crucifié. Le soir, un projecteur vert illuminait la croix, et nous pouvions l'apercevoir depuis l'escalier de pierre qui menait au collège.

Au rez-de-chaussée de l'immeuble se trouvaient des bureaux, une salle de conférences et une vaste synagogue, dont une partie contenait des chaises et de longues tables. Le premier étage tout entier était consacré à la bibliothèque, une superbe bibliothèque, avec des rayonnages en labyrinthe qui me rappelaient le deuxième étage de la bibliothèque où Danny et moi avions passé tant d'heures ensemble. Elle était éclairée par des lampes à fluorescence — qui ne tremblaient ni ne changeaient de couleur, je le remarquai la première fois que j'y entrai — et elle était dirigée par une équipe de bibliothécaires très compétents. Il y avait là également une grande salle de lecture, avec de longues tables, des chaises, une superbe collection de livres de référence et un portrait à l'huile de Samson Raphaël Hirsch qui s'étalait sur un mur blanc : Hirsch avait été un rabbin très connu en Allemagne, au siècle dernier, et il avait combattu intelligemment, par ses écrits et ses paroles, le mouvement de réforme juive de l'époque. Le deuxième et le troisième étage comportaient des salles de classe modernes et peintes en blanc, ainsi que de grands laboratoires de chimie, de physique et de biologie, tous très bien équipés. Il y avait encore des salles de cours au quatrième étage ainsi qu'un laboratoire de psychologie, qui contenait des rats, des labyrinthes, des écrans et toute une collection d'instruments destinés à mesurer les réflexes auditifs et visuels. Le cinquième étage était destiné aux dortoirs des internes.

C'était un collège strictement orthodoxe, avec des services religieux trois fois par jour, des rabbins formés en Europe, la plupart portant de longues robes noires, et tous la barbe entière. Au cours de la première partie de la journée, de neuf heures du matin à trois heures de l'après-midi, nous nous consacrions à l'étude du Talmud. De trois heures un quart à six heures un quart ou sept heures un quart, selon l'emploi du temps que nous avions choisi, nous suivions un programme d'études normal. Nous allions au collège le vendredi de neuf heures du matin à une heure de l'après-midi ; et le dimanche, pendant le même temps, nous étudiions le Talmud.

J'aimais beaucoup cette organisation de nos cours ; elle partageait très nettement le travail et permettait de se concentrer plus facilement soit sur le Talmud soit sur l'enseignement général. La longueur des journées de classe, cependant, me plaisait moins. Souvent je ne dormais pas encore à une heure du matin, obligé que j'étais de travailler à mes devoirs. Un soir, mon père entra dans ma chambre à une heure moins dix et me trouva en train d'apprendre par cœur un chapitre de mon livre de biologie. Il me demanda si j'avais l'intention de faire quatre années d'études en une seule, et il m'ordonna d'aller me coucher sans délai. J'allai me coucher une demi-heure plus tard, une fois que j'eus appris par cœur le chapitre.

La tristesse et la déception de Danny croissaient de jour en jour, en dépit du fait que les élèves de sa classe de Talmud le regardaient la bouche ouverte de stupéfaction. On l'avait mis dans la classe de Rav Gershenson, la plus forte du collège, et moi, une classe au-dessous. Tout le Département des études talmudiques ne parla que de lui pendant quinze jours et tous les étudiants le considéraient comme une autorité. Il apprenait beaucoup de Rav Gershenson qui, comme Danny le disait lui-même, aimait passer au moins trois jours sur deux lignes. Il était rapidement devenu le chef des quelques étudiants hassidiques qui fréquentaient le collège, ceux qui s'y promenaient en costumes noirs, sans cravates, avec leurs barbes, leurs franges et leurs papillotes. À peu près la moitié de mes camarades de classe étaient entrés au collège avec moi, et je fus vite assez ami avec beaucoup d'autres étudiants qui n'étaient pas des hassidim. Je ne me mêlais pas beaucoup à ceux-ci, mais l'admiration qu'ils témoignaient à Danny était évidente. Ils s'accrochaient à lui comme s'il avait été la réincarnation du Besht, comme s'il avait été leur étudiant tzaddik. Mais rien de tout cela ne le rendait heureux. Rien ne pouvait lui faire oublier la déception que lui avait inspirée le professeur Appleman : celui-ci, vers la fin du premier semestre, l'avait mis dans un tel état que Danny commençait à parler de prendre une autre matière comme principal sujet d'étude. Il ne supportait pas l'idée de se voir passer quatre années à faire courir des rats dans des labyrinthes et à contrôler les réflexes de personnes soumises à des éclairages clignotants ou à des sonorités bourdonnantes, me disait-il. Il avait été noté d'un B pour son travail en psychologie du semestre, parce qu'il avait raté les math à son examen final. Qu'est-ce que la psychologie expérimentale avait à faire avec l'esprit humain ? Il aurait bien voulu le savoir.

Un jour, pendant la semaine qui séparait les deux semestres, Danny était assis sur mon lit et j'étais à mon bureau, me demandant comment faire pour l'aider tant il paraissait triste. Mais je ne savais pas un mot de psychologie expérimentale, si bien que l'aide que je pouvais lui offrir se réduisait à peu de chose, sauf que je pouvais l'encourager de poursuivre, quelque chose sortirait bien de tout cela et peut-être en viendrait-il même à s'intéresser à cette science.

— Est-ce que tu es jamais arrivé à aimer mon père et les erreurs qu'il fait exprès ? me demanda-t-il avec humeur.

Je secouai lentement la tête. Reb Saunders ne faisait plus de fautes exprès dans ses propos, les soirs de Sabbat, depuis la semaine où nous étions entrés au collège, mais j'en gardais encore un mauvais souvenir. Je dis à Danny que j'avais détesté toute cette histoire de fausses erreurs et que je n'avais jamais pu m'y habituer tout à fait, bien que j'en eusse été souvent témoin.

— Alors, qu'est-ce qui te fait penser que de passer du temps sur quelque chose finit par le faire aimer ?

Je n'avais rien à répondre à cela, sinon lui conseiller encore une fois de finir son année avec le professeur Appleman.

— Pourquoi n'en parles-tu pas avec lui ?

— Parler de quoi ? De Freud ? La seule fois que j'ai fait mention d'une théorie freudienne à son cours, tout ce que j'ai pu obtenir d'Appleman a seulement été que la psychanalyse dogmatique est à la psychologie ce que la magie est à la science. « Les freudiens dogmatiques », disait Danny en imitant le professeur Appleman — du moins c'était mon impression ; je ne connaissais pas le professeur Appleman, mais la voix de Danny avait pris une sorte de ton professoral —, « les freudiens dogmatiques doivent être en général considérés comme apparentés aux physiciens du Moyen Âge, avant Galilée. Ils ne s'intéressent qu'à confirmer des hypothèses théoriques hautement douteuses par le moyen de la logique, de l'analogie et de l'induction, et ils ne prêtent aucune attention aux réfutations ou à l'expérimentation. » Telle a été mon introduction à la psychologie expérimentale. Et depuis ce jour, je fais courir des rats dans des labyrinthes.

— Est-ce qu'il avait raison ? demandai-je.

— Qui donc ?

— Le professeur Appleman.

— Raison sur quoi ?

— Sur le fait que les freudiens sont dogmatiques.

— Quels sont les disciples d'un génie qui ne sont pas dogmatiques, pour l'amour de Dieu ? Les freudiens ont toutes les raisons du monde pour être dogmatiques. Freud était un génie.

— Qu'est-ce qu'ils en font ? Un tzaddik ?

— Très drôle, dit Danny amèrement. Merci pour la sympathie que tu me témoignes !

— Il me semble que tu devrais avoir une conversation avec Appleman.

— Et pour lui dire quoi ? Que Freud était un génie ? Que je déteste la psychologie expérimentale ? Tu sais ce qu'il a dit un jour en classe ? » Il reprit son ton de voix doctoral. « Messieurs, la psychologie ne peut être considérée comme une science que dans la mesure où ses hypothèses sont sujettes à des expériences de laboratoires et peuvent faire l'objet par la suite d'une mise en forme mathématique. » Une mise en forme mathématique ! Qu'est-ce que je devrais lui dire ? Que je déteste les mathématiques ? J'ai choisi la mauvaise matière. C'est toi qui devrais suivre ses cours, pas moi !

— Il a raison, tu sais, dis-je tranquillement.

— Qui ?

— Appleman. Si les freudiens refusent de soumettre leurs théories à des expériences exécutées dans des conditions équivalentes à celles qui existent dans un laboratoire, ce sont des dogmatiques.

Danny me regarda, le visage fermé.

— Qu'est-ce qui te rend tout à coup si calé sur les freudiens ? me demanda-t-il avec irritation.

— Je ne sais rien du freudisme, lui dis-je. Mais j'en sais pas mal sur la logique inductive. Un de ces jours, rappelle-moi qu'il faudra que je te fasse une conférence sur la logique inductive. Si les freudiens...

— Au diable ! cria Danny. Je n'ai jamais mentionné les disciples de Freud à son cours. Je parlais de Freud lui-même. Freud était un homme de science. La psychanalyse est une méthode scientifique pour explorer l'esprit. Qu'est-ce que les rats ont à faire avec l'esprit humain ?

— Pourquoi ne le demandes-tu pas à Appleman ?

— Je crois que je vais le faire. Je crois que, ça, je le ferai. Pourquoi pas ? Qu'est-ce que j'ai à perdre ? Rien ne peut me dégoûter plus que ça ne me dégoûte déjà !

— Tu as raison, dis-je.

Il y eut un bref silence, pendant lequel Danny, assis sur mon lit, regarda tristement le plancher.

— Comment vont tes yeux ces temps-ci ?

Il s'appuya contre le mur.

— Ils me gênent encore. Ces lunettes n'arrangent pas grand-chose.

— As-tu été voir un médecin ?

Il haussa les épaules.

— Il a dit que les lunettes devraient me faire du

bien, mais qu'il faut que je m'y habitue. Je ne sais pas. De toute manière, je parlerai à Appleman la semaine prochaine. Le pis qui pourrait arriver, ce serait que je cesse d'aller à son cours. » Il secoua la tête : « Quelle sale histoire ! Deux années passées à lire Freud et il faut que cela me conduise à faire de la psychologie expérimentale.

— On ne sait jamais, dis-je. Peut-être qu'un jour la psychologie expérimentale se révélera utile.

— C'est sûr ! Tout ce que je dois faire, c'est me mettre à aimer les mathématiques et les rats. Est-ce que tu viendras à ce Sabbat ?

— L'après-midi du Sabbat, je travaille avec mon père.

— Tous les après-midi de Sabbat ?

— Oui.

— Mon père m'a demandé la semaine dernière si nous étions encore amis. Il ne t'a pas vu depuis deux mois.

— J'étudie le Talmud avec mon père, dis-je.

— Tu revois tes cours ?

— Non, il m'apprend à utiliser une méthode scientifique.

Danny me regarda avec surprise, puis sourit.

— Tu essaies tes méthodes scientifiques avec Rav Schwartz ?

— Non, dis-je.

Rav Schwartz était mon professeur de Talmud. C'était un vieil homme avec une longue barbe grise, qui portait une veste noire et n'arrêtait pas de fumer des cigarettes. C'était un grand talmudiste, mais il avait été formé dans une yeshiva européenne, et je n'avais pas l'impression qu'il aurait beaucoup aimé qu'on applique une méthode scientifique à l'étude du Talmud. J'avais une fois proposé une correction au texte, et il m'avait regardé d'une drôle de manière.

J'avais même l'impression qu'il n'avait pas compris ce que j'avais dit.

— Bon, eh bien, bonne chance à la méthode scientifique, me dit Daniel en se levant. Simplement, ne l'essaie pas avec Rav Gershenson. Il la connaît très bien, et il la déteste. Quand mon père te verra-t-il ?

— Je ne sais pas, dis-je.

— Il faut que je rentre à la maison. Qu'est-ce que ton père est en train de faire ?

Le bruit de la machine à écrire de mon père s'était fait entendre pendant tout le temps que nous avions parlé.

— Il termine un autre article.

— Dis-lui que mon père lui envoie son bon souvenir.

— Merci. Est-ce que vous vous parlez ces temps-ci, toi et ton père ?

Danny hésita un instant avant de répondre. « Pas vraiment. Simplement de temps à autre. Ce n'est pas vraiment se parler. »

Je ne fis aucune remarque.

— Je crois qu'il va vraiment falloir que je rentre, dit Danny. Il est tard. Je te retrouverai devant ta *shule* dimanche matin.

— Okay.

Je le raccompagnai jusqu'à la porte, puis je m'arrêtai pour écouter le bruit de ses souliers ferrés sur le sol de l'entrée. Il était parti.

Je revins dans ma chambre et trouvai mon père debout devant l'entrée de son bureau. Il avait un mauvais rhume et portait un chandail de laine et une écharpe autour de son cou. C'était la troisième fois qu'il s'enrhumait ainsi en cinq mois. C'était aussi la première fois depuis des semaines qu'il était resté le soir à la maison. Il était maintenant très engagé dans le sionisme et passait son temps à aller dans des réunions où il parlait de l'importance de la Palestine en tant que foyer national juif : il s'occupait de trouver de l'argent pour le Fonds National Juif. Il enseignait aussi, dans un cours pour adultes à notre synagogue, l'histoire politique du sionisme, tous les lundis soir, et, dans un autre cours pour adultes à sa yeshiva, il enseignait l'histoire américaine. Il rentrait rarement avant onze heures du soir. J'entendais ses pas fatigués dans le hall, quand il approchait de la porte. Il prenait une tasse de thé, venait dans ma chambre et bavardait pendant quelques minutes, me disant où il avait été et ce qu'il avait fait le soir, puis il me répétait que je n'étais pas obligé de faire le programme de mes quatre années de collège en une seule et qu'il fallait que j'aille me coucher, après quoi il allait dans son bureau préparer ses cours du lendemain. Il prenait son propre enseignement tout à fait au sérieux, depuis quelques mois. Bien sûr, il avait toujours préparé ses cours ; mais il y avait désormais une sorte de lourdeur dans la manière dont il les préparait, écrivant tout, répétant à haute voix ses leçons, comme s'il voulait s'assurer que rien d'important ne serait passé sous silence et comme s'il avait eu l'impression que l'avenir tout entier dépendait de chacune des idées qu'il exprimait. Je ne savais jamais à quelle heure il allait se coucher ; et quel que fût le moment où j'y allais moi-même, il était encore à son bureau. Il n'avait jamais repris le poids qu'il avait perdu au cours des semaines qu'il avait dû passer à l'hôpital après son attaque cardiaque, et était sans cesse fatigué, le visage pâle et tiré, les yeux humides.

Il était là, maintenant, à la porte de son bureau, portant son chandail de laine, son écharpe et sa calotte noire et ronde. Il avait des pantoufles, et son pantalon était froissé car il était resté longtemps assis devant sa machine à écrire. Il était manifestement fatigué et, quand il me demanda ce qui agitait Danny à ce point, sa voix se brisa plusieurs fois. Il avait entendu Danny à travers la porte, me dit-il.

Je lui racontai les malheurs de Danny avec le professeur Appleman et la psychologie expérimentale.

Il m'écouta avec attention, puis entra dans ma chambre et s'assit sur mon lit avec un soupir.

— Ainsi, dit-il, Danny est en train de s'apercevoir que Freud n'est pas Dieu.

— Je lui ai dit qu'il devrait au moins avoir une conversation avec le Dr Appleman.

— Et alors ?

— Il lui parlera la semaine prochaine.

— La psychologie expérimentale, dit mon père, personnellement, je n'y connais rien.

— Il dit qu'elle comporte beaucoup de math !

— Ah ! Et Danny n'aime pas les mathématiques.

— Il les déteste, à ce qu'il dit. Il se sent très bas en ce moment. Il a l'impression d'avoir perdu deux ans à lire Freud.

Mon père eut un sourire, hocha la tête, mais n'ajouta rien.

— Il me semble que le professeur Appleman ressemble au professeur Flesser, dis-je.

Le professeur Flesser était mon professeur de logique. Il se disait empiriste et ennemi de ce qu'il appelait « les philosophies obscurantistes européennes », ce qui englobait, selon lui, tout ce qui s'était fait dans la philosophie allemande, de Fichte à Heidegger, à l'exception de Vaihinger et d'un ou deux autres.

Mon père me demanda ce que les deux professeurs avaient en commun, et je lui rapportai ce qu'Appleman avait dit de la psychologie, celle-ci ne pouvant être considérée comme une science que dans la mesure où ses hypothèses pouvaient être formulées mathématiquement.

— Le professeur Flesser a dit la même chose de la biologie, dis-je.

— Vous parlez de biologie dans un cours sur la logique symbolique ? me demanda mon père.

— Nous parlions de logique inductive.

— Ah. Bien sûr. La remarque sur les hypothèses exprimées sous une forme mathématique a été faite par Kant. C'est un des points du programme du Cercle des positivistes logiques de Vienne.

— De qui ?

— Pas maintenant, Reuven. Il est trop tard et je suis fatigué. Tu devrais aller te coucher. Profite de tes nuits, quand tu n'as pas de travail.

— Tu travailleras tard cette nuit, *abba* ?

— Oui.

— Tu ne te soignes pas bien, tu sais. Tu as une voix épouvantable.

Il soupira de nouveau.

— C'est un mauvais rhume, dit-il.

— Est-ce que le Dr Grossman sait que tu travailles tant ?

— Le Dr Grossman s'inquiète un peu trop pour moi, dit-il en souriant.

— Est-ce que tu vas te faire examiner bientôt ?

— Bientôt, dit-il. Je me sens bien, Reuven. Tu t'inquiètes, comme le Dr Grossman. Inquiète-toi plutôt de tes études. Je me sens bien.

— Combien ai-je de pères ? lui demandai-je.

Il ne répondit pas, mais ses paupières tremblèrent un peu.

— J'aimerais que tu te reposes un peu, dis-je.

— Ce n'est pas le moment de se reposer, Reuven. Tu as lu dans les journaux ce qui se passe en Palestine ?

Je fis un signe affirmatif.

— Est-ce que c'est le moment de se reposer ? demanda mon père d'une voix rauque. Est-ce qu'ils se reposent, les garçons de la Haganah et de l'Irgoun, qui se font tuer tous les jours ?

Il parlait de ce qui était en train de se passer en Palestine. Deux Anglais, un officier et un juge, venaient d'être enlevés par l'Irgoun, le groupe terroriste qui agissait en Palestine, et ils étaient retenus comme otages. Un membre de l'Irgoun, Dov Gruner, qui avait été capturé, venait d'être condamné à la pendaison par les Anglais, mais l'Irgoun avait fait savoir qu'elle exercerait des représailles sur les otages si la sentence était exécutée. Il s'agissait là de la dernière manifestation de ces activités terroristes, qui ne cessaient de s'amplifier, contre l'armée britannique en Palestine. Tandis que l'Irgoun se livrait ainsi à des actions terroristes — faisant sauter les trains, attaquant les postes de police, coupant les lignes de communication — la Haganah continuait à faire passer les Juifs en contrebande à travers le blocus naval établi par les Anglais, mettant ainsi au défi le Colonial Office qui avait interdit toute nouvelle immigration de Juifs en Palestine. Il se passait rarement une semaine sans un nouvel acte de terrorisme contre les Anglais. Mon père lisait dans les journaux les récits de ces actions, et je pouvais voir l'angoisse dans ses yeux. Il haïssait la violence et les effusions de sang et il avait une aversion totale pour la politique terroriste de l'Irgoun, mais il haïssait encore davantage la politique d'arrêt à l'immigration des Britanniques. Le sang de l'Irgoun était répandu pour le salut du futur État juif, et il lui paraissait difficile d'exprimer son opposition aux actes de terrorisme qui tenaient maintenant, de façon régulière, la première page des journaux. Chaque fois, les titres des journaux ne faisaient que le pousser davantage à s'engager dans des activités sionistes, et à se justifier hautement et avec enthousiasme devant lui-même des efforts qu'il déployait en tant que collecteur de fonds et conférencier pour le compte de l'État juif.

Je me rendis compte qu'il commençait à s'agiter de nouveau, si bien que, pour changer de sujet de conversation, je lui dis que Reb Saunders lui envoyait ses bons souvenirs. « Il se demande pourquoi il ne me voit plus », dis-je.

Mon père ne paraissait pas m'avoir entendu. Il était assis sur mon lit, perdu dans ses pensées. Nous restâmes un bon moment sans rien dire. Puis il changea de position et dit doucement : « Reuven, sais-tu ce que les rabbins nous racontent sur ce que Dieu a dit à Moïse, quand celui-ci fut sur le point de mourir ? »

Je le regardai.

— Non, m'entendis-je répondre.

— Il dit à Moïse : « Tu as peiné et travaillé, maintenant tu mérites le repos. »

Je continuai à le regarder sans rien dire.

— Tu n'es plus un enfant, Reuven, continua mon père. On peut presque voir à l'œil nu ton esprit grandir. Et ton cœur aussi. Logique inductive, Freud, psychologie expérimentale, formulation mathématique des hypothèses, étude scientifique du Talmud. Il y a trois ans, tu étais encore un enfant. Depuis le jour où la balle de Danny t'a frappé l'œil, tu es devenu un petit géant. Tu ne t'en aperçois pas. Mais, moi, je m'en aperçois. Et c'est une chose merveilleuse à voir. Alors, écoute ce que je vais te dire.

Il s'arrêta quelques instants, comme s'il examinait avec soin les mots qu'il comptait prononcer. Puis il poursuivit : « Les êtres humains ne sont pas éternels, Reuven. Nous vivons moins de temps qu'il n'en faut pour ouvrir et fermer un œil, si nous mesurons nos vies à l'échelle de l'éternité. Si bien qu'on peut se demander quelle valeur a une vie humaine. Il y a tant de douleur dans le monde. Qu'est-ce que cela peut bien signifier, de telles souffrances, si nos vies ne sont que le temps d'un clin d'œil ? » Il s'arrêta de nouveau, et il avait maintenant les yeux humides, puis reprit : « J'ai appris, il y a longtemps, qu'un clin d'œil en lui-même n'est rien. Mais l'œil qui cligne, *ça* c'est quelque chose. Le temps d'une vie n'est rien. Mais l'homme qui vit ce temps, *il* est quelque chose. Il peut remplir de sens ce court espace, si bien que, qualitativement, il est au-delà de toute mesure, quoiqu'il soit insignifiant quantitativement. Est-ce que tu comprends ce que je suis en train de dire ? Un homme doit donner un sens à sa vie, le sens n'est pas automatiquement donné à toute vie. C'est un dur travail de donner un sens à sa vie. Et ça, je ne crois pas que tu puisses déjà le comprendre. Une vie qui a eu un sens mérite le repos. Je veux mériter le repos qui me sera donné quand je ne serai plus ici. Comprends-tu ce que je veux dire ? »

Je fis signe que je comprenais, me sentant glacé de peur. C'était la première fois que mon père me parlait de sa mort, et il me semblait que ses paroles avaient rempli la chambre d'un brouillard gris qui m'empêchait de rien voir et m'étouffait.

Mon père me regarda et soupira doucement. « C'était un petit peu brutal, dit-il. Je te demande pardon. Je n'avais pas l'intention de te faire du mal. »

Je fus incapable de répondre.

— Je vivrai encore de nombreuses années, avec l'aide de Dieu, dit mon père en essayant de sourire. Entre mon fils et mon médecin, j'arriverai probablement à devenir très vieux.

Le brouillard gris commençait à se dissiper. Je pris une profonde inspiration. Je sentais une sueur froide qui coulait dans mon dos.

— Est-ce que tu m'en veux, Reuven ?

Je fis signe que non.

— Je ne voulais rien dire de trouble. Je voulais seulement te dire que ce que je fais en ce moment, j'y attache une grande importance. Si j'étais incapable de faire ces choses, ma vie ne voudrait plus rien dire. Vivre simplement, seulement pour vivre — quel sens y a-t-il à cela ? Une mouche vit aussi.

Je ne répondis rien. Maintenant, le brouillard s'était dissipé. J'avais les paumes de mes mains humides de sueur.

— Désolé, dit mon père doucement. Je m'aperçois que je t'ai bouleversé.

— Tu m'as fait peur, lui dis-je.

— Je te demande pardon.

— Est-ce que tu iras te faire examiner ?

— Oui, dit mon père.

— Tu m'as vraiment fait peur, en me parlant de cette façon. Tu es sûr que tu te sens bien ?

— J'ai un mauvais rhume. Autrement je me sens bien.

— Tu iras te faire examiner ?

— Je téléphonerai demain au Dr Grossman et je prendrai un rendez-vous pour la semaine prochaine. D'accord ?

— D'accord.

— Mon jeune logicien est satisfait. Bon. Parlons plutôt de choses plus gaies. Je ne t'ai pas dit que j'avais vu Jack Rose hier. Il m'a donné un chèque de mille dollars pour le Fonds National Juif.

— Encore mille dollars ?

Jack Rose et mon père avaient été amis en Russie et ils étaient arrivés en Amérique sur le même bateau. Il était devenu un riche fourreur et un Juif complètement détaché de la religion. Pourtant, six mois auparavant, il avait donné à mon père mille dollars pour la synagogue.

— Ce qui m'arrive est étrange, dit mon père. Et c'est très intéressant. Jack est maintenant membre du Comité de construction de sa synagogue. Oui, il est maintenant membre d'une communauté. Il ne l'a pas fait pour lui, m'a-t-il expliqué, mais pour ses petits-enfants. Il aide à construire un nouveau bâtiment, pour que ses petits-enfants puissent avoir une synagogue moderne et une bonne éducation juive. C'est une chose qui commence à se passer dans toute l'Amérique. Certains parlent d'une renaissance religieuse.

— Je vois mal Jack Rose dans une synagogue, dis-je.

Les rares fois qu'il était venu chez nous, je m'étais aperçu du mépris où il tenait les traditions juives et cela m'avait fortement déplu. C'était un petit homme, aux traits ronds et roses, toujours habillé de façon parfaite, et qui ne cessait de fumer de longs cigares hors de prix. J'avais demandé un jour à mon père comment il se faisait qu'ils soient restés si bons amis, étant donné qu'ils pensaient de façon opposée sur toutes les questions importantes. Il avait paru effrayé par ma question. Des divergences sincères n'avaient jamais suffi à détruire une amitié, m'avait-il dit. « Est-ce que tu ne sais pas encore cela, Reuven ? » Maintenant, j'avais envie de dire à mon père que Jack Rose employait probablement son argent à se donner bonne conscience. Mais je n'en fis rien. Au contraire je dis d'un ton un peu méprisant : « Je n'envie pas son rabbin. »

Mon père secoua tristement la tête.

— Pourquoi ? Tu devrais l'envier, Reuven. Les Juifs américains recommencent à aller à la synagogue.

— Que Dieu nous vienne en aide si les synagogues doivent être remplies de Jack Rose.

— Elles seront remplies de Jack Rose, et ce sera la tâche des rabbins de leur enseigner. Ce sera ta tâche, si tu deviens rabbin.

Je le regardai.

— *Si* tu deviens rabbin, dit mon père en me souriant avec chaleur.

— *Quand* je serai rabbin, tu veux dire.

Mon père sourit encore.

— Tu aurais fait un bon professeur d'université, dit-il. J'aurais aimé te voir devenir professeur dans une université. Mais il me semble que tu as déjà pris ta décision. Est-ce que je me trompe ?

— Non, dis-je.

— Même avec une synagogue pleine de Jack Rose ?

— Même avec une synagogue pleine de Jack Rose, dis-je. Que Dieu me vienne en aide.

— L'Amérique a besoin de rabbins.

— Eh bien, c'est toujours mieux que d'être boxeur.

Mon père me regarda avec surprise.

— C'est une mauvaise plaisanterie, dis-je.

— Est-ce que tu veux prendre une tasse de thé avec moi ?

J'acceptai.

— Viens. Buvons du thé et continuons à parler de choses gaies.

Nous bûmes du thé en continuant à bavarder. Mon père me parla de ses activités dans le sionisme, des discours qu'il prononçait, des fonds qu'il rassemblait. Il dit que d'ici un an ou deux, la crise en Palestine serait à son paroxysme. Il y aurait une terrible effusion de sang, annonçait-il, à moins que les Britanniques ne laissent régler le problème par les Nations Unies. La plupart des Juifs américains n'avaient pas conscience de ce qui était en train de se passer. Les journaux anglais ne disaient pas tout. Il fallait que les Juifs lisent maintenant la presse yiddish s'ils voulaient tout savoir sur ce qui se passait en Palestine. Il fallait que les Juifs américains soient informés du problème que posait la création d'un État juif. Son groupe sioniste était en train de préparer une réunion de masse à Madison Square Garden. La publicité allait être lancée cette semaine-là, et le *New York Times* allait bientôt publier un important supplément annonçant la réunion. Elle était prévue pour la fin février.

— Je me demande ce que va penser Reb Saunders quand il s'apercevra que son fils est l'ami du fils d'un sioniste, dis-je.

J'avais parlé à mon père de l'explosion de rage de Reb Saunders.

Mon père soupira. « Reb Saunders reste assis à attendre le Messie, dit-il. Je suis fatigué d'attendre. Le temps est venu de faire venir le Messie, non de l'attendre. »

Nous finîmes de boire notre thé. Mon père retourna dans son bureau, et j'allai me coucher. Je fis, cette nuit-là, des rêves terribles, mais je les avais tous oubliés quand je me réveillai.

C'était un vendredi, et je n'avais pas de projets. Danny passait toujours ses matinées à étudier le Talmud, aussi décidai-je que, plutôt que de perdre ma journée, j'irais à la bibliothèque du collège voir si je n'y trouverais pas quelque chose sur la psychologie expérimentale. Je m'étais réveillé un peu avant dix heures, et mon père était déjà parti faire son cours, si bien que Manya servit le déjeuner pour moi seul, me traitant de paresseux et d'autre chose en russe que je ne compris pas. Je pris ensuite le trolley pour aller au collège.

La bibliothèque disposait d'une grande collection de livres consacrés à la psychologie. J'en trouvai quelques-uns qui parlaient de psychologie expérimentale et je les feuilletai lentement, puis me reportai aux index et à la bibliographie. Ce que je découvris me permit facilement de comprendre ce qui rendait Danny si malheureux.

J'avais choisi des livres au hasard, mais, au premier coup d'œil, il était facile de s'apercevoir qu'ils étaient tous conçus de la même manière. Il ne s'y agissait que des données expérimentales et ils étaient pleins de graphiques, de tableaux, de photographies d'instruments de mesure pour les réponses auditives, visuelles ou tactiles, et d'expériences de laboratoire mises en formules mathématiques. La plupart de ces livres ne faisaient même pas allusion à Freud dans leurs bibliographies. Dans l'un d'eux, Freud était cité une seule fois, et le passage était loin de lui être favorable.

Je cherchai le mot « inconscient » dans les index. Certains livres ne le comportaient même pas. Et un des livres ne trouvait à dire que ceci :

« Il n'est pas possible d'examiner ici la "nouvelle psychologie de l'inconscient", mais, si exagérées que soient les affirmations selon lesquelles la psychanalyse a été à l'origine d'une révolution dans la psychologie, il n'est pas moins certain qu'elle a exercé sur la psychologie une influence qui restera permanente. Et il convient que le professeur en ait quelque notion, tant en raison de la richesse d'une grande part des travaux qu'elle a accomplis, qu'afin de se prémunir contre les affirmations exagérées des extrémistes et contre le plaidoyer sans discernement pour une liberté à l'égard de toute discipline qui se fonde sur elles. »

Ce « plaidoyer sans discernement pour une liberté à l'égard de toute discipline » ressemblait beaucoup aux propos du professeur Appleman. Mais je découvris quelque chose qui leur ressemblait encore davantage :

« La magie est fonction de la tradition et de la foi ; elle n'accueille pas favorablement l'observation et ne tire aucun profit de l'expérience. Tandis que la science se fonde sur l'expérience : elle est accessible à toute correction inspirée par l'observation et l'expérience. »

Le livre dans lequel je découvris ce passage était plein de tableaux et de graphiques montrant les résultats d'expériences faites sur des grenouilles, des salamandres, des souris, des fourmis et des êtres humains. Nulle part il n'y était question de Freud et de l'inconscient.

J'étais désolé pour Danny. Il avait consacré deux années à étudier la nature de l'esprit du point de vue de l'analyse freudienne. Maintenant, il l'étudiait du point de vue de la physiologie. Je compris ce qu'il avait voulu dire quand il avait affirmé que la psychologie expérimentale n'avait rien à voir avec l'esprit humain. Si l'on se référait à la théorie de la psychanalyse, elle n'avait en effet rien à voir avec l'esprit humain. Mais, psychanalyse mise à part, il me parut que le livre était de grande valeur. Comment une science psychologique pourrait-elle se construire en dehors d'expériences de laboratoire ? Et que peut-on faire d'autre dans un laboratoire, si ce n'est des expériences sur la physiologie animale ou humaine ? Comment faire des expériences sur leur *esprit* ? Comment quelqu'un pourrait-il soumettre les théories de Freud sur l'inconscient à un contrôle expérimental ?

« Pauvre Danny, me disais-je. Avec sa psychologie expérimentale, le professeur Appleman torture ton esprit. Et ton père, avec son étrange silence — que je n'arrive toujours pas à comprendre, si souvent que j'y réfléchisse — torture ton cœur. »

Je rentrai à la maison, triste et me sentant un peu abandonné. Il fallait que Danny résolve lui-même ses propres problèmes. En matière de psychologie, je ne pourrais pas lui apporter une aide bien efficace.

Le second semestre au collège commençait le lundi suivant et, pendant le déjeuner, Danny m'annonça qu'il était décidé à parler au professeur Appleman l'après-midi même. Il avait l'air tendu et nerveux. Je lui conseillai d'être poli mais sincère, et d'écouter ce qu'Appleman avait à dire. Moi-même, je me sentais assez énervé, mais je lui dis que j'avais lu un peu de psychologie expérimentale le vendredi d'avant et que je pensais qu'il y avait beaucoup de choses à y faire. Comment une science existerait-elle sans expérience ? Je voudrais bien le savoir. Mais comment pourrait-on se livrer à une expérience sur l'inconscient qui, par définition, paraissait mettre au défi toutes les techniques de contrôle en laboratoire ?

Je vis les lèvres de Danny blêmir de colère.

— Merci beaucoup ! me dit-il amèrement. C'était exactement ce dont j'avais besoin. Un coup de pied au derrière par mon meilleur ami.

— Je te donne seulement mon opinion.

— Et moi, c'est mon opinion que je te donne, dit-il en criant presque. Merci beaucoup !

Il quitta en coup de vent le réfectoire, me laissant finir seul mon repas.

Généralement, nous nous rencontrions devant la porte après le dernier cours, et nous rentrions ensemble. Mais ce soir-là, il ne se montra pas. Je l'attendis pendant presque une demi-heure, puis rentrai seul à la maison. Le matin suivant, tandis que je remontais Lee Avenue, je le vis qui m'attendait devant la synagogue où mon père et moi allions prier.

— Où étais-tu hier soir ? demanda-t-il.

— Je t'ai attendu pendant une demi-heure, dis-je. À quelle heure es-tu sorti ?

— À sept heures un quart.

— Tu es resté avec lui pendant une heure ?

— Nous avons beaucoup parlé. Écoute, je regrette de m'être mis en colère hier à déjeuner.

Je lui répondis que j'avais la peau épaisse et, de plus, à quoi servirait un ami, sinon à ce qu'on se mette en colère de temps en temps contre lui.

Nous nous dirigions vers la station de trolley. Il faisait un froid aigre, ce matin-là. Les papillotes de Danny flottaient au vent qui soufflait à travers les rues.

— Qu'est-ce qui s'est passé ? demandai-je.

— C'est une longue histoire, dit Danny, me regardant de côté en souriant. Nous avons longuement parlé de Freud, des disciples de Freud, de la psychologie, de la psychanalyse et de Dieu.

— Et ?

— C'est un très chic type. Il m'a dit qu'il avait espéré parler avec moi depuis le début du semestre.

Je ne répondis pas. Mais maintenant, c'était à moi de sourire.

— De toute manière, il connaît Freud en long et en large. Il m'a dit qu'il ne faisait aucune objection aux conclusions de Freud, mais à ses méthodes. Il dit que l'attitude de Freud est entièrement fondée sur ses propres expériences, forcément limitées. Qu'il avait généralisé sur la base de quelques exemples, ceux que lui avaient fournis quelques-uns de ses clients.

— C'est tout le problème de l'induction, dis-je. Comment justifies-tu le fait de sauter de quelques exemples à une généralisation ?

— Je ne connais rien au problème de l'induction, dit Danny. C'est ton affaire. Mais Appleman a dit quelque chose d'autre qui a beaucoup d'importance pour moi. Il a reconnu que Freud était un génie et un savant précautionneux, mais il a dit que Freud avait conçu une théorie du comportement uniquement fondée sur des cas *anormaux*. Il a dit que la psychologie expérimentale se préoccupait d'appliquer les méthodes des sciences naturelles afin de découvrir comment se comportent *tous* les êtres humains. Elle ne se soucie pas de généraliser en partant seulement d'un certain nombre d'individus. Cela me paraît très juste.

— Bon, bon, dis-je en souriant.

— Il a dit aussi qu'il s'opposait surtout aux disciples de Freud, bien plus qu'à Freud lui-même. Il prétend qu'ils sont bien contents de gagner leur vie en prenant de gros honoraires pour leurs analyses et qu'ils refusent qu'on contrôle leurs hypothèses.

— Voilà notre trolley, dis-je. Arrive !

Le trolley attendait le feu vert, et nous eûmes juste le temps d'y monter. Quelques-uns des passagers jetèrent sur Danny des regards curieux tandis qu'il remontait le couloir central en cherchant où s'asseoir. J'étais habitué à voir les gens regarder ainsi Danny, sa barbe et ses papillotes. Mais Danny en était de plus en plus gêné, surtout depuis qu'il avait lu le livre de Grætz sur le hassidisme. Il regardait droit devant lui, essayant d'ignorer ces regards. Nous trouvâmes des places à l'arrière et nous nous assîmes.

— Ainsi, il a dit que les analystes ne permettaient à personne de contrôler leurs hypothèses, dis-je. Et qu'est-ce qui s'est passé alors ?

— Eh bien, nous avons beaucoup parlé de psychologie expérimentale. Il m'a dit qu'il était presque impossible de faire de l'être humain l'objet d'une étude, parce qu'il était trop difficile de contrôler les expériences. Il dit qu'on se sert de rats parce qu'on peut changer les situations où ils se trouvent. Il a répété un tas de choses qu'il avait déjà dites en classe, mais elles m'ont paru beaucoup plus justes, cette fois-ci. Du moins c'est ce qu'il m'a paru. Peut-être qu'après qu'il a dit que Freud était un génie, je l'ai écouté plus volontiers. Il a dit qu'il admirait ma connaissance de Freud, mais qu'en matière de science, il n'y avait pas de Dieu, pas même Einstein. Et puisque même en matière de religion les gens ne sont pas d'accord sur Dieu, pourquoi les hommes de science ne discuteraient-ils pas les autres hommes de science ? Cela, je ne pouvais pas le contester. Il a dit que la psychologie expérimentale équilibrerait bien ma connaissance de Freud. Peut-être. Je continue à penser qu'elle n'a rien à voir avec l'esprit humain. C'est plus de la physiologie qu'autre chose. De toute manière, Appleman m'a dit que si j'avais des difficultés avec les math, il ne demandait pas mieux que de m'aider autant qu'il le pourrait. Mais il n'a pas beaucoup de temps, et il m'a dit que je devrais faire appel à un ami qui pourrait m'aider de façon régulière.

Je ne dis rien.

Il me regarda en souriant.

— Okay, dis-je. Je ne te prendrai pas trop cher.

— Ça n'est pas encore cela qui me fera aimer faire courir des rats dans des labyrinthes, dit Danny. Mais il est sympathique. C'est vraiment un chic type.

Je lui souris sans rien dire. Puis je remarquai qu'il tenait un manuel de psychologie à la main. C'était un des livres que j'avais vus le vendredi, et qui ne citait pas Freud une seule fois. Je lui demandai ce qu'il en pensait, et il me répondit que c'était un sale boulot.

— Si jamais je me mets à aimer la psychologie expérimentale après un livre pareil, alors je veux bien que le Messie soit déjà arrivé, dit-il.

— Bon. Eh bien, tu n'aurais qu'à appeler ton gentil tzaddik d'ami pour qu'il t'aide, lui dis-je.

Il me regarda avec étonnement.

— C'est de moi que je parle, dis-je.

Il détourna les yeux et ne répondit pas. Nous fîmes le reste du chemin jusqu'à l'école sans rien dire.

Et c'est ainsi que je commençai à donner à Danny des répétitions de math. Il s'y mit très vite, surtout en apprenant par cœur les étapes et les procédés de raisonnement. Il ne s'intéressait pas vraiment au *pourquoi* des problèmes mathématiques, mais au *comment*. J'avais grand plaisir à l'aider et cela me permit d'apprendre beaucoup de psychologie expérimentale. Je trouvais cela fascinant, et beaucoup plus scientifique et substantiel que Freud, ainsi que plus fructueux en ce qui concerne les possibilités de parvenir à des connaissances contrôlables sur la manière dont les êtres humains pensent et apprennent.

Pendant toutes les premières semaines de février, Danny et moi nous rencontrions au réfectoire, nous restions seuls à table et nous discutions des difficultés que nous trouvions dans la formulation mathématique de ses expériences de psychologie expérimentale. Je lui appris à faire des graphiques, à utiliser les tableaux de ses manuels et comment réduire des données expérimentales en formules mathématiques. Danny demeurait convaincu de la valeur de ses premières objections : que la psychologie expérimentale n'avait rien à voir avec l'esprit humain, mais il commençait à en comprendre la valeur dans la mesure où elle aidait à connaître la théorie et à contrôler le fonctionnement de l'intelligence. Ses désillusions à ce propos montaient ou descendaient comme un baromètre, le climat étant la mesure selon laquelle il se montrait capable ou non de comprendre et de résoudre le problème mathématique qui le préoccupait dans le moment.

Je ne vis que très peu mon père pendant ces premières semaines de février. Sauf pendant le petit déjeuner, le dîner et le Sabbat, il n'était jamais à la maison. Quelquefois, la nuit, entre onze heures et minuit, lorsqu'il rentrait, nous buvions un verre de thé ensemble, passions quelques minutes dans ma chambre, puis il retournait dans son bureau. Je ne savais jamais à quelle heure il allait se coucher, mais son corps courbé et épuisé, son visage hagard montraient à l'évidence qu'il ne dormait que très peu. Il était allé se faire examiner, et le Dr Grossman s'était déclaré satisfait de sa santé, mais lui avait conseillé de prendre davantage de repos. Mon père prenait des pilules de vitamines tous les matins maintenant, avec son jus d'orange, mais elles n'avaient pas l'air de lui faire beaucoup de bien. Il fit mine d'ignorer complètement les conseils de repos que lui avait donnés le Dr Grossman, et chaque fois que j'en parlais, il détournait la conversation, la mettant volontiers sur la violence qui se déchaînait désormais en Palestine. Il était impossible de lui parler de sa santé. Rien n'avait plus d'importance pour lui que les deux idées autour desquelles désormais tournait sa vie entière : l'éducation des Juifs américains et un État juif en Palestine. Aussi continuait-il de faire ses cours pour adultes, en préparant en même temps la réunion de Madison Square Garden qui était prévue pour la dernière semaine de février.

Ce n'était pas seulement ma vie dans mon foyer qui avait été transformée par la Palestine, mais aussi ma vie scolaire. Tous les aspects du sionisme étaient représentés à Hirsch College, depuis les révisionnistes, qui étaient en faveur de l'Irgoun, jusqu'aux Nethurai Karta, les Gardiens de la Cité, la Cité étant, bien entendu, Jérusalem. Ce dernier groupe était constitué par des Juifs sévèrement orthodoxes, qui, comme Reb Saunders, méprisaient tout effort pour établir un État juif avant la venue du Messie. La récente arrivée de Juifs hongrois dans notre quartier avait renforcé leurs rangs, et ils constituaient dans la population de l'école un groupe restreint mais très bruyant. Même la faculté rabbinique était partagée : la plupart des rabbins ne cachaient pas les espoirs qu'ils mettaient dans la création d'un État juif, d'autres s'y opposaient, tandis que tous les élèves semblaient pour. Il y avait des discussions sans fin pendant les heures de l'après-midi, sur le problème de la double loyauté — quelle sorte d'allégeance les Juifs américains pouvaient-ils avoir à l'égard d'un État juif étranger ? — et, invariablement, ces discussions finissaient par tourner autour de cette question éminemment hypothétique : de quel côté irait combattre un Juif américain si jamais l'Amérique déclarait la guerre à l'État juif ? Je répondais toujours que la question était idiote et que l'Amérique n'enverrait jamais des Juifs se battre contre un État juif ; pendant la Deuxième Guerre mondiale on avait envoyé les Américains d'origine japonaise se battre contre les Allemands, et non contre les Japonais. Mais ma réponse ne paraissait satisfaire personne. Qu'est-ce qu'il se passerait si l'Amérique décidait d'envoyer des Juifs se battre contre un État juif ? répliquaient les théoriciens. Qu'est-ce qu'il se passerait alors ? Les disputes s'échauffaient parfois, mais elles n'avaient jamais lieu qu'entre ceux des étudiants et des professeurs qui étaient en faveur d'un État juif. La plupart des hassidim ignoraient parfaitement le problème. Méprisant comme ils le faisaient tous les efforts accomplis en faveur d'un État juif, ils méprisaient aussi bien les discussions qui avaient trait à son existence éventuelle. Ils appelaient ces discussions *bitul Torah*, du temps perdu pour l'étude de la Torah, et regardaient ceux qui y participaient avec un dégoût glacial.

Vers le milieu de février, les différentes factions commencèrent à serrer les rangs, au moment où le spectre des mouvements de jeunesse sionistes fit son apparition dans le collège à la recherche d'adhésions, seconde campagne de cette sorte à laquelle j'eusse assisté depuis mon entrée au collège. À partir de cet instant — la campagne de recrutement se poursuivit pendant quelques jours — les positions des étudiants furent nettement définies par la philosophie sioniste du groupe auquel je m'étais joint. La plupart des étudiants prosionistes, y compris moi-même, avaient adhéré à ce groupe de jeunesse sioniste et religieux, quelques-uns avaient même adhéré à l'armée de la jeunesse révisionniste. Les étudiants antisionistes se tenaient à l'écart, amers, dédaigneux de notre sionisme.

Un jour, au réfectoire, un des hassidim accusa un des membres du groupe des révisionnistes d'être pire que Hitler. Hitler n'avait réussi qu'à détruire le corps des Juifs, hurlait-il en yiddish, mais les révisionnistes essayaient de détruire l'âme juive ! Il y eut presque une bataille à coups de poing et les deux étudiants furent séparés par des camarades de leurs partis respectifs. L'incident laissa un goût amer dans la bouche de chacun de nous et eut pour seule conséquence d'accroître encore la tension entre sionistes et antisionistes.

Comme je l'avais prévu, Danny n'adhéra à aucun groupe sioniste. Dans l'intimité, il me confia qu'il aurait volontiers rejoint le groupe dont je faisais partie. Mais il ne le pouvait pas. Avais-je oublié l'explosion de colère de son père sur le sionisme ? me demanda-t-il. Je lui dis que j'avais eu des cauchemars après cette scène. Est-ce que j'aurais aimé assister à une scène du même ordre à chaque repas ? me demanda-t-il. Il me semblait qu'il était inutile de répondre à une telle question et je le dis à Danny. De plus, ajouta-t-il, chez les étudiants hassidiques, les antisionistes le considéraient comme leur chef. Que se passerait-il s'il adhérait à un groupe sioniste ? Cela ne servirait à rien, sinon à ajouter aux difficultés actuelles. Il était pris au piège par sa barbe et ses papillotes, dit-il, et il n'y pouvait rien. Mais un jour... Il ne termina pas la phrase.

Il se tint donc à l'écart, ne prenant jamais part aux disputes entre sionistes et antisionistes. Et quand les deux garçons en vinrent presque aux mains dans le réfectoire, son visage devint aussi dur que la pierre, et je le vis regarder avec haine l'étudiant hassidique qui avait été à l'origine de cette querelle. Mais il ne dit rien, et quand on eut emmené, presque en les traînant, les deux antagonistes et qu'ils eurent quitté le réfectoire, il revint immédiatement au problème mathématique dont il était en train de parler avec moi.

Au cours de la troisième semaine de février, les journaux rapportèrent que le ministre britannique des Affaires étrangères, Ernest Bevin, avait annoncé son intention de porter devant les Nations Unies le problème de la Palestine, en septembre. Mon père était enchanté, en dépit du fait que la nouvelle lui coûta quelques nuits supplémentaires de travail, à récrire le discours qu'il devait prononcer à la réunion.

Il me lut ce discours le soir du Sabbat avant la réunion. Il y décrivait le rêve deux fois millénaire des Juifs de retourner à Sion, il y parlait du sang juif qui avait été répandu depuis des siècles, de l'indifférence du monde à l'égard du problème d'un foyer national juif, de la nécessité vitale que le monde prît conscience qu'il importait de créer ce foyer immédiatement, sur le sol de la Palestine. Dans quel autre lieu pouvaient donc aller les restes de la communauté juive qui avaient échappé aux fours crématoires de Hitler ? L'assassinat de six millions de Juifs ne prendrait son sens que le jour où serait créé un État juif. C'est seulement alors que leur sacrifice commencerait à avoir un sens ; c'est seulement alors que les chants de foi qu'ils avaient chantés sur le chemin des chambres à gaz prendraient une signification ; et c'est alors seulement que les Juifs redeviendraient une lumière pour le monde, comme l'avait prévu Ahad Ha'am.

Ce discours m'avait profondément ému, et j'étais très fier de mon père. C'était merveilleux de savoir que, bientôt, il se tiendrait devant des milliers de gens, leur disant les mêmes mots que je venais d'entendre, en ce soir de Sabbat.

Le jour qui précédait la date fixée pour la réunion de Madison Square Garden, il y eut une violente tempête de neige et mon père se promena comme un spectre dans notre appartement, regardant par la fenêtre, le visage tout blanc, la neige qui tombait. Elle tomba toute la journée, puis s'arrêta. La ville se débattit pour se libérer de son fardeau blanc, mais les rues demeurèrent engorgées toute la journée du lendemain, et mon père partit, le soir, pour la réunion, la face grise comme de la cendre. Je n'avais pas pu l'accompagner parce que j'avais un examen de logique le lendemain et qu'il m'avait fallu rester à la maison pour travailler. Je me forçai à ne penser qu'à mes problèmes de logique, mais d'une certaine manière, ils me paraissaient frivoles. Je voyais tout le temps mon père, sur le haut d'une estrade, devant une immense salle vide, parlant devant des sièges que personne ne serait venu occuper, à cause de la neige. J'attendais avec frayeur le moment où j'entendrais sa clé dans la serrure de notre porte.

Je travaillai autant que je pus, haïssant le professeur Flesser pour la manière dont il avait imaginé tout à coup de nous faire passer cet examen, puis je me mis à marcher sans but dans l'appartement, pensant à quel point il était stupide que tout le travail de mon père pût être réduit à rien par une tempête de neige.

Peu avant une heure du matin, je l'entendis ouvrir la porte. J'étais dans la cuisine, en train de boire du lait, et je courus jusque dans l'entrée. Il avait le visage brillant d'excitation. La réunion avait été un énorme succès. La salle était pleine et deux mille personnes étaient restées debout, dehors, dans la rue, à écouter les discours retransmis par haut-parleurs. Il était transporté de joie. Nous étions assis autour de la table de la cuisine, et il me raconta tout ce qui s'était passé. La police avait bloqué les rues ; l'attitude de la foule, en entendant les discours qui réclamaient avec insistance la fin du mandat britannique et la création d'un État juif, avait été merveilleuse. Le discours de mon père avait été chaleureusement applaudi. Un sénateur qui avait parlé avant lui était venu ensuite, après la réunion, lui serrer la main avec enthousiasme, lui promettant un appui total. La réunion avait été un succès, sans le moindre doute. Cela avait même été un succès stupéfiant, en dépit des rues bloquées par la neige.

Il était plus de trois heures du matin quand nous finîmes par aller nous coucher.

La réunion eut les honneurs de la première page dans tous les journaux de New York le lendemain. Les journaux de langue anglaise publiaient des extraits du discours du sénateur et ne mentionnaient mon père que brièvement. Mais les journaux yiddish reproduisaient ce discours en entier. Du coup, je fus l'objet d'un intérêt considérable de la part des étudiants sionistes et d'une haine glacée dans les rangs antisionistes. Je n'attachai aucune importance au fait que je n'avais pas rencontré Danny au réfectoire. Entre ma fatigue, due à mon manque de sommeil, et l'état d'excitation où m'avait mis la réunion, je ne réussis que très médiocrement mon examen de logique. Mais cela m'était égal. Désormais la logique me paraissait sans importance. Je ne me fatiguais pas de regarder le visage enthousiaste de mon père, et d'entendre sa voix me racontant, encore et encore, le succès de la réunion.

Ce soir-là, j'attendis Danny plus d'une demi-heure devant l'entrée de l'école avant de me décider à rentrer seul chez moi. Le matin suivant, il ne se trouvait pas devant la synagogue. Je l'attendis aussi longtemps que je pus, puis pris le trolley pour me rendre au collège. J'étais à ma table, en train de préparer la leçon de Talmud quand je le vis passer devant moi et, d'un signe de tête, me désigner la porte. Il était très pâle et très triste, et il clignait nerveusement des yeux. Il sortit et, un moment après, je le suivis. Je le vis entrer dans les toilettes, et j'y entrai après lui. Elles étaient vides. Danny était en train d'uriner. Je me plaçai à côté de lui et fis comme si je me mettais moi aussi à uriner. Est-ce que tout allait bien ? lui demandai-je. Rien n'allait bien, me dit-il amèrement. Son père avait lu le compte rendu de la réunion dans la presse yiddish. Il y avait eu une explosion de colère hier au petit déjeuner, hier soir à dîner et de nouveau ce matin au petit déjeuner. Danny avait reçu l'ordre de ne plus me voir, de ne plus me parler, de ne plus m'écouter et de ne plus m'approcher. Mon père et moi avions été excommuniés par la famille Saunders. Si jamais Reb Saunders apprenait qu'on avait vu, n'importe où, Danny avec moi, il le retirait immédiatement du collège, et l'enverrait hors de la ville dans une yeshiva pour y recevoir son ordination rabbinique. Il n'y aurait plus d'université, plus de diplômes, rien, si ce n'est l'ordination rabbinique. Si nous tentions de nous retrouver en secret, Reb Saunders s'en apercevrait. Le discours de mon père avait mis fin à tout. Reb Saunders ne s'inquiétait pas de savoir si son fils lisait des livres défendus, mais jamais il ne le laisserait rester l'ami du fils d'un homme qui plaidait pour la création d'un État juif séculier, dirigé par des Goyim juifs. Il était même dangereux pour Danny de me retrouver aux toilettes, mais il avait fallu qu'il me dise tout cela. Comme pour souligner un tel danger, un étudiant entrait justement dans les toilettes, un étudiant hassidique qui jeta les yeux sur moi, et alla s'installer le plus loin possible. Un moment après, Danny sortait. Quand j'arrivai dans le hall, il était parti.

Je m'y étais attendu, mais maintenant que c'était arrivé, j'avais du mal à y croire. La frontière que Reb Saunders avait interdit de franchir ne délimitait pas seulement la littérature séculière, ni Freud — si l'on imaginait qu'il avait appris, d'une manière ou d'une autre, que Danny lisait Freud — mais même le sionisme. Mon père et moi avions été excommuniés, aussi bien par la famille Saunders, semblait-il, que par toute la secte antisioniste des étudiants hassidiques. Ils évitaient tout contact avec moi, et même s'écartaient de mon chemin afin de ne pas me toucher. Parfois, il m'arrivait de les entendre parler des Malter, les Goyim. Pendant les repas, j'étais à la même table que quelques-uns de mes camarades, qui n'étaient pas des hassidiques, et il m'arrivait de jeter les yeux sur la partie du réfectoire que les hassidiques s'étaient réservée. Ils étaient assis les uns à côté des autres, et mes yeux passaient lentement sur eux, sur leurs costumes noirs, leurs franges, leurs barbes et leurs papillotes — et il me semblait que chacun des mots qu'ils prononçaient, c'était contre moi ou contre mon père. Danny se tenait avec eux, silencieux, le visage tendu. Ses yeux rencontraient les miens, soutenaient mon regard, puis se détournaient lentement. Je me sentais glacé à voir l'expression qu'ils avaient, comme s'il avait voulu se défendre et manifester son impuissance. Tout cela me paraissait incroyable et absurde. Ce qui avait, en fin de compte, brisé notre amitié, ce n'était pas Freud, c'était le sionisme. Je passai le reste de la journée dans une alternance de rage violente contre l'aveuglement de Reb Saunders et d'angoisse devant le désespoir de Danny.

Quand je racontai tout cela, ce soir-là, à mon père, il m'écouta en silence. Il resta sans rien dire pendant un long moment, puis soupira, secoua la tête, et je vis qu'il avait les yeux humides. Il savait que cela allait arriver, me dit-il. Comment cela aurait-il pu ne pas arriver ?

— Je n'arrive pas à comprendre, *abba.* » Je pleurais presque. « Dans un million d'années je n'y comprendrais encore rien. Il a laissé Danny lire tous les livres que je lui ai donnés, il nous a permis d'être amis pendant toutes ces années, et il savait pourtant que j'étais ton fils. Et maintenant il rompt avec nous à cause de ça. Je n'arrive pas à le comprendre.

— Reuven, ce qui s'est passé entre toi et Danny au cours de toutes ces années, c'était une affaire privée. Qui le savait ? Il n'était probablement pas difficile pour Reb Saunders de répondre aux questions que lui posaient ses adeptes — si tant est qu'on lui posât des questions, ce dont je doute — simplement en disant qu'au moins j'étais un homme qui observait les commandements. Mais il n'a pas de réponse désormais à mon sionisme. Que peut-il dire maintenant à ses adeptes ? Rien. Il fallait qu'il fît ce qu'il a fait. Comment aurait-il pu vous laisser être des amis ? Je suis désolé d'être à l'origine de tout cela. Je vous ai réunis, et maintenant, c'est moi la cause de votre séparation. J'en suis profondément désolé.

— C'est un tel... fanatique ! dis-je, en criant presque.

— Reuven, dit mon père doucement, le fanatisme d'hommes comme Reb Saunders nous a maintenus en vie pendant deux mille années d'exil. Si les Juifs de

Palestine ont en eux un gramme du même fanatisme et l'utilisent sagement, nous aurons bientôt un État juif.

Je ne pouvais rien répondre. Et j'avais peur que ma colère ne me pousse à dire des mots que j'aurais à regretter.

J'allai me coucher de bonne heure ce soir-là, mais je restai longtemps éveillé, essayant de me rappeler tout ce que Danny et moi avions fait ensemble, depuis cet après-midi de dimanche où il m'avait envoyé une balle dans l'œil.

Pendant tout le reste du semestre, Danny et moi prîmes nos repas dans le même réfectoire, assistâmes aux mêmes cours, étudiâmes dans la même synagogue, et souvent prîmes le même trolley — et nous n'échangeâmes plus un seul mot. Nos yeux se rencontraient souvent, mais nos lèvres restaient fermées. Je perdis tout contact direct avec lui. Il était extrêmement pénible pour moi de me trouver dans la même salle de classe que lui, de le croiser dans le hall, de le voir dans le trolleybus, d'entrer et de sortir du collège avec lui — et de ne pas lui dire un mot. Je me mis à haïr Reb Saunders d'une haine venimeuse qui parfois m'effrayait moi-même, et je me consolais en imaginant les traitements que je lui ferais subir si jamais il tombait entre mes mains.

Ce fut une vilaine époque, et mon travail scolaire en fut affecté au point que certains de mes professeurs m'appelèrent dans leur bureau pour me demander ce qui m'arrivait ; ils me dirent qu'ils avaient attendu de moi mieux que ce que je leur donnais. Je fis quelques vagues allusions à des problèmes personnels et les quittai plein d'un froid désespoir. J'en parlais avec mon père aussi souvent que cela m'était possible, mais il ne pouvait pas grand-chose pour moi. Il m'écoutait avec tristesse, soupirait, et me disait de nouveau qu'il n'avait aucune intention de se quereller avec Reb Saunders, et qu'il respectait ses opinions, en dépit de son fanatisme.

Au cours de ces mois, je me demandai souvent si Danny passait par d'aussi mauvais moments que moi. Je le voyais souvent. Il maigrissait, et je remarquai qu'il portait de nouvelles lunettes. Mais il m'évitait soigneusement et j'en savais assez moi-même pour me tenir hors de son chemin. Je n'avais pas envie qu'on aille raconter à son père qu'on nous avait aperçus ensemble.

Je haïssais ce silence qui s'était installé entre nous et il me semblait inimaginable que Danny et son père ne se parlassent jamais. Le silence me paraissait horrible, sombre, il avait comme un mauvais regard, il était comme un cancer, comme la mort, je le haïssais et je haïssais Reb Saunders qui m'obligeait à ce silence à l'égard de son fils.

Je ne me serais jamais cru capable d'une haine pareille à celle que je ressentis à l'égard de Reb Saunders pendant toute la durée de ce semestre. Elle se transforma, à la fin, en une colère froide, et il arrivait qu'elle me fît trembler à certains moments de la journée — quand j'attendais le trolleybus, quand j'entrais aux toilettes, quand j'allais m'asseoir au réfectoire ou quand j'étais en train de lire à la bibliothèque. Mon père ne faisait qu'y ajouter, car chaque fois que je commençais à lui parler des sentiments qui m'animaient à l'égard de Reb Saunders, invariablement il prenait le contre-pied de ce que je disais, le défendait en disant que la foi de Juifs tels que Reb Saunders nous avait maintenus en vie à travers deux mille ans de violente persécution. Certes, il n'était pas d'accord avec Reb Saunders, mais jamais il n'approuverait le moindre propos calomnieux qu'on tiendrait contre lui ou ses opinions. On ne devait combattre les idées que par les idées, et non par une passion aveugle. Si c'était avec passion que Reb Saunders le combattait, cela ne signifiait pas que mon père devait combattre Reb Saunders, lui aussi, avec passion.

Et Reb Saunders combattait avec passion. Il avait constitué, avec un certain nombre de rabbins hassidiques du voisinage, un groupe intitulé la Ligue pour un Eretz Yisroel religieux. Le travail de cette organisation avait commencé, et avec quelque violence, par la publication au début de mars d'un certain nombre de brochures. Ses buts étaient clairs : pas de Foyer National Juif qui n'ait la Torah pour centre, pas de Foyer National Juif avant la venue du Messie. Un Foyer National Juif créé par des Goyim juifs devait être considéré comme corrompu et comme un sacrilège évident contre le nom de Dieu. Cependant, à la fin du mois de mars, les brochures avaient pris un ton enflammé, menaçant d'excommunication tous ceux qui se déclaraient en faveur du sionisme, allant jusqu'à menacer les magasins du quartier de boycottage, si leurs propriétaires cotisaient, ou participaient aux activités sionistes, ou simplement leur manifestaient une sympathie quelconque. Une réunion antisioniste de masse était annoncée pour une date précédant de quelques jours les fêtes de *Pessah*. Elle eut lieu, en présence d'une assistance clairsemée, mais les journaux de langue anglaise en parlèrent, et le compte rendu de ce qui s'y était dit était déplaisant.

Le corps des étudiants du collège était constamment parcouru par une violence réprimée. Une altercation véhémente éclata dans une salle de classe, au cours d'un après-midi, et ce fut seulement parce que le doyen menaça d'expulsion tout participant à de telles bagarres que de nouvelles batailles à coups de poing furent évitées. Mais la tension était partout sensible ;

elle s'installait dans tous nos travaux et certaines discussions à propos de Milton, de Talleyrand ou des procédés de déduction en logique n'étaient souvent que des substituts aux combats sur le sionisme, qui avaient été interdits.

Je passai les examens terminaux au milieu de juin, et j'en sortis malade de désespoir. J'avais bâclé mon travail pendant toute cette période et je ne fis guère mieux aux examens. Mon père ne dit pas un mot quand il lut mon bulletin à la fin de juin. Tous les deux, nous attendions avec impatience le mois d'août où nous pourrions aller tranquillement ensemble dans notre villa près de Peekskill. Ces quatre derniers mois avaient été terriblement éprouvants, et nous avions envie de quitter la ville.

Mais il s'avéra que la villa n'était pas assez éloignée. Nous nous en aperçûmes quand nous parvint l'horrible nouvelle que l'Irgoun avait pendu deux sergents anglais innocents, en représailles pour les trois membres de l'Irgoun pendus le 29 juin. Mon père était indigné par le crime de l'Irgoun, mais il n'en parla plus, une fois passés ses premiers éclats de colère. Deux semaines plus tard, nous quittions notre villa pour revenir en ville. On avait réuni d'urgence des assemblées de sionistes afin de préparer la prochaine session des Nations Unies qui devait examiner le problème palestinien. Mon père faisait partie du comité exécutif de son association sioniste et il fallait qu'il assistât à ces réunions.

Pendant tout le reste du mois d'août, je ne vis mon père qu'au Sabbat. Il était déjà parti le matin quand je me réveillais et il revenait la nuit quand je dormais déjà. Il était plein d'une excitation fiévreuse, mais il était évident qu'il s'épuisait. Il ne m'était pas possible de lui parler de sa santé. Il refusait de m'écouter. Nos discussions sur le Talmud, les après-midi de Sabbat, avaient pris fin ; mon père passait tout le Sabbat à se reposer, pour se préparer à la semaine qui suivait et aux activités furieuses qu'il y déployait. J'errais dans l'appartement, dans les rues, grognais après Manya, et pensais à Danny. Je me le rappelais, me disant combien il admirait son père et à quel point il avait confiance en lui, et je n'arrivais pas à le comprendre. Comment pouvait-il admirer quelqu'un, et lui faire confiance, quand il s'agissait d'une personne qui ne lui parlait jamais, même si cette personne était son père ? Je haïssais son père. Un jour, j'allai même jusqu'au troisième étage de la bibliothèque publique, espérant y rencontrer Danny. À sa place, je trouvai un vieil homme, installé sur la chaise où Danny avait l'habitude de s'asseoir, en train de parcourir une publication scientifique. Je m'en allai et errai à l'aveugle dans les rues jusqu'au moment où il fut l'heure de rentrer chez moi pour y prendre un repas solitaire.

Au cours de la deuxième semaine de septembre, je retournai au collège pour la réunion d'introduction des étudiants et je me trouvai assis à quelques places de Danny. Il avait l'air maigre et pâle, et il clignait constamment des yeux. Pendant les quelques mots que prononça le greffier pour nous donner des instructions concernant les inscriptions, je vis que Danny tournait la tête, me regardait pendant quelques instants, puis se détournait lentement. Son visage était resté sans expression ; il ne m'avait même pas salué. Je restai sans bouger, écoutant l'homme chargé des inscriptions, et je sentais la colère grandir en moi. « Va au diable, Danny Saunders, me disais-je. Tu pourrais au moins montrer que tu sais que je suis encore en vie. Allez au diable, toi et ton fanatique de père. » Je m'absorbai si totalement dans ma colère que je cessai d'écouter les instructions qu'on nous donnait. Il fallut que je demande à un de mes camarades de classe de me les répéter après la réunion. « Va au diable, Danny Saunders, continuai-je à penser pendant tout le restant de la journée. Je peux vivre sans ta barbe et tes papillotes, sans en être gêné. Tu n'es pas le centre du monde, mon ami. Va au diable, toi et ton sale silence ! »

Le semestre d'automne commençait officiellement deux jours plus tard et, entre-temps, je m'étais promis d'oublier Danny aussi vite que possible. Je n'allais pas le laisser me gâcher un nouveau semestre. Un autre bulletin comme celui que j'avais montré à mon père à la fin du mois de juin et je ne recevrais pas mon diplôme *cum laude*. « Va au diable, Danny Saunders, continuais-je à penser. Tu aurais pu au moins me faire un signe de tête. »

Mais je m'aperçus qu'il était beaucoup plus difficile de l'oublier que je ne l'avais prévu, surtout parce que j'avais été transféré dans la classe de Talmud de Rav Gershenson, où l'on ne pouvait oublier que Danny était présent.

Rav Gershenson était un homme grand, aux lourdes épaules, qui avait près de soixante-dix ans. Il avait une longue barbe grise et des doigts minces et effilés qui paraissaient toujours danser dans l'air. Il se servait sans cesse de ses mains quand il parlait et, quand il ne parlait pas, il tapotait de ses doigts sur son bureau ou sur le Talmud ouvert devant lui. Il était doux et aimable. Il avait les yeux bruns, un visage ovale, une voix douce qui devenait parfois presque inaudible. C'était un professeur très intéressant et il enseignait le Talmud comme le faisait mon père, analysant pendant des jours entiers quelques lignes, toujours les mêmes, et ne passant à autre chose que lorsqu'il était assuré que nous avions tout compris. Il insistait beaucoup sur les commentateurs du début et de la fin du Moyen

316

Âge, et il était entendu que nous arrivions toujours en classe connaissant déjà le texte du Talmud et ses commentaires. Il demandait alors à l'un d'entre nous de lire et d'expliquer le texte — et les questions commençaient. « Qu'a dit le Ramban sur la question de Rabbi Akiva ? » demandait-il, à propos d'un certain passage, en parlant yiddish. Les rabbins ne parlaient que le yiddish pendant les classes de Talmud, mais les étudiants pouvaient parler soit en yiddish, soit en anglais. Je parlais anglais. « Est-ce que tout le monde est d'accord avec l'explication du Ramban ? poursuivait Rav Gershenson. Ce n'est pas le cas du Me'iri. Très bien. Et le Rashba ? Comment le Rashba explique-t-il la réponse d'Abaye ? » Et ainsi de suite. Il arrivait toujours un moment où l'étudiant qui lisait le texte commençait à se perdre dans les complications suscitées par les diverses questions, et il était obligé de regarder dans son Talmud, plongé dans la honte que provoquait son incapacité à répondre. Il y avait alors un long et terrible silence, pendant lequel les doigts de Rav Gershenson commençaient à jouer du tambour sur son bureau ou sur son Talmud. « *Nu ?* demandait-il doucement. Vous ne savez pas ? Comment se fait-il que vous ne sachiez pas ? Est-ce que vous avez préparé le texte ? Oui ? Pourtant, vous ne savez pas ? » Il y avait alors un autre long silence, Rav Gershenson regardait autour de lui et demandait doucement : « Qui connaît la réponse ? » et, bien entendu, la main de Danny se levait immédiatement et il donnait la réponse. Rav Gershenson l'écoutait, hochait la tête, ses doigts cessaient de tambouriner sur la table et, s'élevant dans l'air, ils accompagnaient l'examen détaillé de la réponse de Danny. Toutefois, il arrivait parfois que Rav Gershenson n'approuvât pas tout de suite la réponse de Danny mais lui posât des questions : il s'ensuivait un long dialogue entre eux deux, tandis que les élèves écoutaient en silence. Le plus souvent, ces dialogues ne se poursuivaient que pendant quelques minutes, mais vers la fin de septembre il était déjà arrivé deux fois qu'ils eussent duré plus de trois quarts d'heure. Ces dialogues me rappelaient toujours la manière dont Danny discutait du Talmud avec son père. Et maintenant, moi aussi, et non plus Reb Saunders seulement, je ne pouvais entendre la voix de Danny que lorsqu'elle discutait du Talmud.

Les heures de classe pour l'étude du Talmud étaient organisées de façon que nous puissions préparer la leçon qui serait étudiée avec Rav Gershenson de neuf heures à midi. Nous déjeunions ensuite. Et d'une heure de l'après-midi à trois heures nous assistions à la classe elle-même, la *shiur*, avec Rav Gershenson. Aucun de nous ne savait s'il allait être appelé à lire et à expliquer, si bien que nous nous préparions tous fiévreusement. Mais cela ne servait jamais à grand-chose, car, si dur que nous eussions travaillé, il y avait toujours ce moment d'affreux silence où l'on n'arrivait plus à répondre aux questions et où les doigts de Rav Gershenson commençaient à tambouriner sur son bureau.

Il y avait quatorze étudiants dans la classe et chacun de nous, à l'exception de Danny, avait éprouvé personnellement le trouble de ce silence. Mon nom fut appelé au cours de la première semaine d'octobre et je ressentis moi-même les affres de ce silence pendant les quelques instants qu'il me fallut pour me sortir d'une question dont la réponse était quasiment impossible à trouver. Je répondis tout de même et ma réponse fut développée par Rav Gershenson, qui devança ainsi la main levée de Danny. Je vis que celui-ci me jetait un bref coup d'œil, pendant que Rav Gershenson s'occupait de ma réponse. Puis il détourna les yeux, et un chaleureux sourire joua un instant sur

318

ses lèvres. La colère que j'éprouvais à son égard se dissipa d'un coup au spectacle de ce sourire, et je retombai dans le chagrin de ne pouvoir communiquer avec lui. Mais il s'agissait désormais d'un chagrin qui s'était adouci, d'une tristesse que j'étais capable de maîtriser et de limiter. Elle ne pesait plus sur mon travail scolaire.

Vers le milieu d'octobre, tout le monde dans la classe, sauf moi, avait été appelé au moins deux fois à répondre. Je me préparais fiévreusement, m'attendant chaque jour à ce que mon nom fût appelé. Mais il ne l'était pas. Vers la fin d'octobre, je commençai à me sentir mal à l'aise. Au milieu de novembre, je n'avais toujours pas été appelé une nouvelle fois. Je prenais part aux discussions qui se déroulaient dans la classe, posais des questions, discutais, levais la main presque aussi souvent que Danny le faisait en réponse à la question de Rav Gershenson : « Qui connaît la réponse ? » — mais je n'étais pas appelé à lire. Je me demandais si c'était là une manière de participer à l'interdiction prononcée contre mon père par Reb Saunders.

D'autres choses encore me troublaient à ce moment. Mon père était devenu squelettique, à la suite de ses activités excessives, et je m'effrayais de le voir rentrer, la nuit, épuisé. Il buvait une tasse de thé, passait quelques minutes avec moi dans ma chambre, les yeux creux et n'écoutant pas vraiment ce que je lui disais ; puis il retournait dans son bureau. Au lieu d'étudier le Talmud avec lui les jours de Sabbat, je travaillais seul et il dormait. La question palestinienne était mainte-nant en discussion devant les Nations Unies et le plan de partage allait être bientôt voté. Chaque jour, on trouvait dans les journaux des titres annonçant de nou-veaux actes de terrorisme, de nouvelles effusions de sang ; chaque semaine, ou presque, il y avait une nouvelle réunion de masse à Madison Square Garden. Je pus assister à deux d'entre elles. La deuxième fois que j'y allai, je m'arrangeai pour arriver assez tôt afin de trouver une place à l'intérieur. Les discours étaient enthousiasmants : j'applaudis et acclamai avec les autres jusqu'à ce que mes mains me fissent mal et que ma voix devînt rauque. Mon père parla à cette réunion. Sa voix portait, claire, à travers les haut-parleurs. Il paraissait immense derrière les microphones, et sa voix donnait à son corps une stature de géant. Quand il eut fini, je restai immobile, écoutant les énormes applaudissements de la foule, et mes yeux se remplirent de larmes de fierté.

Pendant tout ce temps-là, la ligue de Reb Saunders continuait à publier ses pamphlets antisionistes. Partout où j'allais, je trouvais ces tracts — dans la rue, dans les trolleybus, sur les tables de ma classe, ou du réfectoire, et même dans les toilettes du collège.

Au cours du mois de novembre, il devint évident que le vote des Nations Unies sur le plan de partage allait avoir lieu vers la fin du mois. Le dimanche soir, 29 novembre, mon père assistait à une réunion, quand le vote eut lieu : je l'écoutai, dans la cuisine, à la radio. Je me mis à pleurer comme un enfant quand le résultat fut annoncé et, plus tard, quand mon père revint à la maison, nous nous embrassâmes et pleurâmes ensemble, et nos larmes se mélangeaient sur nos joues. Il avait presque perdu la tête de joie. Enfin, la mort de six millions de Juifs prenait une signification, ne cessait-il de dire. C'était arrivé. Après deux mille ans, c'était enfin arrivé. Nous étions de nouveau un peuple, avec une terre à nous. Nous étions une génération bénie. Il nous avait été donné d'assister à la création de l'État juif. « Que Dieu soit remercié ! disait-il. Que Dieu soit remercié ! Que Dieu soit remercié ! » Tantôt nous pleurions, tantôt nous parlions, et cela dura jusqu'après trois heures du matin, avant que nous allions nous coucher.

Je me réveillai, chancelant par manque de sommeil, mais avec une sorte d'envie de rire, et j'avais hâte d'arriver au collège pour partager cette joie avec mes camarades. Ma joie fut quelque peu atténuée quand, en prenant mon petit déjeuner avec mon père, j'entendis à la radio que, quelques heures après le vote des Nations Unies, un autobus avait été attaqué entre Tel-Aviv et Jérusalem par des Arabes et que sept Juifs avaient été tués. Et ma joie disparut complètement pour se transformer en une fureur presque incontrôlable quand j'arrivai au collège et que je le trouvai inondé de tracts de la ligue antisioniste de Reb Saunders.

Les tracts dénonçaient le vote des Nations Unies, donnaient aux Juifs l'ordre de l'ignorer, et appelaient l'État un sacrilège contre le nom de Dieu. Ils annonçaient que la ligue se préparait à lutter contre la reconnaissance de l'État par le gouvernement des États-Unis.

Il n'y eut que la menace d'expulsion immédiate, prononcée par le doyen, qui me retint de me lancer ce jour-là dans une bagarre. Plus d'une fois je fus tenté d'injurier les étudiants antisionistes qui s'entassaient dans les halls et les salles de classe, et de leur crier qu'ils devraient rejoindre les Arabes et les Anglais s'ils étaient tellement opposés à l'État juif. Mais je m'arrangeai pour me contrôler et je restai silencieux.

Au cours des semaines qui suivirent, je fus heureux d'avoir gardé ce silence. Car, tandis que les forces arabes commençaient à attaquer les communautés juives de Palestine, tandis qu'une foule d'Arabes s'élançait à travers l'avenue de la Princesse-Mary, à Jérusalem, ravageant et pillant les boutiques et laissant derrière elle le vieux centre commercial juif pillé et incendié, tandis que le nombre des morts juifs croissait chaque jour, la ligue de Reb Saunders demeurait étrangement silencieuse. Les visages des étudiants hassidiques antisionistes devinrent tendus et douloureux, et tous les propos antisionistes cessèrent. Je les regardais tous les jours, à l'heure du déjeuner, quand ils se lisaient mutuellement les comptes rendus de cette effusion de sang que publiait la presse juive, et quand ensuite ils en parlaient entre eux. Je pouvais entendre des soupirs, je pouvais voir de tristes hochements de tête, et je pouvais constater que leurs yeux devenaient tristes. « De nouveau, le sang juif est répandu, se confiaient-ils les uns les autres. Hitler n'a pas suffi. Encore plus de sang juif et de nouveaux assassinats. Qu'est-ce que le monde attend de nous ? Six millions, cela n'était donc pas suffisant ? Est-ce qu'il faut que d'autres Juifs meurent encore ? » La douleur que leur inspiraient ces nouvelles violences contre les Juifs de Palestine leur faisait oublier leur haine du sionisme. Ils ne devinrent pas sionistes ; ils devinrent silencieux. Je me réjouissais, toutes ces semaines-là, de n'avoir pas laissé le champ libre à ma colère.

Je reçus un beau A pour mes études à la fin du semestre. Et aussi un A en Talmud, en dépit du fait que Rav Gershenson ne m'avait interrogé qu'une fois pendant la période de quatre mois que j'avais passée dans sa classe. Je décidai de lui parler à ce propos pendant les vacances d'entre les deux semestres, mais mon père eut une deuxième attaque cardiaque le premier jour de ces vacances.

Il s'était effondré au cours d'une séance du Fonds National Juif et avait été envoyé de toute urgence, dans une ambulance, au Brooklyn Memorial Hospital. Il resta suspendu entre la vie et la mort pendant trois jours. Je vivais dans un cauchemar de frayeur et si Manya n'avait pas été là pour me rappeler constamment, avec une douce gentillesse, qu'il fallait que je mange sinon je deviendrais malade, je serais aussi bien mort de faim.

Mon père se remettait à peine quand le second semestre commença, mais il n'était plus qu'une ombre. Le Dr Grossman me dit qu'il devrait rester au moins six mois à l'hôpital, et qu'il lui faudrait encore de quatre à six mois de repos complet avant de pouvoir se remettre à travailler.

Mes camarades de classe avaient tous appris la nouvelle, au moment où nous reprîmes nos classes, mais leurs consolations ne m'étaient pas d'un bien grand secours. L'expression que je vis sur le visage de Danny, quand je le rencontrai pour la première fois, m'aida davantage. Il me croisa dans l'entrée, et il y avait sur son visage un air de chagrin et de compassion. Je crus un instant qu'il allait me parler, mais il n'en fit rien. Au lieu de cela, il m'effleura et s'arrangea pour toucher ma main une seconde. Je me dis qu'il y avait quelque chose d'amer et d'ironique dans le fait qu'il fallait que mon père eût une attaque cardiaque pour qu'un contact s'établisse de nouveau entre Danny et moi.

Je vivais seul. Manya venait le matin et s'en allait après le dîner, et pendant ces longues nuits d'hiver de janvier et de février, je me trouvai seul dans la maison. Il m'était déjà arrivé d'être seul, mais la certitude que mon père allait revenir de sa réunion et passer quelques instants avec moi rendait ma solitude supportable. Maintenant, il n'allait plus à aucune réunion et il n'entrait plus dans ma chambre. Les premiers jours, le silence absolu qui régnait dans l'appartement me parut presque insupportable, si bien que je sortais de la maison et que je me promenais longtemps dans le froid aigre des nuits d'hiver. Mais mon travail scolaire commença à en souffrir et, finalement, je me repris en main. Je passais aussi souvent que possible, à la fin des après-midi, rendre visite à mon père à l'hôpital. Il était faible au point de pouvoir à peine parler et il ne cessait de me demander si je prenais bien soin de moi-même. Le Dr Grossman m'avait dit qu'il ne fallait pas le fatiguer, aussi le quittais-je très vite pour rentrer à la maison dîner et passer la soirée à travailler.

Quand mon père eut passé environ trois semaines à l'hôpital, mes soirées étaient devenues une sorte de routine machinale. Je ne craignais plus de le voir mourir. Il s'agissait maintenant d'attendre qu'il revienne à la maison. Et j'attendais, en silence, en travaillant.

Je me mis à travailler tout particulièrement le Talmud. Autrefois, j'avais consacré à mon étude du Talmud tous mes après-midi de Sabbat et les matinées de préparation. Maintenant je me mettais aussi à y travailler le soir. J'essayais de finir aussi vite que possible mon autre travail, pour me mettre à étudier le passage du Talmud sur lequel nous étions en train de travailler avec Rav Gershenson. Je travaillais soigneusement, apprenais par cœur le passage, trouvais les différents commentaires qui s'y rapportaient — ceux qui ne se trouvaient pas dans le Talmud, je pouvais toujours les trouver dans la bibliothèque de mon père — et je les apprenais par cœur. J'essayais de prévoir les questions embrouillées de Rav Gershenson. Et c'est alors que je commençai à faire quelque chose que je n'avais jamais fait auparavant avec le Talmud, tel que je l'étudiais en classe. Après avoir appris par cœur le texte et les commentaires, je reprenais le texte sur lequel je me livrais à un examen critique. Je contrôlais les références du Talmud pour trouver les textes parallèles et j'apprenais par cœur toutes les variantes que je découvrais. Je prenais les gros volumes du Talmud palestinien dans la bibliothèque de mon père — le texte que nous étudiions en classe était celui du

Talmud babylonien — et je mettais en regard leurs leçons parallèles, afin de voir à quel point celles du Talmud palestinien différaient de celles du Talmud babylonien. Je travaillais avec soin et méthode ; me servant de tout ce que mon père m'avait enseigné et d'une quantité de choses que j'étais maintenant capable de découvrir par moi-même. C'était la méthode lente de Rav Gershenson qui me permettait de faire tout cela en profondeur. Et, en travaillant de cette façon, j'étais en effet capable de prévoir la plupart des questions de Rav Gershenson. Je devenais aussi de plus en plus sûr qu'il allait de nouveau m'interroger.

Il ne m'avait jamais interrogé depuis le jour d'octobre où il l'avait fait. Et nous nous trouvions maintenant au milieu de février. Le résultat de mes travaux nocturnes sur le Talmud, c'est que j'étais en avance sur le cours au moins de cinq ou six jours, et je me trouvai tout à coup plongé dans les discussions les plus difficiles que j'eusse jamais rencontrées. La difficulté ne provenait pas seulement du Talmud, qui semblait plein de lacunes, mais des commentaires qui cherchaient à l'expliquer. Le texte se composait de neuf lignes. Un des commentaires du texte avait deux pages et demie, un autre quatre. Aucun des deux n'était clair. Un troisième commentaire, toutefois, expliquait le texte en six lignes : le seul ennui, c'est qu'il ne semblait pas se fonder sur le texte dont il me fallait donner l'explication. Un commentaire plus tardif essayait de concilier les trois autres par la méthode du *pilpoul*, et le résultat en était fort heureux pour ceux qui aimaient le *pilpoul*, mais parfaitement forcé, à mon avis. Il me semblait que la situation était sans issue.

À mesure que nous approchions de ce texte, je devins de plus en plus sûr que Rav Gershenson allait m'interroger et me charger de le lire et de l'expliquer.

Je ne savais pas exactement pourquoi j'en étais sûr. Mais c'était un fait.

Je me mis donc à débrouiller l'écheveau avec peine. Je le fis de deux manières. D'abord, à la façon traditionnelle, en apprenant par cœur le texte et les commentaires, et en imaginant toutes les questions que Rav Gershenson pourrait me demander. Dans le trolleybus, dans les rues ou dans mon lit, je continuais à me poser des questions. En second lieu, je m'y pris selon la méthode que mon père m'avait enseignée, en essayant de trouver ou de reconstruire le texte correct, le texte que celui des commentateurs qui avait proposé l'explication la plus simple devait avoir sous les yeux. La première méthode était relativement facile ; c'était une question de mémoire. La seconde était pleine d'embûches. Je fis des recherches sans fin à travers les références, et tous les passages parallèles du Talmud palestinien. Une fois que ce fut fait, j'eus entre les mains quatre versions différentes du texte. Il me fallut alors reconstruire le texte que le commentaire simple avait pris pour base. Je le fis en revenant en arrière, me servant du commentaire comme d'une base, puis me demandant laquelle des quatre versions le commentateur avait pu avoir sous les yeux en écrivant son commentaire. C'était un travail fantastique, mais j'eus l'impression de l'avoir finalement mené à bien. Cela m'avait pris des heures et des heures de temps précieux, mais j'étais sûr d'avoir rétabli le texte dans sa leçon correcte, le seul texte qui eût vraiment un sens. Je ne l'avais fait de cette façon que pour me satisfaire moi-même. Quand Rav Gershenson m'interrogerait, je ne me servirais évidemment que de la première méthode. Mais quand mon père reviendrait à l'hôpital, je pourrais lui montrer ce que j'avais fait grâce à la deuxième méthode. Je me sentis très fier de ma prouesse.

Trois jours plus tard, nous en arrivâmes au passage en question dans notre cours de Talmud et, pour la deuxième fois de l'année, Rav Gershenson appela mon nom et me demanda de le lire et de l'expliquer.

Il y avait dans la classe un silence de mort. Plusieurs de mes camarades m'avaient confié qu'ils avaient une peur bleue d'être interrogés sur ce passage ; ils n'avaient pas réussi à lui trouver le moindre sens, et les commentaires étaient impossibles. J'avais un peu peur, moi aussi, mais j'avais hâte de montrer tout ce que j'avais appris. Quand j'entendis appeler mon nom, je me sentis une sorte de fourmillement intérieur, fait d'un mélange de peur et d'excitation, comme si un petit courant électrique venait de me traverser. La plupart des étudiants avaient jusque-là attendu avec appréhension le nom de celui qui serait appelé à lire et à expliquer. Ils avaient gardé les yeux fixés sur leur texte, craignant de rencontrer le regard de Rav Gershenson. Maintenant, ils me regardaient tous, même Danny me regardait, et j'entendis venir d'un des étudiants qui se trouvait à ma droite un faible, mais très net soupir de soulagement. Je me penchai sur le Talmud, plaçai l'index de ma main droite sous le premier mot du passage, et commençai à lire.

Chaque passage du Talmud se compose de ce que, pour la facilité de l'explication, on peut appeler des unités de pensée. Chaque unité de pensée est une phrase séparée de la discussion complète qui constitue le passage. Celui-ci peut se composer d'un exposé clair de la loi, ou d'une question à propos de l'exposé, ou d'une réponse à la question, ou d'un commentaire, long ou bref, d'un verset de la Bible, et ainsi de suite. Il n'y a pas de signes de ponctuation dans le Talmud, et il n'est pas toujours facile de déterminer l'endroit où une unité de pensée commence et où elle finit ; parfois, un passage pourra présenter un cours serré et organisé qui rendra sa séparation en unités de pensée difficile et quelque peu arbitraire. Dans la plupart des cas cependant, les unités de pensée sont clairement reconnaissables, et la décision qu'il faut prendre sur la manière de diviser un passage en de telles unités est une question de bon sens et de sensibilité au rythme de l'argumentation. La nécessité qu'il y a à diviser un passage en unités de pensée est évidente. Il faut décider du moment où on arrêtera de lire pour commencer à expliquer, aussi bien que du moment où il faut faire appel aux commentaires avant de poursuivre les explications.

J'avais divisé le passage en ses unités de pensée en l'étudiant, si bien que je savais avec précision à quels moments je m'arrêterais de lire et me lancerais dans mes explications. Je lus à haute voix un premier passage qui se composait d'une citation de la *Mishnah* — la *Mishnah* est le texte écrit de la loi orale rabbinique ; dans sa forme comme dans son contenu, elle est, dans sa plus grande partie, nette et bien découpée ; c'est une ample compilation de lois sur lesquelles se fondent à peu près toutes les discussions rabbiniques qui, avec la *Mishnah*, composent le Talmud. Quand j'en arrivai à la fin de l'unité de pensée mishnaïque, je m'arrêtai et la résumai brièvement, en me référant également aux commentaires de Rashi et aux Tosafists. Je m'efforçai d'être aussi clair que possible et me conduisis comme si je faisais un cours dans une classe plutôt qu'en tant que tremplin pour les commentaires de Rav Gershenson. Je terminai l'explication du texte mishnaïque et lus le passage suivant, qui était constitué par une autre *Mishnah*, provenant d'un autre traité que celui que nous étions en train d'étudier. J'expliquai soigneusement la *Mishnah*, montrai pourquoi il y avait là une contradiction, puis lus les commentaires de Rashi et les Tosafists, qui sont tous deux imprimés sur la page même du texte du Talmud. Je m'attendais à tout moment à être arrêté par Rav Gershenson, mais rien de pareil ne se produisit. Je poursuivis donc ma lecture et mes explications, les yeux fixés sur le texte quand je lisais, et sur Rav Gershenson quand j'expliquais. Il me laissa poursuivre sans m'interrompre. Quand j'eus passé les quatre premières lignes du texte, la discussion était devenue si complexe que j'en étais déjà arrivé à faire appel à l'un des commentateurs médiévaux qui n'étaient pas imprimés sur la page même du texte, mais séparément à la fin du traité. Je gardai un doigt de la main droite sur le passage en question, feuilletai le Talmud jusqu'à l'endroit où était imprimé le commentaire, et le lus. J'indiquai alors que d'autres commentaires donnaient du texte des interprétations différentes, et je les citai par cœur parce qu'ils ne se trouvaient pas dans l'édition du Talmud dont nous nous servions. Ayant dit cela, je revins au passage et en repris la lecture. Quand je levai les yeux pour expliquer l'unité de pensée que je venais de lire, je vis que Rav Gershenson s'était assis — et c'était la première fois depuis que j'assistais à son cours qu'il s'asseyait pendant une *shiur*. Il tenait sa tête dans ses mains, les coudes ouverts sur le Talmud placé devant lui et il écoutait avec attention. Tandis que je poursuivais l'explication de l'unité de pensée que je venais de lire, je jetai un coup d'œil sur mon bracelet-montre et je découvris avec stupéfaction que je parlais depuis une heure et demie sans interruption. Il me fallut faire appel cette fois-ci à tous les commentaires et je ne pus terminer l'explication de cette unité de pensée qu'un instant avant que trois heures sonnent. Rav Gershenson ne dit rien. Il resta simplement assis et renvoya les élèves d'un geste de la main.

Le jour suivant il appela de nouveau mon nom, et

je poursuivis ma lecture et mes explications. Je passai deux heures sur sept mots et, encore une fois, pendant cette séance, il resta assis, la tête dans les mains. Il ne prononça pas un mot. La cloche me surprit au milieu d'une longue explication sur le commentaire de quatre pages, et quand il m'appela encore une fois le troisième jour, je relus rapidement ces sept mots, résumai brièvement mes explications des jours précédents, puis repris là où je m'étais arrêté.

Entre le troisième et le quatrième jour, mon état d'esprit se modifia et passa brusquement, selon les moments, d'une joie violente à de sombres appréhensions. Je me rendais compte que ce que je faisais était bon, mais j'aurais aimé qu'il dise quelque chose plutôt que de rester ainsi parfaitement silencieux.

Quelques-uns des étudiants hassidiques de la classe me regardaient avec des yeux où s'exprimait un mélange de crainte respectueuse et de jalousie, comme s'ils n'arrivaient pas à retenir leur admiration sur la manière dont je m'y prenais, tout en se demandant en même temps comment quelqu'un comme moi, un sioniste, et le fils d'un homme qui écrivait des articles *apikorsiches* pouvait connaître aussi bien le Talmud. En revanche, Danny paraissait absolument enchanté de ce qui arrivait. Il ne me regarda pas un instant tant que je lus et expliquai, mais je pouvais le voir hocher la tête et sourire tandis que je m'avançais dans mes explications. Et Rav Gershenson restait silencieux et impassible, écoutant avec attention, le visage sans expression, sauf que parfois on pouvait voir le coin de ses lèvres se relever quand j'étais parvenu à rendre clair un point particulièrement difficile. Vers la fin du troisième jour, je commençai à me sentir terriblement déçu. J'aurais voulu qu'il dise au moins quelque chose, ou qu'il remue la tête, ou qu'il ait un sourire, ou même qu'il relève une erreur de ma part — rien, qu'un affreux silence.

Je m'attendais à ce que Rav Gershenson m'appelle encore le quatrième jour, et c'est ce qu'il fit. Il ne restait maintenant qu'une seule unité de pensée qui restait à lire et à expliquer dans ce passage, et j'avais prévu que, lorsque j'en aurais terminé avec elle, je résumerais brièvement le passage tout entier et tous les commentaires, soulignant les difficultés qu'ils avaient trouvées dans le texte et montrant de quelles manières différentes ils avaient expliqué ces difficultés. Puis je me référerais à la tentative faite par le dernier commentateur médiéval en vue de concilier les diverses explications offertes par les commentaires. Tout cela me prit un peu moins d'une heure et quand je fus assuré d'avoir fait tout ce que je pouvais, je m'arrêtai de parler. Rav Gershenson était assis à son bureau, me regardant intensément. Pendant quelques instants, il me parut à moi-même étrange de ne plus entendre ma voix. Mais je n'avais plus rien à dire.

Il y eut un bref silence, pendant lequel je vis un des étudiants hassidiques sourire et se pencher sur l'épaule d'un autre étudiant hassidique pour lui chuchoter quelque chose à l'oreille. Puis Rav Gershenson se leva et croisa ses bras sur sa poitrine. Il souriait un petit peu maintenant, et le haut de son corps se balançait d'avant en arrière.

Il me demanda de répéter une remarque que j'avais faite deux jours plus tôt, et je le fis. Il me demanda de m'expliquer un peu plus clairement sur un passage d'un des commentaires ; je répétai le passage par cœur et l'expliquai de nouveau, le mieux que je pus. Il me demanda de citer à nouveau toutes les divergences que j'avais trouvées dans les différents commentaires, et je les citai soigneusement. Puis il me demanda de montrer comment le dernier commentateur médiéval avait essayé de concilier ces divergences, et je le fis aussi.

De nouveau, il y eut un bref silence. Je jetai un coup d'œil à ma montre, et vis qu'il était deux heures et demie. Je me demandais si nous allions commencer l'étude du passage suivant, alors qu'il ne restait plus qu'une demi-heure. La plupart du temps, Rav Gershenson préférait commencer l'étude d'un nouveau passage — d'un *inyan*, comme on les appelle — au début de la *shiur*, afin de donner aux élèves le temps d'en pénétrer le sens. J'étais très satisfait de la manière dont j'avais expliqué le passage et répondu aux questions. Je me promis de tout raconter à mon père quand j'irais le voir, ce soir-là, à l'hôpital.

Alors, j'entendis Rav Gershenson me demander si le dernier commentaire médiéval me paraissait satisfaisant.

Ce n'était pas une question à quoi je m'attendais. J'avais considéré cet effort de conciliation comme la clé de voûte de toute la discussion sur ce passage et je n'aurais jamais pensé que Rav Gershenson me pose une question à ce sujet. Pendant quelques instants, je sentis que je m'enfonçais dans cet effrayant silence qui suivait toujours la question à laquelle un étudiant ne pouvait pas répondre, et je m'attendis à entendre commencer le tambourinage des doigts sur le bureau. Mais il gardait les bras croisés et il se tenait là, se balançant lentement d'avant en arrière et me regardant avec attention.

— *Nu*, dit-il de nouveau, pas de question sur ce qu'il dit ?

Je m'attendais à voir Danny lever la main, mais il ne le fit pas. Je jetai les yeux sur lui, et je vis qu'il avait la bouche légèrement ouverte. La question l'avait pris de court, lui aussi.

Rav Gershenson se mit à se caresser la barbe de la

main droite, puis il me demanda pour la troisième fois si ce que le commentaire disait me paraissait satisfaisant.

Je m'entendis répondre que ce n'était pas le cas.

— Ah, dit-il en souriant faiblement. Bon. Et pourquoi ?

— Parce que c'est du *pilpoul*, m'entendis-je répondre.

Il y eut une sorte de frémissement dans la classe. Je vis Danny, raide sur sa chaise, qui me lançait un regard rapide, presque effrayé, puis détournant les yeux.

Je me sentais tout d'un coup un peu effrayé du ton de dénigrement que j'avais pris en prononçant ce mot de *pilpoul*. Cette intonation désapprobatrice semblait rester suspendue dans l'air de la classe comme une menace.

Rav Gershenson caressait lentement sa barbe grise et pointue. « *So*, dit-il doucement, c'est du *pilpoul*. Je vois que vous n'aimez pas le *pilpoul*... *Nu*, le grand Vilna Gaon, lui non plus n'aimait pas le *pilpoul*. » Il parlait de rabbi Élijah de Vilna, adversaire, au XVIIIe siècle, du hassidisme. « Dites-moi, Reuven... » C'était la première fois qu'il m'appelait par mon prénom. « ... Pourquoi est-ce du *pilpoul* ? Qu'est-ce qui ne va pas dans cette explication ? »

Je répondis qu'elle était tirée par les cheveux, qu'elle attribuait aux différents commentaires des nuances qui ne s'y trouvaient pas et que, par conséquent, elle ne conciliait rien du tout.

Il hocha la tête lentement. « *Nu*, dit-il, ne parlant qu'à moi, mais pour que toute la classe l'entendît, c'est un *inyan* extrêmement difficile. Et les commentaires — il se servit du mot *Rishonim*, qui désigne les premiers commentateurs médiévaux — ne nous aident pas à le comprendre. » Puis il me regarda. « Dites-moi, Reuven, demanda-t-il doucement, comment expliquez-vous cet *inyan* ? »

Je le regardai sans rien dire. Si les commentateurs avaient été incapables de l'expliquer, comment l'aurais-je pu ? Mais il ne laissa pas, cette fois-ci, le silence s'installer et il répéta la question, de sa voix douce et aimable.

— Vous ne pouvez pas l'expliquer, Reuven ?

— Non, dis-je.

— *So*, dit Rav Gershenson. Vous ne pouvez pas l'expliquer. Vous êtes sûr que vous ne pouvez pas l'expliquer ?

Pendant une seconde je fus presque tenté de lui dire que le texte était faux et de lui faire connaître le texte tel que je l'avais reconstitué, mais je ne le fis pas. J'avais peur. Je me souvins que Danny m'avait dit que Rav Gershenson connaissait parfaitement bien les méthodes critiques d'étude du Talmud, et qu'il les détestait. Aussi restai-je silencieux.

Rav Gershenson se tourna vers la classe. « Est-ce que quelqu'un peut expliquer cet *inyan* ? » demanda-t-il.

Personne ne répondit.

Il soupira. « *Nu*, dit-il, personne ne peut l'expliquer... À la vérité, je ne peux pas l'expliquer moi-même. C'est un *inyan* difficile. Très difficile. » Il se tut pendant quelques instants, puis secoua la tête et sourit. « Un professeur a aussi parfois le droit de ne pas savoir », dit-il doucement.

C'était la première fois de ma vie que j'entendais un rabbin admettre qu'il ne comprenait pas un passage du Talmud.

Nous étions tous là, plongés dans un silence inconfortable. Rav Gershenson regarda le Talmud ouvert sur son bureau. Il le ferma lentement et renvoya les élèves.

J'étais en train de ramasser mes livres quand je l'entendis appeler mon nom. Danny l'avait entendu lui aussi et le regardait. « Je voudrais parler une minute avec vous », dit Rav Gershenson. Je m'approchai de la chaire.

Me tenant ainsi près de lui, je pouvais voir combien son visage et son front étaient ridés. La peau de ses mains avait l'air sèche comme du parchemin, et ses lèvres dessinaient une ligne mince sous la broussaille épaisse de sa barbe. Ses yeux étaient bruns et doux, et des rides profondes comme de petits sillons marquaient les pattes-d'oie.

Il attendit que tous les élèves soient sortis, puis me demanda doucement :

— Vous avez étudié cet *inyan* tout seul, Reuven ?

— Oui, dis-je.

— Votre père ne vous a pas aidé ?

— Mon père est à l'hôpital.

Il parut ému.

— Je ne savais pas, dit-il doucement. J'en suis désolé. » Il s'arrêta un instant, me regardant avec attention. « *So*, dit-il. Vous avez étudié l'*inyan* tout seul. »

Je fis un signe affirmatif.

— Dites-moi, Reuven, dit-il gentiment, est-ce que vous étudiez le Talmud avec votre père ?

— Oui, dis-je.

— Votre père est un grand savant, dit-il tranquillement, presque pensivement. Un très grand savant. » Il avait les yeux humides. « Reuven, dites-moi, comment votre père aurait-il répondu à la question ? »

Je le regardai sans savoir quoi répondre.

Il sourit légèrement, comme pour s'excuser. « Vous ne savez pas comment votre père aurait expliqué l'*inyan* ? »

Les élèves étaient partis, nous étions seuls et, d'une

certaine manière, je sentais entre nous deux une sorte d'intimité qui me permettait de dire plus facilement ce que j'avais à dire. Mais je ne le dis pourtant pas sans un léger sentiment de frayeur.

— Je crois savoir ce qu'il aurait dit.

— *Nu*, dit Rav Gershenson, en m'encourageant. Qu'est-ce qu'il aurait dit ?

— Je pense qu'il aurait dit que le texte est faux.

Je le vis cligner des yeux à plusieurs reprises sans que son visage exprimât quoi que ce soit. « Expliquez-vous », dit-il.

J'expliquai comment j'avais reconstitué le texte, puis citai de mémoire le texte ainsi reconstitué, montrant comment il s'accordait parfaitement avec l'explication que donnait le plus simple des commentaires. Je terminai en disant que c'était bien là le texte du Talmud manuscrit que le commentateur avait devant les yeux quand il avait rédigé son commentaire.

Rav Gershenson resta un long moment silencieux, le visage impassible. Puis il dit lentement :

— Vous avez fait cela tout seul, Reuven ?

— Oui.

— Votre père est un bon professeur, me dit-il doucement. C'est une bénédiction que d'avoir un tel père.

Sa voix s'était faite douce et respectueuse.

— Reuven ?

— Oui ?

— Il faut que je vous demande de ne jamais employer une telle méthode d'explication dans ma classe. » Il parlait gentiment, presque en s'excusant. « Moi-même, je n'ai rien contre cette méthode. Mais je vous demande de ne jamais l'employer dans ma classe. Est-ce que vous me comprenez ?

— Oui.

— Je vous interrogerai souvent maintenant, dit-il, avec un sourire chaleureux. Maintenant, je vous interrogerai souvent. J'ai attendu toute l'année pour voir à quel point votre père est un bon professeur. C'est un grand professeur et un grand savant. C'est une vraie joie que de vous entendre. Mais il ne faut pas que vous vous serviez de cette méthode dans ma classe. Vous me comprenez ?

— Oui, dis-je encore une fois.

Et il me renvoya avec un sourire tranquille et un aimable signe de tête.

Ce jour-là, après mon dernier cours, j'allai à la bibliothèque du collège et je cherchai le nom de Rav Gershenson dans les catalogues de livres en anglais et en hébreu. Son nom n'était indiqué nulle part. Et c'est ainsi que je compris pourquoi mon père n'enseignait pas à ce collège.

Mon père revint de l'hôpital au milieu du mois de mars. Faible et décharné, il était obligé de rester au lit et se trouvait dans l'incapacité de se livrer à la moindre activité physique. Manya le soignait comme un enfant, et le Dr Grossman vint le voir deux fois par semaine, chaque lundi et chaque jeudi, jusqu'à la fin d'avril, et à partir de ce moment il ne vint plus qu'une seule fois par semaine. Il était satisfait des progrès que faisait la santé de mon père, me disait-il. Il n'y avait aucune raison de s'inquiéter, mais il fallait seulement s'assurer qu'il jouissait d'un repos complet. Pendant les quatre premières semaines après le retour de mon père à la maison, une infirmière vint chaque soir, et elle veillait dans la chambre de mon père qu'elle quittait le matin. Parler le fatiguait très vite ; il semblait même qu'écouter le fatiguât.

Nous ne pûmes pas passer beaucoup de temps ensemble pendant les six premières semaines. Mais c'était merveilleux de l'avoir là, de savoir qu'il était revenu dans sa chambre, qu'il était sorti de l'hôpital, et de savoir aussi que le sombre silence où il avait été plongé avait désormais quitté notre appartement.

Je lui avais raconté ce qui m'était arrivé avec Rav Gershenson alors qu'il était encore à l'hôpital. Il m'avait écouté tranquillement, hochant la tête, puis il avait dit qu'il était fier de moi. Il n'avait rien dit de particulier sur Rav Gershenson : maintenant, celui-ci m'interrogeait régulièrement en classe de Talmud, et il n'y avait jamais de silences quand je lisais et expliquais des passages.

Je voyais Danny tous les jours au collège, mais le silence régnait toujours entre nous. J'en étais venu à m'y faire. Nous nous étions mis à communiquer par les yeux, par des signes de tête, des gestes de la main. Mais nous ne nous parlions pas. Je ne savais rien de ce qu'il faisait en psychologie, ni de l'état dans lequel était sa famille. Mais je n'avais appris aucune mauvaise nouvelle, et j'en conclus que, plus ou moins, tout allait bien.

Les visages sombres des professeurs et des élèves au collège reflétaient les titres des journaux, où l'on pouvait lire des nouvelles sur les émeutes arabes et sur les attaques contre les Juifs de Palestine, les mesures de défense prises par les Juifs dont beaucoup étaient entravées par les activités anglaises, et il y était aussi question des actions de l'Irgoun. Les Arabes attaquaient les installations juives dans la haute Galilée, le Néguev, autour de Jérusalem, et harcelaient sans cesse les convois de ravitaillement. Des Arabes tuaient des Juifs, des Juifs tuaient des Arabes, et les Britanniques se tenaient confortablement au milieu, paraissant incapables, parfois même peu désireux, d'arrêter le flot montant des meurtres.

Les groupes de jeunes sionistes du collège commencèrent à se montrer de plus en plus actifs et il arriva même une fois où l'on demanda à un certain nombre de membres de mon groupe de sauter les cours d'un après-midi afin d'aller dans un entrepôt de Brooklyn aider à embarquer des uniformes, des casques et des cantines sur d'énormes camions de dix tonnes qui attendaient. On nous dit que ces fournitures allaient être bientôt embarquées sur un bateau en partance pour la Palestine et serviraient à la Haganah. Nous travaillâmes dur et longtemps et, d'une certaine manière, en chargeant ces camions, nous nous sentions étroitement liés aux bulletins de nouvelles que nous ne cessions d'entendre à la radio ou de lire dans les journaux.

En avril, Tibériade, Haïfa et Safed furent occupées par la Haganah, et l'Irgoun, avec l'aide de la Haganah, s'empara de Jaffa.

Mon père était maintenant en bien meilleure santé et il avait commencé à se promener un peu à l'intérieur de la maison. Nous pouvions parler davantage, et nous parlions rarement d'autre chose que de la Palestine. Il me dit qu'avant son attaque cardiaque, on lui avait demandé d'aller, en tant que délégué, au Conseil général sioniste qui devait se réunir en Palestine au cours de l'été prochain.

— Maintenant, j'aurai de la chance si je peux aller cet été à la villa, dit-il, et il y avait sur ses lèvres un sourire un peu tordu.

— Pourquoi ne me l'avais-tu pas dit ? lui demandai-je.

— Je ne voulais pas te faire de la peine. Mais je ne pouvais plus le garder pour moi plus longtemps. C'est pourquoi je te le dis.

— Pourquoi ne me l'avais-tu pas dit quand on te l'a demandé ?

— On me l'a demandé le soir où j'ai eu mon attaque.

Nous n'en parlâmes plus jamais. Mais si j'étais près de lui, je savais toujours à quel moment il se mettait à y penser. Ses yeux devenaient rêveurs, il soupirait et secouait la tête. Il avait tant travaillé pour l'État juif, et c'était précisément ce travail qui l'empêchait maintenant de le voir. Souvent, au cours des mois qui suivirent, je me demandai quelle signification il pouvait bien donner à cela. Je ne savais pas, et je ne le lui demandai pas.

Nous ne nous gênâmes pas pour pleurer, ce vendredi de la deuxième semaine de mai où l'État d'Israël naquit. En allant à la synagogue, le matin suivant, j'aperçus les titres des journaux qui annonçaient la naissance de l'État juif. Ils annonçaient aussi que les armées arabes avaient commencé à l'envahir.

Les quelques semaines qui suivirent furent sombres et laides. La région d'Etzion, dans les montagnes d'Hébron, tomba, l'armée jordanienne attaqua Jérusalem, l'armée irakienne envahit la vallée du Jourdain, l'armée égyptienne envahit le Néguev, et la bataille de Latroun, le point stratégique décisif sur la route de Jérusalem, se transforma en un bain de sang. Mon père était triste et silencieux, et je me mis à m'inquiéter de nouveau pour sa santé.

Au début de juin, le bruit courut au collège qu'un ancien élève, qui y avait reçu récemment ses diplômes, avait été tué en combattant devant Jérusalem. Le bruit courut pendant quelques jours et fut finalement confirmé. Je ne l'avais pas du tout connu, il avait reçu ses diplômes avant même que je fusse inscrit, mais apparemment les élèves des plus hautes classes se souvenaient bien de lui. Il avait été un brillant élève en mathématiques, il s'était inscrit à l'Université de Jérusalem pour y passer son doctorat, il avait rejoint la Haganah, et il avait été tué en essayant de faire passer un convoi à Jérusalem. Nous étions accablés. Nous n'aurions jamais cru que la guerre viendrait jusque si près de nous.

Un jour de la deuxième semaine de juin, la semaine même où la trêve des Nations Unies commença d'être appliquée et où les combats cessèrent en Israël, tout le collège se réunit en assemblée pour commémorer la mort de l'ancien élève. Tout le monde était là, tous les rabbins, les élèves et les professeurs. Un de ses anciens professeurs de Talmud parla de sa dévotion et de son dévouement au judaïsme, son professeur de mathématiques fit l'éloge de ses qualités intellectuelles, et un des élèves des grandes classes raconta qu'il avait toujours dit qu'il irait en Israël. Tout le monde se leva ensuite, on chanta une prière et le *Kaddish* fut récité.

La ligue antisioniste de Reb Saunders mourut ce jour-là, du moins dans la mesure où elle touchait les élèves de Hirsch College. Elle restait en vie hors du collège mais je ne vis plus jamais un seul tract antisioniste dans les bâtiments de l'école.

Pour moi, ce semestre-là, les examens ne posaient pas de grave problème, et je reçus partout des A. Juillet arriva, apportant une chaleur étouffante, en même temps que l'heureuse nouvelle, selon le Dr Grossman, que mon père était désormais en assez bonne santé pour aller à la villa en août et pour reprendre son enseignement en septembre. Mais, à la villa, il faudrait qu'il se repose, et qu'il ne travaille pas. Oui, il pouvait écrire — depuis quand était-ce travailler que d'écrire ? Mon père se mit à rire, et c'était la première fois que je l'entendais rire, depuis des mois.

En septembre, mon père reprit ses cours et j'entrai dans ma troisième année de collège. Comme la logique symbolique appartient à la philosophie, j'avais choisi la philosophie comme matière principale et je trouvais cela très intéressant. Les semaines passaient vite. Mon père ne fit rien d'autre que ses cours pendant les quelques premiers mois ; puis, avec l'accord du Dr Grossman, il reprit quelques activités dans le sionisme et recommença ses cours pour adultes, une fois par semaine.

La guerre en Israël se poursuivait de façon sporadique, particulièrement dans le Néguev. Mais c'étaient maintenant les Israéliens qui avaient l'initiative, et la tension s'était désormais éloignée.

La ligue antisioniste de Reb Saunders paraissait s'être éteinte. Je n'en entendais plus parler, même dans notre voisinage. Et, un jour de la fin du printemps de cette année-là, alors que j'étais en train de déjeuner, Danny s'approcha de la table où je me trouvais, eut un sourire hésitant, s'assit, et me demanda si je pouvais lui donner un coup de main en psychologie expérimentale : il avait des difficultés à établir un graphique avec une formule comportant des variables.

D'entendre sa voix me fit trembler un peu.

— Bienvenue pour ton retour dans le pays de la vie, dis-je, le regardant et sentant mon cœur sauter dans ma poitrine.

Il y avait maintenant deux ans que nous ne nous étions plus parlé.

Il sourit faiblement et frotta sa barbe, qui était maintenant épaisse. Comme d'habitude, il était vêtu de son costume noir, de sa chemise sans cravate, avec des franges et une calotte. Ses papillotes pendaient le long de son visage de statue, et ses yeux étaient brillants et très bleus.

— L'interdiction a été levée, dit-il simplement.

— Ça fait du bien de se sentir de nouveau kasher, lui dis-je, non sans quelque amertume.

Il cligna des yeux et essaya de nouveau de sourire.

— Je regrette, dit-il calmement.

— Je regrette, moi aussi. J'aurais eu besoin de toi, à certains moments, surtout quand mon père a été malade.

Il fit un signe de tête affirmatif, et ses yeux étaient tristes.

— Comment t'en tires-tu ? demandai-je.

— De quoi ? et il cligna de nouveau des yeux.

— Comment te tires-tu du silence ?

Il ne répondit pas, mais son visage était fermé.

— Moi, je l'ai détesté, lui dis-je. Et toi, comment l'as-tu pris ?

Il se mit à tirer nerveusement sur une de ses papillotes, les yeux sombres et méditatifs.

— J'ai cru que j'allais devenir fou, dis-je.

— Non, tu ne serais pas devenu fou, dit-il doucement. Tu aurais appris à vivre avec lui.

— Pourquoi a-t-il fait cela ?

La main qui tirait sur la papillote tomba sur la table. Il secoua doucement la tête.

— Je ne sais pas. Nous ne nous parlons toujours pas.

— Sauf quand vous étudiez le Talmud ou qu'il se met en colère.

Il approuva tristement.

— J'aurais horreur de te dire ce que je pense de ton père.

— C'est un grand homme, dit Danny d'une voix égale. Il doit avoir ses raisons.

— Moi, je crois qu'il est fou et sadique, dis-je amèrement. Et je n'aime pas ton père.

— Tu as le droit d'avoir ton opinion, dit Danny doucement. Et j'ai le droit d'avoir la mienne.

Nous restâmes quelques instants silencieux.

— Tu as maigri, dis-je.

Il fit un signe de tête sans rien dire. Il était là, effondré, l'air mal à son aise, comme un oiseau perdu.

— Comment vont tes yeux ?

Il haussa les épaules. « Ils me font des ennuis de temps en temps. Le médecin dit que c'est nerveux. »

Il y eut un autre silence.

— C'est bon de t'avoir de nouveau, dis-je.

Et je souris.

Il répondit à mon sourire avec hésitation, et ses yeux bleus étaient brillants.

— Toi et ta manière idiote de taper dans les balles, dis-je. Toi et ton père, avec vos silences et vos colères idiotes.

Il sourit de nouveau, largement cette fois-ci, et se redressa sur sa chaise. « Est-ce que tu m'aideras pour ce graphique ? »

Je lui dis qu'il était temps maintenant qu'il se tire tout seul de ses graphiques, et je lui montrai comment faire.

Quand je racontai tout cela à mon père, ce soir-là, il hocha la tête doucement. Il s'y attendait, me dit-il. L'État juif n'était plus discutable, c'était un fait. Pourquoi Reb Saunders aurait-il continué à opposer son interdiction à une question qui ne se posait plus ?

— Comment se sent Danny ? demanda-t-il.

Je lui dis que Danny ne paraissait pas bien et avait maigri.

Il resta quelques instants songeur. Puis il dit :

— Reuven, le silence entre Danny et Reb Saunders, est-ce qu'il continue ?

— Oui.

Son visage était triste. « Un père peut élever son enfant comme il le veut, dit-il doucement. Quel prix ne faut-il pas payer pour une âme ! »

Quand je lui demandai ce que cela signifiait, il ne voulut rien dire de plus. Mais ses yeux étaient tristes.

Ainsi, Danny et moi reprîmes nos habitudes, celles de nous retrouver devant ma synagogue, d'aller au collège ensemble, de prendre notre déjeuner ensemble et de rentrer ensemble à la maison. La classe de Rav Gershenson devint pour moi un plaisir particulier, parce que nos connaissances, à Danny et à moi-même, nous permettaient maintenant de nous lancer dans un flot constant de discussions qui monopolisaient toutes les heures de la *shiur*. Nous dominions la classe à un tel point qu'un certain jour, après qu'une bataille talmudique particulièrement chaude entre Danny et moi se fut poursuivie sans interruption pendant presque un quart d'heure, Rav Gershenson nous interrompit et nous fit remarquer qu'il ne s'agissait pas d'une leçon particulière ; il y avait douze autres élèves dans la classe — est-ce que quelqu'un d'autre n'avait pas quelque chose à dire ? Mais il le dit avec un sourire chaleureux, et Danny et moi fûmes enchantés de cette manière oblique de nous faire des compliments.

Quelques jours après que nous eûmes recommencé à nous parler, Danny me dit qu'il s'était résigné à la psychologie expérimentale et qu'il commençait même à y prendre plaisir. Maintenant, quand il parlait de psychologie, il se servait toujours des mots techniques de l'expérimentateur : variables, constantes, manipulations, observations, rassemblement des données, contrôle des hypothèses, et des avantages qu'il y avait à essayer de réfuter les hypothèses plutôt que de les confirmer. Il ne semblait pas que les mathématiques fussent désormais un problème pour lui. Il n'avait besoin de mon aide que rarement. Un jour, nous étions au réfectoire quand il se mit à me parler d'une conversation qu'il avait eue avec le professeur Appleman. « Il a dit que si je voulais essayer de contribuer d'une façon valable à la psychologie, je ne pourrais le faire qu'en utilisant la méthode scientifique. L'attitude de Freud ne fournit pas vraiment une méthode permettant d'accepter ou de rejeter des hypothèses : ce n'est donc pas le moyen d'acquérir des connaissances. »

— Bien, bien, dis-je en souriant. Adieu, Freud.

Il secoua la tête.

— Non. Ça n'est pas adieu Freud. Freud était un génie. Mais il était trop circonspect dans ses recherches. Je veux en savoir bien davantage que ce dont Freud s'est seulement occupé. Freud ne s'est jamais occupé de la perception, par exemple. Ou de la connaissance. Comment les gens voient, entendent, touchent, sentent, et apprennent, c'est une question fascinante. Freud ne s'en est jamais occupé. Mais, d'accord, c'était un génie, dans tout ce qu'il a fait.

— Tu vas devenir un expérimentateur ?

— Je ne pense pas. Je veux travailler avec des gens, pas avec des rats et des labyrinthes. J'en ai parlé à Appleman. Il m'a conseillé de faire de la psychologie clinique.

— Qu'est-ce que c'est que ça ?

— Eh bien, disons qu'il y a la même différence qu'entre la physique appliquée et la physique théorique. La psychologie expérimentale est plus ou moins théorique ; la psychologie clinique applique ce que la psychologie expérimentale enseigne. Elle s'adresse aux gens. Le clinicien les examine, leur fait passer des tests, pose des diagnostics et soigne même ces gens...

— Qu'est-ce que tu veux dire, les soigne ?

— Il applique une thérapeutique.

— Tu veux devenir analyste ?

— Peut-être. La psychanalyse est une thérapeutique. Il en existe beaucoup d'autres.

— Quelles autres ?

— Oh, de toutes espèces, dit-il vaguement. Et parmi elles, beaucoup sont expérimentales.

— Tu veux faire des expériences sur les gens ?

— Je ne sais pas. Peut-être. Je n'en sais pas encore beaucoup à ce propos.

— Est-ce que tu vas préparer un doctorat ?

— Sûrement. On ne peut rien faire dans ce domaine sans un doctorat.

— Où iras-tu ?

— Je ne sais pas encore. Appleman m'a parlé de Columbia. C'est là qu'il a passé son doctorat.

— Ton père est au courant ?

Danny me jeta un coup d'œil.

— Non, dit-il calmement.

— Quand le lui diras-tu ?

— Le jour où j'aurai ma *smicha*.

La *smicha* est le terme hébreu pour l'ordination rabbinique.

— C'est-à-dire l'an prochain, dis-je.

Danny fit un signe de tête affirmatif. Puis il regarda sa montre. « Il faut que nous partions, ou bien nous allons être en retard à la *shiur* », dit-il.

Nous grimpâmes l'escalier quatre à quatre jusqu'à la classe de Rav Gershenson, et nous y entrâmes juste au moment où il appelait quelqu'un en lui demandant de lire et d'expliquer.

Au cours d'une autre de nos conversations de réfectoire, Danny me demanda à quoi pourrait bien me servir la logique symbolique quand je deviendrais rabbin. Je lui dis que je n'en savais rien, mais que je lisais beaucoup de philosophie, et qu'il en sortirait probablement quelque chose.

— J'ai toujours pensé que la logique et la théologie étaient comme David et Saül, dit Danny.

— C'est vrai. Mais peut-être que je pourrais les aider à s'entendre mieux.

Il secoua la tête.

— Je n'arrive pas à me faire à l'idée que tu seras rabbin.

— Je n'arrive pas à me faire à l'idée que tu seras psychologue.

Et nous nous regardâmes l'un l'autre, avec étonnement.

En juin, la sœur de Danny se maria. J'étais invité au mariage, et j'étais le seul à ne pas être hassid. Ce fut un mariage hassidique traditionnel, avec les hommes et les femmes séparés, et beaucoup de danses et de chants. Je reçus un coup en voyant Reb Saunders. Sa barbe noire grisonnait, et il paraissait devenu un vieillard depuis que je l'avais vu. Je m'approchai pour le féliciter et il me serra chaleureusement la main, en me regardant de ses yeux noirs et perçants. Il était entouré d'une véritable foule et nous n'eûmes pas l'occasion de parler. Je n'avais d'ailleurs pas particulièrement envie de parler avec lui. Lévi avait un peu grandi, mais il avait toujours la peau blanche et ses yeux paraissaient immenses, derrière ses lunettes cerclées d'écaille. La sœur de Danny était devenue très belle. Le garçon qu'elle épousait était un hassid, avec une barbe noire, de longues papillotes et des yeux sombres. Il avait l'air sévère et je décidai aussitôt qu'il ne me plaisait pas. Quand je le félicitai après le mariage et lui serrai la main, ses doigts étaient mous et moites.

À la fin de l'année scolaire, quand juillet approcha, j'allai un matin chez Danny. Sauf le jour du mariage, je n'avais plus revu Reb Saunders depuis que Danny et moi nous étions remis à nous parler, parce que mon père m'enseignait le Talmud les après-midi de Sabbat. Si bien que je décidai que ce serait poli d'y aller un matin, après la fin des classes. Danny me fit monter dans le bureau de son père. L'antichambre du troisième étage était pleine d'une foule d'hommes en caftans noirs, qui attendaient son père en silence. Ils hochèrent la tête et murmurèrent de respectueuses salutations à Danny, et l'un d'eux, un homme incroyablement vieux avec une barbe blanche et un corps tout courbé, s'avança et toucha le bras de Danny quand nous passâmes près de lui. Ce geste me parut de mauvais goût. J'en étais au point de trouver de mauvais goût tout ce qui touchait à Reb Saunders et au hassidisme. Nous attendîmes jusqu'à ce que la personne qui était avec son père fût sortie, et nous entrâmes.

Reb Saunders était dans son fauteuil au dossier droit de cuir rouge, entouré de livres et de l'odeur poussiéreuse des vieilles reliures. Son visage semblait creusé par le chagrin, mais sa voix était douce quand il me souhaita la bienvenue. Il était, dit-il d'une voix tranquille, très heureux de me voir. Il hésita, me regarda, regarda Danny. Ses yeux étaient sombres et rêveurs. « Où donc étais-je, me dit-il, et pourquoi ne venais-je plus les après-midi de Sabbat ? » Je lui dis que mon père et moi étudiions ensemble le Talmud les après-midi de Sabbat. Ses yeux se voilèrent et il soupira. Il hocha vaguement la tête. Il aurait voulu pouvoir me consacrer plus de temps, dit-il, mais il y avait tant de gens qui avaient besoin de le voir. Est-ce que je ne pourrais pas venir un de ces après-midi de Sabbat ? Je lui dis que j'essaierais et Danny et moi sortîmes du bureau.

Ce fut tout ce qu'il me dit. Pas un mot sur le sionisme. Pas un mot sur le silence qu'il nous avait imposé à Danny et à moi. Je me dis que je le détestais plus encore en le quittant qu'en arrivant. Je ne le revis plus jusqu'à ce mois de juillet.

Notre dernière année de collège commença en septembre. Un jour, au déjeuner, je racontai à Danny une histoire hassidique et il se mit à rire bruyamment. Puis, sans y penser, je rappelai la remarque qu'avait faite, quelques jours auparavant, un de nos camarades : « Le tzaddik ne dit jamais rien, observe le silence le plus absolu, et ses disciples l'écoutent attentivement », et son rire s'éteignit aussi brusquement qu'il était venu : son visage se refroidit.

Je me rendis compte tout de suite de ce que j'avais dit, et je me sentis glacé. Je balbutiai d'inutiles excuses.

Pendant quelques instants, il ne dit rien. Il paraissait regarder en lui-même. Puis son visage se détendit lentement. Il sourit un peu. « Il y a là-dedans plus de vérité que tu ne le crois, murmura-t-il. On peut écouter le silence, Reuven. J'ai commencé à me rendre compte qu'on peut écouter le silence et en apprendre beaucoup. Le silence a une qualité et une dimension qui lui sont propres. Je me sens vivre en lui. Il parle. Et je peux l'entendre. »

Il parlait en chantonnant doucement. Exactement comme son père.

— Tu ne comprends pas cela, n'est-ce pas ? demanda-t-il.

— Non.

Il hocha la tête.

— Je savais que tu ne le comprendrais pas.

— Qu'est-ce que cela signifie que le silence parle ?

— Il faut que tu veuilles l'écouter, alors il te parle. Il a une nature étrange et merveilleuse. Il ne parle pas toujours. Parfois... parfois il pleure, et on peut entendre en lui toute la douleur du monde. Cela fait mal de l'entendre. Mais il le faut.

Je me sentis de nouveau glacé à l'entendre s'exprimer ainsi. « Je ne comprends rien à tout cela. »

Il sourit doucement.

— Ton père et toi, est-ce que vous vous parlez ces temps-ci ?

Il secoua la tête.

Je n'y comprenais rien, mais cela me paraissait tellement étrange et tellement sinistre que je n'avais pas envie d'en dire davantage. Je changeai de sujet. « Tu devrais te trouver une fille », lui dis-je. Je commençais à sortir régulièrement avec des jeunes filles le samedi soir. « C'est un merveilleux tonique pour une âme souffrante. »

Il me regarda, les yeux tristes. « Ma femme a déjà été choisie pour moi. »

Je le regardai, la bouche ouverte.

— C'est une vieille tradition hassidique, souviens-toi.

— Je n'y aurais jamais pensé, dis-je, troublé.

— C'est encore une autre raison qui fait que cela ne sera pas facile de sortir de la trappe. Cela ne concernera pas seulement ma famille.

Je ne savais plus que dire. Il y eut un long silence gêné. Et nous nous rendîmes en silence à la *shiur* de Rav Gershenson.

La *bar mitzvah* du frère de Danny, à laquelle j'assistai un lundi matin au cours de la troisième semaine d'octobre, fut une cérémonie simple et sans prétention. Le service du matin commença à sept heures et demie — assez tôt pour que Danny et moi y assistions sans arriver ensuite en retard au collège — et Lévi fut appelé à réciter la bénédiction de la Torah. Après le service, il y eut un *kiddush*, composé de schnaps et de quelques gâteaux et biscuits. Tout le monde but *l'chaim* — à la vie — puis s'en alla. Reb Saunders me demanda tranquillement pourquoi je ne venais plus le voir, et je lui expliquai que mon père et moi étudiions le Talmud les après-midi de Sabbat. Il hocha vaguement la tête et s'en fut lentement, sa taille élevée un peu courbée.

Lévi Saunders était maintenant grand et maigre. Il ressemblait à une pâle imitation de Danny, sauf que ses cheveux étaient noirs et ses yeux sombres. La peau de ses mains et de son visage était blanche comme du lait, presque transparente et laissait voir le réseau des veines ; il donnait tout le temps l'impression qu'un souffle le renverserait. Mais, en même temps, ses yeux noirs brûlaient d'une sorte de feu intérieur qui exprimait la ténacité avec laquelle il s'était accroché à la vie et la conscience de plus en plus nette qu'il avait que, pour le restant de ses jours, chacun de ses souffles dépendrait des pilules qu'il mettrait dans sa bouche à intervalles réguliers. Ses yeux disaient qu'il était bien décidé à rester en vie, quelque peine qu'il pût en avoir.

Comme pour souligner sa faiblesse, Lévi tomba fortement malade le lendemain de sa *bar mitzvah* et fut emmené en ambulance au Brooklyn Memorial Hospital. Danny me téléphona à l'heure du dîner, et je pus entendre au ton de sa voix qu'il était terrifié. Je ne pouvais pas lui dire grand-chose et quand je lui demandai s'il avait envie de venir, il répondit que non, que sa mère était sur le point d'avoir une crise de nerfs, qu'il fallait qu'il reste avec elle, qu'il avait seulement voulu me prévenir. Et il raccrocha.

Mon père avait sans doute entendu que ma voix s'était troublée, car il se tenait maintenant devant la porte de la cuisine et me demandait ce qui n'allait pas.

Je le lui dis.

Nous nous remîmes à table. Je n'avais plus très faim, mais je mangeai tout de même pour faire plaisir à Manya. Mon père remarqua à quel point j'étais ému, mais il ne dit rien. Après notre repas, il me suivit dans ma chambre et s'assit sur le lit tandis que je me mettais à mon bureau : il me demanda de nouveau ce qui n'allait pas, pourquoi j'étais tellement ému par la maladie de Lévi, et il me fit remarquer que celui-ci avait déjà été malade.

Ce fut à ce moment que je parlai à mon père des projets de Danny, qu'il voulait préparer un doctorat de psychologie et abandonner la situation de tzaddik qu'il devait hériter un jour de son père. J'ajoutai aussi, sentant qu'il me fallait désormais être tout à fait sincère à ce sujet, que Danny était bouleversé par la maladie de son frère parce que, sans celui-ci, il ne lui serait peut-être pas possible de rompre avec son père ; il ne voulait pas détruire la dynastie.

Mon père devenait de plus en plus sombre en m'écoutant. Quand j'eus terminé, il resta un moment silencieux, les yeux graves.

— Quand Danny t'a-t-il dit tout cela ? demanda-t-il enfin.

— L'été où j'ai habité chez eux.

— Il y a si longtemps ? Il le savait déjà il y a si longtemps ?

— Oui.

— Et depuis tout ce temps, tu ne m'en as pas parlé ?

— C'était un secret entre nous, *abba*.

Il me regarda tristement.

— Est-ce que Danny sait la peine que cela va faire à son père ?

— Il redoute le jour où il devra le lui dire. Il le redoute pour lui comme pour son père.

— Je savais que cela arriverait, dit mon père. Comment cela aurait-il pu ne pas arriver ? » Puis il me demanda sèchement : « Reuven, explique-moi. Qu'est-ce que Danny a exactement l'intention de dire à Reb Saunders ?

— Qu'il va préparer un doctorat de psychologie et qu'il n'a pas l'intention de lui succéder.

— Est-ce que Danny songe à abandonner le judaïsme ?

Je le regardai, étonné.

— Je n'ai jamais eu l'idée de lui poser cette question.

— Sa barbe, ses papillotes, ses vêtements, ses franges... il gardera tout cela à l'université ?

— Je ne sais pas, *abba*. Nous n'en avons jamais parlé.

— Reuven, comment Danny pourrait-il devenir un psychologue tout en conservant l'aspect d'un hassid ?

Je ne savais pas quoi répondre.

— Il est important de savoir exactement ce que Danny va dire à son père. Il faut qu'il prévoie les questions qui viendront à l'esprit de Reb Saunders. Parles-en à Danny. Qu'il réfléchisse à ce qu'il dira exactement à son père.

— Je n'avais jamais eu l'idée de lui parler de ça.

— Danny est maintenant comme quelqu'un qui se prépare à sortir de prison. Il n'a qu'un seul désir : quitter la prison. En dépit de tout ce qui peut l'attendre à la sortie. Danny est incapable de penser au-delà de l'instant où il faudra qu'il dise à son père qu'il ne prendra pas sa place. Tu me comprends ?

— Oui.

— Tu lui parleras ?

— Bien sûr.

Mon père hocha tristement la tête, son visage était ému. « Il y a si longtemps que je n'ai pas parlé avec Danny », dit-il. Il resta quelques instants silencieux. « Ce n'est pas simple d'être un ami, n'est-ce pas Reuven ?

— Non, dis-je.

— Dis-moi, Reb Saunders et Danny ne se parlent toujours pas ?

Je secouai la tête. Puis je lui dis ce que Danny m'avait dit du silence. « Qu'est-ce que cela signifie, écouter le silence, *abba* ? »

Cela parut le troubler plus encore que la nouvelle que je venais de lui donner, que Danny ne serait pas un tzaddik. Il s'assit sur le lit, le corps frissonnant. « Hassidim ! l'entendis-je murmurer, presque avec mépris. Pourquoi devraient-ils croire que le fardeau du monde repose sur leurs seules épaules ? »

Je le regardai, étonné. Je n'avais jamais entendu ce ton de mépris dans sa voix.

— C'est une manière d'élever les enfants, dit-il.

— Quoi donc ?

— Le silence.

— Je ne comprends pas...

— Je ne peux pas te l'expliquer. Je ne le comprends pas très bien moi-même. Mais je la déteste pour ce que j'en sais. On agissait ainsi en Europe, dans certaines familles hassidiques. » Puis sa voix se fit dure. « Il y a de meilleurs moyens pour enseigner la compassion à un enfant.

— Je ne...

Il m'interrompit. « Reuven, je ne peux pas expliquer ce que je ne comprends pas bien moi-même.

Danny a été élevé d'une certaine manière par Reb Saunders. Je n'ai pas envie d'en parler plus longtemps. Cela me bouleverse. Tu parleras à Danny, n'est-ce pas ? »

Je fis un signe affirmatif.

— Maintenant il faut que je travaille.

Et il sortit de la chambre, me laissant plus perdu que je ne l'avais jamais été.

J'avais fait le projet de parler à Danny le lendemain, mais quand je le vis, il était dans un tel état de frayeur à propos de son frère que je n'osai pas faire mention de ce que mon père m'avait dit. Les médecins avaient diagnostiqué, dans la maladie de son frère, une sorte de déséquilibre dans la composition chimique du sang, provoqué par quelque chose qu'il avait mangé, me dit Danny à l'heure du déjeuner. Il était pâle et triste et il clignait des yeux plus que jamais. On essayait à l'hôpital, pour son frère, d'autres remèdes. Il faudrait maintenant qu'il suive un régime très sévère. Danny fut tendu et malheureux toute la journée et, ensuite, pendant toute la semaine.

Lévi Saunders sortit de l'hôpital le mercredi suivant. Je vis Danny au collège le lendemain. Nous restâmes quelques instants sans rien dire au réfectoire. Il finit par me dire que son frère allait bien et que tout paraissait arrangé. Sa mère était au lit avec une crise d'hypertension artérielle. Mais le médecin disait que c'était seulement la conséquence de ses inquiétudes et que tout ce dont elle avait besoin, c'était de repos. Elle irait mieux bientôt.

Il me déclara qu'il se préparait à écrire à trois universités — Harvard, Berkeley et Columbia — et qu'il allait faire une demande de bourse en psychologie. Je lui demandai combien de temps il pensait pouvoir garder secrètes de telles démarches.

— Je ne sais pas, dit-il, la voix un peu étranglée.

— Pourquoi n'en parles-tu pas maintenant à ton père et ne te débarrasses-tu pas de tout cela ?

Il me regarda tristement. « Je préfère ne pas risquer d'explosions de colère aux repas, dit-il. Tout ce que j'obtiens, ce sont des explosions ou le silence. J'en ai assez des explosions. »

Je lui racontai alors ce que mon père m'avait dit. À mesure que je parlais, il était facile de voir qu'il se sentait de plus en plus gêné.

— Je ne voulais pas que tu en parles à ton père, murmura-t-il avec colère.

— Mon père a gardé secrètes, même à mon égard, tes visites à la bibliothèque, lui rappelai-je. Ne t'inquiète donc pas de ça.

— Je ne veux pas que tu en parles à qui que ce soit d'autre.

— Je ne le ferai pas. Mais qu'est-ce que tu penses de ce qu'a dit mon père ? Est-ce que tu demeureras un Juif orthodoxe ?

— Qu'est-ce qui t'a donné l'idée que j'avais l'intention de ne pas rester un Juif orthodoxe ?

— Que se passera-t-il quand ton père te demandera ce que tu comptes faire à propos de la barbe, du caftan, des...

— Il ne me le demandera pas.

— Et s'il le fait ?

Il tira nerveusement une de ses papillotes. « Est-ce que tu m'imagines pratiquant la psychologie et habillé comme un hassid ? » demanda-t-il.

En vérité, je n'attendais pas d'autre réponse. Puis j'eus une idée : « Est-ce que ton père ne verra pas les lettres que tu vas recevoir des universités auxquelles tu as présenté des demandes d'inscription ? »

Il me regarda. « Je n'y avais jamais pensé, dit-il lentement. Il va falloir que j'intercepte le courrier. » Il hésita. « Je ne peux pas. Il arrive après mon départ pour le collège. » Et ses yeux se remplirent de terreur.

— Je crois que tu devrais avoir une conversation avec mon père, dis-je.

Danny vint nous voir chez nous ce soir-là et je l'emmenai dans le bureau de mon père. Mon père se leva vivement, tourna autour de son bureau et vint serrer la main de Danny.

— Il y a si longtemps que je ne vous avais pas vu, dit-il en souriant chaleureusement. Cela fait plaisir de vous revoir, Danny. Asseyez-vous.

Mon père ne s'installa pas derrière son bureau. Il vint s'asseoir près de nous sur la chaise de cuisine qu'il m'avait demandé d'aller chercher.

— N'en veuillez pas à Reuven de m'avoir parlé, dit-il tranquillement à Danny. J'ai l'habitude de garder les secrets.

Danny sourit nerveusement.

— Vous parlerez à votre père le jour de votre ordination ?

Danny fit un signe de tête affirmatif.

-— Il y a une jeune fille qui est mêlée à cela ?

Nouveau signe affirmatif de Danny, qui me jeta un rapide coup d'œil.

— Vous refuserez d'épouser cette jeune fille ?

— Oui.

— Et votre père devra expliquer tout cela à ses parents et à ses adeptes ?

Danny ne dit rien, le visage tendu.

— Cela va vous mettre dans une situation très gênante. Vous et votre père. Vous êtes décidé à ne pas succéder à votre père ?

— Oui, dit Danny.

— Alors il faut que vous sachiez exactement ce que vous allez lui dire. Pensez aux questions que va vous poser votre père. Pensez à ce qui l'inquiétera le plus après avoir appris la décision que vous allez prendre. Est-ce que vous me comprenez, Danny ?

Danny hocha la tête lentement.

Il y eut un long silence.

Puis mon père se pencha en avant. « Danny, dit-il doucement, vous pouvez entendre le silence ? »

Danny le regarda, stupéfait. Ses yeux bleus étaient largement ouverts et pleins de frayeur. Il me regarda. Puis il reporta les yeux sur mon père. Et, lentement, il fit un signe de tête affirmatif.

— Vous n'êtes pas en colère contre votre père ?

Danny secoua la tête.

— Comprenez-vous ce qu'il fait ?

Danny hésita. Puis il secoua de nouveau la tête. Il avait les yeux humides.

Mon père soupira de nouveau. « Cela vous sera expliqué, dit-il doucement. Votre père vous l'expliquera. Parce qu'il voudra que vous vous conduisiez avec vos propres enfants, un jour, de la même manière que lui. »

Danny cligna nerveusement des yeux.

— Pour cela, Danny, personne ne peut vous aider. C'est entre votre père et vous. Mais réfléchissez bien à ce que vous allez lui dire et aux questions qu'il va vous poser.

Mon père nous accompagna jusqu'à la porte. J'entendis les chaussures ferrées de Danny frapper sur le sol de l'entrée de l'immeuble.

— Qu'est-ce que c'est encore que cette histoire d'entendre le silence, *abba* ? demandai-je.

Mais mon père ne répondit pas. Il entra dans son bureau et ferma la porte derrière lui.

Danny reçut des lettres d'acceptation des trois universités auxquelles il avait présenté sa candidature. Les lettres arrivèrent par le courrier chez lui et restèrent sans que personne n'y touche sur la table de l'antichambre jusqu'à son retour du collège. Il m'en parla au début de janvier, le lendemain du jour où il avait reçu la troisième réponse. Je lui demandai qui, d'habitude, ramassait le courrier.

— Mon père, dit-il. Lévi est à l'école quand il arrive et ma mère n'aime pas monter les escaliers.

— Y avait-il des adresses de l'expéditeur sur ces enveloppes ?

— Évidemment.

— Alors, comment pourrait-il ne pas savoir ?

— Je n'y comprends rien, dit-il, et il y avait un ton de panique dans sa voix. Qu'est-ce qu'il attend ? Pourquoi n'en parle-t-il pas ?

Sa peur me rendait malade, et je ne dis rien.

Quelques jours plus tard, Danny me dit que sa sœur était enceinte. Elle et son mari étaient venus les voir et l'avaient dit à ses parents. Son père avait souri pour la première fois depuis la *bar mitzvah* de Lévi, dit Danny, et sa mère avait pleuré de joie. Je lui demandai si son père avait montré par quelque signe qu'il était au courant de ses projets.

— Non, dit-il.

— Il n'a rien montré ?

— Non. Je n'obtiens rien de lui, que le silence.

— Est-il également silencieux avec Lévi ?

— Non.

— Était-il silencieux avec ta sœur ?

— Non.

— Je n'aime pas ton père, lui dis-je. Je ne l'aime pas du tout.

Danny ne répondit pas, mais il clignait les yeux de peur.

Quelques jours plus tard, il me dit :

— Mon père demande pourquoi tu ne viens plus au Sabbat.

— Il t'a parlé ?

— Il ne m'a pas parlé. Cela ne s'appelle pas parler.

— J'étudie le Talmud, les après-midi de Sabbat.

— Je sais.

— Je n'ai pas tellement envie de le voir.

Il hocha la tête tristement.

— As-tu décidé dans quelle université tu irais ?

— Columbia.

— Pourquoi ne lui en parles-tu pas pour en finir ?

— J'ai peur.

— Quelle différence cela fait-il ? S'il te met à la porte de chez toi, il le fera en tout cas quand tu lui parleras.

— J'aurai mon diplôme en juin. Je serai ordonné.

— Tu peux habiter chez nous. Ah non, c'est vrai, tu ne peux pas, tu ne pourrais pas manger chez toi.

— Je pourrais habiter chez ma sœur.

— Oui.

— J'ai peur. J'ai peur de l'explosion. J'ai peur d'avoir à le lui dire. Dieu, que j'ai peur.

Mon père ne disait rien quand je lui parlais de cela. « C'est à Reb Saunders de s'expliquer, disait-il. Je ne peux pas expliquer ce que je ne comprends pas tout à fait. Je ne le fais pas avec mes élèves, je ne vois pas pourquoi je le ferais avec mon fils. »

Quelques jours plus tard, Danny me dit que son père avait encore une fois demandé pourquoi je n'allais plus chez eux.

— J'essayerai de venir, dis-je.

Mais je n'essayai pas vraiment. Je n'avais pas envie de voir Reb Saunders. Je le détestais maintenant autant que lorsqu'il nous avait condamnés au silence, Danny et moi.

Les semaines passaient et l'hiver laissa lentement la place au printemps. Danny travaillait à une étude de psychologie expérimentale qui portait sur les relations entre la croissance des forces et la rapidité d'acquisition des connaissances, et moi je rédigeais un long texte sur la logique des bilans nuls. Danny se jetait dans son travail. Il était de plus en plus maigre et pâle et, sur son visage et ses mains, les pointes de ses os semblaient devoir traverser la peau. Il ne me parlait plus du silence qui régnait entre son père et lui. Il avait l'air de hurler ce silence dans son travail pour s'en débarrasser. Il n'y avait que son tic de paupières qui montrait sans cesse à quel point il avait peur.

Le jour qui précédait les vacances de *Pessah*, il me dit que son père avait de nouveau demandé pourquoi je ne venais plus chez eux. Est-ce que je pourrais venir le jour de *Pessah* ? Il aurait voulu le savoir. Il voulait me voir le premier ou le deuxième jour de *Pessah*.

— J'essaierai, dis-je, sans la moindre intention d'essayer.

Mais quand je parlai ce soir-là avec mon père, il me dit, avec une étrange dureté dans la voix :

— Tu ne m'avais jamais dit que Reb Saunders demandait à te voir.

— Il n'a pas cessé de le demander.

— Reuven, quand quelqu'un veut vous parler, il faut lui permettre de vous parler. Tu n'as pas encore appris cela ? Tu n'as pas encore appris cela, après ce qui est arrivé entre Danny et toi ?

— Il veut que nous étudiions le Talmud, *abba.*

— Tu en es sûr ?

— Nous n'avons jamais rien fait d'autre ensemble.

— Vous n'avez fait qu'étudier le Talmud ? Tu as si vite oublié ?

Je le regardai.

— Il veut me parler de Danny, dis-je, et je me sentis glacé.

— Tu iras chez lui le premier jour des vacances. Dimanche.

— Pourquoi ne me l'a-t-il pas dit ?

— Reuven, il te l'a dit. Tu n'as pas écouté.

— Tous ces temps-ci...

— Écoute, la prochaine fois. Écoute, quand quelqu'un te parle.

— Peut-être que je vais y aller ce soir.

— Non. Ils ont à faire pour préparer les fêtes.

— J'irai pour le Sabbat.

— Reb Saunders t'a demandé d'y aller pour *Pessah*.

— Je lui ai dit que, les jours de Sabbat, j'étudiais le Talmud.

— Tu iras à *Pessah*. Il a ses raisons s'il t'a demandé de venir spécialement le jour de *Pessah*. Et, la prochaine fois que quelqu'un te parle, écoute-le, Reuven.

Il était en colère, en colère comme il ne l'avait pas été depuis le jour, à l'hôpital, où j'avais refusé de parler à Danny.

Je téléphonai à Danny et je lui dis que j'irais le voir le dimanche suivant.

Il s'aperçut de quelque chose de changé dans ma voix.

— Qu'est-ce qui ne va pas ?

— Tout va bien. Je te verrai dimanche.

— Tout va bien ?

Sa voix était pleine d'appréhension.

— Tout va bien.

— Viens vers quatre heures, dit-il. Mon père se repose au début de l'après-midi.

— À quatre heures.

— Tout va bien ?

— Je te verrai dimanche, lui dis-je.

L'après-midi du premier jour de *Pessah*, je marchais sous les premières feuilles printanières des sycomores de ma rue ; je tournai dans Lee Avenue. Le soleil était chaud et brillant, et je marchais lentement, passant devant les maisons et les boutiques et devant la synagogue où mon père et moi allions prier. Je rencontrai un de mes camarades et nous nous arrêtâmes pour parler pendant quelques minutes ; puis je repartis seul, et j'arrivai enfin dans la rue où habitait Danny. Les sycomores formaient une voûte emmêlée à travers laquelle brillait le soleil, couvrant le sol de taches lumineuses. Il y avait de petits bourgeons sur les arbres et, par-ci par-là, l'éclat vert de quelques jeunes feuilles. Dans un mois, ces feuilles tomberaient du ciel, mais maintenant le soleil passait au travers et posait des taches d'or sur les trottoirs, dans la rue, sur les femmes qui bavardaient et les enfants qui jouaient. Je marchai, seul et lentement, me souvenant du premier jour où j'avais remonté cette rue, il y avait de cela des années. Ces années se terminaient maintenant. Dans trois mois, au moment où les feuilles tomberaient, nos vies seraient séparées, comme les branches qui, au-dessus de ma tête, se frayaient chacune leur chemin vers la lumière du soleil.

Je montai lentement le large escalier de pierre de la maison de Danny et je franchis la double porte de bois de l'entrée. Le vestibule était sombre et froid. La porte de la synagogue était ouverte. Je regardai à l'intérieur. Son vide me chuchotait des échos : erreurs, *gematria*, questions sur le Talmud, et Reb Saunders regardant mon œil gauche. Tu ne sais pas encore ce que c'est qu'être un ami. La critique scientifique, ah ! Votre père observe les commandements. Il n'est pas facile d'être un véritable ami. Échos silencieux et doux. La synagogue me paraissait petite, maintenant, et tellement moins propre que lorsque je l'avais vue pour la première fois. Les bancs étaient usés, les murs avaient besoin d'être repeints, les ampoules nues me paraissaient laides, leurs fils nus et noirs pendant comme les branches mortes d'un arbre foudroyé. Quels échos auraient désormais les travaux de Reb Saunders ? me demandais-je. Et je sentis mon cœur se serrer d'appréhension.

Je m'arrêtai au pied de l'escalier intérieur et appelai Danny. Ma voix traversa lentement le silence de la maison. J'attendis quelques instants, puis appelai de nouveau. J'entendis le bruit de ses souliers ferrés sur le palier du deuxième étage, puis juste au-dessus de moi ; et Danny était là, en haut de l'escalier, grand, maigre, silhouette presque spectrale avec sa barbe, ses papillotes et son caftan de satin noir.

Je montai lentement l'escalier et il me dit bonjour. Il avait l'air fatigué. Sa mère était en train de se reposer, me dit-il, et son frère était sorti. Lui et son père étaient en train d'étudier le Talmud. Sa voix était triste, faible et on y sentait un accent de frayeur. Et ses yeux montraient clairement ce que sa voix essayait de dissimuler.

Nous montâmes au troisième étage. Danny parut hésiter devant la porte du bureau de son père, comme s'il souhaitait n'avoir plus à y entrer. Puis il ouvrit cette porte, et nous nous avançâmes dans la pièce.

Il y avait presque un an que je n'étais plus entré dans le bureau de Reb Saunders, mais rien n'y avait changé. Il y avait toujours le même meuble de bois massif et noir, recouvert d'une plaque de verre, le même tapis rouge, les mêmes bibliothèques vitrées encombrées de livres, la même odeur poussiéreuse de vieux livres dans l'air, la même ampoule unique brillant au plafond. Rien n'avait vraiment changé, rien — sauf Reb Saunders.

Il était assis dans son fauteuil de cuir rouge à dossier droit et me regardait de derrière son bureau. Sa barbe était devenue presque complètement grise, et il était penché, courbé, comme s'il avait porté quelque chose sur les épaules. Son front était sillonné de rides, ses yeux sombres assombris encore et brûlés d'une sorte de souffrance invisible, et les doigts de sa main droite jouaient sans cesse avec une longue papillote grise.

Il me salua tout de suite, mais ne me tendit pas la main. J'eus l'impression que de me serrer la main eût été un effort physique qu'il voulait éviter.

Danny et moi nous assîmes sur des chaises devant son bureau, Danny à sa droite, moi à sa gauche. Le visage de Danny était sans expression. Il tordait nerveusement une de ses papillotes.

Reb Saunders se pencha lentement en avant et mit les mains sur son bureau. Lentement, il ferma le Talmud que Danny et lui étaient en train d'étudier. Puis il poussa un soupir profond et tremblant qui remplit le silence de la pièce comme un souffle de vent.

— *Nu*, Reuven, dit-il tranquillement, enfin, enfin vous êtes venu me voir.

Il parlait en yiddish, et sa voix chevrotait un peu.

— Je vous demande pardon, dis-je en anglais, avec hésitation.

Il hocha la tête et, de la main droite, se mit à caresser sa barbe grise. « Vous êtes devenu un homme, dit-il tranquillement. Le premier jour où vous vous êtes assis ici, vous n'étiez qu'un enfant. Maintenant, vous êtes un homme. »

Danny parut soudain conscient de la façon dont il était en train de tordre ses papillotes. Il mit la main sur son genou, puis serra ses deux mains l'une contre l'autre et se tint tranquille, regardant son père.

Reb Saunders me regardait et souriait faiblement, hochant la tête. « Mon fils, mon Daniel, lui aussi est devenu un homme. C'est une grande joie pour un père de voir soudain son fils devenu un homme. »

Danny s'agita un peu sur sa chaise, puis s'arrêta.

— Que comptez-vous faire quand vous aurez votre diplôme ? demanda Reb Saunders d'une voix calme.

— J'étudierai encore un an jusqu'à la *smicha*.

— Et ensuite ?

— Je veux devenir rabbin.

Il me regarda et ses yeux palpitèrent. Il me sembla qu'il perdait la respiration un instant, comme s'il avait soudain ressenti une douleur violente. « Vous allez devenir rabbin », murmura-t-il, parlant plus pour lui-même que pour moi. Il demeura quelques instants silencieux. « Oui. Je me souviens... Oui... » Il soupira de nouveau et secoua lentement la tête, sa barbe grise allant et venant, d'avant en arrière. « Mon fils Daniel recevra sa *smicha* en juin », dit-il. Puis il ajouta : « En juin... Oui... Sa *smicha*... Oui... » Les mots se suivaient, mais sans suite, sans liens, et restaient suspendus dans l'air pendant de longs moments de silence.

Il déplaça lentement sa main droite sur le Talmud, ses doigts caressèrent le titre hébreu du traité qui était gravé sur le dos de la reliure. Puis il serra ses deux mains l'une contre l'autre et les reposa sur le livre. Son corps suivit le mouvement de ses mains, et ses papillotes grises se déplacèrent le long de son vieux visage.

— *Nu*, dit-il doucement, si doucement que je pouvais à peine l'entendre, en juin, mon Daniel et son bon ami prendront des chemins différents. Ce sont des hommes, ce ne sont plus des enfants, et les hommes suivent des chemins différents. Vous suivrez un chemin, Reuven. Et mon fils, mon Daniel, il... Il suivra un autre chemin.

Je vis Danny dont la mâchoire inférieure tombait. La bouche ouverte, il eut comme un frisson convulsif. « Des chemins différents, pensai-je. Des chemins *différents*. Donc, il... »

— Je sais, murmura Reb Saunders comme s'il avait lu en moi. Je le sais depuis longtemps.

Danny poussa un faible gémissement. Reb Saunders ne le regarda pas. Il ne l'avait pas une seule fois regardé. Il parlait à Danny à travers moi.

— Reuven, je voudrais que vous écoutiez soigneusement ce que je vais vous dire maintenant. » Il avait dit : Reuven. Ses yeux avaient dit : Daniel. « Vous ne le comprendrez pas. Peut-être ne le comprendrez-vous jamais. Et peut-être ne cesserez-vous jamais de me haïr pour ce que j'ai fait. Je connais vos sentiments. Est-ce que je ne les vois pas dans vos yeux ? Mais je veux que vous m'écoutiez.

« Un homme naît dans ce monde avec seulement une petite étincelle de bien en lui. Cette étincelle, c'est Dieu, c'est l'âme ; le reste est laideur et mal, une carapace. L'étincelle doit être préservée comme un trésor, il faut la nourrir, il faut en faire une flamme. Il faut qu'elle apprenne à rechercher d'autres étincelles, elle doit être maîtresse de la carapace. Tout peut devenir carapace, Reuven. Tout. L'indifférence, la paresse, la brutalité ou le génie. Oui, même le génie peut devenir une carapace, et éteindre l'étincelle.

« Reuven, le Maître de l'Univers m'a envoyé la bénédiction d'un fils plein de talent. Et il m'a chargé de tous les problèmes que soulevait son éducation. Ah, qu'est-ce donc que d'avoir un fils plein de talent ! Pas un fils beau, Reuven, mais un fils plein de talent, un Daniel, un garçon avec un esprit comme un joyau, comme une perle, comme un soleil. Reuven, quand Daniel avait quatre ans, je le vis qui était en train de lire une histoire dans un livre. Et j'ai eu peur. Il ne lisait pas cette histoire, il l'avalait, comme on avale de la nourriture ou de l'eau. Il n'y avait pas d'âme dans mon Daniel de quatre ans, il n'y avait que de l'esprit. Il était un esprit dans un corps sans âme. L'histoire était, dans un livre yiddish, celle d'un pauvre Juif qui se bat pour aller en Eretz Yisroel avant de mourir. Ah, combien cet homme était malheureux ! Et mon Daniel *aimait* cette histoire, il *aimait* la terrible dernière page, il l'aimait parce que, quand il eut fini de la lire, il se rendit compte pour la première fois de la mémoire qu'il avait. Il me regarda avec fierté et me récita toute l'histoire, et je me mis à pleurer dans mon cœur. Je m'en allai, et je demandai, en pleurant, au Maître de l'Univers : "Que m'as-tu fait ? Un esprit comme celui-là, est-ce cela dont j'ai besoin comme fils ? J'ai besoin d'avoir pour fils un cœur, une âme, je veux pour mon fils de la compassion, de la droiture, de la charité, de la force pour souffrir, c'est *cela* que j'attends de mon fils, et non un esprit sans âme."

Reb Saunders s'arrêta et poussa un soupir profond et tremblant. J'essayai d'avaler ma salive : ma bouche était sèche comme du sable. Danny avait mis la main droite sur ses yeux, il avait repoussé ses lunettes sur son front. Il pleurait en silence, et je voyais ses épaules trembler. Reb Saunders ne le regarda pas.

— Mon frère ressemblait à Daniel, poursuivit-il tranquillement. Quel esprit il avait ! Mais, dans un sens, Daniel ne lui ressemble pas. Dieu merci, mon Daniel est en bonne santé. Tandis que, pendant des années et des années, mon frère fut malade. Son esprit brûlait d'une faim de savoir. Pendant des années, son corps fut dévasté par la maladie. Et c'est pourquoi mon père ne l'éleva pas comme il m'avait élevé. Quand il fut en assez bonne santé pour aller travailler dans une yeshiva, il était trop tard.

« Je n'étais qu'un enfant quand il nous quitta pour aller étudier à Odessa, mais je me rappelle encore ce qu'il était capable de faire avec son intelligence. Mais c'était une intelligence froide, Reuven, presque cruelle, et que son âme n'avait pas touchée. Elle était orgueilleuse, hautaine et impatiente à l'égard des intelligences moins brillantes, se saisissant de tout dans sa recherche du savoir, comme un conquérant se saisit du pouvoir. Une intelligence qui ne comprenait pas la douleur, qui lui était indifférente, une intelligence impatiente devant la souffrance. Impatiente même à l'égard de la maladie de son propre corps. Je n'ai plus jamais revu mon frère après qu'il nous eut quittés pour sa yeshiva. Il tomba sous l'influence d'un Maskil à Odessa et s'en fut en France, où il devint un grand mathématicien et enseigna à l'Université. Il est mort dans une chambre à gaz, à Auschwitz. J'ai appris cela il y a quatre ans. Il était un Juif quand il est mort, il ne respectait pas les Commandements, mais, que Dieu soit loué, il ne s'était pas converti. Je voudrais croire qu'avant de mourir il a compris combien il y avait de souffrance en ce monde. Je l'espère. Cela aurait sauvé son âme.

« Reuven, écoutez bien ce que je vais vous dire maintenant, et souvenez-vous-en. Vous êtes un homme, mais il se passera des années avant que vous compreniez les mots que je vais prononcer. Peut-être que vous ne les comprendrez jamais. Mais écoutez-moi, et prenez patience.

« Quand j'étais très jeune, mon père, qu'il repose en paix, se mit à me réveiller au milieu de la nuit, et je pleurais. J'étais un enfant, mais il m'éveillait et me racontait l'histoire de la destruction de Jérusalem et des souffrances du peuple d'Israël, et je pleurais. Pendant des années, il a agi ainsi. Un jour, il m'emmena visiter un hôpital — ah, quelle épreuve ce fut ! — et souvent il m'emmenait avec lui visiter les pauvres, les mendiants, pour que je les écoute parler. Mon père lui-même ne me parlait jamais, sauf quand nous étudiions ensemble. Il m'enseignait en silence. Il m'enseignait à regarder en moi-même, à trouver mes propres forces, à me retirer en moi-même en compagnie de mon âme. Quand les gens lui demandaient pourquoi il était silencieux avec son fils, il leur disait qu'il n'aimait pas parler, que les paroles sont cruelles, que les paroles vous jouent des tours, qu'elles déforment ce qu'on a dans le cœur, qu'elles cachent le cœur et que le cœur ne parle que dans le silence. On apprend à connaître la douleur des autres en souffrant soi-même, disait-il, en se tournant vers soi-même, en découvrant sa propre âme. Et il est important de connaître la douleur, disait-il. Cela détruit notre orgueil, notre arrogance, notre indifférence à l'égard des autres. Cela nous rend conscient de notre fragilité et de notre petitesse, et du fait que nous dépendons du Maître de l'Univers.

« Lentement, très lentement, je commençai à comprendre de quoi il parlait. Pendant des années, son silence m'étonna et me fit peur, bien que je lui eusse toujours fait confiance et que je ne l'eusse jamais haï. Et quand je fus devenu assez grand pour comprendre, il me dit que de tous les hommes, un tzaddik est celui qui doit le mieux connaître la douleur. Un tzaddik doit savoir comment souffrir pour son peuple, disait-il. Il doit prendre sa douleur, la lui enlever, et la porter sur ses propres épaules. Il doit la porter toujours. Il doit devenir vieux avant l'âge. Il doit pleurer, dans son cœur, il ne doit pas cesser de pleurer. Même quand il danse ou quand il chante, il doit pleurer les souffrances de son peuple.

« Vous ne comprenez pas cela, Reuven. Je vois dans vos yeux que vous ne comprenez pas. Mais mon Daniel le comprend maintenant. Il le comprend très bien.

« Reuven, je ne voulais pas que mon Daniel devînt comme mon frère, que celui-ci repose en paix. J'aurais préféré ne pas avoir de fils plutôt qu'un fils intelligent qui n'aurait pas eu d'âme. Je regardai mon Daniel, quand il avait quatre ans, et je me dis : Comment vais-je apprendre à cette intelligence ce que c'est que d'avoir une âme ? Comment vais-je apprendre à cette intelligence à comprendre la douleur ? Comment arriverai-je à faire cela sans perdre mon fils, mon précieux fils que j'aime autant que le Maître de l'Univers lui-même ? Comment pourrai-je le faire sans pousser mon fils, que Dieu m'en préserve, à abandonner le Maître de l'Univers et Ses commandements ? Comment pourrai-je élever mon fils, comme mon père m'a élevé, et ne pas l'écarter de la Torah ?

« Parce que nous sommes en Amérique, Reuven. Ce n'est pas l'Europe. C'est un monde ouvert. Ici il y a des bibliothèques, et des livres, et des écoles. Ici, il y a de grandes universités qui ne se préoccupent pas de savoir combien d'étudiants juifs elles ont. Je ne voulais pas écarter mon fils de Dieu, mais je ne voulais pas non plus qu'il grandisse sans avoir d'âme. Quand il n'était encore qu'un enfant, je savais déjà que je ne pourrais pas empêcher son intelligence d'aller vers le monde du savoir. Je savais, dans mon cœur, que cela l'empêcherait peut-être de prendre ma place. Mais il fallait que je l'empêche de s'écarter tout à fait du Maître de l'Univers. Et il fallait que je m'assure que son âme serait celle d'un tzaddik, quoi qu'il fasse de sa vie.

Il ferma les yeux et parut se perdre dans ses méditations. Ses mains tremblaient. Il demeura longtemps silencieux. Des larmes coulaient lentement le long de son nez et disparaissaient dans sa barbe. Un faible soupir remplit la pièce. Puis il ouvrit les yeux et regarda le Talmud sur le bureau, devant lui. « Ah, quel prix a-t-il fallu payer !... Les années de son enfance où je l'aimais et où je parlais avec lui, où je le prenais avec moi et le tenais sous mon *tallit* quand je priais... "Pourquoi pleures-tu, père ? me demanda-t-il une fois, sous le *tallit*. — Parce que les gens souffrent", lui dis-je. Il ne pouvait pas comprendre. Ah, qu'est-ce donc que de n'être qu'une intelligence sans âme, quelle laideur !... Ce furent les années où il apprit à me faire confiance et à m'aimer... Et quand il fut plus grand, les années où je me retirai de lui... "Pourquoi ne réponds-tu plus à mes questions, père ? me demanda-t-il un jour. — Tu es assez grand pour regarder dans ton âme et tu trouveras les réponses", lui dis-je. Un jour, il se mit à rire et dit : "Cet homme est un tel ignorant, père !" Je me mis en colère. "Regarde dans son âme, lui dis-je. Tiens-toi dans son âme et tu verras le monde par ses yeux. Tu connaîtras quelle douleur il ressent à cause de son ignorance, et tu ne riras pas." Il était étonné et choqué. Il commençait à avoir des cauchemars... Mais il apprenait à trouver les réponses en lui-même. Il souffrait et apprenait à écouter la souffrance des autres. Dans le silence qui s'était établi entre nous, il commençait à entendre pleurer le monde. »

Il s'arrêta. Il poussa un soupir, un long soupir tremblant, comme un gémissement. Puis il me regarda, les yeux humides de ses propres souffrances. « Reuven, vous et votre père avez été une bénédiction pour moi. Le Maître de l'Univers vous a envoyés vers mon fils. Il vous a envoyés au moment où mon fils allait se rebeller. Il vous a envoyés pour que vous écoutiez les paroles de mon fils. Il vous a envoyés pour que vous soyez mes yeux fermés et mes oreilles scellées. Je regarde votre âme, Reuven, non votre intelligence. Dans les écrits de votre père, je regarde son âme, non son intelligence. Si vous n'aviez pas trouvé l'erreur dans la *gematria*, Reuven, est-ce que cela aurait fait une différence ? Non. L'erreur dans la *gematria* m'a simplement montré que vous étiez intelligent. Mais votre âme, je la connaissais déjà. Je l'ai connue le jour où Daniel est revenu à la maison et m'a dit qu'il voulait être votre ami. Ah, vous auriez dû voir ses yeux, ce jour-là ! Vous auriez dû entendre sa voix ! Quel effort c'était pour lui de me parler ! Mais il a parlé. Je connaissais votre âme, Reuven, avant de connaître votre intelligence ou votre visage. Mille fois, j'ai remercié le Maître de l'Univers de vous avoir envoyés, vous et votre père, à mon fils.

« Vous pensez que j'ai été cruel ? Oui, je vois dans vos yeux que vous pensez que j'ai été cruel avec mon Daniel. Peut-être. Mais il a appris. Que mon Daniel devienne un psychologue. Je sais qu'il veut devenir psychologue. Est-ce que je ne vois pas ses livres ? Est-ce que je ne vois pas les lettres des universités ? Est-ce que je ne vois pas ses yeux ? Est-ce que je n'entends pas pleurer son âme ? Bien sûr que je sais. Je le sais depuis longtemps. Que mon Daniel devienne un psychologue. Je ne crains plus rien maintenant. Toute sa vie, il sera un tzaddik. Il sera un tzaddik pour le monde. Et le monde a besoin d'un tzaddik. »

Reb Saunders s'arrêta et regarda longuement son

fils. Danny avait toujours la main devant les yeux, et ses épaules tremblaient. Reb Saunders regarda longtemps son fils. J'avais le sentiment qu'il se préparait à quelque gigantesque effort, un effort qui épuiserait les dernières forces qui lui restaient.

Alors, il appela son fils par son nom.

Il y eut un silence.

Reb Saunders prononça de nouveau le nom de son fils. Danny retira la main qu'il avait devant les yeux et regarda son père.

— Daniel, dit Reb Saunders, parlant presque dans un murmure, quand tu t'en iras étudier, est-ce que tu couperas ta barbe et tes papillotes ?

Danny regarda son père. Il avait les yeux humides. Il fit lentement un signe de tête affirmatif.

Reb Saunders le regarda de nouveau. « Tu continueras à observer les Commandements ? » demanda-t-il doucement.

Danny fit le même signe.

Reb Saunders se renversa dans son fauteuil. Un soupir doux et tremblant sortit de ses lèvres. Il resta un instant silencieux, les yeux largement ouverts, pleins de méditation, fixés sur son fils. Il hocha la tête, comme s'il reconnaissait avoir enfin remporté cette torturante victoire.

Puis il reporta les yeux sur moi, et sa voix se fit douce en me parlant. « Reuven, je... je vous demande de me pardonner... ma colère... à propos du sionisme de votre père. J'ai lu son discours... je... je trouve moi-même la signification de... de la mort de mon frère... de la mort de six millions de Juifs. Je la trouve dans la volonté de Dieu... que je ne prétends pas comprendre. Je ne la... je ne la trouve pas dans un État juif qui ne suit pas Dieu et sa Torah. Mon frère... les autres... ils n'ont pas pu... ils n'ont pas pu mourir pour cet État. Pardonnez-moi... votre père... c'était trop... trop... »

Sa voix se brisa. Il se contint. Sa barbe remuait doucement au tremblement de ses lèvres.

— Daniel, dit-il d'une voix brisée. Pardonne-moi... pour tout... ce que j'ai fait. Un père... un père plus sage... aurait peut-être agi autrement. Je ne suis pas... sage.

Il se leva lentement, avec peine. « Aujourd'hui, c'est la Fête de la Liberté. » Il y avait un peu d'amertume dans sa voix. « Aujourd'hui, mon Daniel est libre... Il faut que je m'en aille... Je suis très fatigué... Il faut que j'aille m'étendre. »

Il sortit de la chambre en marchant lourdement, les épaules courbées, le visage tordu de douleur.

La porte se ferma doucement.

Je restai là et écoutai Daniel pleurer. Il avait mis son visage entre ses mains, et ses sanglots déchiraient le silence de la pièce et secouaient son corps. Je m'approchai de lui et mis la main sur son épaule et je le sentais, sous ma main, qui tremblait et qui pleurait. Alors je me mis aussi à pleurer, à pleurer avec lui, silencieusement, pour sa peine, pour toutes les années où il avait souffert, sachant que je l'aimais, et ne sachant plus si j'aimais ou si je haïssais les longues années d'angoisse de sa vie. Il pleura longtemps, et je le laissai pleurer. Je m'approchai de la fenêtre en continuant à écouter ses sanglots. Le soleil frappait le grès des maisons d'en face, et un vernis du Japon se dessinait sur les derniers rayons dorés, ses branches couvertes de bourgeons formant une sorte de dentelle à travers laquelle le vent jouait doucement. Je regardai le soleil se coucher. Le soir se répandait lentement dans le ciel.

Un peu plus tard, nous marchions dans les rues. Nous marchâmes pendant des heures ; sans rien dire, et parfois je le voyais s'essuyer les yeux et soupirer. Nous passâmes devant notre synagogue, devant des maisons et des boutiques, devant la bibliothèque où nous avions lu ensemble, marchant sans rien dire et en disant davantage par ce silence que pendant toute une vie de paroles. Tard, très tard dans la nuit, je laissai Danny devant chez lui et je rentrai seul à la maison.

Mon père était dans la cuisine et il y avait sur son visage une expression de rêverie étrange et triste. Je m'assis et il me regarda de ses yeux tristes. Je lui racontai tout.

Quand ce fut terminé, il resta longtemps sans rien dire. Puis il parla doucement :

— Un père a le droit d'élever son fils comme il l'entend, Reuven.

— Même comme cela, *abba* ?

— Oui. Bien que je n'aime pas cela du tout.

— Qu'est-ce que c'est que cette manière d'élever un fils ?

— C'est peut-être comme cela qu'on élève un tzaddik.

— Je suis heureux de n'avoir pas été élevé comme ça.

— Reuven, dit mon père doucement, il n'y avait pas de raison pour que je t'élève de cette manière. Je ne suis pas un tzaddik.

Au cours du service du matin du premier Sabbat de juin, Reb Saunders annonça à la congrégation l'intention de son fils d'étudier la psychologie. L'annonce fut accueillie avec trouble et désarroi. Danny, à ce moment, était dans la synagogue et tous les yeux, stupéfaits, se tournèrent vers lui. Sur quoi, Reb Saunders poursuivit en disant que c'était là le vœu de son fils, que, en tant que père, il respectait l'âme et l'esprit de son fils — dans cet ordre, selon ce que Danny devait me rapporter par la suite —, que son fils avait l'intention de demeurer dans l'observation des Commandements et qu'il se trouvait par conséquent obligé de lui donner son autorisation. Le trouble causé parmi les adeptes de Reb Saunders par ces nouvelles fut considérable. Mais personne n'osa s'opposer au transfert tacite des pouvoirs de Reb Saunders à son plus jeune fils. Après tout, le tzaddikat avait été transmis et le charisme passait automatiquement du père au fils — à tous les fils.

Deux jours plus tard, Reb Saunders retira la promesse qu'il avait faite à la famille de la jeune fille que Danny devait épouser. Il y eut quelques difficultés sur ce point, Danny me le confia par la suite. Mais tout s'apaisa, après quelque temps.

La réaction au Hirsch College, une fois que la nouvelle de la déclaration de Reb Saunders se fut répandue, ne dura que deux ou trois jours. Les étudiants non hassidiques en parlèrent pendant une journée environ, puis n'y pensèrent plus. Les étudiants hassidiques boudèrent, s'agitèrent, menacèrent, puis, n'y pensèrent plus. Tout le monde s'occupait des examens de fin d'année.

C'est au cours de ce mois de juin que Danny et moi fûmes parmi les soixante-dix-huit étudiants qui reçurent leur diplôme du Hirsch College, une remise accompagnée de nombreux discours, d'applaudissements, de mentions honorables et des félicitations des familles. Nous avions obtenu tous deux nos diplômes *summa cum laude.*

Danny vint nous voir chez nous un soir de septembre. Il allait s'installer dans une chambre qu'il avait louée, près de Columbia, nous dit-il, et il venait nous dire au revoir. Sa barbe et ses papillotes avaient disparu et son visage était pâle. Mais il y avait une lumière presque éblouissante dans ses yeux.

Mon père lui sourit chaleureusement. « Columbia n'est pas si loin, lui dit-il. Nous vous verrons pour le Sabbat. »

Danny fit un signe de tête affirmatif. Ses yeux brillaient.

Je lui demandai comment son père avait réagi quand il l'avait vu sans barbe et sans papillotes.

Il sourit tristement.

— Cela ne le rend pas heureux. Il a dit qu'il me reconnaissait à peine.

— Il te parle ?

— Oui, dit Danny tranquillement. Maintenant, nous nous parlons.

Il y eut un long et paisible silence. Un vent frais pénétrait sans bruit par les fenêtres ouvertes du salon.

Mon père se pencha sur sa chaise. « Danny, dit-il doucement, quand vous aurez un fils, est-ce que vous l'élèverez dans le silence ? »

Danny mit longtemps à répondre. Puis sa main droite s'éleva lentement vers sa joue, et avec l'index et le pouce il se mit à caresser une papillote imaginaire.

— Oui, dit-il, si je ne trouve pas un autre moyen.

Mon père fit un signe de tête approbatif, calmement.

Un peu plus tard, je sortis avec Danny dans la rue.

— Tu viendras de temps en temps le samedi, et nous étudierons le Talmud avec mon père ? demanda-t-il.

— Bien sûr, dis-je.

Nous nous serrâmes la main et je le regardai s'en aller rapidement, avec ardeur, avec faim, vers l'avenir, ses souliers ferrés frappant le trottoir. Il tourna l'angle de Lee Avenue, et disparut.

Achevé d'imprimer en Europe (Allemagne)
par Elsnerdruck à Berlin
en décembre 1996

Dépôt légal : janvier 1997
N° d'édition : 2717